KB232708

철혈 무정로

임준후 新무협 판타지 소설

Fantastic Oriental Heroes

철혈무정로 9

임준후 新무협 판타지 소설

초판 1쇄 찍은 날 § 2008년 9월 29일
초판 1쇄 펴낸 날 § 2008년 10월 6일

지은이 § 임준후
펴낸이 § 서경석

편집장 § 문혜영
편집책임 § 이재권
편집 § 서지현 · 문정흠

펴낸곳 § 도서출판 청어람
등록번호 § 제1081-1-89호
등록일자 § 1999. 5. 31
어람번호 § 제2-1588호

주소 § 경기도 부천시 원미구 심곡동 163-2 서경B/D 3F (우) 420-010
전화 § 032-656-4452 팩스 § 032-656-4453
http://www.chungeoram.com
E-mail § eoram99@chollian.net

ⓒ 임준후, 2006

ISBN 978-89-251-1494-1 04810
ISBN 89-251-0141-6 (세트)

임준후 新무협 판타지 소설

Fantastic Oriental Heroes

천혈 무정로 9 [완결]

도서출판 청어람

목 차

제1장

중원무련(中原武聯)

鐵血無情路

　"장강을 건너는 자가 있습니다!"

　어디선가 터져 나온 놀람과 긴장의 기색이 뚜렷한 일성이 무련의 숙영지를 뒤흔들었다.

　강변에 서서 맞은편을 보고 있던 무련의 무인들은 일제히 굳은 얼굴로 자신들의 병기에 손을 가져갔다.

　군마천의 진영이 있는 곳에서 연이어 하늘로 솟구치는 신호용 폭죽과 쉴 새 없이 울리는 요란한 호각 소리는 강 건너편에 있던 무련의 무사들에게 어렵지 않게 감지되었다.

　대규모의 무사들이 건너기에 쉽지 않다고는 하나 군마천과 무련이 대치하고 있는 장강의 강폭은 백여 장에 불과했다. 그 너머에서 들리는 소리가 밤의 고요를 깨뜨릴 정도였는데 무련의 정예들이 못 들으래야 못 들을 수가 없는 것이다.

서문굉천을 비롯한 수뇌부도 강변에 나와 있었다. 일촉즉발의 전운이 감도는 상황에서 군마천 진영이 들쑤신 벌집처럼 소란스러웠으니 그들이 나온 것은 당연했다.

"등평도수?"

믿을 수 없다는 어조로 중얼거린 사람은 사천당가의 장로인 천독수 당량이었다. 암기와 독의 고수인 그는 눈이 밝고 경공이 절정의 경지에 이른 것으로 유명한 인물이다.

그의 시선이 닿은 장강의 중앙에는 덩치가 고대한 인물이 강물의 표면을 차며 번개처럼 무련 진영으로 날아들고 있었다. 당량의 눈이 밝다 하지만 칠흑처럼 어두운 밤에 칠십여 장 떨어진 곳에서 강상을 달리는 인물의 정체를 확인할 수 있을 정도는 아니었다.

당량의 눈을 따라간 사람들도 그 장면을 보았다.

현문의 공력을 평생 동안 고련하여 얻은 절륜한 정력으로 어지간한 일에는 눈도 깜짝하지 않는다는 정명 도장이 당량에 이어 경악한 얼굴로 중얼거렸다.

"…대체 누구이기에?"

등평도수의 경공이 최고 수준의 경공이라지만 당량과 정명도 등평도수를 시전할 줄 알았다. 하지만 외력의 도움 없이 순수한 경공만으로 그들이 물 위를 이동할 수 있는 거리는 최대치가 이십오 장에서 삼십 장 정도였다.

그 이상을 달리려면 무언가 발과 경력을 받쳐 주는 외물의 도움이 있어야 했다. 그런데 지금 장강 위를 치달리는 인영은 달리는 것 이외에 일체의 다른 움직임이 없었다.

외력의 도움을 받고 있지 않는 것이다.

"귀영자가 자리를 내놓아야겠군요."

서문룡조차 경악한 듯 옆에 선 서문원에게 하는 말끝이 미미하게 떨렸다.

서문원이 진중한 얼굴로 고개를 끄덕였다.

"저자가 여기까지 온다면 귀영자도 상수를 양보해야겠지. 다행히 적은 아닌 듯하다."

외력의 도움 없이는 귀영자도 장강을 건너지 못한다는 건 이미 전 무림에 잘 알려진 사실이다. 이십여 년 전 그는 경공만으로 장강 도하를 시도했고 실패했다. 그것을 목격한 사람이 여럿인 것이다.

"예, 맹주님."

서문룡도 동의했다.

군마천 진영을 들쑤셔 놓고 단신으로 장강을 건너는 자였다. 적일 가능성은 희박했다.

서문룡이 중얼거리듯 말했다.

"혹, 강산호일지도……."

그의 말을 받은 사람은 서문원이 아니라 서문굉천이었다.

"그는 아니다. 저자는 여자야. 그리고 혼자가 아니라 셋이다."

"……"

그 말에 그의 주변에 있던 사람들은 흠칫하며 다시금 안력을 돋우었다. 서문굉천이 말을 하는 그 짧은 시간 동안 괴영(怪影)은 장강을 거의 다 건너 그들로부터 삼십여 장 떨어진 곳까지 접근해 있었다.

중인들은 서문굉천의 말이 옳다는 것을 알 수 있었다.

등평도수로 장강을 건너고 있는 괴영의 정체는 전신에 피칠갑을 한 두 사내를 옆구리에 낀 흑의면사녀였다.

휘이이익!

중인들이 긴장된 얼굴로 주시하는 것을 아는지 모르는지 긴 휘파람과 함께 마지막으로 수면을 박찬 흑의면사녀는 한 가닥 바람과 같은 속도로 서문굉천 일행의 앞에 도착했다. 그리고 말없이 옆구리에 끼고 있던 두 사내를 바닥에 내려놓은 후 지면을 박차며 장강이 있는 방향으로 몸을 날렸다.

눈 한 번 깜박이기도 전에 일어난 일이라 어안이 벙벙해진 사람들은 일시지간 멍한 표정이 되었다. 산전수전 다 겪은 노강호들인 그들도 이런 경우를 당해본 적은 없는 것이다.

서문룡이 어이없어하며 말했다.

"대체 이게 무슨……?"

일세의 고수라 할 수 있는 중인들은 모두 당황한 기색이 역력했다. 흑의면사녀가 마지막으로 움직인 한 걸음의 보폭은 십오 장에 달했다. 중인들 중 그와 비슷한 경공을 구사할 수 있는 사람은 많아야 셋을 넘지 못했고, 평정을 유지한 사람은 단 한 명에 불과했다.

그 단 한 명, 서문굉천은 시종일관 바다처럼 고요한 눈으로 상황을 지켜보고 있었다.

그가 말했다.

"저들은 정신을 잃지 않았다. 상처와 탈진으로 혼미한 상태일 뿐. 풍령전주는 저들을 깨우도록."

서문룡의 안색이 굳었다.

돌발적인 상황이라 흑의면사녀가 두고 간 사내들을 미처 챙기지 못한 실책을 의식한 것이다.

"예."

서문룡이 지면에 누운 두 사내, 황우령과 호연찬의 상세를 돌볼 때 서문원은 서문굉천에게 전음으로 말했다.

"아버님, 유향… 이라는 아이인 것 같습니다."

"내 생각도 그렇다."

"그녀가 정말 아버님이 찾으시던… 그녀일까요?"

"눈앞에서 보았지 않느냐? 당세에 저와 같은 경공을 구사할 수 있는 여고수를 보유한 문파는 없다. 군마천에도, 우리에게도……."

알 수 없는 내용의 대화를 나누던 두 사람은 입을 다물었다.

서문룡이 서문세가 비전의 요상약과 진기 소모를 마다하지 않은 추궁과혈을 한 덕분에 황우령과 호연찬이 정신을 차리며 상체를 일으키는 중이었고, 장강의 수면 위로 방금 전 사라졌던 흑의면사녀의 모습이 다시 나타났기 때문이다.

그녀는 혼자가 아니었다.

그녀와 어깨를 나란히 하고 수면을 차며 날아오는 사내를 일별한 서문굉천의 눈빛이 지금까지와는 다른 의미로 빛났다.

"강 단주로군. 허허허, 그에 대한 나의 기대가 배신당하지 않을 듯하구나."

나직하게 중얼거리는 그의 입가에 미소가 떠올라 있었다.

그는 자신의 판단을 확신했다.

관산호의 무표정한 얼굴 어디에서도 의기소침함을 찾을 볼 수가 없었던 것이다.

서문굉천의 나직한 중얼거림은 주변에 있던 사람들을 경동시켰다. 그들은 서문굉천이 본 것을 볼 능력이 없었다. 때문에 모습을 드러낸 사내의 정체를 알아보지도 못했다.

그런 그들에게 서문굉천의 중얼거림은 사내의 정체를 알려주는 것이었고, 그것만으로도 그들은 숨을 쉬기 어려울 만큼 긴장할 수밖에 없었다.

관산호의 행방은 현재 안강에 있는 모든 무림인들에게 최대의 관심사인 것이다.

다섯을 셀 시간이 지난 후 사람들은 서문굉천이 본 것과 같은 것을 볼 수 있었다.

관산호는 흑의면사녀와 손을 잡고 경공을 시전하고 있었는데, 두 사람 모두 외물의 도움을 받고 있지 않았다.

그 장면을 본 서문룡의 입술 사이로 낮은 신음이 흘러나왔다.

"으음, 강산호의 경공이 저와 같은 경지라는 보고는 받은 적이 없는데……."

그의 궁금증을 풀어준 건 서문원이었다.

"흑의면사녀가 그를 돕고 있다. 그녀가 돕지 않았다면 강산호는 단신으로 장강을 넘어오지 못했을 것이다."

그는 당대의 중원무련주. 서문굉천에게만 상좌를 양보할 뿐, 그 누구에게도 상좌를 양보하지 않는다는 절세의 고수였다. 그리고 그에 걸맞은 안목의 소유자이기도 했다.

흥미롭다는 눈길로 흑의녀와 관산호를 바라보고 있던 서문굉천이 서문원에 이어 말했다.

"련주의 판단이 옳다. 흑의녀의 경공과 내력 운용은 놀라운 수준이구나. 대적 능력이 어떤지는 알 수 없지만 내 평생 실로 처음 보는 여고수로다."

중인들은 침묵했다. 그들은 서문굉천을 경탄시킨 흑의면사녀의 정체도 궁금했고, 관산호가 과연 총도를 갖고 있는지도 궁금했다. 그러나 그들의 궁금증은 흑의녀와 관산호가 입을 열어야만 풀릴 수 있었다. 그러니 침묵할밖에.

서너 번의 눈을 깜박일 시간이 지난 후 중인들은 뭍을 밟은 관산호와 유향을 마주할 수 있었다.

관산호의 눈길이 가장 먼저 찾은 것은 우령과 찬이었다.

우령과 찬은 땅에 털퍼덕 주저앉아 있었는데 군마천의 진영에서 보았을 때보다 얼굴빛이 한결 나아져 있었다.

그가 우령과 찬을 보았을 때 그들도 관산호를 보았다.

"대사형!"

우령과 찬은 떨리는 음성으로 관산호를 부르며 자리에서 일어섰다. 입술을 악문 그들의 신형이 크게 비틀거렸으나 쓰러지지는 않았다.

정신을 차린 후 주변을 둘러본 그들은 이미 상황을 파악한 후였다. 무련의 요인들이 그들을 둘러싸고 있었다. 무련에 대해서는 좋지 않은 인식을 가진 그들이다.

그래서 그들은 여기서 쓰러지면 혈전문과 철사자단의 명예를 더럽힌다고 생각했다. 때문에 칼을 물고 죽는 한이 있어도 쓰러질 수는 없는 일이었다.

관산호는 성큼 나서며 말없이 우령과 찬의 팔뚝을 강하게 움켜잡았다.

그들을 훑는 그의 눈에 뜨거운 열기가 스쳐 지나갔다.

황우령과 호연찬의 눈도 뜨거워졌다. 하지만 아무도 입을 열지 않았다. 서로의 팔뚝을 잡은 손에 전해지는 온기로 족했다. 더 무슨 말이 필요하겠는가.

관산호는 내심 안도의 숨을 내쉬었다.

하마터면 우령과 찬을 잃을 뻔했다.

그가 군마천 진영의 한복판에 단신으로 뛰어든 모험의 대가는 충분하고도 넘쳤다. 비록 내상이 도졌다고는 하나 우령과 찬이 무사하지 않은가.

두 사람의 팔뚝을 놓은 관산호는 그들 사이를 지나 앞으로 두 걸음 나섰다.

그의 눈이 서문굉천의 고요한 눈과 부딪쳤다.

한순간 관산호의 두 눈이 얼음처럼 차가워졌다. 그러나 그 한기는 곧 사라졌다.

그는 포권하며 말했다.

"태상련주이신 듯하군요. 강산호입니다."

"당금 무림을 뒤흔들고 있는 신성을 직접 보게 되니 소문이 실제보다 못하다는 것을 알겠구려. 서문굉천이라오."

서문굉천도 마주 포권하며 관산호의 예를 받았다.

서문원을 비롯한 무련 요인들의 안색이 눈에 띌 정도로 변했다. 서문굉천이 관산호의 예를 평대로 받은 때문이었다.

누가 보아도 그것은 지나친 예였다.

관산호의 명성이 떠오르는 태양과 같다고 하나 어찌 서문굉천의 그것에 비할 수 있으랴. 명성뿐만 아니라 나이와 무림상의 지위, 그 어느 것도 관산호는 서문굉천에 비할 수 없는 것이다.

그러나 이어지는 광경은 점입가경이었다.

포권을 푼 서문굉천이 물었다.

"노부가 말을 놓아도 되겠소?"

"과공(過恭)은 비례(非禮)라 하였습니다. 편하신 대로 하시면 됩니다."

중인들의 눈에 분노의 기색이 뚜렷하게 떠올랐다. 편하신 대로 하라는 건 말을 높이든 놓든 신경 쓰지 않겠다는 뜻, 감히 서문굉천에게 할 수 있는 말이 아니었기 때문이다.

하지만 서문굉천은 아무렇지도 않은 듯 눈빛조차 변하지 않왔다. 그가 관산호의 말을 받았다.

"고맙네. 강 단주, 궁금한 것이 많은데 자리를 옮기도록 하세."

서문굉천이 온화한 어조로 말하자 관산호가 한 걸음 내딛으며 말했다.

"그전에 먼저 이곳에 왔을 제 일행이 무사한지 알고 싶습니다."

담담한 듯하지만 일말의 근심을 읽어내기 어렵지 않은 음성.

서문굉천은 고요한 눈으로 관산호를 보며 물었다.

"흠, 성검진인과 다른 분들 말인가?"

"그렇습니다."

"모두 무사하시네. 곧 그들을 볼 수 있을 테니 걱정하지 않아도 된다네. 옆의 소저도 함께 오시게. 그리고 풍령전주는 다친 두 명의 소협을 치료하도록 조치하게."

서문굉천의 말이 떨어지자 서문룡은 부근의 수하들을 부르려고 했으나 그 지시는 입 밖으로 나오지 않았다. 관산호가 고개를 저었던 것이다.

관산호는 우령과 찬을 보며 물었다.

"견딜 수 있겠느냐?"

우령과 찬은 비틀거리는 몸을 똑바로 세우며 쌍둥이처럼 동시에 웃었다. 그리고 입을 맞추기라도 한 것처럼 한목소리로 대답했다.

“물론입니다, 단주님.”

관산호는 우령과 찬에게서 시선을 떼었다.

치료받으라고 한다 해서 따를 우령과 찬이 아니라는 걸 그는 너무 잘 알았다.

그를 찾기 위해 사지의 한복판에 뛰어들었던 그들이 아닌가. 그리고 서문룡이 행한 치유술은 탁월해서 우령과 찬의 내외상이 급하게 악화될 염려는 없었다.

그는 서문굉천과 서문룡에게 고개를 돌려 말했다.

“저렇다고 하는군요.”

서문굉천의 눈매에 처음으로 감정이라고 할 만한 것이 떠올랐다. 그의 눈빛이 차가워지고 있었다. 그러나 다른 사람이 눈치 챌 정도로 확연한 빛이 아니어서 그것을 알아차린 사람은 시선을 마주한 관산호가 유일했다.

서문굉천이 말했다.

“좋도록 하시게.”

“예.”

관산호는 짤막하게 대답한 후 유향과 함께 서문굉천의 뒤를 따랐다. 그 뒤를 피를 뒤집어쓴 모습의 우령과 찬이 그림자처럼 붙었고, 무련의 요인들이 그들의 주변을 에워싸며 걸었다.

강바람은 세찼다.

묵묵히 걸음을 옮기던 관산호는 무심코 그와 일 장 떨어진 곳을 나란히 걷고 있는 서문룡에게 시선을 주었다. 그의 안색이 순간적으로 창백해졌다.

바람에 휘말려 올라간 서문룡의 왼쪽 귀밑머리 밑에 자리잡은 반월형의 손톱만 한 점 하나가 그의 눈에 들어왔기 때문이었다.

그는 이를 악물었다.

'아버지……'

서문굉천이 머무는 군막은 급조된 것이긴 해도 넓었고, 집기들은 적절한 곳에 배치되어 있었다. 쓸데없는 장식품은 전혀 보이지 않아 단출하면서도 고아한 분위기가 감돌아 머무는 자의 품격을 알 수 있게 했다.

서문굉천과 관산호 등이 군막에 들어와 자리를 잡고 앉았을 때 현송자를 비롯한 관산호의 일행이 군막 안으로 들어왔다.

군막으로 오는 동안 서문룡이 수하 한 명을 불러 귓말로 무언가를 지시했는데, 현송자 일행을 데리고 오라는 것이었던 듯했다.

조금 창백하긴 했지만 평소와 다름없는 관산호를 본 현송자와 공손곤, 정요와 마괴령은 입을 열 수 없을 정도로 놀란 표정들이었다.

현송자는 진정이 되지 않은 음성으로 말했다.

"단주……."

관산호는 자리에서 일어나 일행에게 포권했다.

"걱정을 끼쳤습니다."

현송자의 얼굴이 환하게 밝아졌다. 악록산을 떠난 후 잃어

버렸던 장난스러운 표정이 돌아오고 있었다.

그가 말했다.

"난 유향 소저와 함께 강호를 떠나 은거한 줄 알았소."

"쿨럭, 쿨럭."

장소에 어울리지 않는 현송자의 농담에 놀란 공손곤이 밭은 기침을 했다.

관산호는 쓴웃음을 지었다.

"그럴 리야 있겠습니까. 도장, 우리끼리의 얘기는 나중에 하지요."

그냥 두면 현송자의 입에서 무슨 말이 튀어나올지 걱정된 관산호는 현송자의 입을 틀어막고 품에 손을 넣어 비단으로 싼 물건을 꺼내 들었다.

군막 안이 조용해지며 긴장된 공기가 흘렀다.

천하의 서문굉천조차 일시지간 마음이 흔들려 눈빛이 변했으니 다른 사람들이야 말할 것도 없었다.

관산호의 손에 들린 물건이 무엇인지 모르는 사람은 이 안에 없는 것이다.

고금제일고수 천외무적천마의 유진.

대천마총도와 천마의.

관산호가 물건을 서문굉천에게 건네며 말했다.

"노일겸 대협과의 약속을 지킬 수 있게 되어 다행입니다."

서문굉천은 손을 내밀어 비단 꾸러미를 받았다.

"단주의 고생이 자심했음을 아네. 수고 많았네."

“약속이었습니다.”

서문굉천의 치하에 대한 관산호의 반응은 무덤덤, 그 자체였다.

“충성심이 강한 목 령주가 감히 천마의를 걸치지 않았던 것은 충분히 이해하겠네만, 자네는 왜 천마의를 입지 않았는가? 그것을 입었다면 곤경이 덜했을 터인데?”

서문굉천의 의문은 당연했다. 천마의가 도검수화만독이 불침한다는 전설의 천잠보의에 비할 바는 아니라 하나 도검이 뚫지 못하는 것은 분명한 사실 아닌가.

관산호는 표정없는 얼굴로 입술을 뗐다.

“노 대협은 내게 그 안을 보아도 된다는 허락을 한 적이 없습니다.”

서문굉천의 눈에 감탄의 기색이 완연해졌다.

“강호의 인물들이 자네를 말할 때 일언천금(一言千金)이라 한다는 얘기를 듣고 그 연유가 궁금했는데 오늘 보니 그런 말이 왜 생겨났는지 알 수 있겠네.”

그가 말을 이었다.

“궁금한 점이 조금 더 있네. 풀어주겠는가?”

다른 사람들은 서문굉천이 물으면 관산호는 당연히 대답해야 한다고 생각했다. 반대의 경우는 상상하기 어려웠다. 하지만 서문굉천은 그렇게 생각하지 않는 듯했다.

관산호가 천마총도와 천마의를 서문굉천에게 건네주며 사실상 공식적인 일은 끝이 났다고 할 수 있었다. 서문굉천이 궁금해하는 것이 있다 해도 관산호가 그것을 풀어줄 의무나 책임은 없는 것이다.

그것이 객관적인 상황이었다. 그러나 서문굉천의 앞에서 객관적인 상황을 논할 인물이 천하에 어디 있으랴.

중인들은 그렇게 생각했던 것이다. 그러나 당사자인 관산호의 생각은 중인들과 달라도 너무 달랐다. 그리고 서문굉천은 그것을 꿰뚫어 본 것이다.

그러한 서문굉천을 보며 현송자는 내심 탄식과 경탄이 뒤섞인 심정이 되었다.

'서문 대협은 강 단주를 한 번도 만난 적이 없었을 텐데, 이 자리에 있는 누구보다도 강 단주의 성격을 잘 파악하고 있구나. 그가 강 단주를 일개 후생소배로 대했다면 강 단주는 당장 자리에서 일어나 떠났을 것이다. 서문 대협의 재기와 연륜은 세월 속에서 더욱 섬세해졌도다. 사람을 파악함이 저와 같으니 그의 무공이 얼마나 더 깊어졌을지는 미루어 짐작하기 어렵지 않구나. 무량수불.'

무공의 궁극은 도(道)로 통하고, 그것은 인간적인 성숙과 필연 관계에 있다. 무공은 일정한 경지를 지난 후부터 천지와 인간에 대한 깊은 통찰 없이는 극을 볼 수 없다.

그러나 관산호와 서문굉천이 어떤 인과로 얽혀 있는지 모르는 현송자의 판단은 부분적으로만 옳았다. 서문굉천이 어떻게 대했든 관산호가 이 자리를 떠나지 않았을 것이라는 걸 현송자로서는 짐작조차 할 수 없는 것이었다.

현송자의 머릿속이 복잡해졌을 때 관산호는 서문굉천의 말을 받고 있었다.

"말씀하십시오."

"자네 일행의 말에 의하면, 매 씨 여아가 귀물을 훔쳤을 때 자네는 혼수상태였다고 하더군. 경위를 말해주겠나?"

관산호는 망설이지 않고 대답했다.

"유검옥과 충돌이 있었습니다."

"신룡군 유검옥!"

서문굉천의 눈빛이 변했고, 대화를 듣고 있던 사람들은 안색이 변했다. 그들 가운데는 현송자 일행도 포함되어 있었다. 당시 상처 입지 않은 사람도 없던데다가 관산호는 정신을 차리자마자 매상옥을 쫓아갔기에 그들도 얘기를 듣지 못했었다.

"허, 신룡군이 자네를 쫓아왔더란 말인가?"

"예."

"그는?"

"더 이상 제 뒤를 쫓을 수 없도록 했습니다."

점입가경.

관산호의 대답을 들은 사람들은 반쯤 넋을 잃었다. 그의 짧은 대답에 담겨 있는 의미는 간단치 않았다.

신룡군 유검옥이 누구던가. 당대 천하십대고수의 일인이며, 수십 년래 장법과 수법에 있어 천하제일이라 공인된 불가일세의 고수가 그인 것이다.

그런 유검옥을 관산호는 패퇴시켰다고 말하고 있었다.

서문굉천은 잠시 할 말을 잃었다.

유검옥과의 충돌로 인해 혼수상태에 빠졌다고 하나 결과적으로 유검옥이 일행의 뒤를 더 이상 추적하지 못하게 되었다는 건 유검옥 또한 관산호에 비해 약하지 않은 중상을 입었다는 뜻이었다.

믿기 힘든 일이 아닐 수 없었다.

그러나 그가 보고받은 관산호의 성정은 일을 과장하는 것과는 거리가 멀고, 입 밖으로 내뱉은 자신의 말은 끝까지 책임진다는 것이었다. 더구나 정파의 거두들이 모인 자리에서 헛된 말을 할 리도 없는 일이었고.

그가 말했다.

"장강후랑추전랑이라는 옛말이 하나도 틀리지 않구먼. 내 생전에 자네와 같은 나이에 그와 같은 성취를 이룬 사람을 보게 될 줄 생각지 못했네."

극찬이다.

관산호는 무표정한 얼굴로 말을 받았다.

"과찬이십니다."

"과찬이라니, 오히려 부족하기만 하구먼."

서문굉천은 차분해진 어투로 말을 이었다.

"매 씨 여아를 쫓아간 뒤의 일도 궁금하네만……."

"다행히 그녀를 따라잡아 물건을 회수할 수 있었습니다."

지나치게 생략된 대답.

무례였다.

서문원과 서문룡의 눈빛이 서늘해졌다.

서문굉천의 눈매에 처음으로 주름이 잡혔다.

관산호가 지난날 유향과 관련된 서문하경의 일과 대수로맹전의 과정에서 벌어진 일로 인해 무련에 대한 감정이 좋지 않으리라고는 짐작했지만 정도가 그의 생각보다 심했던 것이다.

"담천관과 군마천주위로 추정되는 인물들이 그녀의 뒤를 호위했다 하던데, 그들을 제거한 것인가?"

관산호는 간단하게 고개를 저었다.

"그들과는 만나지 못했습니다."

서문굉천은 이해할 수 없다는 눈으로 관산호를 보았다. 관산호의 대답처럼 일이 진행될 가능성은 만에 하나도 없었다. 그가 알고 있는 담천관은 자신의 임무를 소홀히 할 인물이 아니었기 때문이다.

관산호가 거짓말을 하지 않는 것이라면 그들이 알지 못했던 자가 중간에 끼어든 것이다.

서문굉천이 탄식처럼 중얼거렸다.

"허어, 누가 담천관을 침묵시켰단 말인가……."

서문원과 서문룡의 안색이 무거워졌다. 다른 사람들은 의아한 표정이 되었을 뿐, 서문굉천의 독백 속에 담긴 의미를 그들만큼 빨리 알아차린 사람은 아무도 없는 것이다.

서문굉천의 입술이 미미하게 움직였다. 주의를 기울이지 않으면 알 수 없을 정도의 움직임, 전음이었다.

"룡아, 제삼자가 있구나."

“그런 듯합니다, 아버님.”

“알아보거라.”

“예.”

관산호는 자신의 눈과 부딪친 서문굉천의 시선이 일순 강해졌다고 느꼈다. 그때 서문굉천이 물었다.

“자네는 앞으로 어떻게 할 생각인가?”

“철사자단을 찾으려 합니다.”

“그래야겠지.”

잠시 뜸을 들인 서문굉천의 말이 이어졌다.

“자네가 무련과 했던 협약은 아직 유효한 것이겠지?”

“전쟁이 끝나지 않았으니 유효합니다.”

관산호의 대답은 막힘이 없었다.

고개를 끄덕인 서문굉천이 주변을 둘러보며 말했다.

“강 단주와 따로 할 말이 있으니 자리를 피해주시구려.”

서문원을 비롯한 무련의 요인들과 현송자 등 관산호의 일행은 군말없이 천막을 나섰다.

당대 무림에서 서문굉천이 차지하고 있는 비중이야 두말이 필요없는 것이었고, 강산호 또한 그 비중과 영향력이 무서운 속도로 확대되고 있는 젊은 거인이었다. 그 두 사람이 독대하고자 하는데 이의를 제기할 인물이 있을 리 없었다.

남은 사람은 유향뿐이었다.

천막을 나서던 무련의 요인들은 꼼짝도 하지 않는 유향을 보고 눈살을 찌푸렸다. 하지만 기이하게도 서문굉천이 그녀가 남는 것을 용인하는 기색임을 느끼고 입을 열지는 않았다.

셋만이 남자 서문굉천이 유향을 눈짓으로 가리키며 물었다.

"그녀가 유향 소저인가?"

"그렇습니다."

"그녀 때문에 하경이 자네를 상당히 불편케 했다는 얘기를 들은 적이 있네."

"지난 일입니다."

"그렇게 생각해 준다면 고마운 일일세."

"정마대전이 눈앞으로 다가왔는데도 그녀가 태상련주님의 관심하에 있다는 걸 이해하기 어렵군요."

"그녀는 그럴 만한 자격이 있네."

"제가 알 수 있습니까?"

"궁금한가?"

"서문하경 소저는 유향의 존재가 무련의 일이 아닌 서문세가 내의 일이라고 했었습니다. 서문 소저 말고도 여러 사람이 저를 꽤 성가시게 했었죠. 궁금하지 않을 수 있겠습니까?"

"기분이 좋지 않았는가 보구먼."

"당해보시면 태상련주님도 그리 달갑지는 않으실 겁니다."

서문굉천의 얼굴에 쓴웃음이 떠올랐다.

그는 수십 년래 자신의 앞에서 저와 같이 말하는 사람을 겪어본 적이 없었다. 더구나 관산호와 같은 나이의 젊은이라면 더욱 그랬다. 저 나이의 젊은 정파무림인들은 그의 눈조차 똑바로 마주치지 못한다.

그가 말했다.

"그럴 수밖에 없는 사정이 있었네."

관산호는 서문굉천이 유향에 대해 어느 정도 알고 있는지 확인해야 할 필요가 있었다.

"그걸 알고 싶습니다."

서문굉천은 무언가를 생각하는 듯 일 다향 정도 말이 없다가 불쑥 입을 열었다.

"일언천금이라는 자네의 입을 믿고 말해주겠네."

서문굉천의 눈빛이 깊어졌다.

"천사문이 본 가에 의해 멸절된 것은 알고 있는가?"

"예."

관사호는 유향을 발견한 후 천사문에 대한 모든 것을 상익청과 함께 조사했었다. 두 사람이 작정하고 조사하려 하면 그들의 시야를 벗어날 수 있는 사안은 거의 없다고 할 수 있다.

"그 이유가 자네가 유향이라 이름 붙여준 저 소저 때문이라면 믿겠는가?"

관산호의 눈에 놀라움이 스쳐 지나갔다. 하지만 놀라움이 그의 평정을 깨뜨리지는 못했다.

당세에 유향의 능력을 그보다 더 잘 아는 사람은 없다. 서문세가가 유향의 존재에 대해 실오라기만 한 단서라도 갖고 있다면 천사문을 멸망시킨 그들의 행동은 이상할 것도 없는 것이다.

"제 믿음이 중요하다는 생각은 들지 않는군요."

관산호의 삐딱한 응대에도 서문굉천은 아무렇지도 않은 듯 말문을 열었다.

"삼십하고도 수년 전의 일일세. 무련이 아직 나와 몇몇 사람의 구상 속에만 존재하던 때였지. 난 천사문에서 은밀하게 순음지체의 여인들을 납치하고 있다는 것을 접하게 되었네. 용서할 수 없는 일이었기에 세가의 전력을 기울여 천사문에 대해 조사했고, 그들이 그와 같은 천인공노할 짓을 저지르고 있는 게 저 소녀의 가사 상태를 해제하기 위함이라는 것을 알게 되었네."

유향을 일별하는 서문굉천의 눈빛이 송곳처럼 날카로워졌다.

그가 말을 이었다.

"자네는 유향 소저의 가사 상태가 천사유혼대법(天邪幽魂大法)이라는 사이한 대법의 결과임을 알고 있는가?"

"……."

천사집전을 통해 이미 알고 있는 사실이었다. 그러나 관산호는 대답하지 않았다. 대답을 필요로 하는 질문이 아님을 알고 있었기 때문이다.

서문굉천도 대답을 기대하지 않은 듯 천마총도가 든 보자기를 들어 보이며 말을 계속했다.

"천사유혼대법은 이 물건의 원주인이었던 사람에 의해 강호상에 알려진 대법일세. 그 흔적은 마교구류의 일원이었던 천사문에 이어졌지만 완전한 것이 아니었기에 사실상 천마 사후 절전된 대법이기도 하네. 알겠는가? 하여 유향 소저는 천마 생존 시의 인물이라는 것이 내 판단일세. 그 외에는 누구도 천사유혼대법을 펼칠 능력을 갖고 있지 않았으니까.”

관산호의 눈빛이 변했다.

그도 서문굉천과 같은 결론에 도달한 지 오래되었다. 누구에게도 내색하지 않았을 뿐이다. 인정하고 싶지 않은 마음이 더 컸기 때문일지도 몰랐지만.

관산호의 무표정하던 얼굴이 미미하게나마 변화하는 걸 차분한 시선으로 지켜보며 서문굉천은 말을 이었다.

“난 세가의 전력을 기울여 천사문을 공격했고, 그들을 멸망시켰네. 천마가 직접 대법을 시전한 여인의 존재… 이유를 알고 싶기도 했지만 그보다는 걱정이 더 컸네. 자네도 알고 있으리라 생각하네만 천사유혼대법은 가사 상태에서도 천지의 기운을 흡수해 내공화시키는 불가사의한 공능을 갖고 있는 대법일세. 수백 년이 흐른 지금 대법의 피시전자였던 저 소저의 능력이 어느 정도일지는 상상이 가지 않았고, 저 소저가 천사문에 의해 깨어나 그 능력을 사악한 일에 쓴다면 과연 누가 그녀를 제지할 수 있겠는가.”

지난날이 생각난 듯 서문굉천은 나직하게 한숨을 내쉬었다.

“불행히도 당시 난 저 소저의 신병을 확보하지 못했네. 살아남은 천사문도 몇 명이 저 소저를 빼돌렸던 것이지. 당시 난 무련의 창설에 진력하고 있을 때라 그 잔당들을 추적할 여력이 없었네. 무련이 어느 정도 체계를 잡았을 때는 시간이 많이 흐른 뒤라 그들의 흔적을 찾을 수 없었고. 그 이후는 자네도 아는 바와 같네. 천사문 멸망 후 이십여 년이 지났을 즈음 태산 부근에서 다시금 순음지체의 여인들이 사라지기 시작했고, 그 정보를 접한 즉시 난 풍령전과 세가의 힘을 총동원하다시피 해서 그들을 추적했네. 그리고 그들의 흔적을 잡아냈는데… 자네가 한발 더 빨랐지."

서문굉천의 시선이 유향을 향했다.

"들리는 얘기로는 저 소저의 기억에 문제가 있다고 하더군. 지금은 어떤가?"

관산호는 서문굉천의 눈 깊은 곳에 떠도는 일말의 기대감을 읽었다. 하지만 그 기대를 충족시켜 줄 생각은 애당초 없는 그다.

"모릅니다."

짧고 단호한 대답에 서문굉천의 눈에 어렸던 기대감은 실망과 노여움으로 바뀌었다.

"굳이 거짓말을 할 필요는 없지 않겠는가?"

관산호의 얼굴이 차가워졌다.

"거짓이 아닙니다. 제게 그녀가 기억을 회복하고 안 하고는 그리 중요하지 않은 일입니다. 확인할 이유가 없기에 확인하지 않았고 때문에 알지 못하는 것입니다."

"그렇다면 내가 확인을 해봐도 되겠나?"

"안 됩니다."

단호한 대답이었다.

천하의 서문굉천도 마침내 안색이 변했다.

"지금 자네에게 말할 수는 없으나 그녀의 존재와 그녀의 머릿속에 담긴 기억은 천하무림의 안위와 깊은 관련이 있네. 자네가 협조하지 않음은 천하의 안위를 외면하는 짓일세."

"태상련주께서 무어라 하셔도 안 됩니다."

관산호는 잘라 말했다.

대화는 중단되었다. 타협의 여지가 없는 것이다.

서문굉천은 노한 눈으로 관산호를 보았고, 관산호는 그 눈빛을 무심한 얼굴로 받아넘겼다.

"저 소저의 신병을 넘겨달라는 것도 아니고, 아는 것을 말해달라는 것뿐일세. 이 작은 부탁도 들어줄 수 없다는 것인가! 내가 사정을 설명했으면 자네 또한 내게 협조해야 하는 게 옳지 않나!"

"그리하겠다는 말씀을 드린 적은 없습니다. 그리고 궁금해하던 부분을 해소해 주신 것에 대해서는 감사드립니다."

말을 마친 관산호는 자리에서 일어나 포권했다.

서문굉천은 어이없어했지만 관산호를 막지는 않았다. 관산호와 같은 유형의 사내는 힘으로 어찌할 수 없다는 걸 산전수전 다 겪은 그가 모를 리 없는 것이다.

천막을 나서는 관산호의 움켜쥔 주먹 위로 퍼런 힘줄이 돋아나 있었다. 피가 나도록 손바닥을 파고든 손톱을 따라 솟아

난 핏방울이 하나둘씩 지면에 떨어졌다.

그는 초인적인 인내심을 발휘하고 있었다. 서문굉천은 알지 못했지만.

제2장

검지혼(劍之魂) 서문굉천(西門宏天)

鐵血無情路

　서문굉천과의 대화가 끝난 후에도 관산호는 무련의 숙영지를 떠나지 않았다.

　세 가지 이유 때문이었는데 첫 번째는 그의 몸이 완전치 않아서였고, 두 번째는 악록산을 떠난 후 무련에 도착할 때까지 무림의 정세는 급전직하로 변했지만 그는 그에 대한 정보를 갖고 있지 못했기 때문이다.

　그는 서문굉천에게 철사자단을 찾을 거라고 말했지만 직접 갈지 그들을 이곳으로 부를지 결정하지 않았다. 정보가 필요했다. 그리고 정보를 얻어내는 데는 무련의 숙영지만큼 좋은 곳이 없었다.

　마지막으로 세 번째는 그의 개인적인 일과 관련이 있었다.

서문굉천을 만나 그의 부모에 얽힌 인과와 모친의 생사, 그리고 그녀의 행방을 알아내고 그에 대한 책임을 묻는 것이 그가 무공을 배운 목적이 아니던가.

하지만 상황이 여의치 않았다. 우선 그의 몸이 정상이 아니었고, 주변 상황이 그의 개인사를 해결할 만큼 녹록치도 않았다. 그는 무공을 처음 배우던 어린 소년이 아니었다. 이제는 그의 일거수일투족이 중원무림의 향배에 영향을 미치는 인물인 것이다. 마음먹은 걸 그대로 실행하기에 그가 맺고 있는 관계는 너무 복잡했다.

덕분에 바빠진 건 현송자였다. 일행 중에서 순도가 높은 고급 정보를 얻어낼 수 있는 사람은 그뿐이었기 때문이다. 현송자가 무당을 통해 얻은 정보를 관산호에게 얘기해 주고 있을 때 생각지 못한 손님이 그들의 천막을 찾아왔다.

풍령전주 서문룡이었다.

새벽의 여명을 등에 지고 천막에 들어선 서문룡의 얼굴은 차가웠다. 관산호를 보는 그의 시선은 더욱 차가웠고.

천막에 들어선 그는 현송자에게 간단한 포권으로 예를 취한 후 관산호의 맞은편에 앉았다. 주인에게 인사도 없이 자리에 앉는 건 명백한 결례였다. 하지만 서문룡은 자신의 행동에 대해 일언반구 말이 없었고, 관산호 또한 별다른 기색을 보이지 않았다.

자리에 앉은 서문룡은 관산호의 눈을 똑바로 쳐다보며 입을 열었다.

“성검진인께서 진영 전체를 헤집고 다니신다는 얘기를 듣고 왔소. 노구를 이끌고 그리 나대실 필요가 있겠소? 나라면 단주가 원하는 정보가 무엇이든 줄 수 있을 것이오.”

서문룡은 말을 높이고 있었다. 관산호와 그는 한 배분 이상 차이가 난다. 하지만 관산호의 위상은 이미 그가 하대할 수 있는 차원을 넘어서 있었다. 그도 그 사실을 인정한 것이다.

옆에서 듣고 있던 현송자의 눈매가 싸늘해졌다. 무림 중에 서문룡의 비중이 제아무리 크다 해도 그의 신분이 밝혀진 지금 그에게 저와 같은 투의 말을 할 수는 없는 일이었다.

그것은 말을 한 당사자인 서문룡뿐만 아니라 관산호를 비롯한 모두가 동의하는 일이었다.

그러나 서문룡은 개의치 않았고, 당사자인 현송자도 침묵했다. 그리고 상처를 치료하고 있는 황우령과 호연찬을 제외하고 천막에 있던 다른 일행들도 화를 내지 않았다.

서문룡의 심기가 깊음은 두말할 필요가 없는 사실. 그의 한마디 한마디는 모두 몇 수의 계산이 깔려 있는 말일 터. 굳이 말려들 필요가 없는 것이다.

관산호가 물었다.

“더 이상 궁금한 것은 없습니다. 전주께서 이처럼 날 찾은 이유가 그 때문만은 아닌 듯싶습니다만.”

듣기에 따라 적의까지 느낄 수 있는 차가운 어조였다.

서문룡은 이해할 수 없다는 눈이 되었다.

기분이 상한 기색이라면 이해할 수 있었다. 하지만 적의는 이해하기 어려웠다.

관산호와 얽힌 과거가 그리 좋지 않다논 건 서로 알고 있는 일이었다. 하지만 그 이면의 사정을 관산호가 알고 있다손 치더라도 그 정도의 일로 그에게 적의를 드러내는 건 상궤를 벗어났다. 그들은 모두 당세 무림의 한 축을 움직이는 거물들이다. 때론 상대가 등 뒤에서 칼을 꽂을 자라는 걸 알면서도 면전에서는 웃을 정도의 자기 관리가 되지 않는 자는 거물이 될 자격이 없는 것이다.

서문룡은 내심의 의혹을 드러내지 않으며 관산호의 말을 받았다.

"굳이 감출 이유도 없지. 물론이오. 단주가 가장 궁금해할 일이라고 해야 철사자단과 우문뢰의 위치 정도일 텐데, 그 부분은 비밀도 아닌 터라 성검진인께서 벌써 전해주셨을 터……."

그의 시선이 현송자의 얼굴을 스치고 지나갔다.

그의 말은 계속되었다.

"나는 단주가 앞으로 어떻게 움직일 것인지 그 구체적인 윤곽을 알고 싶어 찾아왔소."

"태상련주께 철사자단을 찾아갈 거라 이미 말했습니다만."

관산호가 그 말을 했을 때 서문룡도 동석했었다.

"나도 귀가 있으니 들었소. 내가 알고 싶은 건 단주가 철사자단과 합류한 이후요."

"과한 욕심이군요."

"과하다라… 나는 결코 그렇게 생각지 않소. 단주가 우리와 맺은 협약을 잊은 것이오?"

"잊지 않았습니다."

"다행이구려. 난 또 단주가 나이에 어울리지 않게 건망증이 생긴 줄 알았소."

빈정거림이 담긴 말.

대화를 듣던 일행의 눈썹이 일제히 허공으로 솟구쳤다. 그러나 당사자인 관산호는 여전히 무심한 얼굴인지라 일행은 참아야 했다.

"굳이 심기를 쓰실 필요는 없습니다. 알고 계시리라 생각합니다만 나는 말을 빙빙 돌리는 사람을 별로 좋아하지 않습니다. 그런 말을 계속 들어줄 인내심도 부족하고요. 하고 싶은 말이 있으시면 빨리 하시는 게 좋을 겁니다. 내가 일어서기 전에."

"말해주시오, 철사자단이 어떻게 움직일지를."

서문룡의 눈빛이 강해졌다. 그 눈과 마주친 관산호의 눈빛도 강렬하게 빛났다.

그가 말했다.

"무련은 철사자단이 군마천을 공격해 주기를 바라는 것입니까?"

관산호의 질문은 단도직입적이었다. 서문룡은 피해갈 수 없는 질문이라는 것을 직감했다. 여기서 말을 돌리면 관산호는 일어설 것이다. 그는 고개를 끄덕이며 대답했다.

“그렇소.”

“섶을 지고 불속으로 뛰어들라는 얘기로군요.”

“단주의 능력이라면 불길 속에서도 살아남을 것이라고 믿소.”

“대놓고 얼굴에 금칠해 주면 내가 좋아하리라고 생각하는 겁니까?”

“단주의 능력을 있는 그대로 평가했을 뿐이오.”

“능력이라… 그리 달갑지 않은 과한 평가로군요. 제가 무련과 맺은 협약은 군마천과 발생할 수 있는 전쟁에서 무련에 일조한다는 것이었지, 무련의 선봉에 선다는 건 아니었던 것으로 기억합니다만?”

“선봉에 서달라는 말은 아니오. 하지만 지금까지처럼 뒤로 물러나 거리를 두는 것은 협약에 위배되는 행동이오. 철사자단은 너무 소극적이었소. 그 자세를 적극적으로 바꾸어주시오. 그것이 협약에 걸맞은 행동이 아니겠소?”

“시각 차이일 뿐입니다. 난 지금도 본 단이 충분히 적극적이라 생각하고 있습니다.”

서문룡은 깊이 숨을 들이마셨다.

관산호의 무심한 얼굴에는 묘하게 그를 자극하는 무언가가 있었다. 그것은 그의 평정을 계속해서 흐트러뜨렸고, 속을 부글부글 끓어오르게 만들었다. 그의 수양이 조금만 낮았어도 벌써 폭발했을 것이다.

미세하게 흔들리던 서문룡의 눈빛이 움직임을 멈췄다.

"단주, 해가 중천에 도달하기 전에 우문뢰가 도착할 거요. 그 이후의 전개는 누구라도 예상할 수 있을 것이고. 군마천과의 대전(大戰)이 멀지 않았소. 그런 일은 벌어지지 않겠지만 만약 이번 대회전(大會戰)에서 무련이 군마천에 밀린다면 강북무림은 전화에 휩쓸리고 중원의 정파는 지리멸렬하게 될 것이오. 그런 불행을 막는 것이 무련의 존재 이유이고, 또한 본련이 군마천과의 전쟁에서 기필코 승리해야만 하는 까닭이오."

침을 삼킨 서문룡이 말을 이었다.

"군마천이 안강을 넘는다면 군산과 철사보는 그들의 노릴 제일의 목표가 될 거라는 걸 단주도 알 거요. 그들도 철사보를 뒤에 두고 북진하기에는 상당히 부담스러울 테니까. 단주가 우리와 거리를 두고 소극적으로 움직인 결과가 그리된다면 그 후에 어찌 그 상황을 만회할 수 있겠소? 패천존 우문뢰는 재기할 기회를 줄 만큼 호락호락한 인물이 아니오."

서문룡의 음성에 힘이 실렸다.

관산호는 굳은 얼굴로 얘기를 들었다.

그와 서문세가에 얽힌 사연이야 어떻든 서문룡의 정세 판단은 옳았다. 군마천이 무련을 패퇴시키고 장강을 넘는다면 철사보와 군산은 가장 먼저 군마천에 의해 무너지는 강북의 정도문파 명단에 오를 것이다. 장강 유역에서 군마천을 위협할 만한 존재는 철사보, 엄밀히 말하면 관산호가 이끄는 철사자단밖에 없었으니까.

관산호가 눈을 감으며 생각에 잠기는 기색을 보이자 서문룡은 입을 다물었다.

사해등룡방의 멸망, 그리고 대수로맹전을 거친 후 지금까지 관산호가 철사자단을 이끌며 보여준 능력은 좌홍의조차 눈 아래로 보는 그도 경탄하는 바였다.

손자병법에서 말한 풍림화산의 기세가 관산호에게는 있었다. 게다가 그의 주변에는 그나 좌홍의에 비견된다는 명성을 얻고 있는 청년층 최고의 두뇌, 신기수사(神技修士) 강천기와 화중지(花中智) 모용수란이라는 걸출한 군사들이 있지 않은가.

그런 관산호에게 있어 중요한 것은 정보와 결단이었지, 그의 조언이 아니었다.

일다경 정도가 지난 후 관산호가 눈을 떴다.

"서문찬 소가주와 노일겸 대협이 이끄는 무사들이 우회하여 장강을 넘을 것이라고 들었습니다."

"맞소."

"정확히 그들의 수가 어느 정도입니까?"

"몇십 명이 더하거나 빠질 수는 있으나 일천오백 정도로 보면 될 거요."

"일천오백이라……."

관산호는 팔짱을 꼈다.

적은 수가 아니었다. 더구나 그들은 강호 중소 문파의 후예들로 구성된 정무대와 형산파에서 엄선한 고수들, 그리고 인의무적전과 무련의 사신기, 무성각의 고수들이 함께하는 강력한 무력 집단이 아닌가.

중견 문파 정도는 반나절이면 쓸어버릴 정도의 힘이었다. 그리고 상대가 군마천이 아니라면 우회할 필요 없이 정면 대결을 해도 승리할 수 있을 전력이다.

"군마천의 전력은 어떻습니까?"

"안강에 선착한 건 군마천의 소천주 우문립이 중심이 된 무사들인데, 그들의 숫자는 대략 이천 정도로 추정하고 있소. 북상하는 우문뢰가 이끄는 자들의 수는 약 이천오백 정도로 보이고."

"그들의 구성도 파악되었습니까?"

"지옥군마각과 금은동 삼천각이 중심이 된 것으로 추정되오. 그동안 강호상에 모습을 드러내지 않은 호법전과 우문뢰가 키운 자들도 포함되어 있는 듯하지만 장담할 수는 없소."

서문룡의 얼굴은 약간 굳어 있었다.

총도가 등장한 직후 무련 내부에서 암약하던 풍마이의 간세들은 일소되었다. 하지만 그 사정은 군마천도 마찬가지였다. 군마천 내에 심어두었던 풍령전의 정보망도 궤멸된 것이다.

때문에 양 세력은 겉으로 드러나지 않은 상대의 내부 정보를 얻는 데 심각한 난관에 봉착해 있었다.

"이곳에 있는 무사들의 수도 이천 정도라고 하던데, 맞습니까?"

"그렇소."

서문룡은 고개를 끄덕였다.

관산호가 중얼거리듯 말했다.

"삼천오백 대 사천오백이라… 정면 대결이라면 승부를 장담하기 어렵겠군요."

서문룡은 눈살을 찌푸렸다.

그 모습을 보며 관산호는 서문룡이 자신을 찾은 이유를 분명하게 알 수 있었다.

비슷한 수준의 무인들이 집단전을 벌이는데 어느 한쪽의 수가 상대보다 삼분지 일 가까이 적다면 그것은 명백한 열세를 의미했다. 무련이 군마천과 대등한 싸움을 하려면 쌍방의 숫자를 비슷하게 만들어야 했다. 그것도 군마천의 무사 개개인에 비해 못하지 않은 무사들로.

그것이 무련의 서열 삼위 안에 든다는 거물, 풍령전주 서문룡이 직접 관산호를 찾아와 철사자단이 적극적으로 나서줄 것을 요구한 배경이었다.

철사자단 오백 무사가 무련과 함께 움직여 준다면 사천오백 대 사천의 대결이 될 수 있는 것이다. 더구나 자신들은 수비하는 측이 아닌가. 도하하는 측과 비슷한 무사의 수라면 유리한 입장이 된다.

"무련 소속 문파의 수장들이 정예를 뽑아 달려오고 있다는 말도 있던데, 그들이 도착하면 수의 열세는 면할 수 있을 텐데요?"

"그분들이 자파의 고수들을 데리고 오고 있는 건 사실이오.

그들의 수가 일천에 육박하니 그들이 도착한다면 분명 본 련은 수적 열세에서 벗어날 수 있을 거요. 그들이 도착하고 단주 또한 본 련에 합류해 준다면 지금과는 반대로 군마천에 대한 수적 우위를 확보하는 것도 가능해지겠지. 하지만 문제는 시간이오. 그들이 전력을 다해 달려오고 있을 것임은 분명하나 그들이 안강에 도착하려면 짧게는 일주일에서 길게는 보름에 가까운 시간이 걸리오. 우문뢰가 그동안 손을 놓고 기다릴 리가 없지 않겠소? 그리고 계속해서 무사들이 합류할 예정인 것은 우리만의 일이 아닐 것이오.”

관산호의 눈이 깊게 가라앉았다.

서문세가와 무당의 주력은 이미 안강에 와 있고, 형산파와 정무대는 서문찬과 함께 오고 있어 이삼 일 안에 합류가 가능할 것이다. 사천의 당가와 섬서의 종남파도 일주일 안에 도착할 수 있을 것이다. 하지만 감숙의 공동파와 산서의 모용세가는 아무리 말을 재촉해도 보름 이내에 도착하지 못할 것이다.

서문룡의 마지막 말도 옳았다.

만약 보름의 시간 동안 전투가 벌어지지 않는다면 무련에는 일천의 무사가 더해지겠지만 군마천에 얼마의 무사들이 더해질지는 미지수였다. 오히려 지금보다 더 수적 열세에 처할 가능성도 배제할 수 없는 것이다.

'이틀 내에 서문찬이 합류하면 삼천오백, 그 뒤 닷새 이내에 사천당가와 종남파가 도착하면 적어도 오백이 더해진다. 철사자단까지 합류하면 총 사천오백⋯⋯.'

관산호가 물었다.

"우문뢰가 장강을 건너려 할 것으로 보시는 겁니까?"

서문룡은 지체없이 고개를 끄덕였다. 확신에 찬 몸짓이었다.

"물론이오. 우리가 건널 이유가 없으니 그가 넘을 것이오. 장강 도하의 명분은 이미 확보되었으니 그는 수십 년 기다림에 종지부를 찍으려 할 거요."

명분이란 당연히 천마총도다. 천마의 직계를 자부하는 군마천이 무련의 손에 들어간 천마총도를 회수하겠다는 것만큼 더 분명한 명분이 어디에 있을 것인가.

관산호의 미간에 희미한 골이 패었다.

'일주일 내로 군마천이 장강을 도하하려 한다면 우리가 무련에 합류한다 해도 오백의 수가 적은 상태에서 싸우게 된다. 무련이 지키는 입장이 되면 수적 열세는 어느 정도 상쇄는 될 테지만… 관건은 도하가 어떤 형태로 이루어질 것이냐가 되겠군.'

공격하는 측이 지키는 측보다 더 많은 수의 병력을 필요로 함은 집단전의 기본적 상식에 속한다. 그럼에도 그것을 모를 리 없는 서문룡이 숫자에 집착하는 것은 그가 군마천을 대단히 높게 평가하고 있다는 걸 의미했다.

그가 물었다.

"우문뢰가 어떤 방법으로 장강을 건너려 할 것인지 짐작은 가십니까?"

서문룡의 얼굴에 곤혹스러운 기색이 떠올랐다.

"아직은 짐작하기 어렵소. 우문뢰는 호남성 남부에 들어와서 신녕(新寧)의 군마천 강남 총타 부근에서 반나절을 머물렀소. 그들이 신녕을 떠날 때의 광경을 목격한 자의 전언에 의하면, 십만대산을 떠날 때와는 달리 군마천의 무사들은 하나같이 등에 커다란 짐을 지고 있었다고 하오. 분명 도하에 관련된 장비일 거라 추측하고 있지만 그 정체를 파악하는 데는 실패했소."

말을 하는 서문룡의 눈 깊은 곳에서 살기가 흘렀다.

북상 중인 우문뢰 휘하의 무사들이라면 그 수가 이천오백에 달한다. 그런 그들이 지고 있다는 무거운 짐.

대단한 물량이라 주변을 조사했다면 그 물건의 정체를 파악할 수도 있었을 것이다. 하지만 그것은 가능하지 않았다. 그 전에 풍령전의 이목이 모두 제거된 때문이었다.

무리의 이동을 파악하는 데만도 얼마나 많은 수의 풍령전 고수들이 목숨을 잃었던가.

관산호는 서문룡이 숫자에 집착하고 있는 이유를 알 수 있었다.

군마천에는 백 년래 마도 제일의 병법가라 불리는 빙혼사신 좌홍의가 있다. 그가 어떤 수단을 취할지 예측할 수 없기에 서문룡은 병력의 숫자라는 기본적인 열세를 전쟁이 시작되기 전에 적어도 대등한 상황까지는 만들어놓으려 하는 것이다.

"철사자단의 정확한 위치를 아십니까?"

"아직 장강을 넘지는 않았소. 마지막 들어온 정보로는 이곳에서 이백 리 떨어진 문천(雯川)의 강 건너편에 머물고 있다고 하오."

서문룡의 간단한 설명에 관산호는 그곳을 선택한 사람이 누군지 짐작할 수 있었다.

문천은 그도 아는 곳이다. 그곳은 협곡이 연이어 있어 물살이 거세지만 대신 강폭이 오십 장도 채 되지 않는 곳이라 장비만 있으면 도하는 어렵지 않은 곳이다.

'형님이로구나. 아직 내 소식을 듣지 못하셔서 움직일 방향을 결정짓지 못하셨군.'

관산호는 잠시 침묵했다.

서문룡이 말해준 내용은 상세했다. 나름 성의를 다했다고 할 수 있었다. 하지만 아직 부족한 부분들이 있었다. 그들에 대한 정보를 분명하게 한 후 결정을 해야 했다.

"우문뢰가 도착한 후 바로 도하를 하여 공격할 것에 대해서는 걱정하지 않으시는 것 같습니다. 그들이 지금 강 건너편에 있는 자들과 합류하면 이곳에 있는 무사들의 배가 넘는 전력이 됩니다. 그들이 동시에 도하를 해도 승산이 있다고 판단하시기 때문입니까?"

무련의 배에 달하는 군마천의 무사들이 장강을 넘을 때 절반을 잃더라도 남은 수는 무련의 무사 수와 비슷하다. 충분히 싸워볼 만한 수였기에 상식적으로 판단한 때 우문뢰가 그것을 선택할 가능성도 완전히 배제할 수는 없었다.

서문룡은 쓰게 웃었다. 관산호가 답을 이미 알고 있으면서도 묻는다는 것을 눈치 챘기 때문이다.

"우문뢰는 바보가 아니외다, 단주. 그가 도착과 동시에 도하를 시도한다면 우리는 후퇴를 선택할 거요. 그런 열세를 감수하며 싸울 수는 없으니까. 그 상황에서의 후퇴는 불명예가 아니오. 그리고 우리가 후퇴하면 우문뢰는 강을 넘어온 후 더 많은 무사를 모은 다음 북진을 개시하게 될 것이오. 하지만 우문뢰는 그것을 선택하지 않을 거요. 그것은 장기전을 의미하기 때문이오. 이곳에 있는 세력을 무력화시키지 못한다면 강북에서의 전쟁은 군마천에게 모양만 보기 좋을 뿐, 실상은 지겹고 긴 겨울과 같게 될 거요. 좌홍의라면 혹시 모르지만 우문뢰는 그런 장기전을 택할 인물이 아니오."

"무련에서 후퇴 후 요격전을 선택할 수는 없는 것입니까?"

"우문뢰가 도착과 동시에 도하를 한다면 그렇게 할 수 있소. 하지만 우리의 세력이 모인 후 군마천이 도하를 한다면 우리는 그 방법을 택할 수 없소. 태상련주가 포함된 비슷한 규모의 우리가 군마천과 싸웠는데, 그 결과 우리가 패해 군마천에게 쫓기고 있다는 것이 강호상에 퍼진다면 무련은 재기불능의 타격을 입게 되오."

말을 하는 서문룡의 눈가가 일그러졌다.

지금 안강에 서문굉천과 서문원이 와 있다는 것을 당대 무림에서 모르는 사람은 없었다. 그리고 그 사실은 무련 측에서 소문낸 것이 아니었다.

소문의 근원지는 북상하는 군마천이었다. 덕분에 지금은 서문굉천과 서문원이 안강을 떠나고 싶어도 떠날 수 없게 되었다. 그들이 떠나면 우문뢰가 두려워 도망쳤다는 말밖에 되지 않는 것이다.

"서문찬 공자의 세력과 철사자단을 무련에 합류시키지 않을 때는 군마천이 어떻게 대응하리라고 보십니까?"

"우문뢰는 기다릴 거요. 하지만 오래는 아닐 거요. 건곤일척의 승부를 하려 하는 그의 성정에 맞지 않지만 장기전이라고 피할 사람은 아니니까. 하지만 우리 또한 장기전을 원치 않으리라는 것을 그는 아오."

"무련도 장기전을 원치 않는다라… 무슨 뜻입니까?"

"곧 단주도 알게 될 것이오."

그 말을 끝으로 서문룡은 입을 다물었다. 관산호도 대화가 끝났다는 것을 알았다.

그가 말했다.

"일부러 많은 것을 알려주러 오신 것에 대해 감사드립니다."

관산호의 말에 서문룡의 눈이 빛났다. 그가 관산호에게 말한 것은 무련 내에서도 아는 사람이 몇 되지 않는 최고급 정보들이었다. 그만큼 그는 관산호를 필요로 하고 있었다.

"결정했소?"

"다른 분들과 상의할 시간이 필요합니다."

관산호는 주변의 일행들을 돌아보며 말했다.

서문룡은 아쉬워하는 기색을 숨기지 못했다. 하지만 관산호의 의견에 동의했다. 철사자단이라는 조직 전체를 움직이는 일이었다. 그가 알지 못하는 내부 사정이 있을 수 있었고, 그건 그가 관여할 수 없는 영역이다.

"빠른 시간 내에 훌륭한 결정이 있기를 기대하겠소. 그리고 강 단주, 입과 행동을 조심하시오. 시기가 어려워 참지만 이 시기가 지난 후에도 아버님 앞에서 그와 같은 행동을 계속한다면 강호에서 살아남기 어려울 것이오."

말을 마친 서문룡은 간단한 포권을 남기고 천막을 떠났다.

눈을 가늘게 뜨고 서문룡의 등을 째려보던 현송자가 퉁명스러운 어조로 관산호에게 물었다.

"어렸을 때 봤던 저 녀석은 저렇게 형편무인지경이 아니었는데, 세월의 힘이 무섭긴 무서워. 그런데 단주, 어쩌실 생각이오?"

묵묵히 팔짱을 끼고 생각에 잠겨 있던 관산호가 눈을 떴다.

"대세가 흐름을 탔습니다."

짤막한 대답이었다.

현송자는 어안이 벙벙한 얼굴이 되었다. 동문서답 같았기 때문이다. 하지만 공손곤은 관산호의 말에 담긴 의미를 곧 알아차렸다.

현송자는 불가일세의 고수였지만 평생 산속에서만 살았던 인물이라 좋게 말하면 순수했고, 나쁘게 말하면 단순해서 복잡한 세상일에는 어두웠다.

공손곤이 말했다.

"철사자단을 불러들일 생각이시군요."

관산호는 천천히 고개를 끄덕였다.

"예."

고개를 갸우뚱한 현송자가 물었다.

"무련과 군마천의 싸움에서는 일정한 거리를 두겠다는 것이 단주의 뜻이었던 것으로 기억하는데?"

"그것은 우문뢰가 북상하기 전의 얘깁니다. 지금은 상황이 변했습니다, 진인."

단순하긴 해도 현송자는 천재의 범주에 드는 사람이다. 관산호의 말이 여기에 이르자 그도 이해했다.

그가 나이하고는 절대로 어울리지 않는 젊고 잘생긴 얼굴에 인상을 쓰며 말했다.

"철사자단만으로는 우문뢰가 포함된 군마천에 대해 독자적인 공략이 가능하지 않다는 건가?"

"그렇습니다."

"그렇겠지. 우문뢰가 함께 있는 군마천은 정말 무서우니까. 하지만 철사자단을 이곳으로 부르면 장기판의 졸 노릇이나 하게 될 가능성이 너무 크지 않겠는가?"

현송자의 음성엔 우려가 깔려 있었다.

"그렇게 되지 않도록 해야겠죠."

관산호의 음성은 언제나 그렇듯 무덤덤해서 그가 무슨 생각을 하고 있는지 알기 어렵게 했다.

공손곤이 끼어들었다.

"단주도 안강에서 일어날지 모르는 대회전이 향후 무림 정세의 분수령을 이루게 될 거라고 보는 모양이군요."

"예."

"진인의 우려대로 진행될 수도 있소. 양측의 물경 일만에 가까운 무사들이 집단전을 벌이게 될 거요. 그 안에서 오백의 철사자단은 햇볕에 녹는 얼음처럼 소멸될 수도 있소이다, 단주."

관산호가 팔짱을 풀며 자리에서 일어섰다. 그의 시선이 정요를 향했다.

"몸은 어떻습니까?"

차가운 얼굴로 석상처럼 선 채 중인들의 대화를 듣고 있던 정요가 움찔하며 대답했다.

"제가 입은 상처가 가장 가벼워서 거의 완쾌되었습니다, 단주."

"다행이군요. 구양 외단주에게 이곳으로 오라는 전갈을 보내려고 합니다. 가주시겠습니까?"

"물론이오."

정요의 눈이 빛났다.

악록산에서 헤어진 후 보지 못했던 염세곡 사람들을 볼 기회였다. 형제와 같은 그들의 안위가 걱정스러웠지만 내색조차 하지 못하고 있는 상황 아닌가.

"지금 가십시오. 가서 구양 외단주에게 최대한 빨리 이곳으로 오라고 전해주십시오. 우문뢰가 언제 움직일지 알기 어렵지만 전쟁은 늦어도 오 일 내에 벌어질 겁니다. 이 전쟁은…
시간을 지배하는 자가 이기는 싸움이 될 겁니다.”
　관산호의 말끝은 여운이 있었다.
　사람들의 안색이 무거워졌다.
　“예.”
　대답이 끝나기도 전에 정요의 신형은 천막에서 사라졌다.
　“이제부터 상처를 치료하고자 합니다. 다른 분들도 모두 상
처를 치료하는 데 진력을 다해주십시오.”
　“알겠소, 단주.”
　현송자와 공손곤, 마괴령은 대답한 후 천막을 나섰다. 관산
호와 나누고 싶은 대화는 많았지만 지금은 몸을 최상의 상태
로 만드는 데 집중해야 할 때였다.
　홀로 남은 관산호의 눈빛이 흔들렸다.
　유향은 흠칫했다. 관산호에게서 거의 느껴본 적이 없던 격
동이 느껴졌기 때문이다. 그녀의 입술이 달싹였지만 열리지는
않았다. 지금의 관산호에게는 방해해서는 안 되는 무언가가
있었다.
　관산호는 눈을 감았다. 움켜쥔 그의 주먹 위로 푸른 힘줄이
구렁이처럼 돋았다.
　철혈무정이라 불리는 그도 서문굉천을 본 이후 억지로 눌러
놓았던 심중의 격동을 더 이상은 참기 힘들었던 것이다.
　‘아버지… 어머니…….’

                    *   *   *

　"천주님을 뵙습니다. 군마천 천세!"

　"군마천 천세!"

　태양이 중천에 뜬 시각, 장강 이남의 안강변은 수천 명이 내지르는 거대한 함성으로 가득 찼다.

　드디어 우문뢰가 이끄는 이천오백의 군마천 정예 무사가 도착한 것이다.

　우문뢰는 마중 나온 운장룡과 우문립, 좌무웅, 그리고 표길량 등을 돌아보며 미소를 지었다.

　"고생들 했다."

　우문립이 앞으로 나섰다.

　지금까지 공식적으로 이곳에 있는 자들의 지휘권을 가진 사람은 운장룡이었지만 우문뢰가 도착하면서 그 체계는 소멸되었다. 이제 일행의 대표자는 소천주인 그였다.

　"저희들의 고생이야 천주님의 고생에 비할 바가 되겠습니까. 이제 천주님께서 오셨으니 무련은 두려움에 몸을 떨어야 할 것입니다. 우상께서도 고생하셨습니다."

　우문립의 음성은 진중했다.

　좌홍의가 포권으로 우문립의 인사를 받을 때 우문뢰의 눈에 만족한 빛이 떠올랐다.

　고생은 사람을 성숙시킨다. 대산을 떠날 때의 우문립의 기세와 지금의 기세는 많이 달랐다. 한 단계 성숙한 것이다.

우문립의 말이 이어졌다.

"군막으로 가시죠, 모시겠습니다."

"아니다."

우문뢰는 고개를 저었다.

"강변으로 가보자꾸나. 굉천이 머물고 있는 곳을 직접 보고 싶다."

우문립은 내심 자책했다.

우문뢰와 서문굉천은 평생 상대를 자신의 유일한 적수로 여겼다. 하지만 근 한 갑자에 가까운 세월 동안 두 사람이 이처럼 가까운 거리 안에 있던 적은 없었다.

그는 우문뢰의 심정을 미처 헤아리지 못한 것이다. 게다가 누가 감히 우문뢰의 말에 토를 달 수 있겠는가.

그는 가볍게 고개를 숙이며 대답했다.

"예, 천주님."

그와 우문뢰가 나란히 강변으로 걷자 수뇌부에 속한 사람들 전부가 두 사람을 호위하듯 에워싸며 걸었다.

적이 불과 백여 장 건너편에 있었다. 그 사이에 장강이 흐르고 있기는 하지만 당장 암습자가 우문뢰를 덮친다 해도 하등 이상할 게 없는 상황인 것이다.

한 걸음만 더 내딛으면 장강에 발을 담글 수 있는 지점에서 우문뢰는 걸음을 멈췄다. 급조한 망루의 아래였다. 일백 장 간격으로 세워진 망루는 언뜻 보아도 열 개가 넘었다.

십여 장에 가까운 높이의 망루를 일별한 우문뢰는 쓴웃음을 지었다. 무림사를 통틀어 봐도 무인들 간의 싸움에서 전장에 망루가 세워진 전례는 찾아보기 어려울 터였다.

"망루를 보니 건너편에 굉천이 있다는 것이 실감나는군."

짧게 중얼거린 그는 일 다향이 넘도록 뒷짐을 진 채 말없이 강 건너에 시선을 주기만 할 뿐, 말이 없었다.

아무도 우문뢰를 방해하지 않았다.

긴 세월 동안 당대 무림의 절반을 지배해 온 거인의 사색이었다. 그리고 아마도 당분간 있을 것 같지 않은 편안한 사색이기도 했다. 전쟁이 시작되면 이처럼 한가하게 강을 보며 사색에 잠길 여유는 없을 테니까.

"운 호법."

사색 후 우문뢰가 부른 사람은 운장룡이었다. 우문뢰의 왼편으로 일 장 정도 떨어진 곳에 있던 운장룡이 고개를 돌렸다.

"말씀하시지요."

"인근 일백 리 이내에 무련의 이목을 속이고 도하할 수 있는 장소가 있소?"

"없습니다."

운장룡의 대답은 즉시 나왔다.

기대하지 않았던 듯 우문뢰도 선선히 운장룡의 대답을 수긍했다.

"당연한 일이겠지만 그래도 아쉽긴 하구려. 후후후, 굉천이나 그 아들들이 틈을 줄 리는 없지."

운장룡이 쓴웃음과 함께 우문뢰의 말을 받았다.

"강 건너 무련의 진영을 중심으로 좌우 백 리, 총 이백 리는 풍령전의 전력이 집중되어 있습니다. 자라 한 마리가 건너가도 그들의 이목을 피할 수 없을 것입니다."

"우리도 비슷할 테지?"

우문뢰의 질문은 이척을 향한 것이었다. 표길량도 근처에 있었지만 이척이 있는 이상 그가 입을 열 기회는 없다.

풍마이의 총령, 이척도 즉시 고개를 끄덕였다.

"물론입니다, 천주님. 개미 새끼 한 마리가 건너와도 본영 좌우 이백 리 이내라면 절대 풍마이의 눈을 피할 수 없습니다."

좌우 이백 리 이내에 정보망을 깔아놓은 것은 혹시 있을지 모르는 무련 세력의 도하와 후미 공격을 우려한 때문이었다. 뒤를 경계하는 것은 병법의 기본이다.

풍마이는 무련이 백 리를 넘은 지점으로 도하하는 것 또한 경계하고 있었지만 백 리 이내에 비하면 상대적으로 느슨했다. 백 리를 넘은 곳에 도하한 후에 때를 기다린다 해도 양동 작전은 불가능했다. 시간 차가 심하게 나고, 두 세력의 역량을 고려할 때 도하한 세력이 전장에 도착했을 때는 이미 승부가 갈린 뒤가 될 것이기 때문이다.

이척에 뒤이어 좌홍의가 말했다.

"저는 무련이 장강을 넘어 내려오는 악수를 둘 가능성 자체가 없다고 봅니다만, 제 예상과는 달리 설령 무련에서 양동작전을 계획한다 해도 은밀히 도하할 숫자는 그리 많을 수가 없습니다. 세력을 비슷하게 양분해서 한쪽을 도하시킨다면 그 정보가 새어나가는 순간, 바로 본 천은 장강을 넘을 수 있게 될 것이기 때문입니다. 반만 남은 세력이라면 서문굉천이 열 명이 있어도 본 천을 막을 수 없습니다. 서문굉천이나 군사인 풍령전주 서문룡이 우리가 그런 상황을 고대하고 있다는 것을 모를 만큼 바보가 아닌 한 선택할 수 있는 패가 아니니 그 부분에 대해서는 심려하지 않으셔도 될 것입니다.”

우문뢰의 시선이 좌홍의에게 멎었다.

“철사자단이 양동작전의 한 축을 맡는다면 어떨까?”

좌홍의의 안색이 눈에 띄게 변했다.

관산호를 떠올리자 매상옥이 생각났고, 그것이 그의 속을 쓰리게 했기 때문이다.

그가 대답했다.

“궤멸을 각오한다면 가능할 겁니다만, 서문룡이나 관산호가 그 패를 선택할 것이라고는 생각되지 않습니다.

“왜 그런가?”

“오백의 철사자단으로는 대세를 바꿀 수 없기 때문입니다. 관산호는 바보가 아니고, 그의 군사들인 강천기나 모용수란은 탁월한 두뇌의 소유자입니다. 그들이 나이에 어울리지 않는 능력과 담력을 갖고 있는 건 인정합니다만, 자신들만으로 천주님께서 임해 계시는 본 천의 후미를 교란할 수 있을 거라는 불가능한 망상을 하지는 못할 겁니다.”

우문뢰도 동의했다.

철사자단이 군마천의 후미를 공격하려면 무련이 장강을 넘어 이남으로 온다는 전제가 필요했다. 현재는 기습이 불가능한 상황, 무련이 도하해 오지 않는다면 철사자단은 전원 옥쇄할 수밖에 없다.

하지만 무련이 도하를 선택할 가능성은 일 푼의 가능성도 없었다. 무련이 넘어오는 순간 군마천은 철수를 선택할 것이고, 무련은 장강 이남이라는 그들로서는 군마천의 영역 내에서 싸울 수밖에 없게 된다.

결국 철사자단이 장강 이남에 남아 군마천을 교란할지도 모른다는 일말의 우려는 관산호가 부하들과 함께 자살할 마음을 먹지 않는 한 실현 가능성이 없었다.

그리고 풍마이가 정보망을 이백 리 내에 깐 것은 만에 하나 있을 수 있는 무련의 도하와 양동작전을 염려하기 때문이었지만 본질적으로는 군마천의 철수 시기 파악이 목적이었다.

물론 무련이 장강을 넘어오지 않는다면 모든 가정과 전제는 무의미해진다. 그렇다 해도 대비를 하지 않을 수 없었다. 지금은 전쟁 상황인 것이다.

"서문굉천과 서문원이 와 있는 것이 다행이야. 그들이 와 있지 않았다면 저들은 우리의 도하와 함께 후퇴를 선택할 수도 있었을 테니까."

"그렇습니다, 천주님. 서문굉천 또한 이 전쟁을 장기전으로 끌고 싶지 않기 때문이겠지요."

"그럴 테지. 그도 나만큼 오래 기다렸으니까."

　공손히 우문뢰를 수행하던 우문립의 눈에 의혹이 어렸다. 그가 우문뢰에게 물었다.

　"천주님, 천주님께서 도착하심과 동시에 우리는 저들에게 압도적인 무력의 우위에 서게 되었습니다. 그런데 바로 강을 건너려 하지 않으시는 걸 이해하기 어렵습니다."

　우문뢰의 온화한 시선이 우문립을 향했다. 그가 말을 열기 전에 좌홍의가 입술을 뗐다.

　"소천주님의 의문은 지당하신 것입니다만 시행하기에는 곤란한 점이 있습니다."

　"그게 무엇입니까?"

　우문립은 의혹이 가시지 않은 어조로 물었다.

　"현재 우리의 힘은 분명 강 건너 무련에 비해 강합니다. 도하 도중 손실이 있다 해도 감수할 정도의 힘이지요. 하지만 지금 강을 건넌다면 서문굉천과 서문원이 있는 무련에게 퇴각의 빌미를 줄 수도 있습니다. 불명예스러운 일이나 현명한 선택임은 분명합니다. 강호의 시각도 그렇게 그들을 볼 것이고요. 그러면 이 전쟁은 장기전이 됩니다. 소천주님, 천주님께서는 서문굉천이 퇴각을 할 빌미를 주지 않으려 하시는 것입니다. 전쟁이 장기전으로 가는 건 천주님이 바라시는 바가 아니니까요. 그리고 장기전은 서문굉천 또한 원치 않을 것입니다."

　"왜 그렇습니까?"

　"무련 내 복잡한 역학 관계와도 관련이 있습니다만, 전쟁이 길어질수록 그들은 이길 수 있는 가능성이 줄어듭니다. 우리와 달리 그들은 정파 전체의 연합체가 아니라는 것을 염두에 두고 생각해 보신다면 왜 그런지 알 수 있으실 겁니다."

좌홍의의 말은 끝났다. 우문뢰는 완전히 의혹이 가시지는 않았지만 대략은 이해했다. 더 이상 질문을 할 분위기도 아니어서 그는 입을 닫았다.

빙긋 웃으며 우문립을 일별한 우문뢰의 시선이 뒤를 향했다. 그의 시선이 닿은 곳에는 그와 함께 온 군마천의 수하들이 쉬지도 않고 강가에 거대한 천을 이어 울타리를 만들고 있었다. 무사들은 얇지만 안이 보이지는 않는 천으로 지붕까지 만들고 있었다. 철저하게 외부의 시선을 차단하기 위해서였다.

"우상, 준비한 물건들을 사용 가능하게 만드는 데 필요한 시간은 어느 정도가 걸릴 듯한가?"

"익숙하지 않아 시간이 걸릴 수밖에 없지만 재촉하면 이틀이면 될 것입니다."

"속도도 중요하지만 실수가 있어서는 안 돼. 철저하게 점검하도록 하게. 기회는 단 한 번뿐이잖은가."

"명심하겠습니다."

먼저 도착해 있었던 우문립과 운장룡 등은 두 사람의 대화 내용을 이해하지 못했다. 두 사람이 천으로 만든 울타리에 시선을 준 채 나눈 대화인 터라 전쟁에 대한 복안이라는 건 충분히 짐작할 수 있었다. 하지만 그 이상은 짐작조차 할 수 없었다.

우문뢰와 좌홍의는 그들의 얼굴에 떠오른 의혹의 기색을 읽었으나 설명을 해주지는 않았다. 어차피 시간이 지나면 저절로 알게 될 일이었으니까.

＊　　　＊　　　＊

군막의 좌우에서 경비를 서던 무사들은 기울어가는 태양빛에 긴 그림자를 드리우며 다가서는 관산호를 보고 눈을 번뜩였다. 몇 시진 전 이미 보았던 얼굴이라 그들은 관산호를 한눈에 알아보았다.

설령 앞서 보지 못했다 하더라도 그들은 관산호를 알아보았을 것이다. 무련의 진영 내에는 관산호의 얼굴을 모르는 자들이 대부분이다. 하지만 그의 인상착의를 모르는 사람은 없는 것이다.

혈향이 묻어날 듯한 붉은 전포, 속을 꿰뚫기라도 할 것처럼 강렬한 눈빛, 돌로 만든 석상도 무색해질 표정없는 얼굴.

다만 언제나 도를 든 채 그를 그림자처럼 따른다는 여인이 없는 게 조금 이상했다. 하지만 유향이 있고 없고가 어떤 의미인지 알 리 없는 무사들의 생각은 이어지지 않았다.

군막의 앞에 도착한 관산호가 무사들에게 말했다.

"태상련주를 뵈러 왔소."

"약속이 되어 있으십니까?"

정중한 어조.

"그렇지는 않소만 중요한 일이오."

“잠시 기다려 주십시오.”

안에 들어갔던 무사는 열을 세기도 전에 다시 나왔다.

“들어오시라고 하십니다.”

“고맙소.”

말을 하는 관산호에게서 강 건너에서 입었던 내외상의 흔적은 보이지 않았다. 여섯 시진에 걸친 요상으로 그의 상처 대부분은 치료되었기 때문이다. 유향과 현송자가 적극적으로 돕지 않았다면 쉽지 않을 일이었다.

큰 걸음으로 군막에 들어선 관산호는 군막의 중앙에 있는 의자에 앉아 탁자 위에 찻잔을 내려놓고 있는 서문굉천을 볼 수 있었다.

정오경 강 건너 군마천 진영에 우문뢰가 도착한 이후 무련 진영이 초긴장 상태에 돌입한 것과는 달리 서문굉천의 분위기는 한가롭기까지 했다.

그와 눈이 마주친 서문굉천은 조금 의외라는 얼굴이었다. 그는 손짓으로 자리를 권하며 물었다.

“단주가 찾아올 줄은 몰랐구먼. 앉으시게.”

사람들이 있을 때와는 달리 관산호는 서문굉천에게 예를 표하지 않았고, 서문굉천이 권한 의자에 앉지도 않았다. 그 태도에 이상함을 느끼지 못한다면 서문굉천이 아니다.

그의 얼굴이 굳었다.

“흠, 적의라… 이유를 묻는 건 당연한 일이겠지. 대답해 주겠는가?”

관산호는 타는 듯한 눈으로 서문굉천을 바라보며 말했다.

"제 성인 강 씨는 현재 아버님의 성입니다. 저는 강 씨 성에 풍 자, 양 자 쓰시는 분의 양자입니다. 철사보처럼 작은 문파의, 그것도 일개 가신 집안의 일이라 태상련주님은 모르실 테지만요."

서문굉천의 눈이 조금 커졌다.

"그랬는가? 몰랐네. 그런데 그것이 자네가 내게 드러내고 있는 적의와 무슨 관계가 있는가?"

관산호는 호흡을 가다듬었다. 손끝에 경련이 일어났다. 평소의 그라면 있을 수 없는 일이다.

그가 천천히 말문을 열었다.

"양부의 성을 이어받기 전 제 본래의 성은 관 씨였습니다. 선부께서는 현 자, 문 자라는 함자를 쓰셨습니다."

"관… 현… 문……?"

낮게 중얼거리던 서문굉천의 안색이 귀신이라도 본 사람처럼 확 변했다.

"관현문… 설마, 화연이와… 그 관현문이란 말인가?"

"……"

관산호는 무서운 눈으로 서문굉천을 보았다. 말을 하려고 해도 입술이 떨어지지 않았다. 얼마나 긴 세월을 돌아 이 자리에 설 수 있었던가. 천하의 그도 지금은 도저히 평정을 유지하지 못했다.

서문굉천도 자리에서 벌떡 일어나 있었다. 그는 믿을 수 없다는 듯 눈을 흽뜨고 있었는데 눈에 초점을 잃고 있었다.

"그럴 수가… 어찌 그럴 수가……."

그의 검박한 백색 장포 자락이 바람도 없는데 펄럭였다. 참지 못한 심중의 격동이 기를 들끓게 만든 것이다.

침묵은 길었다.

두 사람 모두 서로를 바라보고만 있었다. 의미는 달랐지만 그들은 격동했고, 그것을 가라앉히는 데는 시간이 필요했다.

잠시 후 먼저 입을 연 사람은 관산호였다.

"그리 놀라실 줄은 몰랐습니다. 이미 기억 속에서 사라진 이름들일 거라 생각했으니까요."

서문굉천의 얼굴이 참혹하게 일그러졌다. 그러나 곧 평정을 되찾은 그는 조금 창백한 얼굴로 말했다.

"허허, 잊을 수 있을 리가 없지 않은가. 왜 진작 찾아오지 않았는가? 그랬다면 자네와 있었던 갈등은 애초부터 시작되지도 않았을 터인데?"

"아버님을 죽이고자 했던 분들이 계신 곳입니다. 제가 예전에 서문세가를 찾았다면 어떤 일이 벌어졌을지 누가 알겠습니까? 그리고 이처럼 수월하게 만날 수나 있었겠습니까?"

차가운 냉소였다.

서문굉천의 눈에 회한이 스쳐 지나갔다. 하지만 격동이 가라앉으면서 그의 신색은 서서히 본래의 모습을 되찾아가고 있었다.

"지난날의 인과를 풀고 싶은 것인가?"

그는 관산호가 자신의 외손자라는 것을 알게 되었음에도 말투를 바꾸지 않았다. 그것이 의미하는 바는 하나였다. 그는 관산호를 외손자로 인정하지 않는 것이다.

"그러기 위해 살았습니다."

"자네의 강철 같은 정신력의 근원이 무엇인지 항상 궁금했는데… 이제 그 의문이 풀렸군. 분노와… 복수심이었겠지?"

관산호의 대답은 없었다.

서문굉천은 홀로 고개를 끄덕이며 말을 이었다.

"어리석은 질문이었군. 그런데 자네가 지금 이곳을 찾은 이유가 그 분노를 풀고 복수를 하기 위해서인 것 같지는 않구먼. 시기와 장소가 너무 좋지 않다는 건 자네도 알지 있을 테고… 그럴 것 같았으면 이처럼 나와 대화를 나누려 하지도 않았겠지. 이유가 뭔가?"

관산호는 이를 악물었다. 움켜쥔 주먹에 들어간 힘을 풀기 위해서였다.

서문굉천의 말은 맞았다. 긴 세월 돌아왔지만 지금은 그것을 풀 때가 아니었다.

서문굉천이 그의 손에 쓰러지면 군마천과의 싸움은 하나마나였다. 서문원을 비롯한 서문세가 사대천왕의 능력은 걸출하지만 서문굉천의 빈자리를 대신할 정도는 못 되었으니까.

그리고 무련이 무너지면 파죽지세로 강북을 쓸어버릴 군마천의 거력에 의해 철사보와 철사자단 또한 공중분해될 것이다.

그는 자신이 서문굉천에게 패할 거라는 생각은 하지 않았
다. 필승을 자신할 수는 없었지만 적어도 동패구사할 자신은
있었다. 그러나 그런 상황은 그가 원하는 것이 아니었다.

"어머니… 에 대해 말씀해 주십시오."

서문굉천은 고요한 눈빛으로 관산호를 보았다. 예상했던 말
이었다. 지금 분노를 풀려 하지 않는다면 관산호가 원할 것은
그것 하나밖에 없었기 때문이다.

서문굉천은 단호한 몸짓으로 고개를 저었다.

"심정은 충분히 이해하네. 하지만 말해줄 수 없네."

힘이 풀려가던 관산호의 손등 위로 다시 시퍼런 힘줄이 돋
았다. 그의 전신에서 일어난 기세가 서문굉천에게 밀려들었
다.

서문굉천의 안색이 차가워졌다.

그는 서문세가 비전의 삼원전단신공(三元栴檀神功)을 구성(九
成)의 내공으로 운기했다. 하지만 그 막강한 전단공의 기운으로
도 관산호의 기세를 전부 막아낼 수는 없었다.

안색이 변한 서문굉천은 전단공의 단계를 높였고, 십일성까
지 운용해서야 관산호의 기세를 받아낼 수 있었다. 하지만 입
을 열 수는 없었다. 결국 서문굉천은 말을 하기 위해 전단공을
극성까지 운용해야만 했다.

"자네는 본신의 능력을 제대로 드러낸 적이 없었구먼."

돌처럼 딱딱한 음성이었다.

"여러 번 그런 적이 있었습니다. 단지 태상련주님의 사람들

이 보지 못했을 뿐입니다."

말을 받는 관산호의 이마에 보일 듯 말 듯한 아지랑이가 피어올랐다. 땀방울이 스며 나오지도 못한 채 기화되고 있는 것이다.

그가 말을 이었다.

"저는 지금 많이 참고 있습니다, 태상련주님. 하지만 제 인내심에도 한계가 있습니다. 상황이 여의치 않다고 해서 제가 끝까지 참을 거라고는 속단하지 마십시오."

관산호의 음성은 무덤덤했다. 그러나 서문굉천은 가슴이 섬뜩해졌다. 말은 단순히 말일 뿐이 아니다. 말은 말하는 사람의 심정을 전달하는 도구인 것이다.

"무림이고 뭐고 뒷일 생각하지 않고 지금 제 기분대로 해버릴 수도 있습니다, 태상련주님. 저는 빈손으로 시작했고, 지금도 별로 가진 게 없습니다. 앞으로도 무언가를 얻고 싶은 마음도 없고요. 철사자단과 철사보를 생각하면 미련이 없는 건 아니지만 제가 죽고 나면 그들도 알아서 살아가겠죠. 그리고 태상련주님이 제 외조부되신다고 생각해 본 적도 없습니다. 우리는 그저 남남이었습니다. 혈연이 없었다면 단순히 그냥 원수지간일 뿐이었을 테고요. 아시겠습니까? 태상련주님이 말씀을 해주지 않으신다면 저는 아무 생각 없이 손을 쓸 수도 있습니다."

그의 음성은 여전히 담담했다. 하지만 눈빛은 마주한 서문굉천의 눈이 타버릴 것 같은 광기(狂氣)로 가득 차 있었다.

침상에 누워 괴로워하며 죽어가던 아버지의 모습을 한시도 잊은 적이 없는 그였다. 영혼에 화인처럼 새겨진 그 모습을 가슴에 끌어안고 살아온 세월이 얼마였던가. 그는 너무 오랫동안 내색하지 않으며 살았다. 그 인고의 세월이 서문굉천을 보며 폭발하려 하고 있었다.

관산호는 진심이었다.

서문굉천도 그것을 느낄 수 있었다. 그래서 그는 당황했다. 예상치 못한 전개였기 때문이다. 그리고 그 실수는 그가 관산호의 정확한 능력을 알지 못한 것에서 기인했다.

어찌 상상이나 했겠는가.

관산호가 힘으로 그와 대등하게 맞설 수 있는 능력을 갖고 있으리라는 것을.

서문굉천은 어이없는 기색이 완연한 가운데서도 긴장을 풀지 못한 눈길로 관산호를 보며 갈등했다. 그의 깨끗하던 이마에 굵은 주름들이 생겨났다.

관산호의 모친, 서문화연은 중요한 존재였다. 그녀로 인해 무련은 당대 무림의 절반을 지배할 수 있는 힘의 기반을 완성할 수 있었으니까. 관산호와 서문화연이 서로의 존재를 알게 되면 그들은 필연적으로 만나게 될 것이고, 서문화연이 어떤 선택을 하느냐에 따라 무련은 거대한 폭풍에 직면하게 될 수도 있었다.

그러나 서문화연으로 인해 발생할 수 있는 문제는 훗날의 일이다. 목전에 있는 관산호의 협박은 당장에라도 실현될 성질의 것이었고.

그와 관산호가 싸우게 되면 둘 중 누가 쓰러지든 그 여파는 상상을 초월하게 될 것이다.

그가 쓰러지면 무련은 군마천에 의해 붕괴될 것이고, 관산호가 쓰러지게 되면 무림의 일에는 오불관언이던 상익청이 당장 달려올 것이고, 철사자단과 그를 아끼는 것으로 알려진 개방, 남궁세가, 소림 등 무련에 속하지 않은 거대 문파들과 그를 우상처럼 여기는 정파의 중소 문파들이 반발할 것이다.

둘 다 그렇게 되어선 결코 안 될 일들이었다. 무엇보다도 적전 분열은 필패의 지름길이다.

서문굉천의 이마에 만들어졌던 굵은 주름들이 하나둘 사라져 갔다. 그의 눈빛이 허탈감에 젖어갔다. 그의 마음이 어떻든 선택은 정해져 있다는 것을 깨달은 것이다.

그가 말문을 열었다.

"한 가지 조건을 수락한다면 화연에 대해 얘기해 주겠네."

관산호의 눈이 빛났다.

"말씀하십시오."

"군마천과의 전쟁이 승부가 가려지기 전까지는 화연을 만나지 않는다는 조건일세. 서신이나 사람을 보내는 것도 안 되네. 가능한 일체의 접촉을 포함하네."

"…받아들이겠습니다."

관산호의 대답은 오래 걸리지 않았다.

모친의 행방을 알게 된다고 해서 바로 몸을 빼낼 수 있는 상

황도 아니었고, 이 전쟁에서 자신이 살아남을 수 있을 거라고
장담할 수도 없는 게 그의 입장이 아닌가.

그가 기세를 거두자 서문굉천의 기세도 사라졌다.

서문굉천은 복잡한 시선으로 관산호를 보며 천천히 말했다.

"생각해 보니 화연은… 자네도 이미 한 번 만났었네. 용아가
했던 보고 중에 그 내용이 들어 있었지."

그의 말에 관산호는 미간을 찡그렸다. 그러나 입을 열지는
않았다.

묵묵히 다음 말을 기다리는 관산호의 전신에서 일어난 기세
에 심리적 압박감을 느낀 서문굉천의 마음속에 탄식과 감탄이
동시에 일어났다.

방금 전 관산호의 기세가 무공에 의한 것이라면, 지금 그의
전신에서 일어난 기세는 정신의 힘에 의한 것이었다. 그리고
당세 무림에 후자의 기세로 서문굉천에게 압박감을 느끼게 할
만한 존재는 우문립 외에 존재하지 않았다.

서문굉천은 그렇게 생각하며 살아왔는데 관산호는 그런 그
의 생각을 일거에 깨부숴 버린 것이다.

'대단한 아이다. 허허, 이런 아이가 외손주라니… 그러나 당
시에는 그렇게밖에 할 수 없었다. 하지만 그 사정을 말할 수는
없는 일이니. 아아…….'

그의 말은 계속되었다.

"자네의 모친은 현재 모용세가에 있네."

관산호의 안색이 창백해졌다. 그 기색을 읽은 서문굉천은

쓸쓸한 얼굴이 되었다.

"자네 생각이 맞네. 모용대부인이라고 불리는 아이가 자네의 모친, 서문화연일세."

"그분이… 하지만 그분의 성함은 서옥경이 아닙니까?"

친모는 아니어도 모용수란의 모친이었다. 동료의 부모 이름을 아는 건 기본에 속한다.

"그 아이가 서문가의 성을 쓰지 않은 건 사정이 있네……. 그리고 자네가 알고 있는 화연이라는 이름은 옥경, 그 아이의 아명(兒名)이라네. 그래서 아는 사람이 거의 없지……. 현문이의 일 이후 그 아이는 서문가에 대해 모용세가의 누구에게도, 심지어 자식들에게도 말한 적이 없었네. 후우… 그것은 나의 뜻에 따른 것이었지만 그 아이의 뜻이기도 했네."

악다문 관산호의 입술이 터지며 한 줄기 피가 흘렀다. 그의 뇌리에 모용대부인의 아름다운 모습과 그에 전혀 어울리지 않는 허무와 고통으로 가득하던 눈빛이 선명하게 떠올랐다.

그를 보며 크게 놀라던 여인. 그는 눈앞에 모친을 두고도 알아보지 못한 것이다.

느린 움직임으로 소매를 들어 피를 닦은 관산호는 실핏줄이 터져 붉게 충혈된 눈으로 서문굉천을 보았다.

"말씀해 주셔서 감사합니다. 나머지 빚은 무림이 평온을 되찾은 후에 받기로 하지요. 만약 그때까지 우리 둘이 살아 있다면 말입니다."

담담한 어조.

관산호는 등을 돌렸다.

입구의 천을 들추고 밖으로 나가는 관산호의 등을 보며 의자에 앉는 서문굉천의 눈매가 떨렸다.

'인위적으로 천륜을 뒤튼 벌을 이제야 받는구나. 하늘의 그물은 성기어 보여도 그 무엇도 벗어날 수 없다는 말이 헛된 말이 아니로다. 당시로서는 피할 수 없는 선택이었다고는 하지만 저 아이는 그 저간의 사정을 이해할 수 없을 것이다. 허허허. 업보로다, 업보야……'

탁자 위에 놓인 그의 손끝이 떨리고 있었다.

제 3 장

암운(暗雲)

鐵血無情路

시간이 갈수록 무련 진영은 짙은 살기와 숨이 막힐 듯한 긴장으로 가득 찼다.

망루를 세운 건 무련도 군마천과 다를 바 없어서 무련은 상대편 진영에서 무엇을 하고 있는지, 인원의 변동이 있는지 없는지까지도 알 수 있었다.

하지만 우문뢰가 도착한 직후 사방 삼백여 장이라는 넓은 공간을 이 장에 달하는 천으로 만들어진 벽으로 격리한 다음에 그 안에서 무엇을 하는지는 알 수 없었다. 그만큼 격리된 장소는 철저한 보안 속에 있었다.

불안이 증폭될 수밖에 없었다. 그 때문에 무련의 수뇌부는 연일 회의를 거듭했다. 하지만 정체를 알 수가 없으니 마땅한 대책이 나올 리 만무했다. 그리고 그 와중에 서문찬과 진공헌이 이끄는 무사들과 철사자단이 앞서거니 뒤서거니 하며 도착했다.

　신시 초(오후 3시경).
　두두두두두두.
　히히히힝.
　푸르르. 푸르르.
　오백여 필의 말이 멈추며 내는 발굽 소리와 투레질 소리, 그리고 구름처럼 일어나는 흙먼지가 무련 진영을 뒤덮었다.
　마상에서 훌쩍 뛰어내린 구양룽은 먼지 속을 뚫고 다가서는 관산호의 모습을 보며 빙긋 웃었다.
　"단주, 오면서 걱정했던 것보다는 멀쩡하구려."
　구양룽의 말에 강천기와 모용수란, 이단양을 비롯한 사람들은 모두 활짝 웃었다. 하루 만에 이백 리를 주파한 터라 피곤이 덕지덕지 묻은 얼굴들이었지만 그들의 웃음은 밝고 활기찼다. 관산호의 무탈해 보이는 모습이 노심초사하던 그들을 안심시킨 때문이었다.
　물론 반나절 동안 이백 리를 주파하고 다시 말 등에서 이백 리를 시달리며 온 덕에 반쯤 정신이 나가 있는 정요는 예외였다.
　바쁘게 오간 인사가 끝나갈 무렵 관산호는 맑은 눈에 격정을 담은 모용수란을 대면할 수 있었다. 그의 눈가에 찰나지간 스쳐 간 그늘을 읽은 사람은 단 한 사람밖에 없었다.

유향.

'오라버니…….'

어제 서문굉천의 군막에는 그녀도 있었다. 하지만 그것은 관산호가 허락한 일이 아니었다. 그녀는 관산호 몰래 그의 그림자 속에 숨어들었던 것이다. 서문굉천을 찾아가는 관산호의 기세가 비장하기까지 했던 때문이다.

그리고 불가일세의 고수라는 서문굉천도 그녀의 기척을 알아차리지 못했다. 흥분이 가라앉은 관산호가 유향의 존재를 자각했을 때는 이미 서문굉천과의 대화가 마무리되던 시점이었고.

관산호는 철사자단의 수뇌부와 함께 철사자단을 위해 마련된 군막으로 갔다. 삼십여 개의 군막은 그가 철사자단의 합류를 서문룡에게 통보하자마자 기다렸다는 듯이 채 한 시진도 되지 않아 만들어진 것이었지만 튼튼했고, 또한 넓었다.

중앙의 군막으로 들어선 관산호와 철사자단의 수뇌부는 방석이 깔린 바닥에 빙 둘러앉았다. 탁자나 의자와 같이 사치스런 물건들은 서문굉천과 서문원의 군막에만 있다.

자리에 앉자마자 약속이라도 되어 있었던 듯 공손곤이 현재의 정세를 설명했다. 부족한 부분은 관산호가 보충했다. 오는 도중 정요에게 대충 들었던 것보다 상황이 더 심각함을 알게 된 구양룡과 강천기 등의 눈밑이 어두워졌다.

강천기가 물었다.

"무련과 함께 싸우실 생각입니까?"

관산호는 말없이 고개를 끄덕였다.

"……."

무겁게 흐르던 침묵을 깬 건 관산호였다.

그의 시선이 구양릉을 향했다.

"조만간 벌어질 전쟁의 결과는 철사보뿐만 아니라 무림 전체의 운명을 결정지을 겁니다. 제가 무련을 돕기로 한 것은 그 때문입니다. 군마천의 승리는 철사보를 위태롭게 하는 데 그치지 않을 테니까요. 하지만 염세곡 분들까지 전쟁에 참여하는 것을 강요할 생각은 없습니다. 천하 정세의 변화가 너무 급박해서 그동안 대화를 나눌 기회가 없어 말씀드릴 수 없었습니다만, 저는 염세곡 분들이 무련을 돕는 듯한 현재의 국면을 달가워하지 않으리라는 것을 알고 있습니다. 어떤 선택을 하시든 저는 염세곡 분들을 원망하지 않을 겁니다."

구양릉의 자색 눈동자가 신비롭게 빛났다. 관산호는 철사보에 합류한 이후 외단이라 부르던 그들을 염세곡이라 칭했다. 그것은 배려였다. 그는 그 신비로운 눈으로 관산호를 바라보다가 입을 열었다.

"단주의 생각대로요. 외단에 있는 사람들 중에는 불만을 가진 사람들이 있소. 하지만 그 불만의 수위가 철사자단을 떠날 정도인 사람은 아무도 없소. 왜인지 아시오?"

대답을 원한 질문이 아니다.

구양릉은 말을 이었다.

"염세곡에서의 삶은 고통스러웠소. 우리가 곡에 삶을 묻은 것은 타의에 의한 것이었소. 돌아갈 곳이 없는 자의 허무와 절망을 단주는 알지 못할 것이오. 철사보에 온 후 우리는 집을 얻었소. 무련과 군마천을 두려워하지 않을 뿐만 아니라 그들도 함부로 하지 못하는 거인의 지휘 또한 받게 되었소. 누가 외단을 떠나려 하겠소! 우리는 철사자단의 외단이고, 이곳에서 살다가 이곳에서 죽을 거요. 그리고 죽기 전에 단주가 약속했던 것, 무련과 군마천, 그리고 타인의 삶을 강제하려 하는 자들이 없는 무림을 만들겠다는 그것이 실현되는 것을 볼 것이외다."

구양릉의 음성은 크지 않았다. 하지만 그 안에 담긴 진정은 비할 데 없이 컸다.

관산호는 구양릉에게 깊이 포권했다. 자신을 신뢰해 주는 강호의 노선배에게 그가 표현할 수 있는 최고의 경의였다.

"감사합니다, 외단주님."

"염세곡주에서 다시 외단주가 되어 기쁘구려."

구양릉의 농담에 무겁던 분위기가 한층 가벼워졌다.

입가에 떠오른 미소를 지운 관산호가 강천기를 보며 말했다. 이제 당면한 현안을 논의해야 할 때였다.

"형님, 서문 전주가 했던 예상은 옳았습니다. 우문뢰는 도착 후 바로 도하를 하지 않았습니다. 그것은 서문 태상련주가 후퇴할 명분을 주지 않겠다는 뜻이고, 안강에서 승부를 보겠다는 명백한 의지의 표현입니다. 서문 전주는 우문뢰가 기다릴 거라고 했지만 그 기다림이 길지도 않을 거라고 예상했습니다. 기다림에 대한 예상이 적중한 이상 그 기다림이 길지 않을 거라는 예상 또한 적중할 가능성이 높습니다. 그렇다면 전투는 적어도 이틀 이내에 개시될 거라는 걸 염두에 두고 대비를 해야 합니다."

그의 말이 계속되었다.

"우문뢰가 무련을 공격하려면 강을 넘어와야 하는데 현재 무련에서는 우문뢰가 어떤 방법으로 강을 넘어올지에 대해 감을 잡지 못하고 있습니다. 형님은 어떻게 생각하십니까?"

강천기는 한층 깊어진 눈으로 관산호를 보며 그의 말을 받았다.

"단주, 저 또한 그에 대한 고민을 계속해 왔습니다만, 일단은 무련에서는 우문뢰가 사용할 방법에 대해 어떻게 짐작하고 있는지 혹 알고 계신 것이 있습니까?"

관산호는 고개를 끄덕였다.

서문룡이 그를 찾아온 후 무련 측에서는 관산호에게 앞으로의 전쟁에 필요한 정보를 숨기지 않고 있었다.

"예전에 저희가 수로맹과 동정호 수상에서 싸우던 방법이 사용되지 않을까 짐작을 하고 있는 듯합니다."

"흠……."

강천기는 미간에 내 천 자를 그리며 생각에 잠겼다.

잠시 후 그가 물었다.

"그 외에는요?"

"우문뢰가 도착한 후 폐쇄시킨 공간이 있습니다. 그곳에서 무언가가 이루어지는 듯한데, 그에 대한 정보가 전무한 터라 더 이상의 추측이 어려운 실정입니다."

강천기의 눈이 번뜩였다.

"폐쇄된 공간? 어느 정도 규모입니까?"

"사방 삼백여 장 정도입니다."

"삼백여 장? 엄청난 규모로군요."

강천기는 물론이고 구양릉과 다른 사람들도 놀란 얼굴빛이었다. 그들은 도착하자마자 군막으로 온 탓에 강 건너편에 만들어진 군마천의 폐쇄 구역을 아직 보지 못했다.

관산호는 쓴웃음을 지었다.

코앞에서 일어나고 있는 일인데도 그 정체를 파악하지 못하고 있는 것을 답답해하는 기색이 그 웃음에서 묻어났다.

관산호의 웃음을 본 강천기는 마음이 무거워졌다. 그는 이 자리에 있는 어느 누구보다도 관산호에 대해 잘 안다.

관산호는 가혹할 정도로 스스로에게 엄격한 사람이었다. 그리고 그의 엄격함은 다른 사람들이 위기에 처했을 때 더 강하게 나타났다. 사람들의 위기를 타개하기 위해선 목숨을 건 위험조차 무릅쓰기를 주저하지 않는 것이다.

관산호가 위험천만한 일을 벌이기 전에 그가 이 전쟁에서 가장 적은 피해로 가장 큰 효과를 낼 수 있는 방법을 찾아내야 했다.

잠시 말이 없던 그가 다시 말문을 열었다.

"단순하게 생각할 때 강을 건너는 방법으로는 선박을 이용하는 것이 최선입니다. 하지만 현재 무련과 군마천은 선박이 없습니다. 설사 있어도 선박의 사용은 불가능합니다. 강폭을 고려하면 선박의 노가 움직이기도 전에 화공에 불타 없어질 테니까요. 결국 선박을 이용하지 않고 장강을 건너려면 무인들 개개인의 능력에 의존하는 방법을 택할 수밖에 없습니다. 수중을 헤엄쳐 건너거나 동정호에서 우리가 했던 것처럼 판자를 계속해서 물 위로 던지면서 그것을 밟아 건너는 것이죠. 하지만 이 방법을 택하는 건 너무 큰 모험입니다. 그런 식으로 도하를 하면 전열이 흐트러질 수밖에 없고, 대기하고 있을 게 분명한 무련의 집중 공격에 각개격파될 겁니다. 저희가 동정호에서 그 방법을 선택했던 것은 적들이 배라는 한정된 공간에서 저희를 맞아야 하는 한계를 갖고 있었기 때문입니다. 그런 전략적 판단을 하고서도 그 방법이 위험했기 때문에 다른 공격과 병행하지 않았습니까? 하지만 무련은 현재 뭍에서 기다리는 입장이어서 기동성의 차원이 당시의 수로맹과 다르고, 무력의 수준 또한 수로맹과는 비교조차 할 수 없습니다."

사람들은 숨소리도 크게 내지 않으며 귀를 기울였다. 강천기는 그들의 두뇌였고, 지금까지 그들을 실망시킨 적이 없었다. 당연히 그에 대한 그들의 신뢰는 반석과도 같다.

강천기가 말을 이었다.

"무련이 남으로 내려갈 의사가 없는 이상, 우문뢰는 반드시 장강을 넘어야 합니다. 그리고 뭍에 닿기 전에 큰 피해를 입어서도 안 됩니다. 현재 양측의 전력은 크게 차이가 나지 않습니다. 공손 대협께서 말씀하신 대로라면 무련이 오백 정도의 열세인데 군마천이 도하 과정에서 그 이상의 피해를 입는다면 장강을 넘더라도 그들은 전멸당할 겁니다. 제 판단으로는 저들이 도하를 하기 위해서는 무련이 도하하는 군마천의 세력에게 공격을 집중할 수 없는 상황을 만들어야만 합니다."

"사형, 양동작전이 있을 거라는 말씀이세요?"

모용수란이다.

"군마천의 도하를 위한 선결 조건이 그것이다. 다른 건 모두 그 후에 따라붙을 것들이고."

모용수란은 고운 아미를 찡그렸다.

"양동작전에 필요한 병력은 적어도 일천은 넘어야 해요. 그 정도가 되지 않으면 무련을 교란하지 못할 테니까요."

그녀는 고개를 갸우뚱하며 말을 계속했다.

"그것이 가능할까요? 진영 좌우로 백 리, 총 이백 리에 걸쳐 풍령의 고수들이 만약에 있을지 모를 군마천의 침투를 감시하고 있고, 진영 전방에는 망루 이십여 개가 십오 리에 걸쳐 군마천의 일거수일투족을 감시하고 있어요. 그런 감시망을 뚫고 세력을 나누고, 또 도하까지 하는 것은 천하의 우문뢰라도 쉽지 않은 일일 듯해요."

강천기는 모용수란의 말을 막지 않았다. 그가 스스로의 판단에 확신을 갖고 있다 해도 그에 대한 누군가의 반론은 언제나 가능했다. 그 자신도 그것을 환영했고, 무엇보다도 철사자단 내에서 기탄없는 의견 제시는 단주인 관산호의 흔들리지 않는 뜻이었다.

어느 조직이든 자유로운 언로가 막히면 수뇌부가 독선에 빠지게 된다. 그렇게 되면 조직원들로부터 창조적인 의견이 나올 수 없고, 결국 고인 물처럼 썩은 그 조직의 미래는 참담해질 수밖에 없다는 것이 관산호의 신념이었다.

강천기가 모용수란에게 시선을 주며 말했다.

"쉽지는 않은 일이지. 하지만 쉽지 않을 뿐, 불가능한 일은 아니라고 생각한다. 군마천은 마도를 직간접적으로 지배한 수백 년의 역사를 가진 곳이고, 우문뢰와 그의 군사 좌홍의는 그런 군마천 사상 가장 뛰어나다고 공인된 인물들이야. 상식선에서 판단해서는 안 되는 인물들이다."

"강 군사의 말이 옳네."

불쑥 말한 사람은 평소 거의 입을 열지 않는 구양룽이었다. 그는 은은한 자색으로 물들어 신비롭게 빛나는 눈으로 사람들을 돌아보며 말했다.

"우문뢰는 불가일세의 인물이라는 것을 한시도 잊으면 안 되네. 그를 일반적인 범주의 인물 속에 넣어 판단해서는 이 전쟁에서 결코 이길 수 없네."

모용수란은 부드럽게 웃으며 동의했다. 기분이 상하거나 한 기색은 보이지 않았다.

그녀가 강천기의 의견에 회의적인 반응을 보였던 것은 사람들에게 다른 가능성을 열어두기 위한 것이었지, 강천기와 생각이 다르기 때문은 아니었다.

　팔짱을 낀 채 묵묵히 대화를 듣고 있던 관산호가 입을 열었다.

　"형님의 말씀을 이해할 수는 있습니다. 일단, 그 의견을 인정한다는 전제하에 문제는 우문뢰가 가진 병력에서 과연 양동을 구사할 수 있는 병력이 있겠느냐와 그 병력을 빼고도 도하를 시도할 수 있겠느냐, 그리고 그들이 과연 어디에서 도하를 할 것이냐가 될 겁니다. 그 문제를 우문뢰가 어떻게 해결할 거라고 보십니까?"

　강천기의 이마에서 아지랑이가 피어올랐다.

　관산호의 질문을 핵심을 짚고 있었고, 그에 대한 대답은 강천기로서도 힘들 수밖에 없었다. 능력이 부족하기 때문이 아니라 절대적으로 정보가 부족하기 때문이었다.

　마침내 강천기는 나직하게 한숨을 내쉬었다.

　"세 가지 질문 모두 현 시점에서 명확한 답을 드리지는 못합니다. 하지만 한 가지는 분명하게 말씀드릴 수 있습니다. 우리는 양동작전에 대비해야 합니다. 그렇지 않으면 결과가 끔찍해질 겁니다."

　강천기의 대답에 관산호는 생각에 잠겼다. 강천기의 한계는 그의 한계이기도 했다. 그가 필요한 정보를 확보하지 못했기 때문에 강천기가 명확한 병법을 구상하지 못하는 것이다.

　그가 말했다.

　"오늘 밤은 모두 푹 쉬면서 최상의 몸을 만들어두십시오."

　각자의 생각에 잠겨 있던 사람들의 시선이 일제히 그에게 집중되었다.
　그의 말이 계속되었다.
　"무련에서는 군마천의 공격이 앞으로 적어도 이틀 이내에 개시될 거라고 보고 있습니다. 하지만 그것은 예상일 뿐입니다. 결전의 시간이 어쩌면 내일 아침이 될 수도 있습니다. 철사자단은 완전한 준비를 갖추고 있어야 합니다. 모두 각오를 새롭게 해주십시오."
　"알겠소이다, 단주."
　구양룡과 더불어 다른 사람들도 대답을 한 후 자리에서 일어났다. 그들의 몸짓이 급해졌다. 몸이 마음을 따라가는 것이다.
　남은 사람은 유향과과 강천기, 그리고 모용수란과 이단양이었다. 이단양은 관산호의 눈짓을 받고 남았다.
　사람들과 있을 때와는 달리 강천기의 얼굴에는 깊은 그늘이 져 있었다.
　관산호가 소리없이 웃으며 말했다.
　"걱정되십니까, 형님?"
　"안 된다면 거짓말이겠지."
　사석이다. 강천기는 말을 놓았다.
　"저도 형님의 의견에 동의합니다. 저들은 여러 방면에서 동시 공격을 시도할 겁니다. 어떤 방법이 될지 모르겠지만."
　"무련에서도 그 가능성에 대해 대비를 하고 있느냐?"

관산호는 씁쓸한 표정으로 고개를 저었다.

"그렇지 않은 듯합니다. 무련 수뇌부는 현재의 군마천이 병력에서 따로 병력을 빼서 양동작전을 구사하기에는 무리라고 생각하니까요. 게다가 가까운 곳에는 도하가 불가능하고, 너무 먼 곳에서 도하를 하면 동시 공격이 불가능합니다. 상황이 이런데 도하를 견제할 무사들 중에서 양동작전에 대비한 무사를 따로 빼면 무련의 힘은 분산됩니다. 무련 수뇌부는 그것을 우려하고 있습니다."

"그들의 판단도 일리는 있어. 어떻게 보면 내 생각이 너무 비약이 심하다고 할 수 있다."

관산호는 강천기의 심정이 손에 잡힐 듯해서 내심 쓴웃음을 지었다. 능력에 비해 그나 강천기를 비롯한 철사자단의 인물들이 무련 내에서 차지하는 공식적인 지위가 너무 낮았다. 그 때문에 얻을 수 있는 정보의 질과 양이 형편없이 부족했고, 발언권도 미약했다.

대세에 영향을 미칠 수 없는 위치.

그것이 현재 무련 내에서 철사자단이 가진 지위였다.

강천기의 눈가에 곤혹스러운 빛이 떠올랐다.

그가 말했다.

"한 가지 이해하기 어려운 점이 있다."

"무엇입니까?"

"서문 태상련주는 왜 안강에 도착한 이후에 무련에 소속된 각 문파에 소집령을 내렸을까?"

관산호의 눈빛이 변했다. 강천기의 말에 포함된 묘한 분위기를 알아차린 것이다.

"그 부분은 생각해 보지 못했군요."

"난 그분과 같은 사람이 안강에 도착해서야 즉흥적으로 군마천과 일전을 결하겠다고 결심했을 가능성은 거의 없다고 본다. 이곳에 오실 때 이미 대부분의 일을 결정하고 움직였을 텐데… 무련에서 출발하기 전에 각 문파에 연락을 했다면 절반 이상의 문파는 벌써 안강에 전력을 투입할 수 있었을 것이고, 강 건너에 있는 군마천을 상대하기 충분한 전력을 확보할 수 있었지 않았을까? 단순한 실책이었을까? 그분과 같은 사람이? 이해하기가 어려워."

관산호는 침묵했다.

그도 의혹을 느꼈지만 서문굉천이 무슨 생각을 하고 있는지 그 속내를 짐작하기는 어려웠다. 그가 서문굉천을 어떻게 보고 있든 그는 당대 무림의 양대 거인 중 한 명인 것이다. 그런 인물의 속을 완벽하게 예측한다는 건 불가능에 가까웠다.

"형님, 태상련주가 무슨 생각을 하고 있는지는 알 수 없습니다. 하지만 한 가지는 분명합니다. 이곳에서 전쟁이 있을 것이라는 것입니다. 우리는 그것을 준비해야 합니다."

강천기는 정신이 번쩍 든 얼굴이 되어 고개를 끄덕였다. 그는 쓴웃음을 지으며 말했다.

"네 말이 옳다. 내가 엉뚱한 생각에 잠시 정신을 놓고 있었구나."

강천기에게서 시선을 뗀 관산호는 이단양을 보았다.

"단양."

"예, 대사형."

관산호는 품에서 밀봉된 서신을 꺼내 이단양에게 건네주며 말했다.

"넌 지금 즉시 떠나 시 숙부나 뇌 방주님을 찾아라. 그리고 그분들께 이것을 전해라."

언제나와 같은 무심한 어조. 하지만 남는 여운은 무겁다.

이단양은 관산호가 이 상황에 시경과 뇌유각에게 전하라는 서신의 내용이 궁금했지만 묻지는 않았다. 그가 관산호의 성격에 적응한 지도 꽤 되었다.

"알겠습니다, 대사형."

힘차게 대답한 이단양은 바로 일어섰다. 개방에서 최고라 손꼽히는 고수들도 안강 주변을 배회하며 촉각을 곤두세우고 있었다. 시간은 오래 걸리지 않을 터였다.

하지만 그의 얼굴에는 굳은 각오가 첨예한 긴장이 어려 있었다. 관산호가 서신에 대해 가타부타 말을 하지 않았지만 서신의 내용이 시경이나 뇌유각에게 온전하게 전해지기 전에 유출되는 것을 막기 위해선 목숨을 걸어야 한다는 걸 직감한 것이다.

이단양이 천막을 나서는 모습을 보지도 않은 채 관산호가 강천기를 불렀다.

"형님."

그의 음성은 이단양에게 말할 때와는 달리 무거웠다. 변화를 알아차린 강천기와 모용수란의 얼굴에 긴장된 빛이 떠올랐다. 관산호의 감정을 드러내게 할 만한 일은 정말 드물다.

관산호는 굳은 얼굴로 말을 이었다.

"알아두셔야 할 일이 있습니다."

"……."

관산호가 매상옥을 뒤쫓으며 만난 조천우에 대한 얘기는 강천기와 모용수란을 경악시켰다.

강천기는 믿을 수 없다는 눈으로 관산호를 보며 물었다.

"네가… 삼 초를 받아낼 수 없었단 말이냐? 네가?"

"삼 초라고 하기도 어렵습니다, 형님. 그의 무공은 초식이라 말할 수 있는 경지를 벗어나 있었으니까요."

"그럴 수가!"

"단주님은 그가 천마의 직계들 중 수장이라고 생각하시는 건가요?"

모용수란이었다.

관산호는 고개를 끄덕였다.

"그렇게 판단하고 있소. 만약 그렇지 않고 그의 위에 그를 부리는 자가 또 있다면… 천하는 그들을 상대할 수 없소."

"아……!"

모용수란의 안색이 창백해졌다.

관산호가 저런 식으로 말하면 그것은 진실이다.

강천기는 돌처럼 딱딱한 얼굴로 물었다.

"태상련주께 그 얘기를 했느냐?"

관산호는 고개를 저었다.

"하지 않았습니다."

얘기하지 않은 것은 그에 대한 것만이 아니다. 관산호는 운장룡과 천절마도문에 대해서도 얘기하지 않은 것이다.

"왜?"

"천마의 직계들을 상대할 사람들은 무련이 아닙니다. 그들은 따로 있습니다."

"그게 무슨 말이냐?"

관산호는 호정회에 대해서 강천기와 모용수란에게 말했다. 이제는 그들도 호정회를 알고 있어야 했다.

강천기와 모용수란은 신음을 토했다.

"아!"

"흐음, 그렇게 거대한 조직이 무련과 군마천 외에도 또 있었다니, 네게 들으면서도 현실 같지가 않구나."

"뇌 방주님이 말씀해 주시지 않았다면 저 또한 믿지 않았을 겁니다."

"지금 네가 호정회에 대해 우리에게 말해주는 이유가 무엇이냐?"

강천기는 침을 삼키며 말했다. 어느새 그의 입안은 바싹 말라 있었다. 긴장이 극에 달한 탓이다.

"저는 조천후가 제 앞에 모습을 드러낸 의도와 총도를 되찾도록 해준 의도를 의심하고 있습니다. 그가 제게 호의를 가지고 그런 일을 했을 리는 만무하니까요. 가장 가능성이 큰 추정은 그도 이 전쟁이 장기전으로 가는 것을 원치 않는다는 것입니다. 총도가 군마천의 손에 들어갔으면 무련은 장강을 넘었을 것이고, 전쟁 지역은 강남이 되면서 길어졌을 게 분명한데 그가 매상옥을 잡고 총도를 제게 되찾아줌으로 인해 그러한 상황 전개가 불가능해졌습니다.”

그의 무거운 음성은 계속해서 천막 안을 울렸다.

“군마천과 무련의 전투가 시작되면 그의 손길이 어떤 곳에서 어떻게 나타날지 알 수 없습니다. 형님, 그에 대한 대비를 해주십시오.”

“어떤 대비를?”

“그가 직접 나타난다면 사실상 대비는 불가능합니다. 그를 상대할 수 있는 사람이 없으니까요. 그는 저와 서문 태상련주, 군마천주가 연수합공해도 승리를 장담할 수 없는 사람입니다. 그리고 우리 세 사람의 연수합공은 가능하지도 않죠. 하지만 저는 그가 직접 모습을 드러낼 거라고 생각하지는 않습니다. 그럴 거였으면 벌써 나타났겠죠. 이렇게 암중에서 일을 꾸밀 까닭이 있겠습니까. 저는 그가 수족을 시켜 군마천이나 무련 어느 한쪽을 지원하지 않을까 생각하고 있습니다. 그것만으로도 승부의 추는 그가 지원하는 쪽으로 기울 것입니다. 만약 그가 군마천의 승리를 원한다면 무련은 위기를 맞게 될 것이 분명합니다. 철사자단은 그런 상황에 대비해야 합니다. 저도 최악의 상황이 도래하지 않기를 바라지만 그렇지 않다면 철사자단은 전장에서 빠져나가야 합니다.”

“너는 그가 군마천을 지원할 거라 생각하고 있는 것이냐?”

관산호의 눈빛이 무거워졌다.

“총도를 제게 건네준 것으로 판단할 때 그 가능성을 무시할 수 없습니다.”

강천기는 탄식했다.

“철사보가 네 발목을 잡고 있구나…….”

천마의 직계들이 어떻게 움직일지에 대해 말하고 있지만 그 것은 추정이고 미래였다. 하지만 군마천과 무련의 전쟁은 당면한 현실이다. 만약 군마천이 무련을 붕괴시키면 철사보가 위험해진다.

관산호로서는 무련을 돕지 않을 수 없는 것이다. 강천기는 그로 인한 관산호의 번민을 가슴으로 이해할 수 있었다.

관산호는 씁쓸하게 웃었다.

“제 말을 기억하십시오. 제가 예상하고 있는 최악의 가능성이 실현된다면 철사자단의 힘을 보존하는 데 전력을 다해주셔야 합니다.”

관산호의 어감은 묘한 구석이 있었다.

그는 철사자단과 그의 움직임을 분리해서 말하고 있었다.

강천기는 그것을 알아차렸다.

“너는?”

관산호는 씁쓸하게 웃었다.

다른 사람과 달리 강천기는 그의 무표정한 얼굴에서 속내를 읽어내곤 한다.

"철사자단과 함께할 것이지만 필요하면 임기응변할 겁니다. 그런 상황이 오면 당황하지 마시고 외단주와 함께 철사자단을 이끌어주십시오."

강천기는 탄식했다.

"아아, 그자는 대체 무엇을 꾸미는 것이기에……."

관산호는 말이 없었다.

그 또한 조천후의 마음을 알지 못하는 것이다.

모용수란은 그런 관산호를 안타까운 시선으로 바라보았다.

장내에 있는 사람 중 오직 유향만이 시종일관 평정을 유지할 뿐이었다.

*   *   *

야산의 바위를 등지고 선 조천후는 멀리 보이는 군마천의 진영에 시선을 주며 빙긋 웃었다. 이십여 리가 넘는 거리여서 사람과 군막 모두 개미보다 작다.

군마천 풍마이의 천라지망이 깔린 지역이었지만 조천후의 어디에서도 긴장의 빛은 읽을 수 없었다. 바람이 반백으로 변한 그의 머리카락을 부드럽게 어루만지며 지나갔다.

그와 함께 그의 옆으로 사람의 그림자가 환영처럼 나타났다.

"전주님, 다녀왔습니다."

구검의 수좌, 사마장옥이었다.

조천후는 군마천 진영에 시선을 고정시킨 채로 물었다.

"운 사제에게 전했느냐?"

"예."

"알았다."

조천후는 가타부타 설명을 들을 생각을 하지 않았지만 사마장옥은 그것을 오히려 당연하게 받아들였다.

군마천 진영에 들어갔다 나오며 혹시 흔적이 발각되지는 않았는지, 전언을 들은 운장룡의 반응이 어떠했는지와 같은 상세한 설명은 조천후에게 필요치 않았다.

그는 모든 것을 계산하고 움직이는 사람이었고, 천하에 그의 이목을 벗어날 수 있는 것은 존재하지 않는 것이다.

"내일 아침은 볼만하겠구면."

"무림사에 보기 드문 결전이 될 것입니다, 전주님."

"그렇겠지. 허허허."

나직한 웃음과 함께 서편에 걸린 태양빛이 붉게 물들어갔다. 노을이 지고 있었다.

제4장

전야(前夜)

鐵
血
無
情
路

저녁 식사 시간이 지날 무렵, 무련의 수뇌부는 모두 서문굉천의 군막에 모였다. 공식적인 무련의 수장 서문원의 지시에 의한 회의였다. 물론 관산호와 강천기도 참석 요청을 받았고 제의를 거절하지 않은 그들도 군막에 있었다. 유향은 보이지 않았다.

상좌에 앉은 서문굉천은 관산호와 강천기를 일별한 후 좌중을 둘러보며 말문을 열었다.

"찬이와 철사자단이 도착할 때까지 우문뢰는 움직이지 않았소. 덕분에 우리는 숫자상의 열세에서 어느 정도 벗어날 수 있었소. 다행스러운 일이나 우문뢰의 패도적인 성정이나 좌홍의의 귀계를 생각하면 그것이 꼭 긍정적인 것만은 아니라고 보오."

중인들은 긴장한 시선으로 서문굉천을 주시했다. 서문굉천이 말한 내용은 이 자리에 있는 사람 모두가 느끼는 불안의 근원이라고 할 수 있었다. 그럼에도 서문굉천은 그들의 불안감을 환기시키고 있었다.

"나는 우문뢰가 찬이와 철사자단의 합류를 예상하지 못했을 거라고는 생각하지 않소. 그는 분명 수적 열세를 회복한 우리에 대한 복안을 갖고 있을 것이고, 이제 그것을 실행하려 할 거요. 왜 그렇게 생각하는지는 풍령전주가 말해줄 거요."

서문굉천이 서문룡을 보았다.

자리에서 일어난 서문룡이 냉철한 얼굴로 서문굉천에게 읍한 후 말문을 열었다.

"저는 우문뢰가 내일이나 모레, 양일 중 한날에 공격을 개시할 거라고 판단하고 있습니다."

관산호와 강천기를 제외한 사람들의 안색이 눈에 띄게 굳어졌다.

서문원이 물었다.

"그렇게 판단한 근거가 있는가?"

"예, 련주님."

서문룡은 말을 이었다.

"우문뢰가 도착한 후 제일 먼저 한 일은 일정 구역을 폐쇄한 것입니다. 정보를 얻기가 불가능한 탓에 그 안에서 어떤 일이 벌어지는지는 알 수 없으나 그 규모로 보아 도하에 필요한 장비와 관련된 일이 이루어지고 있다는 추정은 가능합니다. 그리고 그것은 오래 걸릴 일이 아닙니다. 왜냐하면 더 시간을 끌게 된다면 각지에서 달려오고 있는 무림 소속 문파의 고수들이 도착할 것이고, 싸움은 더욱 힘들어질 것이기 때문입니다."

한 호흡 쉰 서문룡은 말을 계속했다.

"우문뢰가 초기의 우세한 병력으로도 도하를 감행하지 않을 거라는 예측은 옳았습니다. 그는 도하하지 않았고, 찬이와 철사자단의 합류를 기다렸습니다. 그러나 그것이 그가 용인할 수 있는 한계입니다. 앞으로 수일 내에 우리에게 무사들이 증원되는 만큼 그들도 증원될 테지만 수가 많아질수록 변수의 발생 가능성이 커지며 비례해서 전쟁의 양상은 복잡해질 수밖에 없습니다. 그리고 상황 여하에 따라 장기전이 될 가능성 또한 배제할 수 없게 됩니다. 그들은 이것을 모를 자들이 아닙니다."

서문룡은 변수가 무엇인지 구체적으로 언급하지 않았다. 직접적으로 언급하기 곤란한 것이었으니까. 그러나 좌중의 인물들은 대략적이나마 그 문제가 어떤 것인지 짐작할 수 있었다.

서문룡이 말한 발생 가능한 변수는 무림의 조직 구성과 관련이 있었다.

현재 안강변에 있는 무림 세력의 중심은 서문세가와 무성각, 사신기, 인의무적전, 그리고 정무대였다. 더구나 그들 중 정무대를 제외한 조직들은 모두 서문가에 직접적으로 종속되어 있었다. 무성각은 태상련주의 직속이고, 사신기는 련주의 직속이며, 인의무적전의 중추를 구성하고 있는 인물들은 서문가의 직계와 방계, 그리고 가신 무사들이었다. 정무대에 소속된 중소 문파의 후예들 또한 다른 문파보다 서문가의 영향력이 더 강했다.

그에 비해 다른 문파의 무사들은, 모두 합하면 무려 진영 무사의 절반에 가까운 수였지만 그들 개개의 문파 무사들의 수는 상대적으로 적었다. 그래서 그들 각자의 발언권은 서문가의 인물들에 비할 수 없이 약할 수밖에 없었다.

그러나 앞으로 무련 소속 문파의 수장들이 이끄는 세력들이 안강에 합류하게 되면 그들의 발언권은 커지게 된다. 그렇게 되면 서문굉천이 통제가 가능하다 하나 지금처럼 일사불란하기는 어렵다. 게다가 그들 중 장기전을 원하는 사람이 나타날 수도 있었다. 그리고 무련의 특성상 그 의견을 완전히 묵살하기는 어렵다. 타 문파 또한 수백 년의 역사를 가진 문파들, 그 문파의 수장을 수족 부리듯 할 수는 없는 것이다.

이것은 무련이 수직적 명령 체계를 가진 군마천과 달리, 거대 문파들의 수평적 연합체이기 때문에 필연적으로 직면할 수밖에 없는 문제였다. 평화 시에는 드러나지 않지만 위기 상황에서는 드러날 수밖에 없는 연합체의 한계인 것이다.

그리고 서문굉천은 장기전을 피하려고 하는 이유 또한 바로 이런 한계 때문이었다. 전쟁이 장기전으로 가고 우문뢰가 무련 소속 문파들의 근거지에 대한 각개격파를 시도한다면 목표가 된 문파의 움직임은 위축이 불가피하게 된다.

"저는 우문뢰가 건곤일척의 승부로 전쟁의 승부를 가리려한다고 확신하고 있으며, 그 시작은 조금 전 말씀드렸던 것처럼 내일이나 늦어도 모레가 될 것입니다."

서문룡이 강한 어조로 말을 한 후 입을 다물자 무련주 서문원이 장중한 음성으로 말문을 열었다.

"우리는 지난 수일간 여러 차례에 걸쳐 숙의를 거듭했고, 우문뢰의 공격에 대한 대응책을 고민해 왔소. 각자 따르는 사람들을 철저히 준비시켜 왔지만 이제는 그것을 전체의 차원에서 다시 한 번 정리할 때라고 보오."

서문원이 서문룡을 보았다.

"풍령전주, 저들의 도하를 어찌할지, 그리고 그것을 어떻게 막고 저들을 궤멸시킬 것인지에 대한 방책을 말해보시오."

"예, 련주님."

서문룡은 말을 이었다.

"배가 없는 저들의 실정으로 볼 때 저들은 무사들 개개인이 수중과 수상을 통해 도하를 시도할 것으로 판단됩니다. 저는 그 시도의 와중에 흐트러질 것으로 예상되는 전열을 방지하기 위한 장비가 저들의 폐쇄 구역 내에서 만들어지고 있다고 보고 있습니다. 정체를 알 수 없는 것이 아쉽기는 하지만 우리의 대비가 그것을 상대할 수 있을 거라 믿습니다."

병수재 모용대규가 궁금증을 참지 못하고 물었다.

"수중이야 방법이 정해져 있으니 그렇다 치고, 전주는 저들이 어떤 방법으로 수상으로의 도하를 시도할 것이라 생각하고 계시오?"

"다리[橋]입니다."

"다리?"

모용대규가 되물었다.

"그렇습니다. 저들은 군마천의 최정예입니다. 삼 장에서 오 장 간격으로 폭 다섯 치 정도의 공간만 연속해서 밟을 수 있다면 경공으로 장강을 건너올 수 있는 자들입니다."

"철사자단에서 수로맹을 상대할 때 사용했던 방법의 변용이라고 할 수 있겠군요."

끼어든 사람은 사천당가의 장로 천독수 당량이었다.

철사자단과 수로맹의 전투는 수십 년래 강호에서 가장 큰 전투였고, 그 결과는 모든 사람의 예상을 벗어난 것이었다. 그래서 강호의 거물 중 그 전투의 과정에서 철사자단이 사용했던 방법에 관심을 갖지 않은 사람은 드물었다.

서문룡은 고개를 끄덕였다.

"당시 철사자단은 수로맹의 전선을 공격하기 위한 방법으로 고수들이 작은 판자 조각을 수상에 연속해서 던지고 그것을 밟으며 수로맹의 전선을 공격했습니다. 하지만 저들은 그런 판자를 사용하지 않을 것입니다."

"왜 그렇게 생각하시오?"

당량의 질문이다.

"수천의 고수가 판자를 던지며 도하하면 개인의 경공 실력 여하에 따라 거리와 속도가 차이날 수밖에 없는데 그것은 전열의 혼란을 부를 것이 분명하기 때문입니다.”

“흠······.”

사람들은 서문룡의 의견에 동의하며 고개를 끄덕였다.

판자를 이용한 도하를 검토할 때 조금만 신경을 쓴다면 누구나 예상할 수 있는 일이었다. 마도제일뇌 좌홍의가 그런 문제점을 지나칠 리 없다.

“저들이 택할 수 있는 최선의 방법은 나무판과 나무판을 밧줄이나 가느다란 철선으로 바둑판처럼 연결한 다리라고 생각합니다. 그러한 다리는 만들기도 어렵지 않고 대규모 인원이 도하하면서도 전열이 흐트러지는 것을 방지하는 효과는 극대화시킵니다. 그리고 그것의 방어와 도하의 초기 손실을 최소화하기 위해 저들은 선두를 최고의 고수들로 구성할 것입니다.”

사람들은 서로의 얼굴을 쳐다보며 고개를 미미하게 끄덕였다.

사천이 넘는 고수가 동시에 건너기 위한 다리라면 그 규모가 엄청나야 했다.

우문뢰가 도착하자마자 만든 폐쇄 구역의 용도가 그 다리를 만들기 위한 것이라면 그 폐쇄 구역에 대한 의문은 설명이 된다.

침묵하던 서문굉천이 입을 열었다.

“그에 대한 대비책은 무엇인가?”

“예, 태상련주님. 수중으로 접근할지도 모르는 자들을 견제하는 것은 포기했습니다. 그들의 역할은 우리가 수중에서 기다리다가 요격하는 것을 방어하는 것일 텐데, 우리는 경계는 하되 수중 요격을 하지 않을 것이기 때문입니다. 대신 우리는 순차적으로 도착할 수밖에 없는 적들의 도하를 역시 순차적으로 궤멸시키는 데 집중하려 합니다. 그 일차 공격선은 사천당가가 맡아주십시오.”

신중한 기색으로 귀를 기울이던 당량의 얼굴이 굳었다.

그가 말했다.

“전주, 이곳에 있는 본 가의 무인들은 모두 일류고수라 할 수 있소. 하지만 그 수가 이백에 불과하외다. 마땅히 선봉에서 싸우기를 주저하지 않을 것이나 능력이 미치지 못할까 두렵소.”

서문룡은 미소를 지었다.

“염려하지 마십시오, 당 장로님. 당가와 더불어 여러 문파가 일차 공격선에 배치될 것이며 당가의 힘을 배가시킬 선물도 있습니다. 백 전주님, 무련에서 가지고 온 것을 회의가 끝나는 대로 당 장로님께 인계해 주십시오.”

철탑 같은 모습으로 앉아 있던 인의무적전주 불패도 백경천이 고개를 끄덕였다.

“알겠소, 전주.”

서문룡의 시선이 다시 당량을 향했다.

“그 물건을 받으신다면 당가의 고수들은 군마천을 허수아비처럼 쓰러뜨릴 것입니다.”

당랑이 의아한 얼굴로 물었다.

"전주, 그 물건이 대체 무엇이기에?"

"그것은 사천당가주이신 일수만영(一手萬影) 당비호 가주와 태상련주님이 힘을 합쳐 십여 년 동안 고생하신 끝에 만들어진 걸작입니다. 바로… 폭우이화침통입니다."

군막 안에 경악의 폭풍이 휘몰아쳤다.

당랑이 떨리는 음성으로 말했다.

"그것이 완성되었다는 말씀이시오?"

폭우이화침은 당가가 자랑하는 십대금용암기의 하나이다. 일대일의 사용 시 그보다 위력이 뛰어난 암기도 있지만 폭우이화침은 다른 어떤 암기도 따라가지 못하는 묘용이 있었다. 대량 살상이 가능하다는 것이 그것이다.

하지만 폭우이화침의 사용에는 심각한 제약이 있었다.

대량살상이 가능한 만큼 일 회 사용 시 오백여 개가 넘는 수의 침(針)을 운용해야 했기 때문에 타고난 자질이 없으면 배우는 것이 불가능에 가까웠다.

게다가 통에 넣는 침은 쇠털보다 더 가느다란 대신 내가경력을 꿰뚫을 만한 위력을 내포해야 해서 만들기도 지난할뿐더러 막대한 자금이 필요했다.

그러나 폭우이화침통은 폭우이화침을 기관으로 쏘아대는 것이라 진동과 후폭풍이 상당했지만 암기 수법을 배울 필요가 없어 암기술에 일정한 조예가 있는 자라면 사용법을 쉽게 다룰 수 있었다.

또 그 사정거리와 위력은 손으로 펼치는 것의 두 배에 달할 뿐만 아니라 하나의 통으로 지연 시간 없이 세 번을 연속해서 사용할 수 있는, 당가에 있어 꿈의 무기였다.

그러나 당가도 폭우이화침통의 설계도만 있을 뿐, 실제로 만들어내지는 못했다. 기술적인 어려움도 있었지만 그에 소용되는 자금을 감당하지 못한 때문이었다.

그런 이유로 당가에서조차 사장되어 가던 것을 서문굉천이 제작을 지원하겠다며 나선 것이 십여 년 전이었다. 하지만 그 사실은 무련의 최고 수뇌부 이상이 아니면 알지 못하는 극비 사항이다.

서문룡이 빙긋 웃었다.

"제가 허언을 하겠습니까? 완성된 폭우이화침통은 모두 사백 개이고 태상련주께서는 이번에 그것을 모두 가져오셨습니다. 현재 당가의 인원은 이백이지만 그들이 폭우이화침통을 두 개씩 소지한다면 군마천의 선두는 결코 뭍을 밟지 못할 것입니다."

당량의 눈이 뜨겁게 빛났다.

폭우이화침통의 제작은 당가의 숙원 가운데 하나였다.

그 가공할 위력은 전방 삼 장 방원을 초토화시킨다. 그것도 세 번 연속으로. 당세에 그 공세를 피할 수 있는 사람은 양 손으로 꼽아도 손가락이 남는다.

그런 귀물이 이백 개이니 총 육백 회의 공격이 가능하다는 말. 그것을 제작하기 위해 들어간 자금이 얼마나 될지는 상상도 가지 않았다.

아마도 서문굉천의 아들들 중 이 자리에 없는 사대천왕 중 두 명, 무련의 자금을 맡고 있는 금적전주 신산(神算) 서문영(西門榮)과 무련의 내부 행정을 책임진 총관(總官) 서문기(西門麒)는 줄어드는 무련의 재정을 보며 피가 말랐을 것이다.

하지만 그 부분은 당량이 신경 쓸 필요가 없는 일이다.

당량은 껄껄 웃었다.

"군마천의 인물들 중 뭍을 밟는 자가 과연 나올 수 있을지 모르겠소."

자신에 가득한 음성이라 중인들의 얼굴이 밝아졌다.

서문룡도 웃으며 말을 받았다.

"그렇게 되어야지요. 그리고 당가의 고수들을 무당과 공동, 형산과 모용세가가 지원해 주십시오."

무당의 정명 도장, 그리고 서문찬과 함께 합류한 공동의 풍운 검객 노일겸, 모용세가의 병수재 모용대규와 형산파 태상장로 팔비검(八臂劍) 동방휘(東方輝)가 지체없이 고개를 끄덕였다.

"알겠소."

"알았소이다."

"그리하겠소."

서문룡의 말이 이어졌다.

"당가의 폭우이화침통과 무당의 태청검진, 그리고 공동의 복마검진, 형산의 원공육합진, 모용세가의 천주단혼진이 일차 공격선 역할을 맡아주시고, 그 공세에도 살아남아 뭍을 밟는 자들은 사신기와 정무대, 종남파 분들이 맡아주십시오. 삼차 공격선은 인의무적전과 무성각, 철사자단에서 맡을 것입니다. 각 선의 중앙은 일차가 사천당가, 이차가 사신기, 삼차가 인의무적 전입니다. 그리고 공격선을 세 개로 구성하긴 했지만 이 공격 선은 방어선 개념과 동일한 것이 아닙니다. 파도를 생각하시면 쉽게 이해가 가실 것입니다. 일차 공격이 진행되면 뒤이어 이 차 공격선이 나서고 그 뒤를 삼차 공격선이 따르는 것입니다.”

일차 공격선 역할을 맡은 사천당가가 이백, 무당이 사백, 공 동파가 이백, 모용세가 이백오십, 형산파의 고수가 이백 명이 었다. 이차는 관산호에게 중추가 궤멸된 청룡기의 잔여 무사 들이 포함된 백호, 주작, 현무의 사신기 삼백, 정무대 오백, 종 남 삼백오십 명의 고수였고, 삼차는 인의무적전 일천, 무성각 일백과 철사자단 오백이었다.

“파상공격이구려.”

무당의 정명 도장이 차분한 음성으로 말했다.

서문룡의 시선이 그를 향했다.

“최선의 방어는 공격이니까요. 저들이 뭍에 발을 디디는 것 을 허용하면 우리의 희생이 커질 거라는 걸 분명하게 알고 계 셔야 합니다. 제 목표는 저들이 이곳에 발을 딛기 전에 모두 수장시키는 것입니다.”

이미 얘기가 되었던 듯 서문원이 서문룡의 뒤를 이어 논의 의 결말을 냈다.

“일차는 당 장로께서 지휘해 주시고, 이차는 종남의 사일권 장로께서 맡아주십시오. 삼차는 제가 직접 지휘할 것입니다.

우문뢰는 태상련주님께서 맡으실 것이니 다른 분들은 각자의 역할에 최선을 다해주시기 바랍니다.”

그는 서문원의 옆에 말없이 앉아 있는 서문찬을 보며 말을 이었다.

“사신기주는 태상련주를 모시게. 공격의 지휘는 백호기주에게 맡기겠네.”

서문찬의 눈썹이 꿈틀거렸다.

그는 할 말이 있는 듯했지만 서문굉천과 서문원이 아무 말이 없는 것을 보고는 탄식하며 말했다.

“알겠습니다.”

강호상에 전혀 알려지지 않았던 사신기주의 정체가 드러났음에도 중인들 중 놀란 기색을 드러낸 사람은 강천기밖에 없었다.

“진 각주님.”

서문룡의 부름에 진공헌은 지그시 반개하고 있던 눈을 떴다.

“말씀하시오.”

“무성각은 태상련주님의 주변을 지켜주십시오. 사람이 모자라 두 가지 일을 하게 할 수밖에 없다는 것이 죄송스럽습니다만.”

싸우면서 서문굉천의 경호까지 맡으라는 뜻.

힘겨운 일임에도 진공헌의 표정은 담담하기만 했다.

“허허허, 본래 그것이 우리의 일이오. 전주께서는 염려하지 않아도 될 것이오.”

진공헌의 말을 들은 서문원은 가볍게 목례를 함으로써 진공헌에게 예를 표한 후 그때까지 시선이 한 번도 닿지 않았던 관산호에게 고개를 돌렸다.

"철사자단주도 최선을 다해주리라 믿겠네."

"예."

관산호는 짤막하게 대답했다.

그 이상의 대답을 기대하지 않은 듯 서문원은 별다른 말없이 자리에서 일어섰다.

회의는 끝났다.

사람들은 빠른 걸음으로 군막을 나섰다.

흥분과 두려움으로 가슴을 떨 사람들에게 오늘 밤은 무척 짧은 밤이 될 터였다.

두 시진 동안 이루어진 회의가 끝난 시각은 해시 중반(밤 10시경) 무렵이었다.

배정된 천막으로 돌아오는 길에 올려다본 밤하늘엔 별이 가득했다. 은가루를 뿌려놓은 듯 빛나는 별들은 금방이라도 그들의 머리 위로 쏟아져 내릴 듯했다.

강천기는 별을 올려다보는 자세 그대로 말문을 열었다.

"멋진 밤하늘이군."

관산호도 강천기를 따라 고개를 들어 하늘을 보았다. 그러고 보면 철이 든 이후 그는 밤하늘의 별을 편안하게 보았던 기억을 갖고 있지 않았다.

관산호의 눈가에 고즈넉한 빛이 스쳐 지나갔다. 나타날 때

보다 더 빨리 사라지긴 했지만.

그가 강천기의 말을 받았다.

"그렇군요."

"철사보를 떠나던 때가 생각난다."

"……."

"넌 열다섯 살의 소년이었지. 그런데 벌써 이렇게 멋지게 컸구나. 그때 난 네게 부끄럽지 않은 형이 되고 싶었다. 하지만 그 소망이 제대로 이루어졌는지는 잘 모르겠다."

관산호는 흰 이를 드러내며 웃었다.

"하하하. 신기수사 강천기가 스스로를 모자라다 하면 천하에 누가 있어 자신을 내세울 수 있겠습니까, 형님."

강천기가 눈을 크게 떴다.

"웃으니까 보기 좋구나. 좀 자주 웃어라."

"나중에요, 형님. 이 시기가 지나면 자주 웃을 수 있을 겁니다."

"하아, 나도 그렇게 되기를 정말 바란다."

강천기의 시선이 다시 밤하늘로 향했다.

"산호야."

"예, 형님."

"서문 전주는 탁월한 능력을 가진 사람이고, 지금까지 그의 예측은 빈틈없이 적중해 왔다. 내일의 격전에 대한 대비도 훌륭해. 하지만 난 왠지 불안하다."

관산호가 강천기의 팔뚝을 잡았다.

"형님, 모든 것을 완벽하게 예측할 수 있는 사람은 없습니다. 그래서 사람은 최선을 다하는 것이 아닙니까. 상대의 병법을 처음부터 끝까지 예측할 수 있다면 이기지 못할 싸움이 없겠죠. 그러나 우문뢰와 좌홍의의 능력은 태상련주와 풍령전주에 비해 못하지 않습니다. 때문에 어떤 돌발 상황이 벌어진다 해도 그리 이상한 일은 아닙니다."

"넌 어떨 때는 정말 낙천적으로 보여."

"낙천적이라… 저는 할 수 있는 전부를 하는 것뿐입니다. 포기하지 않으면서 말입니다. 후회를 남길 수는 없잖습니까."

"그래… 그렇지… 그래서 넌 내 동생이다. 산호야, 알고 있냐? 내가 널 얼마나 자랑스러워하는지?"

팔뚝을 마주잡은 강천기의 눈은 웃고 있었다.

관산호도 웃었다.

"저도 형님이 자랑스럽습니다."

그들의 머리 위로 유성이 흐르고 있었다.

축시 말경(새벽 3시경).

천막의 중앙에서 눈을 반개한 채 운기삼매경에 빠져 있던 관산호의 눈이 섬광을 발했다.

그는 자리에서 일어나 천장을 올려다보았다. 그의 눈이 닿은 천장의 일부가 가루로 변하고 있었다. 둘을 세기도 전 천장은 가로세로 두 자 정도의 공간이 뻥 뚫렸고, 그곳으로 검은 그림자가 미끄러지듯 들어왔다.

관산호와 마주 선 검은 그림자, 운장룡의 입가에 담담한 미소가 떠올랐다.

"조금 놀라주면 어떻겠나?"

"힘든 걸음을 하셨습니다."

운장룡은 혀를 차며 뒷짐을 졌다.

그의 얼굴에서 미소가 사라졌다.

"현송자와 구양룡의 능력은 경시할 수 없으니 시간을 지체하면 그들이 내 기척을 눈치 챌 걸세."

말을 하던 운장룡은 경악한 얼굴이 되었다.

관산호의 뒤에 마치 처음부터 그 자리에 있었던 것처럼 유향이 모습을 드러냈기 때문이다.

흑의에 눈 아래를 면사로 가린 언제나와 같은 모습.

'들어서는 기척을 느끼지 못했다!'

운장룡은 믿기지 않는다는 눈으로 유향을 보았다. 서문굉천과 우문뢰도 그의 눈을 속이고 자신의 삼 장 이내로 접근하지 못하는 것이 현실이었다. 그런데 관산호의 일개 검비(劍婢)로 알려져 있는 여인이 그의 이목을 속인 것이다.

관산호는 그 시선에 담긴 경악을 읽고 쓰게 웃었다. 돌아보지 않아도 누가 왔는지 알 수 있었던 것이다.

잠을 잘 때는 유향도 관산호의 곁에서 떨어진다. 그런 그녀가 운장룡의 기척을 감지하고 온 것이다.

운장룡의 경악과 의혹을 충분히 이해했지만 그는 유향에 대해 단 한마디도 언급하지 않았다.

유향은 그와 함께 있긴 해도 현재와는 거리가 있는 여인.

굳이 불필요한 의문을 증폭시킬 이유는 없었다.

그가 운장룡에게 물었다.

"만나게 될 거라는 건 예상했지만 이곳이라고는 생각지 못했습니다. 위험을 감수하신 이유가 있으십니까?"

관산호의 의문은 당연했다.

운장룡은 군마천 최고의 요인 중 일인.

그런 그가 종적이 발각된다면 살아나갈 수 없는 적진에 단신으로 침투해 온 것이다.

운장룡은 강렬한 눈으로 관산호를 보며 대답했다.

"내일의 싸움에서 누가 이길지 장담은 할 수 없네. 하지만 분명한 건 하나 있지. 무련과 군마천 양측의 인명 피해는 막대할 걸세. 나는 자네가 철사자단 때문에 무리하지 않기를 바라고 있네."

그의 음성에는 미묘한 여운이 있었다.

왠지 어둡게 느껴지는 여운.

관산호의 미간에 내 천 자가 생겨났다.

"무련이 밀릴 거라는 뜻입니까?"

"글쎄……."

운장룡은 모호한 어투로 말을 흐렸다.

관산호의 얼굴이 철판처럼 차갑고 딱딱하게 굳었다.

"'대사형' 이라는 사람이 개입하는군요. 제 생각이 맞습니까?"

그의 어조는 단정적이었다.

운장룡의 입가에 쓸쓸한 미소가 스쳐 지나갔다. 하지만 그는 관산호의 질문에 대답하지 않았다.

그것은 긍정의 뜻.

"그가 어떻게 개입할지 알려주실 수 있습니까?"

"말할 수 없네. 나로서는 자네에게 항상 긴장을 풀지 말라고 충고해 줄 수 있을 뿐이지. 자네도 짐작하겠지만 군마천과 무련의 싸움은 드러난 천하의 향배를 결정지을 뿐일세. 천하의 이면은 이 싸움의 결과와는 전혀 다르게 흘러갈 수 있다는 말일세. 그것을 알고 있는 사람은 천하에 자네가 유일하네. 목숨을 귀하게 여기게나."

운장룡의 말에서 진심을 느낀 관산호는 마음이 무거워졌다.

그는 혼란을 느꼈다.

싸움이 목전에 있었다. 그러나 암중에 중원무림 전체를 조종하는 거대한 손의 주인, 조천후는 모습을 드러내지 않은 채 그저 그림자만 드리우고 있을 뿐이었다.

운장룡을 바라보는 그의 눈빛이 강해졌다.

운장룡은 무엇 때문인지 몰라도 그를 돕고 싶어했다. 하지만 그 도움의 한계는 명백했다.

조천후의 뜻에 직접적으로 반하지 않는 정도까지.

그것이 운장룡이 그를 돕는 한계였다.

"오늘 여기에 오신 이유가 무엇입니까?"

“하나는 방금 전에 말한 것처럼 자네에게 경고하기 위함일세. 목숨을 귀하게 여기게. 그리고 다른 하나는 이번 싸움이 끝나고 자네가 무사하다면 융중산으로 가게.”

“융중산이요?”

관산호의 안색이 살짝 변했다.

융중산.

낯설지 않은 지명이었다.

“공손 어르신……?”

융중산은 공손우가 관산호를 위해 만든 안배가 잠들어 있는 곳이다.

운장룡이 어두운 얼굴로 대답했다.

“그렇다네. 그곳에 나한테 이사형이 되시는 분이자 자네가 공손 어르신이라고 부르는 공손 성에 우 자를 쓰시는 분이 계시네.”

관산호의 안색이 대변했다.

“살아 계십니까?”

운장룡은 고개를 저었다.

“모르네. 그분이 그곳에 유폐된 지 벌써 십여 년이 지났네. 당시에도 치명적인 내상을 입고 계셨고, 더해서 대사형께서 모질게 손을 쓰신 터라 아직까지 살아 계시다고는 장담하지 못하네. 하지만 나는 희망을 갖고 있네. 그리 쉽게 돌아가실 분이 아니니까.”

말과 함께 운장룡은 두루마리 하나를 꺼내어 관산호에게 건네주었다.

의아한 기색을 숨기지 않는 관산호에게 그가 말했다.

"사형이 유폐된 곳의 지도일세."

"지도는 필요없을 듯싶습니다만? 공손 대협이 그곳을 잘 알고 있습니다."

융중산에 수련장을 만들었던 사람이 공손곤이다.

운장룡은 고개를 저었다.

"그가 융중산의 안배에 대해 잘 알고 있다는 걸 아네. 하지만 이사형이 있는 곳까지 가려면 이것이 반드시 있어야 하네. 그곳은 공손곤이 안배를 한 곳과는 같은 곳이지만 또한 다른 곳일세."

이렇게까지 말한다면 받지 않을 이유가 없다.

관산호가 두루마리를 받아 품에 넣는 것을 보며 운장룡이 말을 이었다.

"다른 사람의 눈에 띄지 않게 조심하게. 그게 무련 수뇌부의 눈에 띄게 되면 자네는 오해를 받게 될 거고, 그 여파는 일파만파가 될 걸세."

"예?"

관산호는 어리둥절한 얼굴이었다.

운장룡의 말은 이해하기 어려웠다. 융중산에 대해 아는 사람은 그와 공손곤밖에 없다. 설령 지도가 유출된다고 해도 그곳에 대해 알 사람은 없는 것이다.

운장룡이 쓴웃음을 지으며 말했다.

"내가 자네에게 준 지도는… 천마총도의 사본이라네."

충격을 받은 관산호의 눈이 커졌다.

"그렇다면……."

"맞네. 융중산에 천마 조사야의 무덤이 있네. 그러나 서문 굉천이 가진 천마총도와는 지역이 달라."

관산호의 안색이 변했다.

"천마총이 두 개 있다는 말씀이십니까?"

운장룡은 어두운 눈빛으로 고개를 끄덕였다.

"그렇다네. 하나는 진정한 천마총이고, 다른 하나는……."

말끝이 흐려지다 끝이 났다.

"말씀해 주실 수 없습니까?"

관산호의 음성은 긴장되어 있었다.

운장룡은 고개를 저었다.

"총도가 두 개라는 걸 말해준 것만으로도 나는 대사형의 뜻을 어긴 것일세. 이 이상은 기대하지 말고 언급도 하지 말게."

관산호는 아쉬운 눈빛이 되었다. 그러나 더 이상 운장룡에게 다른 하나의 천마총이 건설된 곳에 대해 묻지는 않았다. 더 묻는다면 운장룡은 그대로 떠날 기세였던 것이다.

굳은 얼굴로 운장룡은 말을 이었다.

"자네라면 알고 있는 일이겠지만 천마총에 조사야의 무공 같은 것은 없네. 그런 걸 남기실 분도 아니고 설사 남기셨다고 해도 유진만을 얻어서는 조사야의 무공을 익히는 건 천하에 다시없는 천재라도 불가능한 일이네. 휴우, 대체 이사형께서 무슨 생각으로 그곳에 자네를 위한 안배를 했는지. 융중산에 가게 된다면 조심하게. 그곳은 조사의 진전을 이은 우리도 모든 곳을 알지 못하는 곳이니까.”

“왜 공손 어르신과 저를 만나게 하려 애쓰십니까?”

운장룡은 잠시 침묵했다.

그의 눈빛은 복잡 미묘했다.

열을 헤아릴 정도가 지났을 때 그는 무거운 얼굴로 말문을 열었다.

“이렇게 말하면 우스운 일이지만, 솔직히 나도 내 마음을 잘 모르겠네. 굳이 이유를 댄다면 이사형께서 자네를 그처럼 주목하신 이유를 알고 싶다는 마음 때문이라고 할까. 지난날 이사형과 대사형의 정은 친형제보다도 더 두터우셨네. 대사형은 올곧고 인자하셨던 분이고, 이사형은 고집이 세고 의지가 강한 분이셨지. 정말 그렇게 사이좋은 분들도 없으셨네. 그런데 어느 날 이사형은 연공 중이시던 대사형을 암습하고 도주하셨네. 상상도 할 수 없었던 일이고, 우리 사형제들 그 누구도 이해할 수 없는 일이었지. 이사형의 도주는 아주 길었네. 그리고 자네를 만나고서야 멈췄지. 내가 철사보를 떠나는 이사형을 대사형에게 모시고 갔지만 이사형은 대사형을 다시 만난 자리에서도 탄식만 할 뿐, 아무 말씀이 없으셨네. 결국 노한 대사형에 의해 이사형은 융중산에 유폐되셨지. 나는 그 모든 과정을 지켜보았네. 하지만 지금도 이해할 수 없는 것은 마찬가지지. 내 의문은 자네가 이사형을 만난 후에야 풀릴 성질의 것이네.

지금의 자네라면 이사형께서 왜 그렇게 자네에게 집착하셨는
지 이유를 말씀해 주실 테니까. 물론 지금까지 그분께서 살아
계시다는… 전제하에 말일세."

관산호는 굳은 얼굴로 운장룡의 얘기를 들었다.

그는 이제 명확하게 알 수 있었다. 모든 의문의 열쇠는 공손
우가 쥐고 있었다.

그를 만나면 의문은 풀릴 수 있을 것이다.

"이 싸움에서… 반드시 살아남아야겠군요."

관산호의 표정은 평소의 그것으로 돌아와 있었다.

대충 지나가는 말을 하는 것처럼 음성도 담담했다.

하지만 그 말을 들은 운장룡은 활짝 웃었다.

관산호는 어떤 경우에도 보통의 사람들처럼 이를 악물거나
주먹을 꽉 쥐거나, 또는 눈빛이 강해지거나 음성이 높아지거
나 하는 경우가 거의 없었다. 하지만 그 입에서 나온 말은 천
하의 어떤 거물이 한 말보다도 더 신뢰할 수 있었다.

운장룡은 고개를 끄덕이며 말했다.

"그래야 할 걸세."

미처 여운이 가시기도 전에 운장룡의 모습은 사라졌다. 생
각에 잠긴 관산호의 눈빛이 깊게 가라앉았다. 그런 그를 유향
의 걱정스런 시선이 지켜보고 있었다.

제 5 장

안강대회전(鮟鱇大會戰) 1

鐵血無情路

어둠이 꼬리를 말며 물러가는 새벽.

군마천 진영 전체가 조용하면서도 육중하게 움직이기 시작했다.

"준비는 끝났는가?"

막강한 패기로 가득 찬 우문뢰의 음성이 군막을 울렸다.

우문뢰의 명상이 끝나기를 기다리며 시립하고 있던 좌홍의가 눈을 번뜩이며 대답했다.

"예, 천주님. 모든 수하들이 도하 준비를 완료하고 천주님의 명령을 기다리며 대기하고 있습니다."

자리에서 일어선 우문뢰의 눈은 감히 마주 볼 수 없을 정도로 무시무시한 빛이 이글거렸다.

좌홍의는 심장이 떨리는 것을 느꼈다. 지금까지 그가 느껴 본 적이 없던 막대한 기세가 우문뢰의 전신에서 일어나고 있었다.

적에게는 공포를, 같은 편에게는 맹렬한 투지를 불러일으키는 절대패기(絶對霸氣).

그 기세는 서서히 군막을 벗어나 군마천 진영 전체로 퍼져 나갔다. 그리고 시간이 갈수록 우문뢰의 패기에 영향을 받은 군마천 무사들의 투지와 살기가 강해졌다.

"오늘이로군."

도열한 무사들의 앞에서 서문원과 서문룡을 좌우에 다른 문파의 지휘자들을 뒤에 두고 강 너머의 흐릿한 어둠 속을 바라보고 있던 서문굉천이 말했다.

불어오는 강바람에 그의 오른쪽 어깨 위로 솟은 검의 수술이 여인의 머리카락처럼 흩날렸다. 그가 공식적인 자리에서 검을 소지한 것은 근 십오 년 만이었다.

서문원이 담담한 얼굴로 서문굉천의 말을 받았다.

"예, 태상련주님."

그도 강 건너에 시선을 주고 있었다. 어둠이 완전하게 물러가지는 않았지만 그들의 안력을 방해하지는 못했다.

"찬이는?"

"떠났습니다."

서문원은 서문굉천의 질문에 지체없이 답했다.

“반발하지는 않았는가?”

“이해하지는 못한 듯했습니다만… 아버님의 명인데 반발할 수야 있었겠습니까.”

“자네도 이해하지 못한 듯하구먼.”

서문원은 슬며시 눈을 내리깔았다.

말은 없었으나 그것은 동의의 뜻.

“머지않아 내 뜻을 알게 될 것일세. 지금은 가슴에 묻어두시게나.”

누구의 말인데 토를 달겠는가.

“알겠습니다, 아버님.”

서문원의 대답에 가볍게 미소를 지은 서문굉천이 입을 열었다. 전음이 아니었다.

“련주는 그리 긴장되지 않는 듯하구먼. 훌륭한 기상일세.”

서문원의 입가에 미소가 감돌았다.

그의 나이도 오십이 넘었지만 서문굉천은 아직도 대하기 어려운 부친이다.

“좋게 보아주서서 감사합니다.”

“련주의 여유가 다른 사람들에게도 전해졌으면 좋겠네.”

“이곳에 피를 보고 굳어버릴 사람은 없습니다. 염려하지 않으셔도 될 것입니다.”

서문원의 말에 서문굉천은 미소를 지었다. 서문원의 말처럼 이곳에 있는 사람들은 무련의 정예들이다.

그들과 함께 있는 서문룡은 서문굉천과 서문원의 대화를 듣고 있지 않았다. 그의 시선은 십여 장 떨어져 있는 정면의 강변에 건설되어 있는 망루의 정상 부분, 경비무사가 정신없이 사전에 정해진 대로의 손짓을 하고 있는 곳에 고정되어 있었다.

손짓을 응시하고 있는 그의 이마에 주름이 하나둘씩 늘어갔다.

서문원이 그런 서문룡의 변화를 알아차렸다.

"무슨 일이냐?"

"강변에 군마천의 무사들이 대열을 정비하고 있다고 합니다. 그런데 그 수가 이천 정도에 불과하답니다. 나머지 자들은 보이지 않는다고 하는군요."

서문원의 눈이 빛났다.

"폐쇄 구역?"

"저들이 간밤에 병력을 나누어 진영을 빠져나가거나 수중으로 들어가지는 않았으니, 보이지 않는 자들은 폐쇄 구역 내에 있을 것입니다만, 그들의 수가 너무 많습니다. 적어도 이천에서 많게는 이천오백이 폐쇄 구역 안에 들어가 있다는 말인데… 이상하군요."

서문룡의 말을 들으며 정면을 응시하던 서문원이 나직한 침음성을 토했다.

"흠, 네 생각대로구나."

그의 시선이 닿은 강 건너편에서는 군마천의 무사들이 장강에 무언가를 띄우고 있었는데 검은빛을 띤 그 물건의 크기는 사람 머리만 했고, 가로와 세로에 걸쳐 굵은 선으로 연결되어 있었다. 선은 이리저리 굽어지는 것이 철선이 아닌, 밧줄로 생각되었다.

"징검다리를 만들 모양입니다."

"징검다리라……."

일백여 장 건너에서 벌어지는 일이었지만 그들의 눈은 정확하게 상황을 주시하고 있었다. 어둠 속이라면 어려움이 있을 테지만 지금은 여명기였다.

서문원의 눈 깊숙한 곳에서 긴장이 일렁였다.

징검다리 역할을 하는 물건의 좌우 간격은 이 장가량이었고, 뒤편 사 장 정도 거리에 다음 물건이 위치했다. 그리고 전면에 일렬로 늘어선 징검다리의 숫자는 이백 개가량이었다.

이 장 간격으로 벌려선 이백 개의 물건, 총 사백 장의 폭이다.

서문룡의 얼굴이 굳어졌다.

"전선이… 너무 넓어집니다."

"폭우이화침통의 효과가 극대화되기 어렵겠다. 설마 저들이 폭우이화침통의 존재를 알고 있다는 말인가?"

중얼거리는 서문원의 음성에는 곤혹스러움이 배어 있었다.

"그럴 리 없습니다."

서문룡은 단언했다. 하지만 그의 굳어진 얼굴은 펴지지 않았다. 그가 말을 이었다.

"제 생각으로는 집중되는 공격에서 벗어나고자 하는 고육

책의 일환으로 보입니다. 그리고 우리만 곤란해진 게 아닙니다. 저들의 진형은 치명적인 문제가 있습니다. 저렇게 벌려 서서 도하를 하면 폭우이화침통의 공세에서 피해를 최소화할 수 있을지는 몰라도 각개격파당할 가능성이 너무 큽니다. 저런 대형은 뭍에 도착한다고 해도 군데군데 산발적으로 모일 수밖에 없으니까요. 좌홍의가 그걸 모를 리 없을 텐데, 그가 왜 저런 대형을……?"

그들이 대화를 나눌 때 드디어 군마천 무사들이 그 검은 물건에 올라타 장강에 몸을 띄우는 것이 무련 무사들의 시야에 들어왔다.

싸울 시간이었다.

서문원이 돌아서서 도열한 수천의 무인을 보았다. 백의와 청의로 복장을 통일한 그들의 기세는 장엄했다.

그가 말했다.

"본 련의 깃발 아래 모여 제마멸사의 길에 든 형제들이여! 본 련은 무림도상에서 쇄락해 가는 의와 협을 지키기 위해 창설되었고, 지난 세월 동안 군마천의 야욕이 장강을 넘는 것을 저지하며 그 역할을 충실히 수행해 왔소."

정기가 충만한 그의 음성이 안강 전역으로 퍼져 나갔다.

"보시오! 눈앞에 구중군마천의 마인들이 강북을 넘보며 도하하는 모습을! 저들에게 강북을 밟게 한다면 저들은 강북무림의 평화를 깨뜨리고 의와 협이 아닌 무력과 피로 모든 것을 지배하려 할 것이오. 그것을 용납하겠소? 나는 오늘 내 목숨을 바쳐 저들을 저지하려 하오. 형제들이여! 나와 함께 군마천의 야욕을 분쇄하고 저들을 장강에 묻어 천하에 아직 의와 협이 생생하게 살아 있음을 증명합시다!"

"우와아아아!"

굉량한 함성이 장강을 뒤흔들었다.

관산호를 비롯 이차와 삼차 공격선을 맡은 각 문파의 수장들이 문하 제자들과 함께 제자리를 찾아갔고, 으스러져라 애병을 움켜쥐며 걸음을 옮기는 무사들의 눈이 뜨겁게 빛났다.

"홍, 독선에 빠진 자들!"

견이응안 이척은 기분이 상한 얼굴로 중얼거렸다.

서문원의 말에는 깊은 내공이 깃들어 있어 강을 건너 군마천의 진영까지 닿았다.

눈앞에서 이천여 명의 수하가 정성 들여 조작하고 있는 백여 개의 거대한 장비를 바라보며 흐뭇한 미소를 짓고 있던 좌홍의가 이척에게 물었다.

"뭐가 독선이라는 건가?"

"자기들만 옳고 우리는 그르다는 저 뿌리 깊은 사고방식이 독선이 아니라면 무엇이겠습니까!"

"글쎄, 내가 들을 때는 그리 틀린 말도 아닌 듯하네만."

"예?"

"저들은 의와 협으로 자신들의 신념을 관철하려 하고, 우리는 무력과 피로 우리의 신념을 관철하려 하는 게 사실이지 않은가?"

이척의 얼굴이 일그러졌다.

"그건 그렇지만, 저들이 의와 협을 행한 적이 무에 있다고요!"

"적어도 우리보다는 많지. 흐흐흐."

좌홍의의 입술 사이로 웃음이 흘러나왔다. 하지만 그 웃음은 밝은 느낌이 아니라 스산한 느낌이었다. 말의 내용과는 달리 의와 협을 언급할 때 그의 눈빛은 얼음처럼 차갑고 날카로운 살기가 흘러넘쳤다.

이척은 다시 한 번 세차게 코웃음을 쳤다.

"흥!"

좌홍의는 섬뜩함이 느껴지는 차가운 얼굴로 눈앞의 대형 장비들을 응시할 뿐, 더 이상 입을 열지 않았다.

무련과 군마천이 대립하면서도 평화를 유지하던 지난 시기 동안 가장 바쁘고 희생이 많았던 조직이 풍마이였다. 풍령전과의 물고 물리는 정보전 가운데 벌어진 일이었다. 그래서 무련에 대한 이척의 적개심은 군마천 내에서도 최고에 속했다.

좌홍의의 시선이 잠시 천으로 가려진 울타리 너머를 향했다.

우문뢰를 위시로 운장룡과 우문립, 그리고 삼천각의 각주들을 비롯한 군마천 수뇌부는 지금 도하를 개시하고 있는 장소에 있었다. 그러나 그와 이척은 전면에서 싸우는 사람들이 아니었기에 후방에 남았다. 그리고 그들의 역할은 도하를 하는 자들보다 어쩌면 더 중요할 수도 있었다.

만약 그들이 실수를 하게 된다면 군마천은 뭍에 발을 딛음과 동시에 궤멸될지도 모르는 것이다.

강남 총타에서 준비해 온 두 가지 물건 중 하나, 파련초(破聯草)가 강상으로 밀려 나가며 그 위에 몸을 싣는 군마천의 무사들을 지켜보던 우문립이 운장룡에게 물었다.

"태상호법, 저들이 수중에서 암습할 가능성도 있지 않을까요?"

그의 음성에는 일말의 불안감이 스며 있었다.

"그럴지도 모르오."

운장룡의 대답은 무뚝뚝했다.

우문립의 질문이 마음에 들지 않은 탓이다.

그 기색을 우문립도 눈치 챘다. 그가 이해하기 힘들어 눈살을 찌푸릴 때 표길량의 전음이 그의 귀를 울렸다.

"소천주님, 우리가 수중에 수하들을 배치하지 않은 것처럼 저들도 마찬가지일 것입니다. 그 부분은 염려하지 않으셔도 될 듯하군요."

"왜 그렇습니까? 제가 저들 입장이라면 수중에서 대기하다가 접근하는 적을 공격해 전열을 혼란에 빠뜨릴 텐데요."

"저들이 수중에서 공격하면 우리는 후퇴하며 역시 수중에서 저들을 공격하게 됩니다. 수중의 적을 제거하지 않으면 맞은편 상륙이 어렵고, 할 수 있다 해도 희생이 너무 크니까요.

그러면 전쟁은 지루해집니다. 아시겠지만 양쪽 다 그런 식의 전개를 바라지 않는 상황입니다.”

“아……!”

우문립은 작게 고개를 끄덕였다. 그는 눈앞에 보이는 싸움의 양상만을 생각했지, 양측의 수뇌부가 무엇을 원하는지 그 심리를 읽지는 못했다. 이제 그것을 깨달은 것이다.

군마천의 명령 체계는 무련과는 완전히 반대라 할 수 있었다. 무련이 서문굉천을 중심으로 소속 문파가 수평으로 결합된 연합체라면 군마천은 우문뢰로부터 수직으로 하부까지 연결된 단일 조직이었다.

그래서 무련이 병법을 논할 때 소속 문파의 수장들 전부가 참가하는 회의가 필수적인 데 반해 군마천은 그럴 필요가 없었다. 예외적인 경우 여러 사람이 참여할 수는 있지만 대부분은 우문뢰와 좌홍의가 상의하고 결정하고 결정된 사항은 하부까지 수직으로 전해지는 것이다. 그리고 최종적인 결정 사항에 대한 이의는 허락되지 않는 것이 군마천의 명령 체계다.

그래서 우문립도 우문뢰와 좌홍의가 어떤 생각을 갖고 있는지 정확하게 알지 못했던 것이다.

그들이 대화를 나누는 동안 파련초에 몸을 실은 이천 명의 군마천 무사가 건너편으로부터 십여 장 되는 지점에 도달했다.

파련초는 생고무를 두께 반 치, 가로세로 한 자 크기로 만든 것인데, 그 형태가 풀잎과 비슷해 좌홍의가 붙인 이름이었다.

파련초의 총 수는 이천, 이 장 간격으로 이백 개를 가로로 연결했고, 뒤로 사 장 간격으로 열 개를 이었다. 그 이천 개의 파련초에 탄 이천 명의 무사가 수상에서 전열을 유지하며 일제히 미끄러지듯 이동하는 광경은 평생에 다시 보기 어려운 일대장관이었다.

이천 무사의 선두에 선 인물은 금천각주 일격사 좌무웅이었다.

파련초의 위에 꼿꼿이 선 채 미동도 없는 그의 두 눈은 무섭게 이글거리며 십여 장 앞으로 다가온 강변의 무련 무사들을 보고 있었다.

그의 시선이 강변의 무사들 선두에 있던 천독수 당량과 마주쳤다. 수십 년 동안 대립한 문파의 요인들이다. 그들의 마음속에는 세월만큼의 살기가 쌓여 있었다.

"당량!"

강물이 흔들리는 느낌이 들 정도로 굉량한 외침이 좌무웅의 입에서 터져 나왔다.

당량이 살기가 흐르는 눈으로 좌무웅을 보며 스산하게 웃으며 소리쳤다.

"흐흐흐, 좌무웅! 객지에 고생이 자심하구만. 오너라! 이곳을 네 무덤으로 만들어주마!"

두 사람 모두 내공을 가득 실어 말한 터라 안강변에 있는 사람들은 모두 그 말을 들었다.

양측 무사들의 눈이 붉은 살기로 물들었다.

입을 꾹 다문 좌무웅의 움켜쥔 주먹이 서서히 가슴 앞으로
올라갔다. 그 주먹이 떨어지면 공격이 시작되는 것이다.

전황을 지켜보던 서문원은 눈살을 찌푸렸다. 좌무웅이 가슴
에 손을 모은 채로 움직이지 않았기 때문이다. 마치 무언가를
기다리는 듯한 모양새다.

의아해하던 그는 군마천의 움직임에서 무언가를 느끼고 안
색이 살짝 변했다.

"폭우이화침통의 사정거리 밖이로군."

"……."

서문룡도 굳은 얼굴로 입을 열지 않았다. 그도 느꼈던 것이
다. 군마천 무사들이 밟고 서 있는 이상한 물건의 배열을 보며
들었던 불안감이 크게 증폭되고 있었다.

서문원이 나직하게 말을 이었다.

"정보가 샌 것이 분명한 듯하군. 전주, 어찌 된 일인가?"

그의 안색은 엄중했다.

서문룡은 이를 악물었다.

"폭우이화침통의 존재는 당가의 인물들이라 해도 가주와
제작을 맡았던 극소수의 인물, 그리고 무련 최고 수뇌부에 속
한 몇 명 외에는 아무도 알지 못합니다. 그들 중에는 의심할
만한 사람이 없습니다, 련주님."

"후우, 지금은 간세를 찾아낼 시간이 없다. 전주, 저들이 폭
우이화침통의 존재를 알고 있는 듯한 이상 당가에 충분한 주

의를 하라고 전하게."

"알겠습니다."

서문룡의 지시를 받은 전령이 미친 듯이 천독수 당량에게로 뛰어갈 때였다.

서문원과 서문룡은 물론이고, 무련 전체에 작은 술렁임이 일어났다.

날은 이미 밝았다. 그리고 양측의 인물들 중 백여 장 떨어진 상대편 진영을 보지 못하는 사람은 없었다. 투명한 햇살 아래 상대편의 모든 것이 선명하게 사람들의 눈에 들어왔다.

무련의 인물들이 군마천 진영의 폐쇄 구역이라 불렀던 곳을 덮고 둘러싸던 천들이 일제히 무너지며 높이 일 장에 가까운 괴상하게 생긴 장비 백여 개가 삼백 장의 공간에 빼곡히 찬 채 그 거대한 모습을 드러냈다.

그것을 본 서문원이 놀란 얼굴로 서문룡에게 물었다.

"대체 저것이 무엇……?"

하지만 그의 질문을 미처 끝을 맺지 못했다.

퉁, 퉁, 퉁, 퉁, 퉁.

강 건너편까지 전해지는 기이한 소음과 함께 백여 개의 장비가 연속해서 검은 공처럼 생긴 무언가를 쏘아댔다.

서문룡의 안색이 창백해졌다.

"설마… 투석기?"

"투석기라고?"

서문원은 이해할 수 없다는 어조로 되물었다.

공성전을 하는 것도 아닌데 난데없이 성벽이나 건물을 부수는 용도로 쓰이는 투석기가 웬 말인가. 날아오는 돌덩이에 맞을 만큼 눈먼 무인이 무련에 존재할 리가 없었다.

이들은 병사가 아니라 일류 이상의 무공을 수련한 무인들이다. 경공으로 이합집산하면 혼란 또한 미미할 터. 무인들의 전쟁에서 투석기는 그 효과를 볼 수 없는 장비였다.

그가 어처구니없어 하며 말을 이었다.

"허, 우문뢰와 좌홍의가 미쳤단 말인가?"

그러나 투석기에서 쏘아대고 있는 검은 공처럼 생긴 물건을 보는 서문룡의 안색은 점점 더 창백해져 갔다. 어느새 장강의 푸른 하늘은 검은 점들로 뒤덮였다.

"형님, 저건 돌이 아니라… 사람입니다."

서문원의 말에 안색이 변한 서문원이 바람처럼 허공으로 신형을 띄우며 급박하게 소리쳤다.

"전투 준비! 투석기에서 쏘아대고 있는 것은 사람이오! 날아오는 각도로 보아 저들은 이차 공격선과 삼차 공격선 사이에 떨어질 테니 모두 준비하시오!"

그의 외침을 들은 사람들의 안색이 무섭게 굳었다.

우문뢰는 득의한 얼굴로 싱긋 웃었다.

"서문굉천의 당황한 얼굴을 볼 수 있었으면 좋았을 텐데. 그렇지 않소, 태상호법?"

운장룡은 고개를 끄덕이며 우문뢰의 말을 받았다.

"설마 투석기가 등장하리라고는 예상치 못했을 테니 그도 놀라고 있을 겁니다."

폐쇄 구역 안에서 조립되고 있는 것이 투석기라는 사실을 알고 그도 얼마나 놀랐던가. 좌홍의는 마도제일뇌라 불리기에 충분한 자격을 가진 자였다.

투석기는 돌을 날리는 게 아니라 무인을 쏘아대는 용도였기 때문에 통상의 것과는 형태가 많이 달랐다.

두 개의 기둥을 양쪽으로 세우고 거기에 탄력이 극대화된 고무와 짐승의 힘줄을 꼬아 만든 밧줄을 묶었다. 그리고 그 밧줄의 중앙에 사람이 들어갈 만한 고무판을 대었고, 고무판의 뒤쪽에 있는 걸쇠를 두 기둥 사이에 위치한 긴 나무의 끝에 걸었다. 걸쇠가 풀리면 고무판에 놓은 물건이 쏘아져 나갔는데, 생김새는 석궁과 비슷했다. 다만 그 크기가 수천 배 커졌을 뿐.

인간투석기는 쉴 새 없이 사람을 쏘아댔다. 조작하는 데 걸리는 시간은 셋을 헤아릴 정도도 걸리지 않았다. 내공을 이용해 밧줄을 끌어당겨 걸쇠에 거는 터라 시간이 걸릴 이유가 없는 것이다.

폐쇄 구역 내에 이천오백에 달했던 무사들의 수는 벌써 천 명 이하로 줄었다.

우문뢰의 미소가 짙어졌다.

"우리는 상익청의 혈전단이 왜구와 싸우는 걸 수십 년 동안 지켜보면서 집단전에 대해 많은 것을 배웠지. 무련은 그런 배움의 기회가 없었고."

"그러셨습니까?"

운장룡이 감탄하며 물었다.

상익청은 당대 무림과 군문을 통틀어 집단전에 가장 능한 인물이라 할 수 있었다. 우문뢰가 그로부터 무언가를 배웠을 거라고는 그조차도 생각지 못했다.

"혈전단의 전투 방식은 무인들 간의 싸움과는 달리 가능한 모든 방법이 동원될 뿐 아니라 극히 효율적이오. 게다가 적의 의표를 찌르는 방식으로 이루어지곤 했소. 후후후, 상익청의 전투 방식을 더 발전시킨 사람이 강산호였고. 우상과 내가 이번 전투에서 어떤 방식으로 도하해야 할지를 고민할 때 답을 주었던 게 바로 강산호였소. 그가 이 사실을 안다면 아마 이를 갈 것이오만. 무련에서 강산호를 중용할까 걱정하기도 했는데, 다행히 무련에서는 그렇지 않았던 것 같소. 그가 중용된다면 우리의 도하 방법에 대한 대비책을 만들지도 몰랐으니까. 하지만 강산호 또한 내가 혈전단의 전투 방식을 쓰리라고는 생각지 못했을 거요. 그는 나를 너무 모르니까."

우문뢰의 음산하게까지 느껴지는 미소를 보며 운장룡은 속에 돌덩이를 얹은 기분이 들었다.

군마천은 이겨야 했다. 그것은 대사형의 뜻이었으니까. 하지만 그는 관산호가 무사하기를 바랐다. 그 두 가지 생각 사이에서 일어난 갈등이 그의 마음을 짓눌렀다.

우문뢰가 운장룡의 얼굴을 일별하며 물었다.

"태상호법의 수하들이 과연 후방 교란을 성공할 수 있겠소? 저들이 우리에게 집중하고 있는 것을 보면 좌우와 후방에 적이 있음을 경각하지 못하고 있다는 것인데, 호법은 이미 수하들이 저들의 진영에 접근했다고 말하고… 그렇다면 답은 그들이 소수 정예라는 것 아니오? 그 정도 숫자로 과연 목적을 수행할 수 있겠소?"

"이번 일에 본 문은 사활을 걸었습니다. 당연히 투입된 이들도 본 문 최고의 고수들입니다. 그들은 목숨을 걸고 맡은바 임무를 수행할 것입니다. 천절마도문은 언제나 말이 아닌 도(刀)로 뜻을 밝혀왔습니다. 이번에도 마찬가지입니다. 지켜보시면 그것을 알게 될 것입니다."

운장룡의 대답에 우문뢰는 흡족한 미소를 지었다.

"태상호법의 수하들이니 어련하겠소이까."

그의 시선이 무련의 상공을 새까맣게 뒤덮고 있는 그의 부하들을 향했다.

"곧 굉천의 일그러진 얼굴을 볼 수 있겠구려. 우하하하하!"

화산이 폭발하는 듯한 웃음소리가 장강의 물결을 뒤집으며 퍼져 나갔다.

"사람이로군."

투석기에서 쏘아댄 검은 공의 정체를 가장 먼저 알아차린 사람은 서문룡이 아니라 관산호였다. 그의 안력이 더 좋은데다 투석기를 보자마자 그 용도를 짐작했기 때문이다.

차갑게 이글거리는 눈으로 날아드는 자들을 본 그가 철사자단의 무사들에게 외쳤다.

"외단은 중앙으로, 본 단은 방패로 위를 방어하라!"

그의 일갈이 터지자마자 철사자단 오백 무사 중 구양룡이 이끄는 외단의 무사들은 한군데로 모였다. 그리고 본 단의 무사들은 외단의 인물들 사이로 파고들며 등에 메고 있던 방패를 꺼내어 머리 위로 들어 올렸다.

일체의 의문도 없는 일사블란한 움직임이어서 그들의 대형은 눈 깜박할 사이에 방패 속으로 사라졌다. 가혹한 훈련의 결과였다.

방패의 재질은 철이었고, 크기는 가로 두 자, 세로 석 자 정도였다. 수로맹의 대전이 끝난 후 관산호의 지시에 의해 만들어진 것으로, 본 단의 무사들도 평소 훈련받을 때나 사용할 뿐, 그 외에는 말에 싣고 다녔다.

그러나 무련과 합류한 후 관산호는 철사자단의 본 단 무사들에게 방패를 비롯한 여러 무기들을 가능한 모두 몸에 소지하라는 지시를 내렸다.

구양룡이 이끄는 외단의 무사들은 하나같이 절정에 근접하거나 절정에 달한 고수들이라 병기의 효용이 크지 않지만 무공이 약한 본 단의 무사들은 방어 장비와 무기의 도움이 크다는 것을 그는 너무나 잘 알고 있었기 때문이다.

찰나지간 원형의 거북이 등처럼 변한 철사자단의 진형에 무련의 무사들은 흠칫했다. 그러나 철사자단에 신경 쓸 여력은 없었다.

공처럼 웅크린 채 허공으로 날아들던 군마천의 무사들이 편복처럼 몸을 활짝 펴며 양손에 들고 있던 석 자 길이의 단창 두 자루를 연속해서 아래로 집어 던졌기 때문이다.

첫 일백 명과 뒤를 이은 두 번째, 세 번째 군마천 무사들이 아래로 던진 단창의 목표는 사천당가와 무당파 등이 전선을 형성한 강변 앞쪽이었다.

높이는 십 장.

슈슈슈슈슉.

공간을 찢으며 떨어져 내리는 단창의 기세는 가공스러운 것이었다. 좌무웅이 이끄는 이천의 무사보다 투석기를 이용해 쏘아지는 무사들의 수준이 더 높았고, 그런 그들이 전력을 다해 집어 던진 것이다. 게다가 위에서 아래로 던졌으니 가속까지 붙었다.

그들은 단창을 던지고도 삼십 장을 더 날아간 후 하락하기 시작했지만 그들이 남긴 단창의 여파는 상상 이상이었다.

최초 이백 개의 단창은 거의 동시에 떨어졌다. 그러나 이후 이백 개의 단창은 숨 한 번 쉴 시간의 시차를 두었고, 세 번째도 그 정도의 시간 차를 두었다.

그렇게 순차적으로 쏟아진 단창의 수가 육백 개였다.

퍼퍼퍼퍼퍼퍽!

대부분의 단창은 지면에 네다섯 치 정도만을 남기고 박혀 들어갔다. 하지만 전부 목표물을 벗어난 것은 아니었다.

"컥!"

"흐아악!"

"허윽!"

미처 단창을 피하지 못한 당가와 무당, 형산과 공동, 모용세가의 무인 일백여 명이 꼬치에 꿰인 듯한 모습으로 쓰러져 갔다. 허무한 죽음이었다.

거기에 설상가상의 일이 벌어졌다.

"공격!"

굉량한 외침과 함께 강상에 떠 있던 이천의 군마천 무사가 파련초에 탄 채 물밀듯이 밀려들었다.

투석기에서 쏘아댄 군마천 무사들은 계속해서 날아오고 있는 상황. 그들이 언제 단창을 집어 던질지 몰라 허공에서 시선을 떼지 못하고 있는데 좌무웅이 상륙을 시도하고 있었던 것이다.

이미 일차 공격선을 형성하고 있던 문파들의 정연하던 진형은 붕괴되었다.

좌무웅을 노려보며 천독수 당량은 이를 악물었다.

이백의 당가 무인은 일백 명씩 이 열로 포진해 있었다. 일렬이 폭우이화침통을 발사하고 난 후 이 열이 뒤를 잇고 다시 일렬이 잇는 방식을 취하기 위해서였다.

그런데 그중 사십 명이 넘는 수가 바닥에 쓰러져 있었다. 단창의 폭포수는 당가가 포진하고 있는 지역에 집중되었다. 허공으로 날아든 자들의 목표가 사천당가라는 것은 누가 보아도 명백했다.

'일단은 저들을 막는다. 두고 보아라. 간세 놈! 이 싸움이 끝나기만 하면 네놈을 찾아서 왜 사람들이 본 가와 원한을 맺지 않으려 하는지 그 이유를 뼈에 아로새겨 주마!'

좌무웅이 그로부터 오 장 거리에 도달할 때 당가와 무당파 등이 머문 허공에는 투석기에서 쏘아진 네 번째와 다섯 번째, 여섯 번째의 무리가 그냥 지나가고, 일곱 번째의 무리가 도착하고 있었다.

그리고 다시 가공할 위세가 담긴 투창이 벼락처럼 쏟아졌다.

슈슈슈슈슉.

당가의 무인들은 피가 나도록 입술을 깨물어야 했다. 공중에서는 단창의 공격이 앞에서는 좌무웅이 이끄는 자들의 공격이 동시에 그들에게 다가서고 있는 것이다.

당량은 생각을 멈췄다. 지금은 집중해야 할 순간이다. 생각도 집중해야 했고, 당가의 공격도 어느 한쪽이든 집중해야 했다.

그리고 선택의 여지는 없었다.

허공을 지나가는 자들과의 거리는 십 장이다. 활이나 창이 있다면 몰라도 그들이 보유하고 있는 암기로는 그 어떤 것으로도 닿지 않는 거리였고, 경공으로도 뛰어오를 수 없는 거리였다. 피하는 것 외에는 상대할 방법이 없는 것이다.

"공중은 포기한다. 그리고 폭우침은 전면에 집중한다!"

당랑은 피를 토하는 음성으로 소리치며 강물에 한 발을 담그며 수중의 폭우이화침통을 전면에 겨누었다.

"예!"

군데군데서 짤막한 대답이 들려왔다. 그러나 대다수의 당가 무인들은 대답하지 않았다. 대답할 짬이 없는 것이다.

여덟 번째 무리의 단창 공격이 쏟아져 내릴 때 좌무웅이 삼장 앞까지 다가섰다.

"발사!"

일렬의 살아남은 칠십 명의 당가 무인이 손에 들고 있던 길이 한 자, 지름 세 치의 원통형 물건의 한 부분을 일제히 눌렀다.

양측의 무인들은 한순간 장강변을 뒤덮는 은빛의 찬연하면서도 섬뜩한 빛의 홍수를 볼 수가 있었다.

스팟.

파파파파파팍.

"으아악!"

"허으윽!"

기이한 소음과 함께 구천을 사무치는 듯한 처절한 비명이 합창하듯 터졌다.

군마천과 무련의 무인 수백 명이 동시에 쓰러지고 있었다.

다른 문파에서도 사상자가 나왔지만 그 수는 사오십 명에 불과해서 사천당가에 비하면 피해라고 할 것도 없었다. 일곱 번째와 여덟 번째, 그리고 아홉 번째 무리가 허공에서 날린 단창이 집중된 사천당가의 피해는 극심했다. 이백여 명의 고수 중 서 있는 사람은 불과 삼십여 명에 불과했던 것이다.

그러나 군마천의 피해 또한 적지 않았다.

그들은 좌우 이 장 뒤로 사 장의 간격을 두어 폭우이화침의 공격에 대비했지만 삼 장에 달하는 폭우침의 방원을 벗어나지 못한 무사 사백여 명이 한순간에 장강의 물밑으로 사라진 것이다.

"으하하하하! 언젠가 이런 날이 올 줄 믿었다!"

좌무웅은 당량의 심장을 꿰뚫은 오른손을 꺼내며 광소를 터뜨렸다. 당량의 눈에서 빛이 꺼져 가며 그의 어깨와 등에 꽂힌 단창 십여 개가 흔들거렸다.

좌무웅이 당량보다 반수가량 고수인 건 사실이었다. 그러나 그들의 실력이 이처럼 단 일 초에 승부가 갈릴 정도로 차이가 나지는 않았다.

더구나 당량은 폭우이화침통까지 사용하지 않았던가.

그들의 승부를 가른 것은 단창이었다.

공중에서 쏟아진 단창 중 이십여 개가 당량을 노렸다. 당량은 단창을 피하기 위해 움직일 수밖에 없었고, 그 허를 좌무웅이 놓칠 리 없었다. 그렇게 승부는 단 일 초로 갈렸다.

살아남은 군마천 무사 일천육백이 땅에 발을 디뎠다. 그리고 무련의 일차 공격선을 구성하고 있던 무당, 공동, 형산, 모용세가의 무인들과 무서운 기세로 충돌했다.

후세의 무림사가들이 안강대회전(鮟鱇大會戰)이라 명명한
무림 사상 가장 거대하고 처절했던 전쟁의 막이 드디어 오른
것이다.

제6장

안강대회전(鮟鱇大會戰) 2

鐵血無情路

좌무웅에 의해 당량이 생을 달리하던 시점에 이차, 삼차 공격선에서 대기하고 있던 무련 무사들의 상황도 급박하게 변하고 있었다.

인간투석기에서 쏘아진 무리 세 개가 공중에서 떨어져 내리고, 뒤를 이어 도착한 다른 세 개의 무리가 단창 육백 개를 순차적으로 지상을 향해 내리꽂고 있었던 것이다.

슈슈슈슈슈슉!

파파파파파팟.

"크으윽!"

"악!"

"커헉!"

공기를 찢는 파공음과 단창이 골육을 파고드는 소름 끼치는 소음, 그리고 어지러운 신음과 비명이 거대한 물결처럼 일어났다.

단창에 맞아 쓰러진 무사의 수는 일백여 명.

그러나 단창을 피하기 위해 이리저리 움직일 수밖에 없었던 무련 무사들의 진영과 삼엄한 예기는 일거에 무너졌다.

단창의 공격이 끝났다 싶어 공중을 바라본 무련 무사들은 허공을 까맣게 덮으며 떨어져 내리는 군마천 무사들의 모습을 볼 수 있었다. 이미 강가를 통과한 세 개의 무리가 더해진 군마천 무사들의 수는 구백에 달했다.

허공에 있는 군마천 무사들은 서로 겹친 부분이 적었다. 일백여 명 중 이십여 명이 겹칠 뿐이었고, 나머지 팔십 명은 먼저 도착한 자들의 좌측이나 우측, 혹은 약간 앞이나 뒤에서 전진을 멈추며 떨어져 내렸다. 그래서 쏟아지는 자들의 수가 늘어날수록 허공을 점하는 군마천 무사들의 영역은 넓어졌다.

서문룡의 안색이 보기 싫게 일그러졌다.

강 건너편에서는 투석기에서 쏟아진 무사들이 일백을 하나의 단위로 해서 계속 날아들고 있었다. 강상으로 도하한 자들의 수가 이천이었으니 투석기로 날아들 자들의 수는 투석기를 조작할 자들을 제외해도 일천오백에서 이천은 될 터였다.

그렇다면 구백이 쏟아졌으니 아직도 지금까지 날아온 자들만큼의 숫자가 더 공중으로 날아올 것이고, 천 개가 넘는 단창 또한 쏟아질 것이다.

“허허허, 역시 우문뢰.”

서문굉천은 깊은 시선으로 전장을 보며 나직하게 웃었다. 이를 갈아도 시원치 않을 상황에서 웃음이 나온다는 것은 그만큼 적에 대한 감탄이 크다는 의미였다.

전장은 무련 수뇌부가 계획했던 것과는 많이 달랐다. 하지만 무련이 군마천에 의해 일방적으로 밀리는 상황은 아니었다.

강상으로 도하하여 뭍에 발을 디딘 일천육백의 군마천 무사는 일차 공격선을 구성하고 있던 무당, 당가, 공동, 형산, 모용가의 살아남은 무사들에 의해 저지되었고, 이차 공격선에 있던 사신기, 정무대, 종남파의 무사들이 앞선 일차 공격선의 뒤를 받치면서 팽팽한 국면이 유지되고 있었다.

숫자상으로도 군마천은 사백을 잃어 일천육백이었고, 무련은 일차 공격선에서 이백오십을 잃어 일천, 이차 공격선은 일천백오십이라 군마천에 비해 아직 수적 우위에 있었다.

개인 간의 무력은 큰 차이가 나지 않는 터라 공중에서의 공격이 없었다면 오백여 명의 무사가 더 많은 무련이 전장을 지배했을 수도 있는 상황이었다.

그러나 공중 공격으로 인해 이차 공격선에 있던 무사들 전부가 일차 공격선을 지원하지는 못하게 된 것이 전황을 팽팽한 국면으로 만들었다.

이차 공격선에 있던 무사 일천일백오십 명 중 오백여 명이 서문원의 지시로 이차 공격선과 삼차 공격선 사이로 떨어져 내리는 자들을 상대하기 위해 빠져나와야 했던 것이다.

서문굉천의 담담한 모습을 보며 마음이 안정된 서문룡의 머리가 무섭게 돌아갔다.

그가 잠깐 생각하는 와중에도 허공에는 여섯 개의 군마천 무리가 더해졌다. 앞선 세 무리의 단창에 의해 좌무웅이 이끄는 자들을 상대하던 무련 무사 백여 명이 쓰러지는 것이 보였다. 다른 세 무리는 단창을 든 채 그들의 머리를 통과해 벌써 이차와 삼차 공격선 사이에 도달하고 있었다.

벌써 일천오백이 넘어왔음에도 쉴 틈 없이 날아드는 것이었다.

슈슉.

챙챙챙!

"으아아악!"

"죽어랏!"

"컥!"

비명과 병장기들이 부딪치는 소리, 단창이 허공을 가르는 파공음. 잘려진 팔다리와 푸른 하늘을 붉게 수놓으며 분수처럼 솟구치는 선연한 핏물.

장강은 붉게 물들고 대지는 시신으로 뒤덮여 가고 있었다.

공중으로 가장 먼저 날아든 자들은 무련 무사들의 머리 위 오 장 위까지 내려와 있었다. 가능한 몸을 가볍게 해서 떨어지는 속도를 늦추었기 때문에 그들의 하강 속도는 깃털이 떨어지는 것처럼 느렸다. 뒤에 따를 자들과의 시간적 차이를 좁히기 위함임은 누구라도 알 수 있는 운신이었다.

무련의 무사들은 쏟아지는 단창 공격으로 흐트러진 대형을 유지하기 위해 애쓰며 공중에서 시선을 떼지 않았다. 아직 적들의 위치가 공격하기에 적당치 않았다.

무련 무사들 중 절반 정도는 오 장을 도약할 수 있는 경공을 익혔지만 그렇게 뛰어오르게 되면 대형이 더욱 흐트러지게 된다. 게다가 공격 후 내려올 때 단창 공격이 이어진다면 치명상을 입을 위험도 컸다. 허공에서 운신이 자유롭고 연속해서 공수 전환을 할 정도의 고수는 무련에도 그리 많지 않은 것이다.

때문에 지휘를 하는 수뇌부는 지면에서 대기하는 쪽을 선택했다. 적들이 그들의 머리 위 일 장 정도 높이에 도달하면 전투가 시작될 것이었다.

애병을 쥔 무련 무사들의 주먹 위로 굵은 힘줄이 돋고 악다문 이빨 사이로 뜨거운 숨결이 흘러나왔다.

"암기를 소지하고 계신 분들은 준비를 해주시오!"

서문원의 외침이 무련 무사들의 귀를 두드렸다.

그 순간이었다. 서문원의 것이 아닌 다른 음성이 무련 무사들의 귀를 연이어 두드렸다.

차갑고 강인한 음성.

"외단은 본 단으로부터 창을 넘겨받아라! 그리고 본 단은 외단을 방어하라!"

연이어지는 명령.

"외단, 투창 준비!"

전장을 뒤흔드는 음성의 주인공이 관산호라는 것을 깨달은 서문굉천 이하 무련 수뇌부의 시선이 철사자단을 향했다.

그리고 그들은 볼 수 있었다.

거북이 등처럼 철사자단 전체를 뒤덮고 있던 방패가 미미하게 이동하며 방패와 방패 사이로 반 자 정도의 수많은 틈이 생겨나고 있는 모습을.

그리고 그 틈 사이로 길이 여섯 자에 달하는 이백여 개의 시퍼렇게 날이 선 창날이 솟아 나왔다.

철사자단의 인물 중 방패로 몸을 가리지 않은 아홉 사람.

현송자와 공손곤, 구양룽, 그리고 정요와 마괴령, 황우령과 호연찬, 유향. 늘어선 그들의 앞에서 팔짱을 낀 채 오연한 모습으로 상공의 군마천 무사들을 응시하고 있는 관산호의 눈은 강철의 심연을 연상시켰다. 두려움도 열기도 느껴지지 않는 눈. 하지만 이 자리에 있는 그 누구보다도 더 강렬한 산악과도 같은 기세가 그의 전신에서 일어나고 있었다.

관산호의 입술이 벌어졌다.

"투창!"

쐐애애애액!

허공의 일각이 허무하게 갈라졌다.

무련의 무사들은 입을 벌렸고, 허공에 떠 있던 군마천의 무사들은 사색이 되었다. 그들은 폭우이화침통을 신뢰한 무련 수뇌부가 활이나 창과 같은 원거리 무기를 준비하지 않았다는 것을 이미 알고 있던 터라 무련 진영에서 창으로 공격하는 자들이 있으리라고는 전혀 예상치 못했다.

이는 그들의 잘못이 아니라 그들을 지휘하고 있는 우문뢰와 좌홍의의 실책이었다. 그들은 혈전단과 관산호의 전투에서 배운 것을 이 전장에 적용하고 있었지만, 그 전투의 당사자인 관산호가 이곳에 있음을 간과했던 것이다.

외단, 과거 군마천과 무련의 압력과 그들의 행태에 염증을 느끼고 염세곡이라 불리며 절지에 몸을 숨겨야 했던 이백의 고수가 본 단의 무사들에게서 받은 창을 혼신공력으로 군마천 무사들을 향해 던진 것이다.

외단 무인들의 무공은 절정을 전후한 수준이다. 그들의 혼신공력이 담긴 창의 속도와 기세는 가공스러웠다.

삼차 공격선은 중앙에 인의무적전, 우측에는 무성각, 그리고 철사자단은 인의무적전의 좌측에 위치하고 있었다.

철사자단은 이차 공격선의 중앙에 위치한 사신기와 삼차의 중앙인 인의무적전 사이로 날아든 군마천 무사들과 오십 장 정도의 거리가 있었다.

군마천 무사들이 허공에서 넓게 퍼지고 있다고는 하나 무련 무사들 또한 한군데에 집중한 대형이 아닌 때문이다.

외단의 고수들이 던진 창이 오십 장의 거리를 좁히고 군마천 무사들을 파고드는 데는 단 한 번의 눈 깜박할 시간 정도가 소요되었을 뿐이었다.

"크아아악!"

"으악!"

"크윽!"

사무치는 비명 소리와 함께 이백여 개의 인영이 살 맞은 기러기처럼 허공에서 떨어져 내렸다. 예상치 못했던 공격이었기에 창을 피한 자들의 수는 열 손가락에도 미치지 못했다.

그리고 무련의 무사들은 연이어 상공으로 날아든 군마천 무사 삼백 명이 던진 육백 개의 단창이 철사자단을 덮고 있는 방패 위로 소나기처럼 쏟아져 내리는 광경을 볼 수 있었다.

슈슈슈슈슈슉!

퉁퉁퉁퉁퉁퉁!

"흐으읍!"

"헉!

단창은 방패를 관통했다. 방패를 들고 있던 철사자단 본 단의 무사들 중 이십여 명은 단창에 의해 팔과 어깨를 내주어야 했고, 십여 명은 머리가 꿰뚫리며 죽어갔다.

그러나 단창 공격은 철사자단의 진형을 무너뜨리지 못했다. 관산호를 비롯한 수뇌부가 단창의 삼 할 이상을 도중에 저지했고, 죽어간 본 단의 무사들이 들고 있던 방패는 바로 옆에 있던 외단 무사들의 손에 들린 채 제 역할을 계속했기 때문이다.

그리고 군마천과 철사자단 무사들 사이에 이루어진 공수 교환이 끝나갈 무렵, 군마천 무사 일천 명의 신형이 무련 무사들의 머리 일 장 위에 도달했다.

인의무적전주 불패도 백경천과 백호기주 섬전뇌호도 팽문후, 종남파의 위진천하검 사일권 등은 이글거리는 눈으로 군마천 무사들을 올려다보며 일제히 소리쳤다.

"공격!"

살기 가득한 그들의 굉량한 외침이 전장을 뒤흔들었다.

그에 뒤질세라 군마천 무사들의 열 번째 무리에 속해 있던 백발의 흑의노인, 호법전주인 운장룡에 이은 호법전의 제이고수이자 공중 공격에 속한 무사들을 지휘하고 있는 천잔도객(天殘刀客) 진익(陳翼)도 스산하게 웃으며 소리쳤다.

"무련의 떨거지들을 어육으로 만들자!"

양측의 무사들은 시뻘건 눈으로 상대를 노려보며 병기를 들었다. 그리고 이를 갈며 상대에게 달려들었다.

콰콰쾅!

채채채채챙!

장과 장, 권과 권, 검과 검, 도와 도…….

무수한 육장과 병장기가 상대의 목숨을 노리며 움직였고, 피하지 못한 자의 몸을 으깨고 베었다.

"끄아아아악!"

"우으윽!"

구천을 울리는 비명 소리.

전장을 뒤덮는 피 안개.

생기가 급속하게 사라져 가는 시신들.

그리고 계속해서 전장의 허공에 도달한 군마천 무사들이 전장에서 거리를 둔 무련의 무사들에게 던지는 단창들.

슈슈슈슈슉!

퍼퍼퍼퍼퍽!

허공을 가르는 파공성.

육신과 땅을 파고드는 단창의 기음.

뒤를 잇는 단말마의 비명들.

그 전장의 한복판을 울리는 차갑고 강인한 음성.

"외단, 투창 준비."

"투창!"

관산호의 명령과 동시에 지상에서 솟구친 수백 개의 낙뢰가 하늘을 갈랐다.

철사자단의 외단 고수들은 군마천 무사들을 상대하기 위해 뛰어들지 않았다. 그들은 철사자단의 무사와 무련의 무사들을 관통한 적의 단창과 지면에 꽂혀 있는 단창을 회수했고, 그것을 다시 군마천 무사들에게 던졌다.

처음의 투창 공격과는 달리 다시 이어진 투창 공격에 의한 군마천의 피해는 크지 않았다. 철사자단 또한 단창 공격을 방어하며 공격해야 했기에 운신의 제약을 받은 때문이었다.

하지만 철사자단의 활약 덕분에 군마천 무사들의 단창에 일방적으로 학살당하다시피 했던 무련의 무사들은 한숨 돌릴 여유를 얻을 수 있었다.

공중에 도착한 군마천 무사들의 단창이 철사자단에게 집중되었고, 철사자단 무사들이 던진 창에 비록 적은 수라 할지라도 군마천 진영의 사상자가 속출했던 것이다.

무련의 상공에 도달한 이십이 개의 무리.

총인원 이천이백.

그들이 점하며 떨어져 내린 공간의 좌우 폭은 삼백여 장 전후 폭은 백여 장.

더 이상 강 건너에서 쏘아지는 군마천 무사는 없었다.

서문원을 비롯한 무련 수뇌부들은 이를 악물어야 했다.

공중으로 공격해 온 군마천 무사들이 지면에 발을 딛는 과정에서 쓰러진 무련 무사의 수는 칠백에 육박했다. 반면 적의 사상자 수는 그 반인 사백 정도였다.

그나마 철사자단의 투창 공격이 있었기에 그 정도의 피해에 머물렀지, 그렇지 않았다면 무련의 피해는 더 극심했을 것이다.

철사자단과 군마천 무사들은 창으로 서로를 공격했지만 그 거리는 삼십여 장의 여유가 있었고, 떨어져 내린 군마천 무사들은 인의무적전을 비롯한 무련의 무사들과 격렬하게 싸우고 있어서 철사자단은 방금 전과는 반대로 한숨 돌릴 수가 있었다.

"회순(回盾)!"

거북의 등처럼 철사자단의 머리 위를 방어하던 방패가 찰나지간 사라졌다. 무사들이 방패를 거둔 것이다.

"외단주님."

명령을 내리며 무표정한 얼굴로 전장을 보던 관산호가 구양릉을 불렀다.

"말씀하시구려."

자색의 눈을 빛내며 서 있던 구양릉이 말을 받았다.

"만약 제가 자리를 뜨는 경우가 생기면 외단주님께서 단을
지휘해 주십시오."

구양릉의 자색 눈에 의혹이 어렸다. 그러나 그는 망설이지
않고 대답했다.

"알겠소."

말을 한 사람이 관산호였다. 가타부타 설명은 필요없는 것
이다.

입을 다문 관산호는 손을 내밀었다.

기다렸다는 듯이 유향이 손에 들고 있던 무정도를 관산호에
게 건넸다.

눈앞에 펼쳐진 전장은 무련 수뇌부가 세웠던 계획과는 달리
피아 구분이 힘들 정도의 난전이었다. 군마천 무사들이 흑의
를 입지 않았다면 적아를 분별하지도 못했으리라.

"형님."

"예, 단주님."

강천기가 굳은 얼굴로 대답했다.

"전장을 횡으로 돌파하겠습니다."

"횡으로?"

놀란 강천기가 눈을 크게 뜨며 되물었다. 그만이 아니었다.
말은 하지 않았지만 조용히 애기를 듣고 있던 모용수란의 안
색도 창백하게 변했다.

횡으로 돌파한다는 건 이차 공격선과 삼차 공격선 사이의
공간을 돌파하겠다는 뜻이었다. 그리고 그것은 공중에서 날아

든 군마천의 주력을 정면으로 상대하겠다는 의미이기도 했다.

"단주, 희생이 너무 클 겁니다."

강천기가 만류했지만 관산호는 고개를 저었다. 그가 강렬한 눈으로 전장을 훑으며 말했다.

"느낌이 좋지 않습니다. 왠지 군마천의 공세가 이들뿐만이라는 생각이 들지 않습니다."

"왜……?"

"아직 우문뢰를 비롯한 군마천 수뇌부의 모습이 보이질 않는군요. 그리고 서문 태상련주도 움직이지 않고 있습니다."

"아!"

강천기의 안색이 창백해졌다.

서문굉천이 전장에 개입하면 전세는 무련 측으로 기울 것이다. 그를 일시지간이라도 상대할 수 있는 자는 군마천을 통틀어 서너 명에 불과한 것이 현실이었다.

그런데도 우문뢰는 아직 강 건너편에 있었고, 서문굉천도 전장에 뛰어들지 않고 있었다. 그것은 둘 다 무언가를 기다리고 있다는 의미였다.

서문굉천이야 우문뢰가 도착하기 전에 진력을 소모하지 않기 위해서라고 생각할 수 있지만 우문뢰의 행동은 기이했다. 그는 대체 무엇을 기다리고 있단 말인가.

관산호가 말을 이었다.

"차라리 전장의 한복판을 돌파해 반대편으로 이동하는 것이 나을 거라는 생각이 듭니다. 가능하면 전장 한복판에 오래 머물고 싶지만 그래서는 희생이 너무 클 게 분명하니 돌파를 택하겠습니다."

"하지만 굳이 돌파의 위험을 감수할 필요가 있겠습니까? 반대편이 이곳보다 더 이롭다고 생각할 이유라도 있는 겁니까?"

"군마천의 공격을 보면 무련 내부에서 논의되었던 모든 병법이 그들의 손에 흘러들어 갔음이 분명합니다. 진형도 예외가 아닐 거구요. 우리가 인의무적전의 좌측을 지킬 거라는 걸 알고 있는 저들이 일을 꾸민다면 공격이 우리에게 집중될 가능성이 큽니다."

"왜……?"

"제가 이곳에 있으니까요."

강천기는 입술을 깨물었다. 사정을 모르는 사람이 들었다면 비약이 심한 생각이라고 반박했을 테지만 그는 반박할 말을 찾지 못했다.

군마천은 무련이 관산호를 평가하는 것보다 훨씬 더 높게 그를 평가했다. 그리고 천마의 후예들 또한 마찬가지였고. 강천기는 그런 사정을 아는 것이다.

더 이상 의문을 품지 않고 강천기는 강행 돌파에 생각을 집중했다.

군마천의 주력과 부딪치면 주변은 무련의 무사들로 에워싸일 것이 분명했다. 희생은 있겠지만 무련의 무사들이 지원할 것이다. 그리고 본 단과 외단의 무사들이 공명심에 무리만 하지 않는다면 희생을 최소화시키는 것도 가능할 것 같았다.

"해보도록 하지요."

강천기의 말에 철사자단 수뇌부의 얼굴이 굳어졌다. 긴장이 살처럼 흘렀다. 수천 명이 부딪치는 전장의 한복판을 오백이 채 되지 않는 수의 무사들로 강행 돌파하려 하는 것이다.

관산호는 돌아섰다. 그리고 이제는 방패를 왼손에 들고 있는 본 단과 외단의 무사들에게 말했다.

"금강철갑진(金剛鐵鉀陣)으로 전장을 정면 돌파해 반대편으로 간다. 선두는 나와 외단주, 성검진인이 맡겠다. 공손 대협과 쌍흑존자는 진형의 좌우를, 우령과 찬은 후미를 맡는다!"

그의 지시가 떨어짐과 동시에 철사자단 진형에 변화가 일어났다. 선두는 좁고 뒤로 이어지는 대열은 두툼해서 중앙이 두텁고 또 뒤로는 가늘어졌다.

죽은 삼십 명의 무사를 제외한 이백칠십 명의 본 단 무사가 방패를 들고 일백삼십오 명씩 이 열이 되었고, 그들 사이마다 외단의 고수들이 자리를 잡았으며, 남는 외단 무사들은 중앙의 두터워진 부위에 위치했다.

그 와중에 관산호의 옆에 그림자처럼 서 있던 유향의 모습이 사라졌다는 걸 깨달은 사람은 몇 되지 않았다. 그리고 그들은 경악으로 눈을 크게 떠야 했다. 유향의 신형이 관산호의 그림자 속으로 녹아들어 갔기 때문이다. 하지만 지금 상황에서 놀람이나 의혹을 겉으로 드러낼 여지는 없었다. 그들의 표정은 곧 평정을 되찾았다.

무정도를 빼 든 관산호의 눈빛이 번갯불 같은 광망을 토했다.

'공기가 무겁다. 우문뢰… 조천후… 그들은 지금 무슨 생각들을 하고 있을까…….'

그의 시선이 오십여 장 떨어져 있는 서문원을 향했다.

"련주님……."

철사자단의 진형이 변하는 것을 주목하고 있던 서문원은 귀를 간질이는 작지만 가슴을 파고드는 진중한 음성에 흠칫했다. 그리고 곧 긴장된 안색으로 귀를 기울였다.

관산호의 전음이 끝나자 그는 고개를 끄덕였다. 관산호의 계획은 나쁘지 않았다.

무련의 이차와 삼차 공격선에 있던 무사들 중 단창 공격에 의해 가장 큰 피해를 입은 건 인의무적전과 사신기였다. 그들이 무련의 주력이었고, 공중으로 날아든 군마천 무사들 또한 그들을 노리고 있었기 때문이다.

관산호는 서문원과 서문룡이 입술을 달싹이는 모습을 보며 무정도를 움켜잡았다. 그가 지켜보는 가운데 서문룡의 손짓이 바빠졌고, 지시를 받은 몇 명의 인물이 전장을 이리저리 파고들었다.

사선으로 도를 내린 그의 입술이 열렸다.

"간다!"

그와 함께 철사자단의 폭풍 같은 질주가 시작되었다.

관산호와 현송자, 구양룡이 접근하는 것을 본 인의무적전 측면 무사들의 중앙이 썰물처럼 빠지며 길이 났다.

난전을 벌이던 상대의 움직임이 바뀌며 전장을 떠나는 듯하

자 측면의 무련 무사들과 싸우던 군마천 무사들의 피와 땀에
젖은 얼굴에 어리둥절한 빛이 떠올랐다.

그리고 곧 시퍼렇게 변했다.

인의무적전 무사들이 빠진 자리를 채우며 밀려드는 자들,
그 선두에 서 있는 붉은 전포가 눈에 들어왔던 것이다.

"적포사신……."

"강산호다!"

놀람에 찬 경호성이 여기저기서 터져 나왔다.

관산호의 적포는 이미 그의 상징과도 같아서 무림에서 활동
하는 자, 특히 군마천에 몸을 담은 자들 중에는 그것을 알아보
지 못하는 자가 없었다. 더구나 관산호는 며칠 전에 군마천의
숙영지를 제집처럼 헤집어놓고 빠져나갔던 인물이 아닌가.

상대의 경호성에 관산호의 우측에서 함께 달리던 현송자의
잘생긴 얼굴에 씁쓸한 빛이 스쳐 지나갔다. 기억도 나지 않는
어린 시절 검을 잡은 이후 손에 든 송문고검이 지금처럼 무겁
게 느껴지기는 처음이었다.

자처했기에 있는 위치였으나 그는 피를 보기를 원치 않았
다. 하지만 이제는 피할 수 없는 상황이다.

현송자에 비해 구양릉의 자색으로 빛나는 눈빛은 얼음처럼
냉혹하기만 했다. 그는 뼛속까지 무인이었다. 오랜 시간 무림
을 떠나 있었지만 그의 기질은 전혀 변하지 않았다. 그는 전장
에서 피를 보는 것을 피할 생각 같은 건 해본 적도 없는 사람인
것이다.

선두에 선 관산호를 본 군마천 무인들의 안색이 변할 때 관산호의 손에 들린 채 사선으로 늘어져 있던 무정도가 무시무시한 기세로 솟아오르며 전방을 휩쓸었다.

일도천붕락.

혈전생사도법의 제이초, 권마칠절의 붕산격을 익히며 그 위력이 더욱 배가된 중(重)의 극(極), 그 불가일세의 도초가 펼쳐졌다.

그 순간 전면에 있던 군마천 무사 네 명의 안색이 시커멓게 죽었다. 그들의 눈에 보이던 하늘이 사라져 있었다. 그들의 눈에 보이는 것은 검푸르게 빛나는 거대한 도신뿐이었다.

"신도… 합일……?"

그들의 한 명의 입술 사이를 비집고 믿을 수 없다는 외침이 흘러나왔다. 그것이 마지막이었다.

비명도 없었다.

상체가 흔적도 없이 날아간 네 명의 허리 부근에서 붉은 피가 폭죽처럼 허공으로 솟구쳤다.

가공할 도의 위력과 그로 인해 벌어진 끔찍한 결과를 본 양측 무사들의 안색이 허옇게 떴다. 거대한 전장에서 싸우고 있었지만 그들은 무인이었다. 적을 베어 죽인 적은 많아도 관산호처럼 피 모래로 으스러뜨려 죽여본 적은 거의 없는 것이다.

비처럼 쏟아지는 피를 피하지 않고 뒤집어쓴 관산호는 일직선으로 전진했다. 죽어간 무사들의 뒤에 있던 자들이 돌처럼 굳은 얼굴로 무기를 휘둘렀다.

그러나 그들은 자신들이 익힌 최고의 무공을 미처 다 펼치기도 전에 전신을 헤집어놓는 소름 끼치는 느낌을 받아들여야 했다.

혈전생사도법의 제일초 초현사일과 제삼초 생사탈혼망이 결합된 무정도가 관산호의 전방을 폭풍처럼 쓸어버린 것이다.

"으아아아악!"

구천까지 닿을 듯한 처절한 비명과 함께 잘린 팔다리가 어지럽게 비산했다.

다섯의 목숨이 혈해 속에 스러졌다.

피를 뒤집어쓴 무표정한 얼굴, 강철의 빛이 일렁이는 무심한 눈빛, 핏물이 주르르 흘러내리는 긴 흑발.

군마천 무사들의 눈에 질린 빛이 떠올랐다.

아수라의 현신.

관산호를 대하는 자들의 뇌리에 동시에 떠오른 느낌이었다.

관산호의 전진은 계속되었다. 그리고 그의 앞에 있던 군마천 무사들은 그의 일도를 막아내지 못하고 죽어갔다.

이를 악물고 좌우에서 그를 공격하는 자들은 현송자의 무당검과 구양릉의 자전신마수에 목숨을 잃었고, 그들의 뒤를 공격하려던 자들은 뒤이어 들이닥친 철사자단 무사들에 의해 쓰러져 갔다.

철사자단이 무서운 속도로 전진하면서 난전으로 흐르던 전장에 경계가 생겨났다. 그리고 전장의 양상이 바뀌어갔다.

철사자단은 군마천 무사들의 중앙을 횡으로 돌파하고 있었고, 둘로 갈라진 군마천 무사들을 양쪽에 있던 무련의 이차와 삼차 공격선 무사들이 공격했다.

군마천 무사들은 중앙을 돌파하는 철사자단을 막으면서 자신들의 뒤를 공격하는 형태가 된 무련의 무사들도 막아야 했다.

일 다향도 흐르기 전, 철사자단은 군마천의 중앙을 절반 이상 돌파하고 있었다.

"대단한 아이로다!"

서문굉천은 경탄한 어조로 중얼거렸다. 그는 서문룡으로부터 관산호에 대한 보고를 귀가 따가울 만큼 많이 들었다. 하지만 관산호가 싸우는 모습을 직접 본 것은 오늘이 처음이었다.

가히 만부부당(萬夫不當)의 기세가 아닌가.

서문굉천의 눈 깊은 곳에 아쉬움과 고통, 그리고 대견함이 스쳐 지나갔다.

'그분이 안배했다고 말씀하신 사람이 너였다면… 허허허, 늙으면 핏줄에 대한 끌림이 더 강해진다고 하더니. 내가 이런 헛생각을 하고 있다니.'

서문굉천의 눈이 깊어졌다.

서문굉천의 반보 뒤에 서 있던 서문원과 서문룡도 그다지 내키지는 않았지만 서문굉천의 경탄에 동의했다.

관산호의 싸우는 모습은 같은 편이 보아도 두려움을 느낄 정도였다. 그런 형편이니 그를 직접 상대하는 적이 느끼는 감정은 두말할 필요도 없을 것이다.

서문룡은 조심스럽게 그와 서문원의 뒤편에 서 있는 서문굉천의 기색을 살폈다. 서문굉천의 음성에서 평소와 다른 느낌을 받은 때문이었다.

'아버님의 음성에 그늘이 있다. 무슨 연유이신가?'

서문굉천이 감정을 드러내는 경우는 흔하지 않았다. 그럴 일 자체가 거의 없는데다가 그가 이룬 성취 또한 감정에 흔들리기에는 너무 높았다.

내심 의아해하며 전장으로 시선을 돌린 그의 눈에 관산호의 앞을 막아서는 백발의 흑의인이 보였다.

그는 쓰게 웃으며 말했다.

"천잔도객 진익… 우문뢰가 전부 데리고 왔군요."

옆에 있던 서문원도 진익을 보고 있었던 듯 고개를 끄덕이며 말을 받았다.

"비록 마도삼패천 중 가장 약체라 군마천에 종속되긴 했지만 천절마도문의 도법은 인정할 만하다. 강산호가 진익에 의해 전진이 멈춘다면 철사자단은 위험에 처하게 될 게야."

그들의 대화를 들은 서문굉천은 가볍게 고개를 저었다.

"진익으로는 저 아이를 막을 수 없다."

단언이다.

서문원과 서문룡이 흠칫하며 서문굉천을 돌아보자 서문굉천이 말을 이었다.

"저 아이는 아직 본신의 무공을 전부 드러내지 않았다. 잊었느냐, 저 아이가 권마 초 노사의 진전을 이었다는 것을?"

그의 말이 끝을 맺기도 전에 서문원과 서문룡은 도를 잡지

않은 관산호의 왼손이 은은한 황금빛으로 휩싸이는 것을 볼
수 있었다.

"아… 아!"

서문룡은 눈을 크게 떴다.

진익은 관산호와 이 장 정도 떨어져 있었고, 그와 관산호 사
이에는 대여섯 명의 군마천 무사가 있었는데, 관산호의 좌수
가 황금빛으로 물드는 순간 진익과 관산호의 사이가 무인지경
으로 변했던 것이다.

전장에 있는 누구도 그것이 일직선상의 모든 것을 파괴하는
중(重)의 극, 붕산격(崩山擊)임을 알아보지 못했다.

비명도, 소음도 없었다.

마치 소리없이 펼쳐지는 일장의 무언극을 보는 듯했다.

경악한 진익이 피가 나도록 입술을 물며 눈을 부릅떴다. 하
지만 그것이 그의 한계였다.

환상과도 같이 이 장의 거리를 찰나지간 좁힌 관산호의 좌
수가 그의 머리를 강타했다.

이형환위(移形換位)와 촌경(村徑)의 극, 환마격(幻魔擊).

머리가 통째로 사라진 진익의 몸이 피를 분수처럼 뿜어내며
통나무처럼 쓰러졌다.

서문굉천조차 안색이 변했고, 서문원과 서문룡은 믿어지지
않는다는 얼굴로 석상이 되었다.

진익이 관산호의 상대가 되지 않을 거라 예상은 했지만 승
부가 단 일 초로 갈릴 거라고는 서문굉천도 미처 생각하지 못

했던 것이다.

"진익이… 일초지적이 안 된단 말인가!"

중얼거리는 서문룡의 음성은 가늘게 떨렸다.

그럴 만도 했다.

당대의 구중군마천이 강호의 패권을 추구하고 있다 하지만 과거 수백 년 동안 마도삼패천은 천마의 맥을 이었다는 강한 자부심을 갖고 마공의 극을 추구하던 무인 집단이었지, 패권을 추구하는 집단은 아니었다.

그런 문파들이라 천절마도문이 군마천에 속하게 된 과정은 그리 순탄치 않았었다.

군마천은 천절마도문과 연수를 제의했지만 천절마도문의 문도들 중 그것이 연수가 아닌 종속 제의라는 걸 모르는 사람은 없었고, 두 문파 사이의 전쟁은 필연이 되었다.

그러나 마도삼패천의 일원이던 무상마루가 군마천과 끝까지 싸우다 멸망한 것과는 달리 천절마도문은 초기의 싸움에서 패배를 맞본 후 곧 군마천의 연수 제의를 받아들였다.

최종 연수가 이루어지기 전까지 천절마도문과 군마천이 싸운 것은 총 일곱 번이었다고 전해진다. 그 싸움의 와중에 천절마도문은 오 할에 달하는 제자를 잃었다. 그러나 살아남은 자들의 명성은 더할 수 없이 높아졌고, 그 명성을 날린 고수 가운데 첫 손가락에 꼽히는 인물이 천잔도객 진익이었다.

천절마도문주가 싸움터에 있었다면 진익은 두 번째가 되었을 테지만 비밀의 장막에 싸인 천절마도문주는 그 일곱 번의 싸움에 모습을 드러낸 적이 한 번도 없었다.

군마천과의 전쟁 당시 진익의 무공은 군마천의 좌상 화염광마군 천태세에 비해서도 그리 뒤지지 않는다고 알려졌는데 오늘 관산호의 일 초에 명을 달리한 것이다.

"앞으로 풍령전주의 보고를 신뢰하기는 어려울 듯하군."

서문굉천의 말에 서문룡은 창백해진 얼굴로 고개를 숙였다. 그가 만든 관산호에 대한 보고서에는 관산호가 저와 같은 초강고수라는 말이 들어 있지 않았다.

십대고수 중 서문굉천과 우문뢰를 제외한 누구도 지금 그들이 보고 있는 관산호와 같은 신위를 보이지 못할 것이다.

허공으로 침투한 군마천 무사들을 지휘하던 진익의 죽음으로 군마천의 진영은 잠시 동안 혼란에 빠졌다. 진익의 부재 시 지휘를 맡기로 한 자들이 혼란을 수습하긴 했지만 무사들의 사기 저하는 어쩔 수 없었다.

그들의 모습에 서문원 이하 무련 수뇌부는 내심 안도의 숨을 내쉬었다.

인간투석기에 의한 침투와 단창 공격은 예상치 못했던 것이었고, 그로 인한 피해 또한 극심해서 무련의 무사들은 의기저상해질 수밖에 없었다. 때문에 전장은 무련이 밀리는 형세였는데 철사자단이 그 분위기를 반전시킨 것이다.

그러나 그들의 안도감은 스물을 헤아릴 시간이 지나기도 전에 사라졌다.

제 7 장

안강대회전(鮟鱇大會戰) 3

鐵血無情路

"꽝천!"

거대한 음성이 전장을 덮으며 울려 퍼졌다.

서문꽝천의 신색이 장엄해졌다.

"그가 왔구나."

서문원을 향해 나직하게 말을 한 서문꽝천이 한 걸음 앞으로 나섰다.

"우문뢰, 어서 오라!"

웅장한 일갈이 터져 나왔다.

파련초를 타고 장강을 건넌 우문뢰는 좌무웅이 이끄는 무사들과 무련의 일차 공격선이 싸우고 있는 것을 바라보고 있었다. 수천 명이 어우러지고 있음에도 그의 모습은 가장 먼저 사람들의 눈에 들어왔다.

그의 기도와 다른 사람들의 그것은 하늘과 땅만큼이나 차이가 심한 때문이었다. 그런 그의 뒤에 온통 검은빛 일색인 흑의복면인과 좌홍의, 운장룡, 그리고 우문립과 표길량 등이 서 있었다.

서문굉천의 음성을 들은 우문뢰는 싱긋 웃었다.

"그가 오라고 하는군."

좌홍의가 눈살을 찌푸렸다.

"그는 여전히 오만합니다."

"하하하, 그럴 자격이 있는 친구 아닌가."

우문뢰는 크게 웃었다. 그와 함께 그의 신형이 고무줄처럼 늘어나는 듯하더니 전장의 한복판으로 사라졌다. 거의 동시에 흑의복면인과 운장룡도 신형을 날렸다.

좌홍의는 고개를 저으며 한숨을 내쉴 뿐, 움직이지 않았다.

이렇게 될 줄 예상했고, 막을 수도 없는 일이라는 걸 잘 알고 있었기 때문이다. 이척이나 우문립을 비롯한 다른 사람들의 사정도 좌홍의와 다르지 않았다.

우문뢰의 신형은 무서운 속도로 전장을 가로질렀다. 무련의 중추, 서문굉천이 있는 곳을 향해 일직선으로 달리는 것이다.

한 걸음의 보폭이 칠 장여에 달하는 그를 막을 수 있는 사람은 없었고, 무련의 무사들 중 그 누구도 그를 막으려 하지 않았다.

감히 누가 백 년래 마도제일고수이자 검지혼 서문굉천과 더

불어 천하제일을 다투는 패천존 우문뢰의 앞을 막을 수 있단 말인가.

그 뒤를 얼음처럼 차가운 눈의 흑의복면인과 왠지 묘하게 느껴지는 눈빛의 운장룡이 그림자처럼 따라붙었다.

우문뢰의 뒤를 따르는 운장룡의 눈 밑에 그늘이 졌다. 그리고 그 그늘은 시간이 갈수록 짙어졌다.

비명과 병장기 부딪치는 소리가 끝없이 귀를 때리는 전장은 시산혈해였다. 피아간 사상자의 수가 벌써 삼천을 넘어 사천에 육박하고 있는 것이다. 그럼에도 싸움은 점점 더 격렬해져 갈 뿐, 멈출 기미를 보이지 않고 있었다.

'본래의 계획대로 대사형께서 나선다면 이 전쟁은 단숨에 수습될 것이다. 대체 왜 내게 그런 지시를 내리고 이 싸움을 내버려 두시는 걸까. 명분은 충분하다. 무련과 군마천의 충돌로 인해 수천이 죽어가는 것을 막는다는 것. 전(殿)이 나서는 데는 이보다 더 훌륭한 명분이 없는데… 수십 년래 이렇게 양측의 수뇌부가 한자리에 모인 때는 없었다. 지금 무련과 군마천의 수뇌 삼십여 명을 제거하는 것으로 두 세력을 붕괴시킬 수 있는데… 우리가 무림의 지배를 원하는 것도 아니니 이 전쟁에 개입하지 않은 정도무림의 거대 문파들은 크게 신경 쓰지 않아도 될 것이고. 하지만 이 전쟁을 지금처럼 진행되도록 방치한다면 무림에 고수라 불릴 만한 자의 씨가 마를 것이다. 이렇게 참혹한 상황을 만드실 필요는 없는데… 이해를 할 수가 없구나. 대사형… 뭔가… 잘못되었어.'

운장룡이 생각에 잠겨 있는 동안 그들 일행은 전장을 가로 질러 인의무적전이 싸우고 있는 곳을 지나고 있었다.

"오는군."

서문굉천은 막강한 패기를 담은 기세가 가공할 속도로 가까워지고 있는 것을 느끼며 말했다. 그는 손을 들어 가볍게 저었다. 그 손짓에 담긴 의미를 깨달은 사람들이 단 한 사람을 남기고 모두 서문굉천의 곁을 떠났다.

남은 자는 진공헌이었다.

무성각은 서문굉천을 추종해서 모인 백도무림의 고수들로 이루어진 조직이고, 공식적으로는 무련 내에서 어떤 직책도 없다. 하지만 서문굉천을 보호하는 무련 내의 공식적인 경호 조직이 없는 것 또한 그들 때문이다.

그들이 서문굉천의 근접 경호를 맡고 있는 것이다.

우문뢰가 인의무적전 무사들마저 뒤에 두고 그의 앞 오 장가량 떨어진 곳에 신형을 세우는 것을 보며 서문굉천은 눈을 빛냈다.

그가 담담하게 웃으며 말했다.

"오십 년 만인가? 자네는 그때와 전혀 변한 게 없구먼. 세월이 비껴간 듯하이."

우문뢰의 얼굴에도 미소가 떠올랐다.

"매일같이 자네 소식을 들어서 그런지 그 세월 동안 보지 못한 사람 같지가 않군."

서문굉천은 고개를 끄덕였다.

"동감일세."

두 거인의 얼굴에는 미소가 떠올라 있었다. 그러나 그들의 눈은 잔물결조차 일지 않는 겨울 바다를 연상시킬 정도로 차갑게 얼어붙어 있었다.

우문뢰가 뒷짐을 지며 말했다.

"오늘 오십 년 전 마무리 짓지 못했던 승부를 결하도록 하는 게 어떻겠나?"

서문굉천은 망설이지 않고 고개를 끄덕였다.

"그러기 위해서 이곳에 왔네."

"내가 올 줄 알았나?"

"자네라면 대산을 떠날 거라고 생각했네. 이런 기회가 다시 오지 않을 거라는 걸 알 테니까 말일세."

"우하하하하! 내 곁에 있는 수하들보다 오히려 자네가 나를 더 잘 아는군."

"칭찬으로 들음세."

"칭찬 맞네. 그건 그렇고……."

우문뢰의 얼굴에 떠올라 있던 미소가 씻은 듯이 사라졌다.

"자네가 왜 그렇게 천마 조사의 맥을 끊어놓지 못해 안달을 하는지 궁금하네. 천사문을 비롯해 마교구류의 일원으로 잔명을 잇던 자들이 모두 자네의 손에 죽어갔다는 것을 알고 있네. 이는 독보천하하려는 자네의 뜻에 가장 방해가 될 것이 분명한 마도의 맥 자체를 없애려 함이 아닌가! 자네가 그렇게 미친 놈처럼 조사와 연이 닿은 맥을 끊으려 하지 않았다면, 그리고 무련을 만들어 독보천하하려 하지 않았다면 군마천이 대산을 떠나 세상에 나오지는 않았을 걸세."

"허어, 군마천이 당대 무림에 패도를 강요하는 것이 나 때문이란 말인가? 방금 전까지 세월도 자네를 변화시키지 못했다고 생각했는데 내 생각이 틀렸군. 천하의 우문뢰가 없는 말을 만들어낼 뿐만 아니라 남 탓까지 하다니. 자네가 지난날의 마교가 이루었던 성세를 부활시켜 무림을 지배하려 하지 않았다면 내가 왜 무련을 만들어 자네를 견제하려 했겠는가!"

두 거인의 마주친 두 눈에 치열한 불꽃이 튀었다.

그들은 상대의 걸출한 능력을 인정하고 있었다. 하지만 상대를 믿지는 않았다. 그리고 그들 사이에 나 있는 불신의 틈은 천하에 거대한 그림자를 드리워왔다.

그들의 음성은 작지 않았다. 덕분에 많은 사람들이 그들의 대화 내용을 들었다. 그리고 모두 의아해졌다.

두 사람의 말은 평소 그들이 상대를 어떻게 생각하고 있었는지를 그대로 드러내는 것이었다. 그런데 그 내용에 미묘한 차이가 있었던 것이다.

그러나 그 차이에 대해 깊게 생각하는 사람들은 없었다. 그 정도의 견해 차에 마음이 흔들리기에는 그동안 두 세력 사이에 쌓인 감정의 골이 너무 깊었다.

각 세력에 속한 사람들은 서문굉천과 우문뢰가 자신들의 행동을 합리화하고 있으며, 상대 세력을 매도하려 한다고 느꼈다. 자신들의 수장이 한 말을 의심하는 사람은 한 명도 없었다. 당연히 그들의 분노와 살기는 더욱 증폭되었다.

우문뢰는 천천히 고개를 돌려 전장을 훑어보았다. 움직이던 그의 눈이 철사자단에 멈추었다.

철사자단은 횡으로 전장의 한복판을 통과해 그 반대편 끝에서 전열을 추스르고 있었다. 사상자의 수는 그리 많지 않은 듯 원형을 이루며 방진을 꾸미는 철사자단의 대오는 정연했고, 예기는 삼엄했다.

우문뢰는 혀를 찼다.

"철사자단을 혈전단처럼 훈련시켰다고 들었는데, 정말이었군. 저 친구가 싸움을 어렵게 만들었어. 표길량의 제안을 받아들였다면 내 편에서 싸웠을 친구인데…… 그랬으면 이 전쟁은 좀 더 빨리 끝날 수 있었을 것이고… 아쉽군."

우문뢰의 말에 서문굉천의 눈빛이 순간적이나마 침침해졌다. 하지만 그 깊은 곳에는 대견해하는 빛이 부초처럼 떠돌았다.

불가일세의 거인이라 불리는 우문뢰를 진정으로 탄복케 하는 그 주인공은 그의 외손주인 것이다. 비록 정(情)보다는 칼날이 더 가까운 사이긴 했어도.

우문뢰의 눈이 다시 서문굉천을 향했다.

"밤이 길면 꿈도 많은 법이지. 굉천, 이제 시간이 된 것 같은데, 자네는 준비가 되었나?"

"나는 이곳에 도착했을 때부터 준비를 하고 있었네."

"좋군."

우문뢰의 말과 함께 장내는 침묵에 잠겼다.

.불과 십여 장 떨어진 곳에서 죽어가며 내지르는 비명 소리도 그들이 마주한 곳을 파고들지 못하고 있었다.

콰드드드드.

두 사람 사이에 있던 공간이 가공할 압력을 이기지 못하고 일그러졌고, 지면은 지진이라도 일어난 것처럼 쩍쩍 소리를 내며 갈라졌다.

운장룡과 진공헌 등을 뒤로 오 장을 물러났다. 서문굉천과 우문뢰의 기세 범위 안에 들어가면 자칫 싸움에 휘말리거나 상처를 입을 가능성이 있었다.

서문굉천은 느릿하게 등에 멘 검의 손잡이를 잡아가며 말했다.

"그동안 자네의 대천혈뢰마장(大天血雷魔掌)이 어느 정도의 진전이 있었는지 무척 궁금했었네."

활짝 편 두 손을 가슴 앞으로 들어 올리고 있던 우문뢰도 싱긋 웃으며 서문굉천의 말을 받았다.

"후후후, 나도 자네가 이룬 초연무상검도(超然無常劍道)의 경지가 항상 궁금했었지."

그의 두 손 장심에 검은 반점이 생겨났다. 그리고 곧 손바닥을 덮을 정도로 커진 반점은 소용돌이치며 회전하기 시작했다.

우문뢰의 장심에서 일어나는 흑와(黑渦)를 본 서문굉천의 눈이 번쩍 빛났다.

그의 손이 움직이자 애검 신검혼(神劍魂)이 십수 년 만에 반투명한 은색의 검신을 드러냈다.

고색이 창연하되 가슴이 시릴 정도의 빛과 한기를 뿜어내는 검신.

몸서리처지는 살기가 안개처럼 깔렸다.

서문굉천은 신검혼의 검첨으로 우문뢰의 가슴을 가리키며 말했다.

"더 이상 궁금하지 않아도 될 걸세."

"그래? 좋은 일이군."

'군' 자가 끝남과 함께 우문뢰의 신형이 꺼지듯 그 자리에서 사라졌다.

우르르르릉!

그리고 벼락 치는 소리와 함께 폭발하듯 나타난 수백여 개의 장영(掌影)이 오 장의 거리를 단숨에 압축하며 서문굉천의 전신 칠십이 개 대혈을 뒤덮었다.

천지가 낙뢰성과 검은 소용돌이로 가득 찼다.

군마천주에게만 전승된다는 양대 지존무공, 수라혈뢰진기와 십팔초 대천혈뢰마장의 완전한 형태가 수십 년 만에 사람들 앞에 그 모습을 드러낸 것이다.

지켜보던 사람들의 안색이 살짝 변했다.

그들도 당대 무림에서 내로라하는 초절정의 고수들.

우문뢰가 펼치는 장세를 벗어날 방법이 거의 없다는 걸 깨달은 것이다.

가히 절세의 위력.

그나마 그것을 알아볼 수 있는 사람의 수도 서넛에 불과했다. 대부분은 우문뢰의 움직임 자체를 보지 못했고, 장세 또한 하나의 거대한 손으로만 보았을 뿐이었다.

하지만 서문굉천은 당장에라도 전신을 으스러뜨릴 듯한 장세가 코앞에 닥쳤음에도 안색 하나 변하지 않았다.

군마천에 마장(魔掌)이 있다면 서문세가에는 신검(神劍)이 있다.

긴 세월 강호상에 유전되어 온 전설이 아니던가.

우문뢰의 가슴을 가리키고 있던 서문굉천의 애검 신검혼이 비스듬히 우상향하며 세 치가량 움직였다.

콰콰콰쾅!

하늘이 무너지는 듯한 굉음.

사람들은 사위를 뒤덮은 검은 소용돌이를 갈기갈기 찢으며 솟아오르는 한 마리 은빛 용의 꿈틀거림을 볼 수 있었다.

"우하하하하하! 굉천, 역시 실망시키지 않는구나! 그럼 이것도 받아보아라!"

장과 검의 여파로 갈라지고 뒤집힌 땅거죽이 미친 듯이 먼지를 피워 올려 가려진 시야를 뚫고 우문뢰의 광소가 울려 퍼졌다.

흩어지는 듯했던 흑와(黑渦)의 기세가 강해지며 장영이 뚜렷해졌다. 상대적으로 은룡의 기세가 약해지는 듯했다. 그러나 눈에 보이는 것이 전부는 아니다.

"얼마든지!"

창노한 서문굉천의 음성이 들리고 흑와를 뚫고 사방을 베어 가는 은빛 용의 모습이 그 위용을 유감없이 드러났다.

그리고 이어지는 굉음.

쿠쿠쿠쿠쿠.

"대단하구나!"

철사자단의 진용을 추스르는 그 촉망 중에도 서문굉천과 우문뢰의 싸움을 곁눈질하던 강천기는 반쯤 넋을 잃고 중얼거렸다.

그의 눈에 들어온 것은 그저 사방 오 장여를 아우르는 검은 소용돌이와 그것을 찢어발기는 은빛 용밖에 없었지만 그것만으로도 그는 압도당하고 있었다.

그도 관산호가 싸우는 광경을 여러 차례 보며 꽤 안목이 높다 자신하고 있었는데 서문굉천과 우문뢰의 싸움은 무공의 또 다른 경지를 그에게 보여주었다.

"대단하지요. 저들의 무공은 유형이 무형으로 화(化)한 경지를 넘어 다시 유형화되었습니다."

관산호였다.

그는 두 거인의 싸움을 일별했을 뿐, 다시는 시선을 주지 않았다. 놀란 기색도 없었고, 감탄한 빛도 보이지 않았다. 오히려 그의 옆에 있던 현송자와 구양릉이 관산호에게서는 보이지 않은 모습을 여실히 보여주었다.

강천기가 물었다.

"단주님은 그리 놀랍지 않은 듯하군요."

관산호는 고개를 끄덕였다.

"저 정도로는 그자를 상대할 수 없습니다."

전음이다.

강천기는 고개를 저으며 탄식했다.

'조천후라는 자의 성취가 어느 정도이기에 산호가 이렇게까지 말을 하는 것일까?

그러나 의문을 풀 여지는 없었다.

철사자단은 전장을 횡으로 돌파하며 삼십여 명의 수하를 잃었다. 강행 돌파한 대가로는 극히 미미한 피해였지만 단창 공격으로 잃은 수하들까지 포함하면 전투 불능의 사상자가 일백여 명에 달했다.

더구나 시신을 거두지도 못하는 상황.

철사자단은 원방진(圓防陣)을 이룬 상태에서 관산호의 지시를 기다리고 있었다.

전원 피로 목욕을 한 듯한 몰골들이다. 어쩔 수 없는 전투의 피로 때문에 얼굴들이 검게 죽었지만 눈빛은 강렬한 살기가 이글거렸다.

동료 삼십여 명의 목숨 값으로 적 사백의 목숨을 받았다. 하지만 그들은 아직도 부족하다고 생각했다. 그 생각이 눈빛에 적나라하게 드러났다.

관산호의 시선이 전장을 훑었다.

철사자단의 희생이 적었던 것은 인의무적전을 위시한 무련의 무사들이 양쪽으로 갈라진 군마천 무사들의 뒤를 협공해 준 덕분이었다. 그렇지 않았다면 관산호는 단원 절반을 전장에 두고 와야 했을 것이다.

군마천의 무사들은 무련의 무사들과는 싸웠지만 철사자단이 있는 쪽으로는 접근하려 하지 않았다. 철사자단이 전장에서 오십여 장 정도 떨어진 거리에 있기 때문이라는 것이 객관적인 이유였다.

하지만 실상은 방금 전 철사자단의 폭풍 같은 질주 속에서 철사자단이 보여주었던 투지와 살기를 다시 상대하고 싶은 사람이 없기 때문이었다.

그래서 관산호는 전장을 훑어볼 여유를 얻을 수 있었다.

"오라버니."

전장을 응시하던 관산호의 눈에 섬광이 번뜩였다.

그의 그림자 속에 은신한 유향의 전음이었다.

"무슨 일이냐?"

"서문 노사의 뒤쪽에 있는 자들 중에 기운이 낯익은 자가 있어요."

관산호의 안색이 변했다.

유향이 '기운이 낯익은 자' 라고 말하는 부류는 한 부류밖에 없다.

천마의 직계 후예들.

"누구냐?"

"저기… 푸른 학창의를 입은 문사풍의 노인이에요. 그의 기운은 조천후에 미치지는 못하지만 운장룡에게는 버금갈 정도로 강해요. 결코 서문 노사의 아래가 아니에요."

유향이 지목한 자는 진공헌이었다.

서문굉천을 경호를 맡고 있으며 백도무림의 원로들이 모인 조직, 무성각의 수장.

유향의 전음을 들은 관산호의 입이 저절로 벌어졌다.

'뇌 방주님의 추측이 옳았구나. 군마천뿐만 아니라 무련에도 정말 천마의 후예가 암약하고 있었어. 서문 태상련주와 우문 천주는 천하를 오시해 왔는데 천마의 후예들은 그들을 부처님 손바닥 안의 손오공처럼 다루어왔구나.'

관산호는 어처구니가 없어 할 말을 잃었다.

이런 상황을 어찌 상상이나 할 수 있었으랴.

뇌유각으로부터 들었던 얘기가 있어 무련 내의 요직에도 천마의 후예가 있을지도 모른다고는 생각했다. 하지만 설마 서문굉천의 경호를 맡고 있는 무성각주가 그일 거라고는 예상치 못했다.

군마천의 운장룡도 우문뢰와 그렇게까지 가까운 거리에 있지는 못했던 것이다. 때문에 진공헌을 천마의 후예라고 한 유향의 말은 그에게 큰 충격을 주었다.

충격에서 미처 헤어나지 못한 그의 귀에 유향의 음성이 들렸다.

"지금까지 그는 있는 듯 마는 듯해서 그의 기운을 느낄 수 없었는데 방금 전부터 기운이 강해졌어요. 그건……."

관산호의 눈빛이 무서워졌다.

"지존천강력을 운기하고 있는 것이로구나."

"예. 그리고 운장룡의 기운도 강해지고 있어요."

"두 사람 모두 말이냐?"

"예, 오라버니."

관산호는 마음이 다급해졌다.

조천후가 직접 개입하지 않는다는 것을 전제로 그는 운장룡에 대한 경계를 게을리하지 않았다. 그가 우문뢰와 함께 나타난 후부터는 전장의 모든 것에 우선하여 운장룡을 살필 정도였으니까.

하지만 무련의 인물들에 대한 그의 경계는 상대적으로 약했다. 그는 무련의 내부 사정에 대해 아는 것보다 모르는 것이 더 많았고, 그 때문에 의심할 만한 자를 찾기도 어려웠던 것이다.

그런데 우려했던 무련 내의 천마 후예가 진공헌이라니.

진공헌이 천마의 후예라면 무슨 짓을 할지 몰랐다. 그가 서문굉천을 도와 우문뢰를 잡을 가능성은 만에 하나도 없었다. 게다가 운장룡도 마찬가지였다. 운장룡은 지난밤 그를 찾아와 했던 얘기도 있지 않은가.

그는 서문가의 사람들에게서 받아야 할 빚이 있었다. 엉뚱한 자들이 훼방을 놓게 할 수는 없었다.

관산호의 머리가 무서운 속도로 돌아갔다. 옆에 강천기와 모용수란이 있었지만 그들과 상의할 시간은 없었다.

'서문 태상련주와 우문 천주는 백중세다. 내가 서문 태상련주에게 진공헌을 경계하라고 전음을 보낸다면 그의 집중력은 깨지고 진력은 분산될 것이다. 그럼 필패야. 우문 천주는 당장 서문 태상련주를 죽일 것이다. 내가 서문 태상련주를 돕는다면? 운장룡이 개입할 것이고, 내 손은 묶이게 된다. 운장룡은 낙상산이나 유검옥과는 격이 다른 고수야. 전력을 다해도 그와 승부를 내려면 삼십 초는 필요하다.'

관산호의 미간에 내 천 자가 깊게 패었다.

'서문 련주가 진공헌을 막을 수 있다면… 하지만 그는 진공헌의 오초지적도 되지 못할 것이다. 만약 그가 진공헌의 손에 쓰러진다면 이 전쟁의 승기는 반은 기운 거나 다름없게 된다. 성검진인이라면 진공헌을 잠시 동안은 막을 수 있을 것이다. 하지만 그를 철사자단에서 뺄 수는 없다.'

관산호는 이를 물었다.

강천기와 모용수란을 물론이고, 황우령과 호연찬 등 철사자단의 요인들은 관산호의 얼굴빛이 창백하게 변하는 것을 보며 무섭게 긴장해야 했다.

군마천의 대규모 공격을 마주하고서도 안색이 변하지 않았던 관산호의 얼굴에 핏기가 가시고 있는 것이다.

'어쩔 수 없다. 서문 태상련주가 쓰러지는 것보다는 서문 련주가 쓰러지는 게 백번 낫다. 무련은 서문 련주가 쓰러져도 버틸 수 있지만, 서문 태상련주가 쓰러지면 결코 버틸 수 없을 테니까. 오 초, 오 초면 된다. 서문 련주가 진공헌을 오 초만 막아주면 내가 운장룡을 막을 수 있고, 서문 태상련주는 우문 천주와의 싸움을 멈출 수 있다.'

결심을 한 관산호가 서문원에게 전음을 날리려 할 때였다.

"으아아악!"

"누구… 으아악!"

"너희들은… 컥!"

놀란 외침과 처절한 비명 소리가 어지럽게 전장을 뒤흔들었다.

철사자단이 돌파하기 전에 머물던 곳, 인의무적전의 좌측 끝에 있던 무사들이 마치 둑이 무너져 물살에 휩쓸리기라도 한 것처럼 무더기로 쓰러지고 있었다.

"무슨 일이냐?"

굳은 신색으로 서문굉천과 우문뢰의 싸움과 무사들의 전장을 번갈아 보고 있던 서문원이 경악하며 신형을 허공으로 띄웠다.

관산호의 얼굴도 딱딱하게 굳어 있었다.

반대편에 펼쳐지고 있는 광경은 그가 예상했던 최악의 상황이었다.

일백여 명이 채 되지 않는 흑의복면도객들.

총 칠십육 인의 도객은 뒤에 팔짱을 끼고 서 있는 한 명을 제외하고 삼 인이 일 조의 진을 이루어 움직이고 있었는데, 인의무적전의 무사들 중 톱니바퀴처럼 돌아가며 내뻗는 그들의 일도를 제대로 받아내는 자가 없었다.

그들이 일 보를 전진할 때마다 서른한 개의 시신이 늘어났다.

파죽지세.

거칠 것 없는 그들의 전진을 막을 것은 아무것도 없어 보였다.

검을 도로 바꾸어 들고 있긴 했지만 관산호가 그들의 정체를 알아채는 것은 어렵지 않았다.

그는 유검옥과 함께 움직이던 그들과 조우했고, 그들 중 다섯을 저승으로 보냈다.

강변에 있는 좌홍의와 이척으로 추정되는 이들, 그리고 안면이 있는 표길량과 좌무웅 등의 얼굴에 득의의 기색이 충만한 것을 본 관산호는 입술을 깨물었다.

저들이 인의무적전의 후미를 칠 때까지 근방을 경계하고 있던 무련 소속 무사들, 주로 풍령전에 속한 무인들이 경고를 보내오지 못했다는 것은 그들이 궤멸되었다는 것을 의미했다.

무련은 이제 눈과 귀가 먼 것이다.

흑의도객들의 정체를 알아본 사람은 관산호 외에도 한 명이 더 있었다.

공손곤이었다.

그의 두 눈이 타는 듯 붉게 물들었다.

그는 십여 년 전 저들에 의해 저승 문턱을 밟을 뻔했고, 하늘처럼 존경했던 공손우를 잃었다.

"단주, 그들이오."

관산호는 고개를 끄덕이며 중얼거렸다.

"조… 천… 후."

관산호의 중얼거림을 들은 강천기의 안색이 시체처럼 변했다.

"그들이란 말입니까?"

관산호는 강천기의 질문을 무시했다. 서문굉천에게 경고를 해주어야 한다는 생각 따위는 구만 리 밖으로 사라졌다. 군마천에 조천후의 세력이 가세한 이상 무련의 승산은 전무했다.

저들 칠십육 인은 개개인이 죽은 지옥군마각주 담천관에 버금가거나 그를 넘어서는 절세고수들이었다. 저들 삼 인이 합공하면 그것을 버텨낼 수 있는 인물은 무련과 철사자단을 통틀어 열을 넘지 못했다.

철사자단의 역할로 팽팽하던 양 세력의 국면은 이제 일방적으로 기울 터였다. 그런 상황에서 무련과 함께 싸우는 것은 옥쇄 이상의 의미가 없었다.

그는 죽지 않을 자신이 있었고, 철사자단 수뇌부를 살릴 자신도 있었다. 하지만 철사자단 무사들을 모두 살릴 자신은 없었다. 철사자단이 궤멸되면 미래를 도모하는 것은 불가능했다.

그는 구양릉을 향해 급박한 어조로 말했다.

"외단주님, 철사자단을 데리고 전장을 빠져나가십시오. 군산 방향으로 쉬지 말고 달리십시오. 만약 단양, 그리고 그와 함께 있는 분을 만나게 된다면 그분과 함께 움직이시고, 단양을 만날 수 없다면 군산으로 가십시오. 그곳에서 저를 기다려 주십시오."

그의 지시를 들은 구양릉은 물론이고, 현송자를 비롯한 철사자단 요인들의 안색이 대변했다.

"또 헤어져야 한단 말입니까!"

무섭게 굳은 얼굴로 관산호의 지시에 거부반응을 보인 사람은 황우령이었다. 호연찬이 그 옆에 나란히 섰다.

"그것이 나를 돕는 길이다. 강 건너에서의 일을 잊었느냐! 너희가 있으면 나는 더 위험해진다. 가거라."

"대사형, 차라리 저희를 죽이십시오!"

호연찬이 피가 배이도록 입술을 물며 관산호를 불렀다. 그러나 관산호의 기색은 냉엄했다.

"나중에 기회가 되면 죽여줄 수도 있다. 하지만 지금은 아니야. 가라!"

그들이 대화를 나누는 짧은 시간 동안 인의무적전 고수 삼백여 명이 쓰러졌다. 부상자는 없었다. 치명적인 부위에 일도를 당한 무사들은 그대로 목숨을 잃었다.

그리고 그들 중에는 인의무적전주 불패도 백경천도 포함되어 있었다. 그는 삼 인 일 조로 움직이는 흑의도객들 이 개 조, 육 인의 공격을 받으며 이십 초를 받아냈다. 그러나 그것이 끝이었다.

허리가 양단된 그의 시신이 쓰러지는 것을 보며 무련의 무사들은 전율했다.

불패도 백경천.

그는 중원무련의 대외무력투사집단 인의무적전의 주인이자 무련주 서문원도 그를 꺾기 위해서는 일천 초를 써야 한다고 알려진 절세의 고수가 아니던가.

그런 그가 비록 육 인의 합공이었다고는 하지만 단 이십 초만에 유명을 달리한 것이다.

백경천이 쓰러지는 것을 보며 구양룡은 어두워진 얼굴로 말문을 열었다.

"단주가 우려하는 바를 잘 아오만, 철사자단이 지금 전장에서 물러나고 무련이 패배하는 경우 단주의 명예는 진흙탕 속에 빠지게 될 거요. 승패는 병가(兵家)의 상사(常事)이고, 후일을 도모하기 위해 후퇴하는 것 또한 현명한 일이나 강호인들은 그렇게 여기지 않을 것이외다. 그것을… 알고 있소이까?"

관산호는 무표정한 얼굴로 고개를 끄덕였다.

"알고 있습니다. 하나 외단주님, 제 명예란 것이 이곳에 계신 분들 목숨보다 더 귀하겠습니까? 이곳에서 저들과 계속 싸우는 것은 어리석은 일입니다. 진정한 적은 아직 나타나지 않았습니다."

관산호의 음성이 강해졌다.

"아직 이 전쟁은 끝나지 않았고, 우리는 패하지 않았습니다."

관산호의 대답을 들은 구양릉의 눈가에 경탄의 빛이 어렸다. 관산호의 나이에, 더구나 무림사에 드물 정도로 짧은 기간에 중천에 뜬 태양과도 같은 명성을 얻은 사람이 저처럼 명예를 초개같이 여기는 것은 불가능에 가깝다는 걸 그는 잘 알고 있었기 때문이다.

그는 오른손을 높이 들었다. 그리고 약속된 수신호를 했다.

철수 신호였다.

철사자단 무사들의 흥분과 살기로 물들었던 얼굴에 엷은 실망과 짙은 의혹이 교차했다. 그러나 평시와는 달리 수뇌부 외의 무사들에게 전장에서의 질문은 허락되지 않는다.

철사자단이 아무도 모르게 조금씩 뒤로 물러서는 동안 서문굉천과 우문뢰의 싸움은 점입가경으로 접어들고 있었다.

일백 초가 넘는 공수 교환은 두 거인에게 상대에 대한 경외심을 갖게 했다.

무림의 속설에 싸움만큼 상대를 잘 알 수 있는 방법은 없다는 말이 있는데, 그들이 그러했다.

그들은 이번이 생애 두 번째 싸움이었다. 첫 번째 싸움은 오십 년 전 두 사람의 장년 시절에 있었다. 그러나 당시의 싸움은 십여 초를 교환하는 것으로 그쳤었다. 그들을 수행했던 무사들에 의해 제지되었던 것이다.

그러나 지금은 사정이 달랐다. 두 사람 모두 혼신을 다했고,

방해할 사람은 아무도 없었다.

서문굉천의 초연무상검도는 웅장한 가운데 산들바람처럼 표홀한 기세가 어우러졌고, 우문뢰의 혈뢰마장은 광포하면서도 산악처럼 당당했다. 그와 같은 무공의 기세에는 그들의 정신과 성품이 온전히 담겨 있었다.

지켜보던 무련의 서문원 등과 군마천의 운장룡 등은 강한 의혹을 느꼈다.

서문굉천의 검세에서 느껴지는 웅장한 기도는 그가 뒤로 무언가를 꾸밀 사람이 아니라는 것을 알게 했고, 표홀한 기도는 한곳에 메이지 않는 성품임을 알게 했다.

그들이 느낀 성품대로라면 서문굉천은 무련이라는 거대한 조직을 만들고 꾸려 나갈 생각을 가질 사람이 아니었다. 더구나 누군가의 위에 군림하고 지배하는 것과는 거리가 멀어도 한참이나 멀었다.

우문뢰의 기도 또한 마찬가지였다.

우문뢰의 광포한 기도는 그가 강호에 알려진 대로 일대패웅이며 효웅임을 알 수 있게 했다. 하지만 산악처럼 느껴지는 당당한 기세는 이해하기 어려웠다.

이러한 기도를 가진 자가 말을 지어내고 남의 탓을 하는 일은 원숭이가 나무에서 떨어지는 것만큼이나 어렵다는 것을 사람들은 잘 알고 있었기 때문이다.

하지만 사람들은 의혹을 가슴에 담았다.

두 거인의 공세는 변함없이 이어졌고, 그들의 공세에서는 한 점의 정도 느낄 수 없었다.

두 거인 또한 상대에 대해 사람들이 느낀 의혹을 느꼈을 것이 분명했다.

그러나 지금까지 그들이 상대를 오해했던 것이라 할지라도 전쟁은 멈출 수 있는 단계를 지나 있었다. 이미 수천의 시신이 혈해 속에 누웠다.

상대를 쓰러뜨리지 못하면 자신이 쓰러질 수밖에 없는 상황이 된 것이다.

그들의 싸움이 백 초가 넘어갈 무렵, 서문굉천은 우문뢰의 혈뢰마장과는 판이하게 기운이 다른 한줄기 지력(指力)이 바늘처럼 자신의 무릎, 양관혈(陽關穴)로 접근하는 것을 깨달았다. 그 기세는 어둠처럼 은밀했고, 유성처럼 빨랐을 뿐만 아니라 무서운 위력이 담겨 있었다.

그의 얼굴에서 핏기가 가셨다.

지력의 위세는 놀라웠지만 이 자리에 우문뢰가 없고 그것만을 상대한다면 파해가 불가능할 정도는 아니었다.

그러나 지금 우문뢰는 대천혈뢰마장의 절초 중 하나인 혈우난비산(血雨亂飛散)을 펼쳐 그의 상반신 다섯 개 대혈을 짚어 오고 있는 중이었다. 그런데 다가서는 지력은 그가 혈우난비산을 피하든 피하지 않든 지력을 상대할 수밖에 없는 시점에 가장 곤란해할 수밖에 없는 지점으로 날아들고 있었던 것이다.

지력을 피하면 신체의 균형이 흔들려 공세가 약화되고, 지력을 해소하면 진력이 분산되어 혈우난비산에 손해를 볼 수밖에 없었다.

서문굉천의 이마에 푸른 힘줄이 돋았다.

지력을 날린 시점과 그 운용을 볼 때, 그 지력의 주인은 그보다 약하지 않았다. 그가 아는 한 장내에 그런 능력을 지닌 인물은 없었다.

'누군가?'

이를 악문 그는 신검혼으로 아홉 개의 검영을 만들어내며 지력을 해소했다. 그리고 재차 열두 개의 검영을 만들어 혈우난비산을 맞아가는 그의 눈에 쓸쓸하게 미소 지으며 그를 바라보고 있는 운장룡이 들어왔다. 그와 함께 그의 오른손 소매 밑으로 가려 보일 듯 말 듯 곧게 펴진 중지도.

'호법전의 전주라는 자가 아닌가? 저자가?'

퍼퍼퍽!

"흐읍……."

혈우난비산은 진력이 분산된 서문굉천을 그대로 두지 않았다. 혈뢰마장에 격타당한 그의 왼쪽 어깨가 넝마처럼 헤집어져 피투성이로 변했다.

서문굉천이 창백한 얼굴로 일 장여를 물러났을 때였다.

그는 우측으로 바람처럼 접근하는 청삼문사를 볼 수 있었다.

'진 각주?'

"……!"

서문굉천은 눈을 부릅떴다.

그의 옆으로 접근한 진공헌이 다짜고짜 그의 마혈을 짚었기 때문이다.

상처를 입었고, 접근한 자가 무성각주 진공헌이라고는 하나 일생일대의 대적 우문뢰의 앞에서 그가 긴장을 풀었을 리 없는 일. 그런 그가 피할 생각도 하지 못한 채 점혈당한 것은 믿을 수 없는 일이었다.

허물어지는 서문굉천을 옆구리에 낀 진공헌의 신형이 한가닥 번개처럼 장내를 벗어나기 시작했다.

사람들은 무슨 일이 일어났는지 일시지간 이해를 하지 못하고 멍하니 서 있었다.

그건 우문뢰도 마찬가지였다. 그리고 다음 순간 벌어진 상황을 이해한 그는 무서운 일갈과 함께 날아오르며 장내를 벗어나는 진공헌을 향해 가공할 위세가 담긴 일장을 날렸다.

"이 개잡놈! 감히 본좌 앞에서 무슨 짓이냐!"

그의 손에서 쏟아진 장력의 여세가 방원 칠 장여를 태풍처럼 휩쓸었다. 그러나 진공헌은 이미 그 장세의 여력이 미치는 범위를 벗어나 달리고 있었다.

우문뢰가 진공헌에게 일장을 날릴 때 서문원과 서문룡은 진공헌의 앞을 막아서려 했다. 하지만 진공헌이 서문굉천을 암습하리라고는 상상도 하지 못했던 그들이기에 반응은 느릴 수밖에 없었다.

일반인들의 시각에서 보면 즉각적인 반응이었다고 할 수 있

겠지만 진공헌과 같은 초강고수에게 있어 그들이 멈칫했던 그
찰나의 순간은 그들 사이를 빠져나갈 수 있는 충분한 시간이
되었다.

 엎친 데 덮친 격으로 우문뢰가 날린 혈뢰마장은 진공헌이
빠져나간 자리에 남은 서문원과 서문룡을 향해 날아들었다.

 서문원은 이를 갈았다. 진공헌을 쫓아가야 했으나 그가 우
문뢰의 혈뢰마장의 장세를 벗어나는 것보다 우문뢰의 장세가
자신과 서문룡의 등을 치는 것이 더 빠를 거라는 걸 알 수 있었
기 때문이다.

 '미친 늙은이! 진공헌을 막고 싶다면 장세를 거두어야 할 것
이 아닌가!'

 그의 속은 새카맣게 타 들어갔다. 하지만 우문뢰의 혈뢰마
장은 그가 품었던 생각을 입 밖으로 뱉어낼 여유를 허락하지
않았다.

 그는 애검을 빼어 들고 초연무상검도를 펼쳐 우문뢰의 혈뢰
마장을 맞아갔다. 부친 서문굉천에 미치지 못한다고는 하나,
그가 이룬 초연무상검도의 성취는 구성을 넘어선다.

 시퍼런 검기의 그물이 우문뢰의 앞에 거대한 철벽을 만들어
냈다.

 우문뢰의 얼굴이 딱딱하게 굳었다. 서문원의 검세는 그가
무시해도 좋을 만큼 약하지 않았던 것이다.

 그의 혈뢰마장과 서문원의 검이 가공할 기세로 충돌했다.

 쿠쿠쿠!

검기와 장세의 파편이 장내를 해일처럼 쓸어버렸다.

"크윽……."

서문원은 한 사발은 됨 직한 피를 뿜어내며 뒤로 다섯 걸음 물러났다. 그런 그에게 운장룡의 마도가 섬뜩한 기음과 함께 날아들었다.

츠츠츠츠.

서문원을 중심으로 방원 사 장 이내가 가공할 도세의 영향력 아래 들었다.

서문원의 얼굴이 창백해졌다.

부릅뜬 그의 눈에 절망의 빛이 뚜렷해졌다.

운장룡의 도세는 서문굉천의 검세에 못지않았다. 서문원으로서는 정상적인 상태였다고 해도 마주하기 어려운 가공할 도세였는데, 지금 그는 우문뢰의 혈뢰마장에 심각한 내상을 입은 상태가 아닌가.

분수처럼 숫구치는 피.

정수리부터 사타구니까지 양단된 서문원의 시신이 두 쪽으로 갈라져 지면에 쓰러졌다.

털썩.

서문룡은 멍한 눈으로 그런 서문원의 시신을 바라보았다. 그는 자신이 보고 있는 것이 현실이라는 생각이 들지 않았다.

부친이 그처럼 신뢰하던 진공헌에게 피랍되고, 부친만큼이나 존경하던 큰형이 찰나지간 시신이 되어버린 것이다.

그런 그의 곁을 우문뢰가 가공할 속도로 스쳐 지나가고, 그 뒤를 따르던 흑의복면인이 갈긴 일장이 서문룡의 머리를 눌러왔다. 검붉은빛이 일렁이는 장인(掌印)에 담긴 힘은 무시무시했다.

서문룡은 경각했지만 늦었다. 그는 뛰어난 머리를 갖고 있었지만 무공에 대한 자질은 서문원에 비해 많이 떨어져 서문굉천의 무공을 칠성 정도밖에 수습하지 못했다.

평범한 무림인에게는 그 정도로도 절세고수 소리를 들을 수 있었겠지만 흑의복면인을 상대하는 것은 무리였다.

흑의복면인.

그는 바로 구중군마천주 이외에는 그 누구도 실체를 알지 못하며, 실제하는지 여부조차 불확실하다고 알려진 군마천주의 근접 경호 조직 비마영(秘魔影)의 영주, 은천비마(隱天秘魔) 진구용(晉九龍)이었기 때문이다.

십수 년래 군마천의 좌상과 우상도 본 적이 없을 만큼 그는 모습을 드러낸 적이 없었다. 그러나 알려지지 않은 그의 진재실력은 군마천의 좌상 화염광마군 천태세에 필적했다.

창졸간에 내뻗은 서문룡의 일장은 서문세가 비전의 대라소엽장(大羅掃葉掌)이었다. 그러나 장에 실린 힘은 그의 팔성 내공에 불과했다.

가뜩이나 미치지 못했던 실력에 전력을 담지도 못한 그의 일장이 진구용의 혼신공력이 담긴 폭뢰분심인(爆雷焚心印)을 막는 것은 불가능했다.

진구용의 장인은 서문룡이 펼친 장세를 거침없이 뚫고 서문룡의 심장 부위를 강타했다.

퍼억!

"흐으윽!"

비명과 함께 이 장여를 날아가 나뒹구는 서문룡의 앞섶은 칠공에서 흘러나온 핏물에 젖었다. 그리고 울컥거리며 뿜어 나오는 핏물에 섞인 내장 조각은 폭뢰분심인의 장세가 그의 오장육부를 부수었다는 것을 알 수 있게 했다.

서문룡은 붉게 흐려지는 시야에 들어온 중년인의 씁쓸한 미소를 볼 수 있었다.

그것이 그의 마지막이었다.

퍼석.

운장룡은 서문룡의 머리를 부순 손을 거두며 내심 한숨을 내쉬었다.

'상황이 내가 예측할 수 있는 범위를 벗어났다. 대사형께서 의도하시는 바를 도저히 알 수가 없구나.'

탄식하며 그는 주변을 둘러보았다.

전(殿)의 호위검들에게 급습당한 인의무적전은 불패도 백경천의 죽음으로 휘청거리다가 이제는 전멸당해 가고 있었다. 그들은 일류 이상의 고수들, 이미 뒤편에서 벌어진 서문굉천의 패배와 도주, 그리고 서문원과 서문룡의 죽음을 안 것이다.

다른 무련의 무사들 또한 다르지 않았다.

서문굉천의 패배와 무성각주 진공헌이 그를 데리고 도주하는 장면을 본 자들은 대부분 손을 쓸 수 없을 정도로 충격을 받고 넋을 잃은 터라 태반이 죽어나갔고, 서문굉천과 서문원에게 생긴 변고가 퍼지며 무련의 사기는 급전직하로 떨어지고 있었다.

'싸움은 끝났다.'

그의 시선이 마지막으로 닿은 곳은 철사자단이 머물렀던 곳이다. 그곳에 관산호와 철사자단의 모습은 보이지 않았다. 하늘을 가리는 먼지구름만이 조금씩 흩어져 갈 뿐이었다.

운장룡은 보일 듯 말 듯한 미소를 지었다.

'저 녀석은 확실히 감이 빠르고 과단성이 있다.'

그가 생각에 잠겨 있을 때 그의 옆으로 거센 바람과 함께 우문뢰가 나타났다.

그의 안색은 무섭게 일그러져 있었는데 두 눈에서는 소름 끼치는 섬광이 번뜩이고 있었다. 살기가 크게 일어난 것이다.

전장을 보던 그는 내공을 담아 외쳤다.

"위대한 군마천의 무사들은 손을 거두라! 그리고 무련의 무인들도 손을 멈추어라! 서문굉천은 도주했고, 서문원은 죽었다. 더 이상의 저항은 무의미하다. 내가 장강을 넘은 것은 무련과의 기나긴 승부에 종지부를 찍으려 함이었지, 학살을 위해서가 아니었다! 지금 손을 멈추는 자들은 죽이지 않겠다. 지금 여기서 죽는 것을 그대들은 장렬하다 여길지 모르나 죽고 나면 후일을 도모하지 못한다. 나는 도전을 즐기는 사람, 살아서 내게 복수해야 하지 않겠는가!"

근방 십여 리를 울리는 쾅량한 외침.

서문굉천과 우문뢰의 싸움에 진공헌이 끼어들었다는 것을 아는 사람은 우문뢰와 운장룡, 비마영주, 그리고 서문원과 서문룡뿐이었다. 그중 서문원과 서문룡은 죽었다.

죽지 않은 세 사람이 입을 열지 않는 한 서문굉천은 패배 후 진공헌에 의해 구출되어 도주한 것으로 여겨질 뿐이었고, 군마천과 무련의 무사들은 그렇게 상황을 받아들였다.

군마천의 무사들은 우문뢰의 음성이 들림과 동시에 무련의 무사들을 포위하는 진형을 이루며 손을 거두고 물러섰다.

무련의 무사들도 자의 반 타의 반으로 손을 멈추었다. 군마천 무사들이 손을 거두자 상대할 적이 사라진 터라 손을 쓸 상대가 없어진 것이다.

병수재 모용대규는 피를 뒤집어쓴 모습으로 숨을 헐떡이며 무련 무사들을 돌아보았다. 그의 손에 들린 판관필에 묻은 혈육은 그가 얼마나 치열한 전장에 있었는가를 웅변했다.

그의 얼굴이 참혹하게 일그러졌다.

남은 무련 무사의 수는 일천오백여 명에 불과했고, 요인들 중 살아남은 사람은 공동의 풍운검객 노일겸과 그밖에 없었다.

그는 두려움과 분노가 혼재된 시선으로 흑의복면도객들을 보았다.

저들이 나타나 손을 쓰기 전에는 불패도 백경천, 공동의 복마조 능현, 무당의 정명 도장, 섬전뇌호도 팽문후, 위진천하검 사일권 등 무련의 요인들은 대부분 살아 있었다.

그런데 저 흑의복면도객들이 나타나 손을 쓰기 시작하고 나서 불과 이각도 지나지 않은 지금은 노일겸과 그 외에는 아무도 살아 있지 않은 것이다.

'태상련주의 패배, 그리고 련주와 풍령전주의 죽음이 전쟁의 추를 결정적으로 기울게 한 것은 사실이다. 그러나 그들이 온전했다 해도 이 전쟁은 이길 수 없었다. 저들이 없었다면 몰라도. 대체 저자들은 어디에서 튀어나온 자들이란 말인가. 풍령전주도 군마천에 저런 자들이 있다는 말은 한 적이 없었는데……'

모용대규는 이를 갈았다.

무련 무사 이천수백 명이 죽거나 다쳤다.

인의무적전과 사신기는 궤멸되다시피 했고 정무대와 무성각은 반도 남지 않았다. 무당이 받은 타격도 심대해서 정명 도장을 비롯한 삼백여 명이 죽었다.

그들 외에도 죽은 자들은 모두 무련의 정예들. 무련은 가히 회복 불능에 가까운 타격을 입은 것이다. 그에 비해 군마천은 아직 이천오백이 넘는 무사가 건재했다.

그런 상황에서 남은 무련의 무사 일천오백이 죽는다면 무련은 멸망하는 것이나 마찬가지였다.

아직 이곳에 도착하지 않은 대문파의 수장들과 정예가 있다고 하나 그 수는 다 합쳐 봐야 일천에서 최대 일천삼백 명 정도였다. 그 숫자로는 흑의복면도객들이 함께하는 군마천을 상대할 수 없었다. 무엇보다도 서문굉천이 사라진 이상 패천존 우문뢰를 상대할 사람이 없는 것이다.

모용대규의 원망은 철사자단을 향했다.

'뭐가 철혈무정에 일언천금이냐! 군마천이 두려워 꼬리를 말고 도망친 놈인 주제에. 으드득, 자라보다 못한 놈들.'

피눈물을 흘리던 그는 풍운검객 노일겸이 하늘을 우러러 탄식하며 검을 지면에 내려놓는 것을 볼 수 있었다. 그도 이를 갈며 판관필을 손에서 놓았다.

무련의 요인 중 살아남은 두 사람이 무기를 손에서 놓자 무련 무사들은 절망에 휩싸인 얼굴로 주저앉았다.

그들 가운데 저항한 무사가 없지는 않았다.

그 수는 오십여 명.

그러나 그들 오십여 명은 너무도 간단하게 시신으로 화해 누웠다. 그들을 포위하고 있는 군마천의 무인들은 전장에서 살아남을 만큼 강한 자들, 더구나 비교할 수 없을 만큼 압도적으로 많은 숫자였다. 오십여 명으로는 이란격석이었다.

우문뢰는 살기가 누그러진 시선으로 무련의 무사들을 보다가 진공헌이 사라진 방향으로 시선을 돌렸다.

그의 눈에 기이한 빛이 찰나지간 떠올랐다 사라졌다.

살기와 허무, 두려움과 분노, 그리고 흥분이 뒤섞인 기이한 빛.

그러나 전장에서 그의 눈을 볼 수 있는 위치에 있는 사람은 아무도 없었기에 그 빛에 담긴 의미는 불가해 속에 스러졌다.

그는 승자의 여유가 느껴지는 눈빛으로 우측의 운장룡을 돌아보며 말했다.

"운 호법, 천절마도문이 이십 년 동안 문파의 모든 것을 쏟아 부어 키웠다는 저들의 무공은 실로 경탄하지 않을 수 없구려. 사실 본좌는 저들이 그저 무련의 후미에 도착해서 조금만 무련을 경동시켜 주어도 다행이라고 생각했었소."

운장룡은 빙긋 웃었다.

"저들에게 천주님의 말씀을 전하겠습니다. 마도천하를 위해 중요한 역할을 하고 있다는 자부심이 한층 강해질 것입니다."

"전쟁이 끝나면 대산에 저들만을 위한 자리를 만들어주겠소. 모두 환영할 것이오."

"감사합니다."

운장룡은 가볍게 목례로 감사의 뜻을 표했다.

그들이 대화를 나누는 동안 흑의복면도객들은 대오를 갖추어 전장을 빠져나가고 있었다. 바람처럼 빠르되 한 점의 흐트러짐도 느껴지지 않는 정연한 운신이었다.

그것을 본 우문뢰가 의아해하며 운장룡에게 물었다.

"저들은 어딜 가는 것이오?"

"섬서입니다. 저들은 무련 총본영의 외곽에서 천주님의 명령을 대기하고 있게 될 것입니다."

운장룡의 대답에 우문뢰는 통쾌하게 웃었다.

"하하하하, 운 호법은 언제나 나보다 한발 앞서 가시는 느낌이오. 그대를 얻은 것은 내 인생 최고의 행운이오."

운장룡은 고개를 슬쩍 숙였다.

"칭찬이 과하십니다. 얼굴이 붉어질 지경이로군요."

우문뢰는 고개를 저었다.

"과하지 않소. 결코 과하지 않아. 결과를 보시오. 수십 년 숙적이던 무련을 그대와 그대의 수하들의 도움으로 한결 수월하게 무너뜨리고 있지 않소!"

우문뢰는 양손을 활짝 펼쳤다.

그 벌어진 팔 안에 참혹한 전장의 모습이 그대로 들어왔다.

피로 물들어 제 빛을 잃은 장강.

동산이 되어 쌓인 시신들.

운장룡은 말을 잃었다.

전장을 훑는 그의 눈썹 끝이 가늘게 떨리고 있었다.

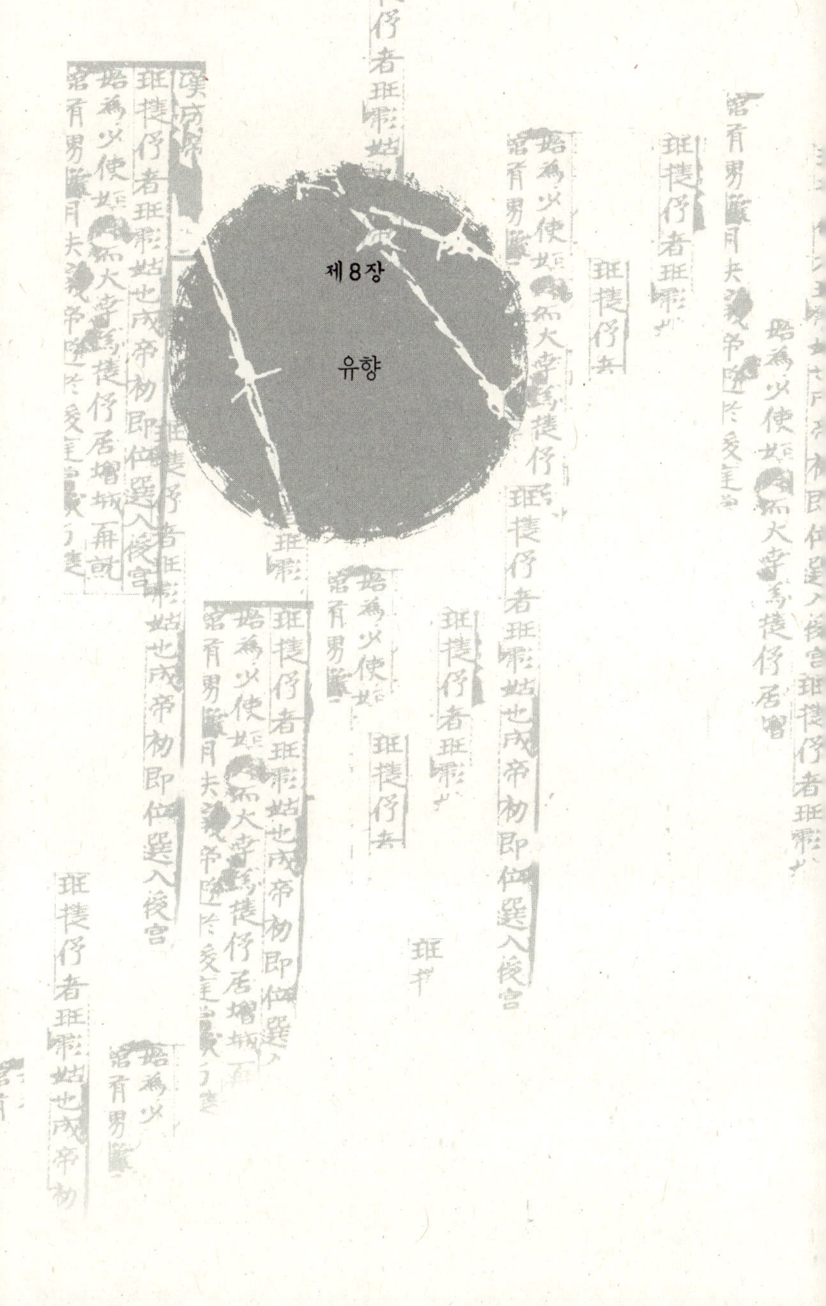

제 8 장

유향

鐵血無情路

중원무림의 대패(大敗).

안강으로부터 전해진 소식에 천하는 지진을 만난 듯 뒤흔들렸다. 어느 누구도 예상치 못했던 중원무림의 완벽한 패배였다.

검지혼 서문굉천의 패배와 실종, 그리고 중원무림주 중원검왕 서문원과 풍령전주 서문룡의 패사(敗死). 풍운검객 노일겸을 비롯한 무림의 수뇌부가 포함된 이천에 육박하는 무림의 사상자.

천하무림인들을 더욱 경악시킨 것은 우문뢰에게 패한 검지혼 서문굉천이 무성각주 진공헌의 도움으로 간신히 전장에서 도주했다는 소식이었다.

그것은 군마천에 의해 소문난 내용이어서 처음에는 진위를 확인하기 어려웠다. 하지만 며칠 되지 않아 무련의 무인 중 군마천이 풀어준 십여 명의 무인을 통해 서문굉천이 진공헌과 함께 전장을 이탈한 것이 사실로 확인되었다.

무련을 추종하던 정도무림인들은 하늘이 무너지는 것 같은 충격을 받았으며 무련을 백안시하던 정도의 무인들과 사마외도의 무인들에게조차 커다란 충격이 되었다.

서문굉천이 등을 보이고 도주한다는 것은 무림인들에게 상상할 수도 없는 일이었기 때문이다.

적포사신 강산호와 그가 이끄는 철사자단의 행동에 대해서도 많은 말들이 있었다. 끝까지 저항하다 포로가 된 무련의 일천오백 무인과 달리 그들은 세가 기울자마자 전장을 이탈했다고 전해졌기 때문이다.

당시 상황으로 보면 현명한 판단일 수도 있었다. 그러나 무림인들의 의견은 둘로 갈라졌다.

철사자단이 무련과 일정한 거리를 두어온 것은 잘 알려진 사실. 철사자단을 옹호하는 이들은 그들의 행동을 현명하다고 했고, 무련을 옹호하는 이들은 그들의 행동을 비겁하다고 했다.

그러나 결론은 나지 않았다.

군마천에서 철사보를 어떻게 대하느냐에 따라 철사자단과 관산호의 행보가 결정될 것이라는 건 누구나 예측할 수 있는 일이었다.

전쟁은 아직 끝나지 않았던 것이다.

그 여파로 인해 중원무림의 향배가 갈린 안강대회전은 그 어느 누구도 이의를 제기할 수 없는 구중군마천의 승리였다.

그리고 안강에서 이틀을 머물며 세력을 증원하여 추스른 군마천 삼천 무사는 우문뢰의 지휘 아래 섬서 진격(進擊)을 개시했다.

진격의 명분은 천마총도의 정당한 반환을 요구한 군마천의 요청을 묵살하고 군마천을 공격한 후 도주한 서문꿩천을 잡는다는 것과 그가 갖고 있는 것으로 알려진 천마총도의 완전한 회수였다.

무련을 추종하던 무인들은 그 명분에 격분했다. 하지만 군마천의 앞을 막아서지는 못했다. 세력의 차이가 극심했던 것도 이유였지만 그보다 더 중요한 이유는 군마천이 잡고 있는 인질들 때문이었다.

일천오백의 무공이 금제된 무련의 무인들을 굴비 두름 엮듯이 엮어 느긋하게 섬서로 향한 군마천을 공격하면 그들이 인질로 잡은 무련의 무인들을 모두 죽일 수도 있었다.

그런 모험을 할 수는 없는 일이었다.

군마천의 행보에 전 무림의 긴장된 이목이 집중되었다. 군마천의 목적지가 무련의 총본영이 있는 섬서성 서안이라는 걸 모르는 무림인은 존재하지 않았다.

*　　　*　　　*

안강.

뇌유각과 시경은 무섭게 굳은 얼굴로 장강을 바라보며 섰다. 얼마나 전력을 다해 달려왔는지 그들의 전신은 땀과 흙먼지로 뒤덮여 사람의 몰골이 아니었다.

불과 수일 전까지 강변에 무성했던 갈대는 흔적도 없었고, 검붉은색이 남은 대지와 바람 한 점 없는 대기에는 속을 울렁이게 만드는 고기 탄 냄새와 진한 혈향만이 먼지처럼 이리저리 떠돌았다.

뇌유각은 허탈한 눈으로 사방을 둘러보며 나직한 음성으로 중얼거렸다.

"믿을 수가 없다……. 서문굉천이… 도주하다니……. 무련이 대패하다니……. 군마천이 우문뢰를 정점으로 무련보다 좀 더 강력한 지휘 체계를 갖고 있다고는 하나 서문굉천이 이끄는 무련을 이처럼 대패시킬 정도였다는 말인가……."

그의 말꼬리는 미세하게 떨렸다.

귀로 전해 들을 때와는 느낌이 완전히 달랐다. 전장을 직접 눈으로 보게 되자 심신이 흔들린 것이다.

"산호가 우려했던 것처럼 그자들이 개입한 것인가……. 아마도 그럴 것이다. 그렇지 않다면 무련이 이처럼 처참하게 패배할 수는 없는 일이야. 천하의 검지혼이 우문뢰에게 패배한 것은 진정 믿기 어렵구나……."

안절부절못하는 얼굴로 뇌유각의 눈치를 보던 시경이 어렵사리 입술을 뗴었다.

"사형, 여기서 그놈의 흔적을 찾으실 수 있겠수? 싸움이 끝난 지도 나흘이나 지났고, 군마천 놈들이 그동안 전 지역을 온통 헤집어놓았는데 말이우."

"찾아야지. 못 찾으면 네놈을 여기 묻어버릴 테니까."

뇌유각의 차가운 말에 시경은 눈을 휘둥그레 떴다.

"아니, 내가 뭘 잘못이 있다고 날 묻겠다는 거유? 제정신 아닌 그놈이 혼자 남은 게 내 탓은 아니잖우!"

뇌유각은 무서운 눈으로 시경을 보며 으르렁거렸다.

"산호를 찾아내서 그 옆에 붙어 있으라는 내 말을 엿 바꿔 먹은 네놈 잘못이 없다구?"

뇌유각의 음성은 매몰찼다. 하지만 시경은 뇌유각의 눈치를 보면서도 한 귀로 듣고 한 귀로 흘리는 표정이었다. 그가 뇌유각에게 면박당한 세월만 육십 년인 것이다.

시경은 눈을 굴리며 주눅 든 표정으로 말했다.

"천기가 유검옥과 관련된 얘기를 했을 때 그걸 사형한테 얘기하지 않으면 안 될 거 같았단 말이우. 으휴, 사형만 이 근방에 계셨어도 이리 길이 어긋나지는 않았을 것이구만. 이 난리통을 버려두고 하남성까지 가 계실 줄 난들 알았겠수?"

말을 하던 시경은 힐끗 뒤를 돌아보았다. 그리고 볼멘소리로 투덜거렸다.

"단양, 이놈은 왜 이리 늦어! 오면 주리를 틀어버려야지."

시경을 흘겨보는 뇌유각의 눈빛이 매섭게 변했다. 시경이 흠칫하며 딴청을 피우는 것을 본 뇌유각은 긴 탄식을 토했다.

시경은 천성이 정이 많고 의협심이 강한 데다 활달하고 자유분방했다. 게다가 그 마음은 순수하기 그지없었고 욕심이라는 것 자체가 아예 없었다. 그래서 그는 개방의 제자로 더할 수 없이 적격인 인물이었다.

그러나 그와 큰일을 함께 도모하는 것은 불가능했다.

시경은 만사를 낙천적으로 보고 일의 경중을 제대로 가리지 못하는 터라 그와 큰일을 도모한다면 반드시 망할 수밖에 없었다. 그래서 뇌유각은 시경에게 천마의 후예들이나 호정회에 대한 얘기를 입도 뺑긋한 적이 없었다. 그리고 시경이 하고 싶어하는 대로 평생 상익청을 따라다니는 것을 말리지 않았다.

시경을 흘겨보는 뇌유각의 시선이 착잡해졌다.

'사제는 내가 죽으라면 실제로 죽을 놈이다. 조금만 더 대국을 읽는 눈만 있었어도 사제를 중하게 썼을 텐데… 아니야, 사제는 산호를 발견하고 나와 연결해 준 것만으로도 누구보다 더 중요한 역할을 했다. 그로 족해. 사제에게 더 많은 것을 바라는 것은 내 욕심이다.'

입을 다문 채 주변을 둘러본 그가 말했다.

"우문뢰가 이틀 동안 안강에 머물며 무사들만 증원한 게 아니라 시신도 수습했구먼."

전장의 곳곳에는 거대한 봉분들이 건립되어 있었다. 급조한 무덤들이지만 그 앞에는 죽은 자들의 이름과 시신의 숫자가 음각된 석비가 서 있었다. 적지 않은 공을 들인 흔적이 역력했다.

시경이 고개를 주억거렸다.

"그놈도 이름값은 하는 거 같우. 전장을 보니 그리 막돼먹은 놈은 아니라는 생각도 들고."

"앞으로를 준비하는 거겠지. 군림하기 위해선 사람들의 마음에 너무 심한 저항감을 심어두어서는 안 될 테니까."

중얼거리듯 말하던 뇌유각이 뒷짐을 지며 말을 이었다.

"철사자단은 군산으로 향하고 있다. 이틀 뒤에는 군산에 도착할 것이야. 길이 엇갈려 만나지 못한 게 아쉽지만 구양릉의 지도력은 염세곡을 경영하며 입증된 것이니 산호가 돌아올 때까지 단을 잘 관리할 것이다. 그들의 전력이 거의 온전하다고 하니 그것이 한가닥 위안이라면 위안이야."

"철사자단에 뭐라고 말이라도 전해야 하지 않겠수?"

"무슨 말을?"

"우리가 산호를 찾아올 거라는 말이라두……."

"공연한 짓!"

뇌유각은 단호하게 말했다.

"산호가 생각하는 바와 능력은 이미 우리가 예상할 수 있는 수준을 벗어나 있어. 그가 왜 철사자단과 헤어졌는지조차 제대로 알지 못하는 데다 언제 어떤 모습으로 되돌아올지 누구도 모르는 상황이야. 장담할 수 없는 말을 전해 그들에게 혼란을 줄 필요는 없다."

뇌유각의 호통에 시경은 주눅이 들었다. 하지만 미련을 버리지 못한 그가 입을 달싹거리며 말을 하려 했다.

"그래두……."

뇌유각은 시경의 말을 끊어버렸다. 더 들어봤자 도움이 되지 않는다고 생각했기 때문이다.

"따로 신기수사에게 전언한 게 있으니 넌 헛소리 그만 하고 산호의 흔적이나 찾아!"

뇌유각의 말에 시경의 입술이 댓발은 튀어나왔다. 하지만 지체없이 전장을 누비는 그의 신형은 바람과 같았다. 관산호를 걱정하는 마음이야 뇌유각보다 그가 더한 것이다.

*　　　*　　　*

"오라버니."

잠시 멈추어 서서 무언가를 찾는 듯 사방을 살피고 난 후 다시 신형을 날리는 관산호와 어깨를 나란히 하고 경공을 펼치던 유향이 그를 불렀다.

관산호는 무섭게 굳은 얼굴로 유향을 돌아보았다.

면사 위로 드러난 유향의 눈가엔 확연하게 보일 정도의 그늘이 져 있었다.

그들은 안강에서 사백여 리 떨어진 호북성 경산(京山)의 이름 모를 숲을 통과하고 있었다. 사오 장 높이로 솟은 아름드리 거목들이 그들의 앞으로 바람처럼 다가왔다 멀어져 갔다.

관산호는 진공헌이 서문굉천을 피랍하여 전장을 이탈한 순

간부터 그의 뒤를 쫓고 있었다. 철사자단을 철수시킨 후 전장
의 상황 변화를 예의 주시하던 그로서는 당연한 선택이었다.

"방향이 이상해요."

"뭐가 말이냐?"

"이쪽으로 계속가면 안휘성인데 안휘성은 무련 본영이 있
는 섬서와 정반대 쪽이잖아요. 왜 이 방향으로 가고 있을까
요?"

관산호의 눈에 짧은 의혹의 빛이 스쳐 지나갔다. 동행한 이
후 유향이 의문을 제기하는 경우를 겪어본 적이 거의 없는 그
로서는 당연한 반응이었다.

경산은 호북성 중부에 있는 지역으로 안강의 동북방에 위치
한다. 서문굉천을 납치한 진공헌은 당세 무림의 태풍의 진원
지라 할 수 있는 무련이나 군마천과 계속해서 멀어져 가고 있
었다.

때문에 의문을 느낄 만한 상황이었지만 그것을 표현한 사람
이 유향이라는 것은 관산호로서도 의아해할 만한 일이었다.

관산호는 내심 고개를 저어 의혹을 털어냈다. 조천후와의
만남 이후 유향의 변화는 극적이라고 할 만한 정도여서 시간
이 지날수록 신비로움을 더해갔다. 그녀의 과거를 묻지 않기
로 결심한 이상 그녀에 대한 의혹은 무용한 것이었다.

그래서 그는 유향의 눈 깊은 곳에 자리 잡고 있는 낯선 감정
의 빛을 보지 못했다. 그 빛은 어딘지 쓸쓸하고 아픈 듯하면서
도 흔들리지 않는 강렬함이 깃든 것이었다.

추적은 네 시진이 넘게 지속되어 사방은 어둠에 잠식당해 가고 있는 중이었다.

"따라가 보면 알게 되겠지. 저자의 목적지가 저들의 근거지이기를 바랄 뿐이다."

관산호는 무거운 어조로 말했다.

진공헌의 경공이 당대 최고 수준이기는 하나 서문굉천을 업고 있는 그를 잡는 것이 불가능할 정도는 아니었다. 천마의 후예들은 강했다. 그러나 상대가 조천후가 아니라면 관산호는 그들 중 누구라도 잡을 자신이 있었다.

그럼에도 관산호가 진공헌을 잡지 않는 것은 그의 목적지를 알고자 하기 때문이었다.

그는 천마의 직계 후예들의 수가 많지 않다고 판단하고 있었다. 그들 개개인의 능력은 불가일세라 할 수 있지만 그들은 언제나 소수로 움직였다. 그럼에도 그들을 상대하는 것이 불가능에 가까운 것은 아무도 그들의 근거지를 모르기 때문이었다.

운장룡이나 진공헌과 같은 극소수의 절대고수들이 작정하고 은밀하게 활동할 때 그들을 잡을 방법은 사실상 존재하지 않는다. 그런 그들을 잡을 수 있는 유일한 방법은 그들이 머무는 장소를 치는 것이었다. 그것도 이동 중에 일시적으로 머무는 그런 장소가 아니라 그들이 도저히 포기할 수 없는 장소를.

천마의 후예들은 수백 년 동안 맥을 이어왔다. 그것은 그들이 어느 한곳에 터를 잡았다는 것을 의미했다. 관산호는 그곳을 찾기 위해 진공헌을 추적하고 있는 것이다.

그가 진공헌에게 걸고 있는 기대는 컸다. 서문굉천과 같은 거물을 아무 곳에나 데려갈 리는 없었으므로.

입을 다문 채 반 시진가량을 더 달리던 관산호가 신형을 세웠다. 그는 미간에 굵은 내 천 자를 그리며 사방을 조사했다. 진공헌과 같은 고수의 흔적을 따라가는 것은 쉬운 일이 아니었다. 아니, 관산호가 아니었다면 그리고 유향이 그를 돕지 않았다면 어떤 추종의 대가도 가능하지 않았으리라.

반 각여를 조사하던 관산호의 눈에 보일 듯 말 듯 지면에 숨어 있는 손톱 조각만 한 풀잎이 들어왔다. 그 풀잎의 끝은 미세하게 구부러져 있었다.

관산호는 한쪽 무릎을 꿇은 자세로 눈을 빛내며 풀잎을 들여다보았다.

그때였다.

그는 자신의 어깨를 짚는 가녀린 손길을 느꼈다.

유향이었다.

별 생각 없이 유향을 돌아다보는 그의 눈이 부릅떠졌다.

"이게 무슨 짓이냐……?"

마혈을 짚여 석상처럼 굳은 자세로 그는 물었다. 이해할 수 없다는 빛이 확연한 그의 눈이 유향의 쓸쓸한 눈길과 마주쳤다.

"오라버니……."

유향은 떨리는 손으로 관산호를 안아 근처의 바위 그늘 사이로 옮겼다.

착잡한 눈빛으로 관산호의 뺨을 쓰다듬던 그녀가 손을 내리며 말했다.

"오라버니도 알고 계시죠? 그자가 오라버니를 유인하고 있다는 걸 말이에요."

"…알고 있다."

"그래도 끝까지 가실 생각이죠?"

관산호의 눈빛이 강해졌다.

"물론. 그 외에 다른 방법이 없다는 걸 너도 알고 있지 않느냐. 하지만 그들의 근거지를 발견한다 해도 그와 당장 싸울 생각은 없다. 그를 이길 수는 없지만 잡히지 않을 자신은 있어. 그러니까 어서 혈도를 풀어라. 네가 무슨 생각으로 이런 짓을 했는지 안다. 난 허락할 수 없다."

"왜요?"

유향은 맑은 눈에 정을 담고 물었다.

관산호의 눈매가 일그러졌다.

"위험하니까, 그리고 난 네가 이 시대의 일에 관여하기를 원치 않는다."

"알아요. 오라버니가 어떤 맘이신지. 하지만 오라버니가 위험해지는 것보다는 제가 이 시대에 뛰어드는 게 더 나아요. 다른 사람이라면 제 결정을 반겼을 거예요. 지금의 저는… 아마도 오라버니보다도 더 고수일 테니까요."

"네가 고금제일고수라 해도 난 네가 하려는 일을 결코 허락할 수 없다!"

"무엇 때문에요?"

"너는 지금 살고 현재에 네 삶이 있다는 일체감이 없을 뿐만 아니라 무언가를 하고 싶다는 열망도 목적의식도 없기 때문이야. 향아, 너는 나에 대한 염려 이외에는 아무것도 염두에 두지 않고 있다. 다른 사람의 안위도, 무림의 미래도 네게는 전혀 관심의 대상이 아니다. 그런 네가 뒤틀린 이 시대의 일을 바로잡으려 하는 건… 성공한다 할지라도 그건 이 시대를 살아가는 사람들에 대한 예의가 아니다. 너의 이런 행동은 목숨을 걸고 이 난세를 극복하려 하는 사람들을 무시하는 거라는 걸 알아야 한다."

유향의 그늘진 눈가에 미소가 떠올랐다. 그녀는 한결 차분해진 음성으로 말했다.

"오라버니가… 좀 더 강했다면 저는 예의를 지켰을 거예요."

관산호는 입술을 악물었다.

유향이 그를 비웃을 리는 없었다. 하지만 그는 그녀의 말에 참담해지는 자신을 의식해야 했다.

그는 약했다.

그것이 그녀가 이런 행위를 하도록 만든 이유인 것이다.

"향아, 네가 강한 것은 인정한다. 하지만 너는 그를 이길 수 없다. 백번 양보해서, 너의 내공과 무공이 조천후보다 뛰어나다고 인정할지라도 지금의 너는 그를 이길 수 없어. 싸움은 무공과 초식으로만 이루어지는 것이 아니다. 더구나 그와 같은 초강고수와의 싸움이라면 더욱 그렇다. 지금 네 행동은 어리석은 짓이야. 향아, 말했지 않느냐. 난 지금 그자와 싸우러 가는 게 아니라고. 혈을 풀어라."

관산호의 목소리는 절실했다.

그는 조천후와 직접 싸워보았다. 그래서 그의 능력을 너무나 잘 알고 있었다. 그는 자신의 마혈을 짚은 유향의 행동에 분노를 느끼기 이전에 그녀를 잃게 될까 봐 두려워하고 있었다. 그것은 살아오며 그가 한 번도 느낀 적이 없던 절대적인 공포였다.

"오라버니… 그가 기다리고 있어요. 오라버니가 근거지만 파악하고 돌아서는 걸 그가 그냥 두고 보고만 있겠어요?"

관산호의 얼굴이 무참하게 일그러졌다.

그도 만약의 사태를 우려하고 있었다. 선택의 여지가 없어 진공헌의 뒤를 따랐을 뿐, 그들의 근거지를 찾을 다른 방법이 있었다면 그는 이런 위험을 감수하지 않았을 것이다. 유향은 그런 그의 내심을 꿰뚫어 보고 있었다.

쓸쓸한 눈길로 관산호를 보던 그녀가 말을 이었다.

"오라버니가 무엇을 우려하는지 알아요. 맞는 얘기예요. 저는 싸움을 해본 적이 거의 없어요. 실전 경험은 그에 비해 턱없이 모자라는 게 사실이죠. 그래요. 제가 그에게 패할 가능성이 높다는 걸 저도 잘 알아요. 하지만 그냥 패하지는 않을 거예요. 그리고… 모르는 일이잖아요. 혹시 제가 이길 수도 있죠······."

　말은 하는 그녀의 뇌리에는 미처 하지 못한 말이 맴돌고 있었다.

　'제 생각대로라면 그가 오라버니를 유인하는 이유는 따로 있어요. 장강변에서 그가 오라버니를 패배시켰던 것, 매상옥을 데리고 간 것, 그리고 오늘의 유인까지. 저는 절대로 그의 생각대로 일이 흘러가게 내버려 둘 수는 없어요, 오라버니.'

　유향은 웃었다. 하지만 그 처연한 미소를 본 관산호의 가슴은 절절이 찢어졌다.

　그는 둔기로 머리를 한 대 맞은 기분이 되어 있었다.

　그녀가 그를 제압한 것이 일시적인 감정의 휩쓸림의 결과가 아니라 조천후와의 조우 때 결심했다는 것을 알게 된 때문이었다.

　그는 유향이 한 얘기의 대부분은 이해하지 못했다. 그녀는 조천후가 그와 관련된 여러 일에 직접 손을 쓴 데는 특별한 이유가 있다고 말하고 있었고, 그 이유도 알고 있는 듯했다. 하지만 그녀가 아는 것을 아무것도 알지 못하고 있는 그로서는 추정하는 것 자체가 불가능했던 것이다.

　그리고 그는 그와 함께 조천후와 싸워도 이길 수 없다고 생각했기 때문에 그녀가 그를 암습했다는 것도 깨달았다.

　조천후는 부인할 수 없는 절대초강고수다. 아니, 고수라는 말조차 부족한 초인이라고 할 수 있었다. 더구나 진공헌이 도착하는 곳에 그는 혼자 있지 않을 것이다.

유향의 커다랗고 흑백이 뚜렷한 눈에 희미한 물기가 맺혔다. 슬쩍 불어오는 바람에 물기를 말린 그녀가 말을 이었다.

"혈도는 한 시진 후에 풀릴 거예요. 그전에는 어떤 방법으로도 풀 수 없어요. 그러니 심력을 소모하지 마시고, 쉬고 계세요. 몸을 움직이실 수 있게 되면 오라버니가 군산으로 돌아가시길 바라요. 보중하세요. 만약 제가 실패하는 경우에는… 그때는 정말 오라버니가 나서야 할 테니까요."

유향은 자리에서 일어섰다.

"쫓아오실 생각은 하지 마세요. 하시려고 해도 흔적이 없을 거예요."

마지막 음성이 끝나기도 전에 유향의 신형은 안개처럼 흐려지며 그 자리에서 사라졌다.

관산호의 악문 입술 사이로 한 가닥 핏물이 흘렀다.

'향아……'

그는 망연한 눈빛으로 유향이 사라진 방향을 바라보았다. 한 시진 후라면 그의 능력으로도 일부러 흔적을 지운 유향의 뒤를 따를 수 없었다. 그의 눈은 처절한 빛으로 물들어갔다.

조천후와의 일전 이후 그는 그의 마음에서 유향이 차지하는 비중이 적지 않다는 것을 깨달았다. 하지만 그 감정에 집착할 여유가 없었기에 그 마음이 얼마나 커다란지를 그는 정확히 알지 못했다. 그리고 이제는 알게 되었다.

그러나 늦은 것이다.

그녀는 그를 떠났다.

"으아아아아아!"

발작적으로 터져 나온 그의 고함이 숲의 고요를 뒤흔들었
다.

내공을 금제당한 그의 고함은 크지 않았다. 그러나 거기에
는 듣는 이의 가슴을 찢어놓는 처절한 감상이 실려 있었다.

아름드리나무 사이를 흐르던 바람이 도둑처럼 다가오더니
식은땀에 전 그의 머리카락을 속절없이 헝클어놓으며 지나갔
다.

*　　　*　　　*

오시(午時) 말.

섬서성 순양(旬陽) 부근 초원.

서안 외곽의 무련 총본영까지는 나흘거리에 위치한 지점이
다.

비록 건량이지만 사천여 명의 무사가 한자리에서 점심 식사
를 하는 광경은 장관이었다.

나무 그늘 아래 느긋하게 앉아 있는 우문뢰의 옆에 서서 무
사들의 식사 모습을 지켜보던 좌홍의가 눈썹을 찡그리며 말했
다.

"생각보다 돈이 많이 들어갑니다, 천주님."

"그들에겐 지금이 대목이 아닌가."

우문뢰는 싱긋 웃으며 좌홍의의 말을 받았다.

좌홍의의 차갑기만 하던 얼굴이 심하게 일그러졌다.

"아무리 본 천의 이동 규모가 크고 안강에서 죽은 자들이 많다 해도 정도가 있어야 합니다. 이건 뭐, 녹을 먹는 자들이라면 아래위를 가리지 않고 대놓고 손을 벌리는 형국이니. 이 나라도 오래가기는 틀렸습니다, 천주님."

"그들이 방해를 하지 않는 것에 고마워해야 하네. 죽은 자의 수가 사천에 육박하고, 그 정도의 수가 중무장하고 성과 성을 이동하고 있다는 걸 잊지 말게. 몇 푼 아까워하다가 귀찮게 될 수가 있네."

"몇 푼이 아닙니다. 은자 십만 냥이 요 며칠 사이에 그들 호주머니로 들어갔습니다, 천주님."

우문뢰는 자리에서 일어나며 좌홍의에게 말했다.

"그래서 포로들에게 하루 한 끼만 먹이는 건가?"

갑자기 바뀐 화제에 좌홍의는 어리둥절한 얼굴이 되었다. 그러나 대답은 지체없이 나왔다.

"그렇지는 않습니다. 배가 부르면 엉뚱한 생각을 하는 자가 나오게 마련이지요. 그것을 방지하기 위함일 뿐입니다."

"무공이 금제된 자들일세. 생각을 해도 실행에 옮길 수는 없지 않은가."

우문뢰는 지나가는 말처럼 말하고 있었지만 좌홍의는 긴장했다. 우문뢰의 속내를 읽을 수 있었기 때문이다. 포로는 살려두는 쪽으로 결론이 난 상태. 어차피 죽이지 않을 자들을 굶기는 것은 강자의 면모라고 할 수 없었다.

"속하의 생각이 짧았습니다, 천주님. 저들에게 하루 두 끼를 먹이겠습니다."

"그렇게 하게."

우문뢰의 시선이 오 장여 떨어진 곳에서 깊은 생각에 잠겨 있는 듯한 운장룡을 향했다.

"운 호법!"

운장룡이 고개를 들어 그를 보더니 곧 걸어왔다.

"찾으셨습니까."

"흠, 궁금한 게 있어서 불렀소."

"말씀하십시오."

"진공헌이라는 자 말이오."

운장룡의 눈이 번뜩였다.

우문뢰의 말이 이어졌다.

"내가 잘못 본 것이 아니라면 그는 서문굉천을 암습했소. 그렇지 않았다면 굉천과 나는 승부를 내기 위해 오백 초는 더 싸워야 했을 거요. 운 호법이 보기에는 어땠소?"

"천주님의 생각이 저의 생각입니다."

"왜 그랬을까… 진공헌의 신분 내력은 정확하게 밝혀진 바는 없지만 그에 대한 서문굉천의 총애는 대단했소. 지난 수십 년간 서문굉천의 주변을 샅샅이 훑었던 이척도 그에 대해서는 확신할 수 있다고 장담할 정도요. 그런 그가 왜 서문굉천을 암습했는지 그 이유에 대해 아는 게 있소?"

운장룡의 얼굴에 곤혹스러워하는 기색이 떠올랐다.

"죄송합니다, 천주. 저 또한 아는 바가 없습니다."

별 기대를 하지 않은 듯 우문뢰는 고개를 끄덕였다. 그는 팔짱을 끼며 중얼거렸다.

"제삼의 세력……."

그의 시선이 다시 운장룡을 향했다.

"운 호법, 강산호가 총도를 되찾는 과정에서 개입한 것으로 추정되는 제삼의 세력이 있다고 하지 않았었소?"

불과 일주일 정도밖에 지나지 않은 일이다.

"그렇게 말씀드린 적이 있습니다."

"나는 진공헌이라는 자가 그 제삼의 세력에 속한 자가 아닐까 싶소만?"

"그럴 수도 있습니다만 설령 그렇다 하더라도 그들의 정체를 알지 못하는 한 그런 추정은 더 큰 의혹만을 남길 뿐이지 않겠습니까."

"운 호법의 말이 맞소. 하지만 경계하지 않을 수는 없소. 담천관을 죽이고 굉천을 암산한 세력이 어떤 의도를 갖고 있는지 알 수 없는 일이니까 말이오."

그는 고개를 돌려 좌홍의를 보았다.

"우상."

"예, 천주님."

"이척에게 제삼의 세력으로 의심되는 자들을 추적하라는 명을 내렸소. 그들의 보고는 당분간 우상이 받도록 하시오. 중요한 내용은 즉시 내게 알려주도록 하고."

좌홍의는 눈을 깜박였다. 이척은 안강에서의 싸움 직후 모습을 감추었다. 그 이유를 궁금해했었는데 우문뢰의 지시가 있었던 것이다.

"알겠습니다, 천주님."

좌홍의의 대답을 들으며 우문뢰는 말에 올라탔다.

섬서로의 진격 속도는 그리 빠르지 않았다.

안강에서 주력이 궤멸되다시피 한 무련의 반격은 염려할 필요가 없었고, 여유있는 진격 속도를 따라 정파인들이 군마천에게 느끼는 두려움은 그 강도를 더해갈 것이기 때문이다.

*　　　　*　　　　*

지하 백여 장의 어둠을 지나 도착한 광장의 맞은편에는 높이 이 장, 폭 사 장의 활짝 열린 거대한 문이 있었다.

신마지휴소(神魔之休所).

유향은 열린 문의 위쪽에 세 치의 깊이로 음각된 글자를 보며 아련한 눈빛이 되었다.

그녀는 착잡한 한숨을 내쉬며 문 안으로 들어섰다.

천장에 한 자 간격으로 박혀 있는 수백 개의 야명주로 인해 안쪽은 눈이 부실 정도의 빛으로 가득했다.

사방 오십여 장의 육각형을 이룬 석실이었다.

"뜻밖이군. 올 줄 알았던 녀석은 오지 않고, 왜 그의 옆에 있던 여아가 왔단 말인가?”

은은한 분노가 느껴지는 창노한 음성.

석실 상석에 놓인 태사의에 몸을 묻고 있던 조천후였다.

그는 노한 듯 눈썹을 찡그린 채 유향을 보고 있었다.

유향은 조천후의 눈을 가볍게 무시하고 그의 주변을 살폈다.

조천후의 오른쪽에는 진공헌이 어이없다는 표정으로 서 있었고, 우측에는 유검옥이, 그리고 그의 발치에는 서문굉천과 매상옥이 반듯이 누워 있는 것이 보였다.

노기 어린 눈길로 그녀를 보던 조천후의 얼굴이 조금씩 굳어갔다. 유향의 분위기가 변하고 있었다.

아침이슬을 머금은 듯 청초하면서도 우아한, 그리고 안개처럼 모호하면서도 신비스러운 분위기…….

그의 두 눈이 더 이상 커질 수 없을 만큼 커졌을 때 유향이 눈 아래를 가리고 있던 면사를 천천히 걷어내며 입을 열었다.

“내가 와서 실망했나요, 운 제(雲弟)?”

“당신은!”

죽은 귀신이라도 본 듯 얼굴빛이 하얗게 변한 조천후가 태사의를 박차며 일어섰다. 얼마나 놀랐는지 그의 신형은 허공으로 한 자 이상 솟구쳐 올랐고, 그 상태로 멈춰 섰다.

진공헌과 유검옥은 어안이 벙벙한 얼굴이 되어 두 사람을 번갈아 보았다.

면사를 벗은 유향의 얼굴은 그들조차 처음 본다 싶을 만큼

경국지색의 절세가인이었다. 하지만 조천후가 그녀의 미모 정
도에 저처럼 놀랐을 리는 없었다.

더구나 그들의 말을 들어보면 두 사람은 서로를 잘 알고 있
는 듯하지 않은가.

방금 전까지 유향을 그저 관산호의 옆에 있던 여아 정도로
여기던 조천후의 극적인 변화를 그들이 이해하는 것은 무리였
다.

"운 제, 조금 진정하는 게 좋을 듯싶군요. 그렇지 않으면 당
신의 사제들이 이상하게 여길 거예요."

허공에 떠 있던 조천후의 발이 지면을 밟았다.

그는 여전히 유향의 얼굴에 시선이 못 박힌 채로 말했다.

"사제들은 두 사람을 데리고 나가 있도록 해라. 그리고 이
안에서 나누는 대화를 들어서는 안 된다."

누구의 지시인데 토를 달겠는가.

진공헌과 유검옥은 각자 서문굉천과 매상옥을 안고 석실을
나섰다. 그리고 문을 닫았다.

그들은 유향의 정체가 궁금했고, 조천후가 그녀와 어떤 대
화를 나누는지 알고 싶었다. 그러나 그들은 내공으로 자신들
의 청각을 막았다. 그들의 궁금증이 아무리 커도 그들은 대사
형의 지시를 어기는 건 가능하지 않은 일이었다.

설사 그들이 청각을 막지 않았다 해도 안에서 어떤 일이 벌
어지는지 알 수는 없을 것이다. 석실의 문이 닫히자마자 조천
후가 강막으로 석실 전체의 음파를 차단했기 때문이다.

“……”

침묵은 조천후에 의해 깨졌다.

“당신이… 어떻게 이 시대에 있을 수 있는 것이오?”

“운 제가 다른 몸으로 이 시대를 살고 있는데 제가 이곳에 있는 게 그리도 받아들이기 어려운가요?”

반문이다.

조천후는 침을 삼켰다.

해일 같은 충격은 많이 가라앉았다. 하지만 그의 가슴은 다른 의미로 거세게 뛰고 있었다.

“이혼(移魂)의 대법…… 이죠?”

유향은 쓸쓸한 눈으로 조천후를 보며 물었다.

조천후는 말없이 고개를 끄덕였다.

“이혼이라… 하아, 그 몸의 주인도 한이 많았던 모양이네요.”

조천후는 열기가 느껴지는 눈으로 유향을 보며 말했다.

“그렇소. 그의 한이 바다처럼 깊지 않았다면 역천의 이혼대법을 시전할 생각도 하지 않았겠지.”

“운 제의 후손이었겠군요.”

조천후는 고개를 끄덕였다.

유향은 탄식했다.

“피의 이끌림. 왜 그가 이혼의 대법을 펼쳤던 거죠? 운 제의 후예라면 원하는 모든 것을 얻고도 남을 능력을 갖고 있었을 텐데요?”

"당신의 말이 맞소. 그는 천하를 오시할 능력을 갖고 있었지. 하지만 하나의 벽을 넘어서는 것은 가능하지 않았소. 그 때문에 절망한 그가 마지막으로 선택한 방법이 이혼대법이었소."

유향의 맑은 눈에 슬픔의 기색이 어렸다.

"그는 세상 밖으로 나가려 했군요……. 당연히 봉황금약을 지키기 위해 혼천무극문주(混天無極門主)가 나섰을 테고요."

조천후는 쓴웃음을 지으며 고개를 끄덕였다.

그녀와의 대화에서 상세한 설명은 필요없다는 걸 깨달았기 때문이다. 그녀는 천사유혼대법으로 가사 상태에 빠지기 전에도 천재였고, 지금도 천재였다.

유향은 이어 물었다.

"사숙은 어떻게 되셨나요?"

조천후는 한숨을 내쉬었다.

"사저에게 대법을 시전하시고 일 년 정도 후에 갑작스럽게 탈각(脫却)하셨소."

"탈각!"

유향은 눈을 동그랗게 떴다.

탈각(脫却)은 절대초강고수들의 무공이 천지와 교통하는 어느 순간 찾아온다는 전설적인 경지였다. 도가의 우화등선과 같은 무공의 경지로 탈각에 이른 자는 그 순간 육신의 허물을 벗는다.

죽는 것이다.

"하아… 봉황천 수천 년 역사 속에서도 탈각을 하신 분은 다섯 분을 넘지 못하는데… 중원에서 염원하던 깨달음을 얻으셨나 보군요.”

깊은 슬픔의 여운이 깃든 음성.

조천후는 쓴웃음을 지었다.

“사부님께서 갑작스럽게 탈각하시는 바람에 많은 것이 어긋나 버렸소. 가장 치명적이었던 것은 내가 그분의 모든 절학을 배우기도 전에 탈각이 이루어졌다는 것이었지. 덕분에 내 후예들은 수백 년 동안 세상에 나가지 못했소. 내가 혼천무극문을 넘어서지 못한 때문이었지.”

“혼천무극문주와 평수를 이루는 성취를 얻기 전에 세상에 나간 자는 목숨을 내놓아야 한다…….”

“그렇소. 내가 봉황금약의 마지막 제약을 넘어설 수 있을 만큼 강해지려면 그분의 탈각이 그처럼 빨리 이루어져서는 안 되었소. 하지만 그것은 인력으로 막을 수 있는 일이 아니었지.”

쓸쓸하게 말하던 그가 물었다.

“정 사저(師姐), 사부님께서 성공하셨던 거요? 그분께서 창안하셨지만 성공을 자신하지 못하셨던 그 불사환혼대법을?”

이번에는 유향이 고개를 끄덕였다.

조천후는 진심으로 경탄하며 다시 물었다.

“그렇다면 소저의 병(病)은?”

“세월의 힘 앞에서는 어떤 병도 버티지 못하더군요.”

“축하드리오. 사부님의 유진을 얻은 후 사저의 실종 당시 사부님께서 사저의 병을 치료하기 위해 모종의 안배를 했다는 말씀을 기억해 내고 혹 그것이 불사환혼대법이 아닐까 생각했었소. 그것이 성공한다면 가능성이 있었으니까 말이오.”

조천후, 아니, 그 영혼의 주인 영호운의 음성에는 진심이 담겨 있었다.

그의 나직한 음성이 이어졌다.

“천사문… 그들이었겠군……. 하잘것없는 자들. 감히 어느 분의 명이었는데 그것을 지키지 못해 사저를 강산호와 같은 자가 깨우도록 하였단 말인가.”

그의 음성에 깃든 분노와 살기는 끔찍할 정도로 강했다.

아득한 세월 이전 유향은 병명조차 알 수 없는 치명적인 질병을 앓았었다. 그 병은 언제 그녀를 저승으로 데려갈지 알 수 없을 정도로 심각했었다.

그 때문에 유향은 죽기 전 천하를 여행하며 많은 것을 보고 싶어했고, 천하의 강자들과 생사비무를 하고 싶어했던 사숙은 사랑했던 그녀의 소원을 이루어줄 겸 그녀와 함께 중원으로 들어섰었다.

비무를 끝낼 즈음 천외무적천마라는 외호를 얻었던 그녀의 사숙은 끔찍하게 아끼던 그녀를 위해 중원에 남았다. 고향으로 돌아가고 싶어하지 않을 만큼 광활한 대륙을 사랑했던 그녀를 위해서.

그는 은거하며 한 명의 제자를 거두었고, 그녀의 시중을 들도록 아홉 명의 시종도 두었다.

　수년이 흘러 그녀의 병세가 손을 쓸 수 없을 정도로 악화되자 사숙은 그녀에게 천사유혼대법과 불사환혼대법을 펼쳐 주었다. 세월의 힘이 그녀를 치료할 것을 믿으면서. 그것이 그와 유향에게 남은 마지막 희망이었던 것이다.

　그리고 그 희망은 시대를 뛰어넘어 생명을 얻었다.

　유향, 이전 시대에 정사란이라는 이름을 가졌던 여인은 조천후를 보며 탄식했다.

　"봉황금약을 어기려 하는 것에 대해 나는 운 제에게 뭐라 말하고 싶은 생각이 없어요. 설사 운 제가 중원을 혈세하려 한다 해도 말이에요. 제게 그럴 자격이 있다고도 생각하지 않고요. 하지만 운 제가 오라버니에게 해를 끼치려 하는 것을 두고 볼 수는 없군요."

　"오라버니?"

　조천후는 어이없어 하며 되물었다.

　"강산호를 말씀하시는 것이오?"

　"그래요."

　조천후의 입에서 광소가 터져 나왔다.

　"우하하하하! 감히 그런 하찮은 놈 따위가 어찌 위대한 봉황천 십방무맥의 일맥, 신창비순곡(神創秘盾谷)의 후예이며 고금제일고수 천외무적천마 사부님의 사질 되시는 이에게 오라버니 소리를 들을 자격이 있다는 말이오!"

그의 분노는 이해하기 어려울 정도로 격렬했다.

유향의 눈빛이 서늘해졌다. 비례해서 그녀의 음성도 서늘해졌다.

"그분에 대해 함부로 말하지 말아요!"

조천후의 눈빛이 이글거렸다.

그 눈을 똑바로 보며 유향은 말을 이었다.

"운 제가 장강변에서 오라버니를 처참하게 패배시켰던 것, 그리고 매상옥을 데리고 간 것, 더해서 안강에서 서문굉천을 납치해 오라버니를 뒤쫓도록 유인한 것. 이 모든 것은… 이혼을 위한 다음 신체의 주인으로 오라버니를 점찍었기 때문이겠죠? 이혼대법은 몸의 주인이 받아들여 할 혼주에게 심신이 온전히 경도되지 않으면 실패할 수밖에 없는 대법이니까요. 그렇죠?"

묻는 그녀의 눈에 섬광이 일었다. 화산처럼 끓어오르는 분노가 그 안에 있었다.

조천후의 눈동자가 서서히 붉게 변해갔다.

그의 붉은 한광(寒光)이 흐르는 시선이 바닥에 누워 있는 서문굉천과 매상옥을 훑었다.

그가 관산호에게 들였던 공은 적지 않았다. 낙상산의 죽음에 분노하며 관산호에 대한 징치를 주장하는 사제들을 대사형의 권위로 막았고, 직접 나서서 일거수에 관산호를 패배시킴으로써 그의 마음에 두려움과 공포를 심었다.

그리고 매상옥의 몸에 있는 원앙고를 이용해 관산호에게 치

욕적인 무력감을 느끼게 한 후 서문굉천이라는 당대의 거인을 그 앞에서 처참하게 죽이는 것으로 그의 심신을 무너뜨리려 했던 그의 계획을 유향은 어렵지 않게 짐작하고 있었다.

이혼대법이 어떤 조건을 필요로 하고, 어떤 과정을 거치는지 누구보다도 더 잘 아는 덕분이리라. 그녀는 이혼대법의 창안자인 천마가 자신의 목숨보다 더 사랑했던 여인이 아닌가.

"흐흐흐, 사저의 말이 옳소. 이 마당에 내가 무엇을 부인하겠소."

조천후는 손을 들어 자신의 가슴을 짚으며 말을 이었다.

"이 몸은 수백 년에 한 번 날까 싶을 정도의 재질을 갖고 있는 훌륭한 몸이지만 일백 년이 넘는 세월을 살았소. 천하를 덮을 내공을 갖고 있더라도 세월을 거스를 수는 없는 법. 사저처럼 예외적인 분이 존재하긴 하나 이 몸은 그 예외에 해당되지 않소. 이 몸의 수명은 이제 길어야 십 년 정도에 불과하오. 그 전에 내가 안주할 몸을 마련해 놓아야만 했는데 강산호는 더할 나위 없이 적절한 대상이 아니겠소? 끝없는 수련으로 단련된 육체, 전장에서 고양된 강인한 정신력, 대세를 읽는 눈과 적절하고 과감한 판단력에 사람의 마음을 휘어잡는 신비스런 지도력까지. 그는 이혼을 위한 최상의 선택이요."

"포기하세요. 이혼은 역천의 대법이에요."

"흐흐흐. 이혼(移魂)이 역천(逆天)이라면 환혼(還魂)은 순천(順天)이란 말이오? 억지외다!"

유향은 입술을 깨물었다.

"사숙께서는 제게 불사환혼대법을 시전하시면서도 대법으로 인해 천지의 흐름이 뒤틀리지 않을까 노심초사하셨어요. 그렇게 위험한 대법을 한 번도 아니고 연거푸 펼친다면 얼마나 심각한 일이 벌어질지 아무도 알 수 없는 일이에요."

"사저는 되고 나는 안 된다는 말, 지나치게 이기적이라고 생각하지 않소? 흐흐흐, 사저가 강산호를 위해 이곳에 오는 것을 마다하지 않은 걸 보니까 더욱더 그를 포기해서는 안 된다는 생각이 강해지는구려."

조천후의 음성에 깃든 정념에 유향은 탄식했다.

"하아……."

지난날 그녀를 향했던 조천후의 연정은 기나긴 세월이 흐른 후에도 전혀 퇴색되지 않은 것이다.

천마라는 고금에 드문 기남자가 그녀의 마음에 긴 그림자를 드리우지 않았다면 조천후의 연정은 결실을 맺었을 수도 있었으리라.

대화를 나누는 동안 조천후의 두 눈은 핏구덩이에 들어갔다 나온 것처럼 완전히 붉게 변해 있었다.

그것을 본 유향의 안색이 얼음처럼 차가워졌다.

'무언가… 잘못되었어. 저 눈은 심마(心魔)에 혼(魂)을 빼앗긴 경우에 나타난다는 마성안(魔性眼). 운 제는 십방무맥의 후예라는 드높은 자부심을 가졌던 사람, 마성 따위에 빠질 사람이 아니었는데… 이혼의 대법에 문제가 있었던 것일까……? 하아… 이상할 것도 없어. 이혼과 환혼은 역천의 대법. 이혼에

문제가 있었던 게 이상한 게 아니라 오히려 환혼의 대법이 성
공한 것이 이상한 거지. 초인과도 같으셨던 사숙의 능력으로
도 천운이 따라주지 않았다면 성공할 수 없었던 대법이었으니
까…….'
대화는 끝났다.
두 사람의 생각은 접점이 존재하지 않았다.
말이 통하지 않는 이상 서로의 생각을 관철시킬 방법은 하
나밖에 남지 않았다.
그들은 무인.
패하는 사람이 자신의 생각을 포기하게 될 것이다.
유향의 뻗어 내린 양팔에 기이한 진동이 시작되었다.
조천후의 혈옥처럼 붉게 빛나는 눈이 그것을 지켜보았다.
환상처럼 유향의 왼팔을 타고 흐르며 전면에 날개를 활짝
펴고 날아오르는 봉황이 새겨진 육각형의 은빛 방패가 모습을
드러냈다. 동시에 그녀의 오른손에는 창신의 길이만 두 자에
달하는 일 장 길이의 장창이 쥐어져 있었다.
"천상봉황신창(天上鳳凰神創)… 은린봉황순(銀鱗鳳凰
盾)……. 흐흐흐, 감개가 무량하군. 다시 보게 되리라고는 생
각하지 못했었소, 사저."
"나 또한 운 제를 살아생전에 다시 볼 수 있으리라고는 상상
도 한 적이 없었어요. 그렇게 다른 사람의 껍데기를 뒤집어쓴
모습으로 말이에요."
조천후의 안색이 딱딱하게 굳었다.

그는 천천히 양손을 들어 올렸다.

그의 손길을 따라 천지도 숨을 죽일 절대적인 기세가 그 나래를 폈다.

유향의 눈빛이 어두워졌다.

"천강지존력이 지난날 사숙의 경지에 비견될 정도군요."

"칭찬으로 듣겠소, 사저. 이것도 알아보시겠소?"

말이 끝남과 함께 조천후의 양손 전체가 칙칙한 검은빛의 기류에 휩싸였다.

흑룡처럼 꿈틀거리며 그의 양팔을 감싼 기류는 수레바퀴의 형태를 이루며 서서히 회전했고, 찰나지간 회전하고 있다는 것을 느낄 수 없을 정도로 빨라졌다.

그것을 본 유향의 차갑게 굳은 얼굴에 뚜렷한 경악의 빛이 떠올랐다.

"대천마수라멸륜장(大天魔修羅滅輪掌)? 당신이 어떻게 그 절기를? 그건 사숙께서 내게 대법을 시전하던 시점에도 완성되지 않은 것이었는데?"

"사부님께서 탈각 직전에 마지막으로 전수해 주셨던 무공이 이것이었소. 나는 이것을 완성하기 위해 평생을 폐관수련하다 죽었지."

조천후의 붉은 눈이 음산하게 번뜩였다.

"사저, 아직도 나를 막을 수 있을 거라고 자신하시오?"

유향은 대답 대신 곧추세우고 있던 창을 수평으로 눕혔다. 그녀의 전신에서 하늘을 연상시키는 맑고 창창한 기세가 흘러나와 석실을 가득 채웠다.

"으하하하하하하, 막을 수 있다면 막아보시오!"

미친 듯한 광소와 함께 석실이 지진을 만난 듯 뒤틀리며 벽면이 거북이 등처럼 쩍쩍 갈라졌다.

그리고 두 사람은 무서운 기세로 서로를 향해 신형을 날렸다.

제 9 장

융중산

鐵
血
無
情
路

군마천의 무련 총본영 접수는 강호인들의 예상과 달리 그럴듯한 싸움 한 번 없이 이루어졌다.

서문굉천의 살아남은 두 아들, 금적전주 신산(神算) 서문영(西門榮)과 총관(總官) 서문기(西門麒)가 군마천에 포로로 잡힌 무인들의 석방을 조건으로 항복했기 때문이다.

우문뢰는 더 이상 피를 흘릴 이유가 없다며 포로를 석방했고, 무련 내에 남아 있던 일반인을 제외한 모든 무인들의 이틀 내 퇴거를 전제로 그 항복을 받아들였다.

그것은 모든 이의 예상을 벗어난 것이었지만 받아들일 수밖에 없는 현실이었다.

서안 외곽 대안평(大雁平)이라 불리는 십만 평의 대지 위에 건립된 과거의 서문세가, 무련 총본영의 정문에 군마천의 깃발이 오르던 날 강북의 정도무림인들은 무련에 대한 호불호의 감정과 상관없이 긴 탄식을 토해내야 했다. 그리고 그들의 탄식에는 깊은 두려움이 내포되어 있었다.

포로의 석방과 무련에 잔류하던 무인들을 무탈하게 퇴거시킨 우문뢰의 자신감은 가히 천하무쌍이라 할 만했다. 그리고 그들의 뇌리에는 우문뢰의 자신감을 어찌할 수 있는 인물이 전혀 떠오르지 않았던 것이다.

무련에 소속되었던 문파와 세가들은 그 힘이 반 이상 줄어들어 강남에서 증원된 무사들과 강북의 마도인들까지 합류해 칠천에 육박하고 있는 군마천의 전력을 상대할 여력이 없었다.

그리고 무련에 소속되지 않은 거대 문파들은 숨죽이며 우문뢰의 행보를 지켜보고 있을 뿐, 움직이지 않았다. 그 또한 강호인들의 예상을 벗어난 것이었다.

소림과 화산을 비롯한 거대 문파들과 남궁세가 등의 무림세가들이 서문굉천을 못마땅해한다는 건 잘 알려진 일이었지만 그렇다 해도 무련이 붕괴된 후에도 그들이 움직이지 않는 건 불가사의였다. 강호인들이 생각할 때 무련을 무너뜨린 군마천의 칼끝이 향할 곳은 강북의 정도거파들일 것이 분명했기 때문이다.

그 이유에 대한 분분한 얘기는 시간이 흐르며 하나의 결론으로 압축되었다.

이번 전쟁에서 군마천이 내걸었던 명분은 천마총도의 회수와 그것을 방해하는 서문굉천과 무련에 대한 징치였다. 그 이후 보여준 우문뢰의 결단은 정도무림인들이 우려했던 것과는 달리 피를 탐하는 자의 것과는 거리가 있었다.

우문뢰가 마도천하의 기치를 내걸고 있지 않는 한 그들이 어떤 결정을 하기에는 아직 시간이 필요했다. 명분을 축적할 시간이.

그것이 거대 문파와 무림세가들이 움직이지 않는 이유에 대한 무림인들의 추정이었다. 그 외에는 그들의 부동(不動)을 설명할 방법이 없었던 것이다.

그래서 강호인들의 눈길은 거대 문파가 아닌 철사보로 집중되었다. 철사보주 단무혁은 서문세가의 원로 신검기사 서문종의 제자였다. 그리고 안강의 싸움에 참여하지 않았던 서문종은 아직 철사보에 머물고 있었던 것이다.

물론 강호인들은 단무혁과 서문종이 당대의 정세에 어떤 영향을 미칠 거라고 생각하지 않았다. 그들이 철사보를 주목한 것은 그곳에 관산호가 있기 때문이었다.

단무혁이 움직이면 관산호도 움직일 수밖에 없다. 강호인들은 그렇게 생각했고, 그 생각은 틀린 것이 아니었다.

관산호와 철사자단은 분명히 철사보에 속해 있었으니까.

*   *   *

중원무림, 아니, 이제는 구중군마천 강북 총타로 변한 무림
의 근림태사청(謹林太思廳).

무림에 대해 근심하고 크게 생각한다는 명칭 그대로 이곳은
무림 이대의 련주들이던 서문굉천과 서문원이 무림의 수뇌부
와 강북무림을 경영했던 곳이다.

그러나 지금 이곳에 모여 대화를 나누고 있는 사인은 서문
굉천과 서문원이 필생의 대적이라고 여기던 사람들이었다.

그럴 수밖에 없는 것이 그들은 우문뢰와 운장룡, 천태세와
좌홍의였던 것이다.

천태세는 한껏 눈살을 찌푸리며 가슴을 쳤다.

"천주님, 진짜로 저 호랑말코 같은 자들과 공존하실 생각입
니까?"

우렁우렁한 그의 음성에 청 전체가 들썩이는 듯했다.

태사의에 앉은 우문뢰는 풀썩 웃었다.

"목소리를 들어보니 이제는 다 나았나 보군."

천태세는 머쓱한 얼굴이 되었다.

악록산에서 관산호에게 심한 내상을 입었던 그는 대산으로
호송되었고, 그곳에서 몸이 어느 정도 회복되자마자 우문뢰의
뒤를 쫓아왔다. 하지만 그가 우문뢰와 합류한 것은 우문뢰가
안강의 싸움을 끝내고 서안에 거의 도착했을 때였다.

안강의 싸움에 참여하지 못한 것은 천태세에게 있어 씻을
수 없는 한(恨)이 되었다. 우문뢰를 따른 그에게 있어 무림과
의 일전은 죽기 전에 반드시 이루어야 할 평생의 소원이었기

때문이다.

우문뢰가 말을 이었다.

"기다리게. 지금 눈치나 보고 있는 자들과 싸울 여유는 없네. 전쟁은 아직 끝나지 않았으니까. 알겠나? 이 전쟁은 생각보다 꽤 오래갈지도 몰라. 자네가 싸울 기회는 많이 남아 있네."

그는 차분한 음성으로 설명했지만 천태세는 알아들은 눈치가 아니었다.

좌홍의가 한숨을 쉬며 우문뢰의 말을 보충했다.

"형님, 서문굉천이 아직 살아 있고 무련 소속 문파의 수장들도 건재합니다. 비록 검지혼의 행방이 묘연하고, 소속 문파의 힘이 현저하게 약화되어 무련이 거의 붕괴된 상태라고는 하지만 무련에 속한 문파들의 수백 년을 이어온 저력이 한 번의 싸움으로 완전히 소진된 것은 아니지 않습니까? 게다가 천주님의 말씀에 의하면, 그 진공헌이라는 자는 검지혼을 암습한 것이 분명한데 그자가 어디에 소속된 자인지도 모르는 상황입니다. 암중에서 움직이는 자들이 있는 이상 싸움은 언제 어디서 다시 시작될지 모르는 게 아니겠습니까. 소모적인 싸움을 피하면서 우리도 힘을 비축해야 합니다."

그의 말에 천태세는 오히려 더 이해할 수 없다는 얼굴로 고개를 갸우뚱했다.

"무슨 소리냐? 그랬다면 차라리 포로고 퇴거고 간에 신경쓸 거 없이 모두 죽이는 게 더 나은 거 아니었어? 씨를 말려 버리면 저력이고 나발이고 없어지는 거잖아.”

이번에는 우문뢰와 좌홍의뿐만 아니라 대화를 조용히 듣고
만 있던 운장룡까지 한숨을 내쉬었다.

좌홍의가 내심 이를 갈며 대답했다.

“우리가 무슨 피에 굶주린 박쥐 떼들입니까? 일천오백의 포
로에 무련에 남아 있던 일천의 무인까지, 이천오백을 형님 말
씀처럼 단칼에 베어 죽였으면 강북에 있는 정도를 표방하는
모든 문파들은 그날로 하나로 뭉쳐 세력을 형성했을 겁니다.
소림, 화산, 아미를 비롯한 구파일방의 나머지 문파들과 강북
무림의 무수한 세가들까지 포함해서 말입니다. 어떤 놈이 뒤
통수를 노리고 있는지 모르는 이 마당에 그런 떨거지들과 무
의미한 싸움을 할 수야 없는 일이지요.”

그제야 대강 돌아가는 정세를 알아차린 천태세가 입맛을 다
셨다. 그의 성격상 이런 류의 정세를 이해하는 건 쉬운 일이
아니었다. 머리가 나빠서가 아니었다. 관심도 없고 그것을 이
해할 만한 시간 동안 기다릴 수 있는 인내심이 없기 때문이었
다.

혀를 차던 그가 슬쩍 우문뢰의 눈치를 보며 물었다.

“그럼 천주님, 먼저 싸우게 될 놈은… 누구입니까? 무련의
잔당이나 비(非)무련 문파들은 아닌 거 같고… 암중에 숨어 있
는 놈들은 누군지 모르니까 예외고. 강산호와 철사자단 때문
에 뒤통수가 간지럽긴 하지만 그놈들만으로 대세의 흐름 바꿀
수는 없으니 급하게 처리할 일은 아니고……”

말을 잇던 그가 눈을 크게 떴다.

"…그럼 제가 싸울 만한 놈이 없지 않습니까?"

우문뢰 등은 쓰러질 뻔했다.

좌홍의가 우문뢰를 향해 길게 읍을 했다.

"죄송합니다, 천주님. 좌상께서 저리 둔감하신 것은 모두 제가 불민한 탓입니다."

"우상 탓일 리가 있나. 저 성격을 젊었을 때 다잡지 못한 내 탓이지."

우문뢰가 퉁명스러운 어조로 말하는 것을 들은 천태세의 이마에 굵은 골이 패었다. 사람들의 눈치를 보니 뭔가 우문뢰의 심기를 거스른 거 같은데 그게 뭔지 알 수가 없었던 것이다.

"저… 천주님, 제가 뭐 잘못…… 말했습니까?"

대답은 한숨을 길게 내쉰 좌홍의가 했다.

"형님, 말씀처럼 철사보와 비무련 거대 문파들과는 싸울 때가 아닙니다. 우리는 서문굉천을 피랍한 자들이 누구인지 모르고 있지 않습니까. 그들이 누구이고 원하는 것이 무엇인지 파악하기 전에는 함부로 움직이기 어렵습니다. 재주는 곰이 부리고 이익은 엉뚱한 놈이 가져갈 수 있기 때문이지요. 게다가 납치당하긴 했지만 서문굉천은 죽지 않았습니다. 아직 예상키 어려운 변수가 너무 많지요."

좌홍의는 빙긋 웃으며 말을 이었다.

"이척이 풍마이의 전력을 기울여 그자들의 행방을 쫓고 있습니다. 존재 여부를 확신하지 못했다면 몰라도 존재가 확실한 자들을 추적하는 일입니다. 시간은 걸리겠지만 저들은 꼬리를 드러낼 수밖에 없게 되겠지요. 그러면 형님이 원하고 계시는 싸움을 원하는 만큼 하실 수 있을 겁니다."

그가 말을 마치자 우문뢰의 안색이 진중해졌다.

"우상."

"예, 천주님."

좌홍의도 몸을 바로 했다.

"철사자단과 강산호의 움직임을 놓치지 말게. 그들은 소수여서 분명 그들만의 전력으로 당대의 정세를 좌우하기는 어렵지만 그들을 중심으로 무련의 잔당이 모일 가능성이 있네. 각 문파의 수장들과 노일겸이나 서문종, 모용대규를 비롯한 장로들이 살아 있고, 서문영과 서문기, 그리고 서문찬이 건재하기에 무련의 잔당들이 강산호를 구심점으로 삼기에는 여러 난제가 있는 건 분명하네. 그러나 그들 중 강산호를 거느릴 역량을 가진 자가 없는 이상 강산호가 어떤 선택을 하느냐에 따라 무련, 나아가 강호의 정세가 요동칠 수 있네."

"명심하겠습니다."

우문뢰의 단호한 지시는 계속되었다.

"비무련의 거대 문파에는 사람을 보내게. 그들과의 공존 의사를 적은 서신을 주겠네. 그들은 나의 진정을 의심하며 긴가민가하겠지만 어쨌든 쉽게 움직이지는 못하게 될 걸세."

천태세는 마음에 들지 않는 듯 눈살을 찌푸렸으나 좌홍의는 예상했던 지시라는 듯 별다른 표정 변화 없이 우문뢰의 지시를 받아들였다.

“지급으로 처리하겠습니다.”

“마지막으로 무련의 잔당들에게는 이곳, 무련 총본영을 일 년 후 돌려줄 거라고 전하게.”

세 번째 지시는 좌홍의에게도 뜻밖이었던 듯 그는 고개를 번쩍 들어 우문뢰를 보았다.

“예?”

그 지시에는 운장룡도 놀랐다. 그는 눈을 빛내며 우문뢰를 바라보았다.

“왜? 자네는 대산을 버리고 이곳에 새살림을 차리고 싶었던 건가? 그건 아니잖나?”

“그렇긴 합니다만…….”

“지리적으로 서안은 너무 서쪽으로 치우쳐 있어. 강북 총타 는 호북성 북부 지역에 두는 게 적당하네. 게다가 이곳은 무련 의 총본영일 뿐만 아니라 서문세가의 발원지이기도 하네. 이 곳에 둥지를 틀면 서문가의 인물들은 우리를 공격할 명분을 언제나 확보하고 있는 것이 된다는 걸 잊지 말게.”

그것을 모를 좌홍의가 아니다.

그는 의아함이 가시지 않은 눈길로 우문뢰에게 물었다.

“오히려 그 때문에 이곳을 더 확실하게 장악해야 하지 않겠 습니까? 도발을 참지 못하고 선제 공격하는 자들을 징치하는 게 훨씬 쉬운 일입니다, 천주님.”

“물론 그렇겠지. 하지만 이곳을 일 년 후 돌려준다고 하면 무련의 잔당들은 그 일 년 동안 우리를 공격할 힘을 비축하기 위해서라도 쓸데없는 도발은 해오지 않을 걸세."

"저들에게 시간을 주기 위해서란 말입니까?"

우문뢰의 말은 요령부득이었다. 이해를 하지 못한 좌홍의는 연거푸 되물을 수밖에 없었다.

우문뢰는 가볍게 고개를 끄덕였다.

그들의 대화를 듣고 있던 천태세가 의뭉스럽게 웃으며 끼어들었다.

"흐흐흐흐. 좌 아우, 천주님은 저들이 나머지 힘까지 전부 끌어 모았을 때 한꺼번에 일망타진하려는 생각이신 거야. 가히 묘계(妙計)가 아닌가. 역시 천주님이시다!"

득의만면한 천태세의 말에 좌홍의는 일견 이해하는 듯하면서도 의혹이 가시지 않은 얼굴이 되었다.

하지만 우문뢰는 더 이상의 설명을 하지 않았다. 그리고 결론은 났다. 우문뢰의 지시는 번복될 기미를 보이지 않았고, 그런 이상 실행만이 남은 것이다.

그들의 대화를 듣고 있는 운장룡은 깊은 생각에 잠긴 얼굴이었다. 그러나 그도 입을 열지 않았다.

그는 명목상 군마천과 연수한 천절마도문주의 자격으로 우문뢰의 옆에 있었다. 또한 천절마도문의 원로들로 구성된 호법전의 수장이었다. 때문에 적지 않은 권한을 갖고 있는 것은 사실이었다.

하지만 그에게 우문뢰의 결정을 번복시킬 수 있는 권한은 없었다. 설령 그런 권한을 갖고 있었다 하더라도 그는 그러고 싶은 생각을 전혀 갖고 있지 않았다.

태사의에 몸을 묻은 우문뢰는 천장을 올려다보며 나직한 음성으로 중얼거렸다.

"총도… 총도…… 이 전쟁의 명분을 제공했던 그것의 행방은 지금도 묘연하다……."

그의 안색은 무거웠고, 중인들은 아무도 그의 사색을 방해하지 않았다.

장내는 깊은 침묵에 잠겼다.

*   *   *

군산.

하왕대전.

구양릉은 탁자 맞은편의 시경에게 물었다.

"이것이 어떻게 시 대협에게 전해진 것이오?"

무서운 눈빛이어서 시경은 입맛을 다셨다. 그럴 리야 없겠지만 구양릉은 그의 대답이 마음에 들지 않으면 한 대 후려치기라도 할 듯한 기세였던 것이다.

구양릉의 손은 탁자 위에 놓여 있었는데 그 손안에는 한 장의 서신이 들려 있었다.

그 서신을 주시하는 사람은 여럿이었다.

강천기와 모용수란, 현송자, 공손곤, 황우령과 호연찬, 정요와 마괴령까지… 철사자단의 수뇌부는 모두 이 자리에 있었다.

시경은 눈을 껌벅이며 머리를 긁적였다. 비듬과 이가 우박처럼 떨어졌다. 다른 때라면 질색을 했을 테지만 그것을 보고 눈빛 하나 움직이는 사람이 없었다.

시경은 관산호의 서신을 갖고 군산에 온 것이다.

손톱 사이에 낀 이를 하나씩 터뜨리며 시경은 구양릉의 질문에 대답했다.

"이건 개방의 하남성 허창(許昌) 분타에 산호가 직접 들러 부탁한 것이우, 선배."

"하남성 허창?"

사람들은 어리둥절한 얼굴이 되어 다른 사람의 얼굴을 보았다.

허창이라면 하남성 중심부에 위치한 곳으로, 정주에서 남쪽 이백 리 지점에 있다.

이처럼 급박하게 변해가는 무림을 두고 그가 왜 하남성에 갔단 말인가.

의문의 빛이 없는 사람은 공손곤과 황우령, 호연찬밖에 없었다. 공손곤은 하남성이라는 말을 들었을 때부터 눈을 번뜩였고, 황우령과 호연찬은 관산호가 팥으로 메주를 쑤겠다고 해도 의문을 품지 않을 사람들이다.

현송자가 구양릉에게 물었다.

"외단주, 뭐라고 적혀 있소?"

구양릉은 안면에 서린 의혹을 지우고 서신의 내용에 대해 사람들에게 말했다.

관산호가 보내온 서신의 내용은 간단했다.

정세를 주시하되 경거망동하지 말 것과 개방과 긴밀한 연락을 유지할 것, 그리고 서신의 말미에는 최대한 빨리 돌아오겠다는 글귀가 적혀 있었다.

강천기는 이맛살을 찌푸렸다.

철사보와 철사자단의 존립이 위협받는 상황이었다. 우문뢰가 칼끝을 돌리기만 해도 철사보는 풍전등화 신세가 될 터였으니까. 이런 상황에서 관산호의 하남행은 아무리 이해하려고 해도 이해하기 어려웠다. 하지만 그의 이마에 새겨졌던 굵은 주름살은 나타나자마자 사라졌다.

관산호가 하는 행동이었다.

어떤 경우에도 그의 움직임에는 반드시 그래야만 하는 필연적인 이유가 있었다.

다른 사람들의 얼굴에도 강천기와 비슷한 기색이 떠올라 있었다. 그들의 기색에 시경은 감탄했다.

관산호가 철사자단 사람들에게서 받고 있는 신망이 얼마나 두터운지 단적으로 알 수 있었기 때문이다.

좌중이 잠시 말이 없을 때 황우령과 호연찬이 일어섰다.

구양릉이 눈으로 이유를 묻자 황우령이 느긋한 얼굴로 웃으며 말했다.

"외단주님, 단의 무사들을 훈련시키겠습니다. 단주님이 돌아오셨을 때 전보다 나아지지 않은 모습을 보인다면 단주님이 아마 저희를 잡아먹으려고 하실 겁니다."

황우령과 호연찬이 대전을 나서자 다른 사람들도 움직였다. 황우령의 말대로였다.

어떤 경우에도 나태함을 허락하지 않는 사람, 그리고 스스로에게는 다른 누구에게보다도 더욱 엄격한 사람, 그런 사람이 관산호였으니까.

그를 당당하게 맞이하기 위해서는 움직여야만 하는 것이다.

*　　　*　　　*

하남성 북부.
융중산중.

칠흑처럼 어두운 숲 속을 한줄기 광풍이 되어 질주하는 적포청년.

무표정한 얼굴, 무심한 눈빛.

관산호였다.

융중산은 처음이었지만 그의 발길은 어둠 속에서도 머뭇거림이 없었다.

그의 품속에는 천마총도가 있고, 뇌리에는 공손곤이 들려주었던 융중산 안배 지역에 대한 그림이 한 구절도 잊혀지지 않은 채 기억되어 있는 것이다.

경산에서 혈도가 풀린 그는 유향의 흔적을 찾았지만 허사였다. 진공헌과 유향의 흔적은 철저하게 지워져 있었다.

추적을 포기한 그는 군산으로 가는 것보다 융중산행이 더 급하다는 결론을 내렸다.

우문뢰가 무련을 붕괴시켰지만 무련 소속 문파의 수뇌부가 살아 있고, 무련에 소속되지 않은 거대 문파들이 건재한 이상 당장 우문뢰가 강북을 혈세하기에는 여건이 녹록치 않았다. 그는 길지는 않을 테지만 우문뢰가 다시 움직일 때까지는 시간적 여유가 있다고 판단했다.

그리고 아직도 신비를 벗지 않고 있는 조천후의 세력에 대해 최대한 빠른 시일 내에 많은 것을 알아내야 했다. 그들의 세력 전모와 근거지까지.

그들에 대해서 말해줄 수 있는 사람은 천하를 통틀어 생사가 불분명한 공손우가 유일했다.

광풍처럼 융중산을 치달리며 관산호는 공손우가 살아 있기를 간절한 마음으로 기도했다. 천하의 미래를 위해서도 공손우는 반드시 살아 있어야만 했다. 그리고 가련한 유향을 위해서도……

낙안애(落雁涯).

일 년 사시사철 구름이 휘감고 있는 융중산 정상 상운봉(祥雲峰)과 유운봉(流雲峰) 사이에 위치하고 있는 탓에 언제나 융단 같은 구름이 깔려 있어 그 바닥이 얼마나 되는지 아무도 알지 못한다는 천장단애다.

관산호는 낙안애 끝에 서 있었다.

발밑의 절벽 면을 훑어보던 그의 시선이 한곳에서 멎었다. 삼 장 정도 아래 절벽 면에 두 치가량 튀어나온 뾰족한 돌을 본 것이다. 특이할 게 없어 보였지만 그 돌은 그가 찾던 것이었다. 공손곤이 말해준 돌이기 때문이었다.

그가 찾는 곳은 바로 낙안애의 밑에 있었다.

적포의 소매와 바짓단을 단단히 동여맨 그는 절벽 아래로 신형을 날렸다.

휘이이이익—

칼날 같은 바람이 그의 귓가를 스쳐 지나갔다. 삼 장을 내려오다 절벽에 튀어나온 작은 돌을 한 번 잡아 흐트러지던 균형을 잡은 그는 돌을 쥔 손을 놓았다.

그의 몸이 바윗돌처럼 아래로 떨어졌다.

어둠을 대낮처럼 보는 그의 안력으로도 오 장 이상을 보기 어려울 만큼 구름은 짙었다.

얼마나 그렇게 내려왔을까.

얼추 이백여 장 이상을 내려온 듯했다.

삼사 장 간격으로 절벽면에 박힌 돌을 잡거나 발로 밟으며 내려오던 관산호의 신형이 우뚝 멈췄다.

그는 밟았던 작은 돌을 박차며 오른쪽으로 신형을 날렸다. 그의 앞에 사람 하나가 허리를 굽혀 들어갈 수 있는 동혈이 그 모습을 드러낸 것은 그가 우측 벽면에 박힌 돌을 십여 개 밟으며 사십여 장을 이동한 후였다.

동혈의 입구는 굵은 거미줄로 막혀 있었다. 권풍으로 가볍게 거미줄을 날린 그는 동혈 안으로 들어섰다.

안으로 들어갈수록 동굴은 넓어졌다. 오 장쯤 들어가자 허리를 펼 수 있었고, 십여 장을 더 들어가자 가로세로 일 장 정도가 되었다.

인공으로 만들어진 것이 완연한 동굴은 오랜 세월 동안 사람이 들어선 적이 없었음에도 내부는 깨끗했다.

관산호는 신중한 눈빛으로 벽과 바닥을 살피며 안으로 전진했다. 그는 가끔 오른쪽이나 왼쪽 벽면에 붙다시피 하며 걸었고, 어느 지점에서는 삼 장여를 건너뛰기도 했으며 어느 지점에서는 동굴의 천장에 붙어 이 장여를 지나기도 했다.

그가 들어선 입구는 천마총의 입구가 아니었다. 그곳은 천마총과 연결되어 있는 비밀 통로였다. 그리고 운장룡이 준 천마총도와 그곳에 기록되어 있는 설명을 읽지 않은 자는 절세 고수라도 침범할 수 없는 가공할 기관으로 뒤덮여 있었다.

개미굴처럼 복잡하게 파인 동굴을 이리저리 돌며 거의 십여 리를 내려가자 동굴의 끝이 나타났다.

관산호가 평평하기만 해 입구라고는 눈 씻고 보아도 찾을 수 없는 벽의 오른쪽 한 점을 만지자 벽이 서서히 아래로 내려가며 가로 석 자, 높이 다섯 자 정도의 빈 공간이 입을 열었다.

관산호는 숨을 들이마셨다.

천마총도로 파악한 천마총은 한 층의 너비가 사방 오백여 장에 달하는 삼층의 광대한 지하 건축이었다. 자연적으로 형성되었던 이곳은 천마에 의해 인위적인 건축으로 바뀌었는데 관산호가 들어선 곳은 삼층이었고, 그가 들어선 길을 제외한 다른 곳은 그야말로 공포스런 기관진식의 총화라고 할 만했다.

천마는 자신의 영면을 방해받고 싶지 않았던 듯 천마총 일층과 이층에 십방철혈대진세(十方鐵血大陣勢)라는 천마 사문 비전의 만고기진을 아낌없이 베풀어놓았던 것이다.

지금 관산호의 앞에 보이는 입구 너머는 공손곤도 들어와 본 적이 없는 곳이었다. 공손우의 지시로 그가 만든 안배는 이층에 있었고, 공손우는 그에게 삼층에 대해 아무것도 알려주지 않았던 것이다.

지금 관산호는 운장룡이 준 천마총도의 설명에 의지하고 있었다. 만약 운장룡이 총도에 기록한 설명이 거짓이라면 그는 목숨을 보전하기 어려울 것이다. 그의 앞에 입을 벌린 입구의 너머부터는 십방철혈대진에 의해 방호되는 지역이었기 때문이다. 긴 세월이 흘렀으니 그 기관들이 제대로 작동할지는 알 수 없는 일이었지만 관산호는 몸으로 그것을 시험하고 싶은 생각이 전혀 없었다.

천마가 고금제일고수라 불리는 데는 그만한 이유가 있을 것이기 때문이었다.

조심스럽게 입구로 들어선 그는 들어설 때와 마찬가지로 벽면을 만졌고 입구는 다시 벽으로 화했다.

벽을 등진 그는 눈앞에 나타난 긴 대리석 복도를 볼 수 있었다. 그는 지금까지 지나온 동굴의 바닥이 흙이었던 것과 대조적인 대리석 바닥을 총도에 기록되어 있는 대로 밟아나갔다. 불과 오십여 장의 복도를 진행하는 데 그가 걸린 시간은 세 시진이었다.

땀으로 목욕을 한 그는 높이 일 장, 폭 일 장의 거대한 문이 앞을 막은 곳에 도착했다.

그의 손이 기관을 조작하자 문은 절반이 갈라져 양쪽으로 밀려나며 그에게 길을 열어주었다.

그가 도착한 곳은 열 개의 문이 십 방에 자리 잡고 있는, 높이가 천장까지 십여 장에 달하고 넓이는 백여 장 가까운 거대한 광장이었다. 삼층의 중앙 지역이었다.

그는 기관을 움직여 자신이 들어선 문을 닫았다. 그 문은 간방(艮方)의 문이었다. 운장룡이 총도에 기록한 통로는 간방의 복도 중앙에 침입할 수 있도록 되어 있었던 것이다.

광장의 천장에는 북극성과 북두칠성의 형태에 맞추어 박혀 있는 주먹만 한 야명주가 사방을 희미하게 비추었고, 광장의 동쪽에는 가로세로 일 장, 높이 석 자 정도의 거대한 좌대가, 그리고 중앙에는 오 장 넓이의 검푸른 연못이 있었다.

그뿐이었다.

전설의 천마총 내부는 너무나도 단출했다.

관산호는 마치 유령과도 같은 몸놀림을 보이며 전진했다.

동혈에 들어설 때부터 초상비를 넘어 답설무흔경에 달한 경공이 펼치고 있었기에 한 치 두께로 먼지가 쌓인 바닥에는 족적이 전혀 남지 않았다.

건축된 후 흐른 세월이 수백 년임을 감안한다면 이곳에 쌓인 먼지는 비정상적으로 적었다. 아마도 먼지를 막기 위한 기관이나 이물(異物)이 있는 듯했다.

관산호는 연못가에 섰다.

열 개의 문 중 하나를 지나 이층으로 올라가면 그곳에 공손우와 공손곤이 어린 그를 위해 준비했던 안배가 있었다.

그 안에 안배를 하기 위해 공손곤도 목숨을 걸어야 했다고 했으니 안배의 험함은 불문가지였다. 그러나 이제는 관산호에게 필요없어진 안배였다. 그것을 통해 강해지기에는 현재의 그가 너무 강했으니까.

열 개의 문 중 아홉 개는 이층으로 통하는 문이었다. 그러나 저 아홉 개의 문 안으로 들어선 자는 자신의 운과 능력을 시험당해야만 했다. 만약 운과 실력이 따르지 않는다면 시신으로화할 수밖에 없을 것이고.

관산호는 심신을 안정시키며 정신을 집중했다.

공손곤에게서 전해진 공손우의 말에 의하면, 천마총 내에서 천마의 시신은 그 후예들에게도 발견되지 않았다고 한다. 천마 사후 그의 후예들은 매년 낙안애를 내려와 제사를 지내왔지만 총 안으로는 들어오지 않았다.

이곳은 그들에게 성지였지만 버려진 곳이었다.

탈각 직전 폐관에 들었던 천마의 마지막 유언은 자신이 나오기 전에는 총에 아무도 들어와서는 안 된다는 것이었다. 수백 년 동안 그 유언은 단 두 번을 제외하고는 철저하게 지켜졌다.

천마의 유언을 어길 후인은 존재하지 않았고, 들어선다 해도 그곳은 삼층으로 국한될 수밖에 없었다. 천마는 삼층의 출입 방법을 후인들에게 알려주었을 뿐, 일, 이층에 대해서는 아무것도 알려주지 않았던 것이다. 그 때문에 총 안에 설치된 십방철혈대진세를 통과하기 위해서는 절대의 능력을 지닌 천마의 후예도 생사를 걸어야 할 정도로 너무 위험이 컸다. 그런 위험을 감수하고 총에 들어와 얻을 것이 전혀 없는 이상 굳이 위험을 자초할 후인은 없었다.

관산호는 건방(乾方)의 문을 바라보았다. 저 문을 지나면 이층으로 갈 수 있다. 수백 년 동안 천마의 후예들조차 정확한 통과 방법을 알지 못했던 그것을 관산호는 알고 있었다.

공손우의 목숨을 건 시도 덕분이었다.

'공손 노인조차 십방철혈대진세를 이용한 안배를 위해 이층의 일부를 조사했을 뿐, 그 외의 지역은 손대지 못한 미지의 영역이다. 그러나 공손 노인은 대단한 분이셨음에 틀림없다. 그분은 층과 층을 오가며 십방철혈대진세를 거스르지 않고 자신의 안배를 베풀 능력을 가졌던 분이었으니까. 그렇게 불가일세의 능력을 가진 분을 아는 자가 강호상에 나와 공손 대협 밖에 없다니……'

관산호의 눈빛이 무겁게 변했다.

공손 노인이 천마총에 안배를 할 수밖에 없도록 만든 자, 조천후에 생각이 미쳤기 때문이다.

천하의 어떤 곳도 조천후의 눈을 피하지 못할 것을 알기에 공손 노인이 선택한 마지막 장소가 바로 그들 문파의 조종, 천마의 무덤이었던 것이다.

'운장룡은 대사형이 공손 노인을 천마총에 유폐시켰다고 했다. 하지만 비록 한 번뿐이기는 해도 몸이 회복되고 나서 이층에 들렀던 공손 대협은 공손 노인을 보지 못했다. 유폐되었다는 것을 알지 못했던 상태라 주의 깊게 살펴보지는 않았다 하더라도 이층에는 공손 노인이 없었던 것이 확실한데… 운장룡도 대사형이 공손 노인을 이곳에 유폐시켰다는 것만 알 뿐, 정확한 장소를 알지는 못했지. 어딜까……? 기관이 중첩한 일층이나 이층의 한복판에 그분을 던져 놓지는 않았을 것이다. 그가 공손 노인을 죽일 생각이었다면 번거롭게 여기까지 오지는 않았을 테니까.'

그의 눈은 희미한 어둠 속에서도 확연하게 보일 정도로 푸르스름한 안광을 발하고 있었다. 혼신내공을 운용하고 있는 것이다.

관산호는 신중하게 광장을 조사하기 시작했다. 일각여가 넘도록 광장을 뒤지던 그가 태방(兌方)의 문 앞에서 멈추었다. 문에는 그리 오래되지 않은 사람의 흔적이 남아 있었다.

보일 듯 말 듯 돌을 파고든 장인(掌印).

흐릿하게 남은 지문.

작정하고 조사하지 않았으면 발견할 수 없었을 만큼 희미한 흔적이었다.

'지문에 먼지가 앉으면서 흔적이 드러났다. 그리고 다시 먼지가 드러난 흔적을 거의 덮은 상태. 이 정도면 십여 년 정도 된 듯한데… 이 문은 총도상에 명시된 천마총의 정식 입구와 연결되어 있는 문이다. 공손 대협 또한 이곳으로 출입했지만 그는 흔적을 남길 사람이 아니야. 십여 년이 지난 것으로 추정되는 장인(掌印), 그리고 거리낌없이 이곳에 흔적을 남기며 드나들 수 있는 자……. 조천후의 흔적이다!'

관산호의 눈에 희미한 흥분의 빛이 떠올랐다.

내공을 극한으로 돋운 그의 눈에 먼지로 가려진 족적(足迹)이 들어왔기 때문이다.

두 겹이 되며 뭉개진 족적은 그 주인이 어딘가를 왕복했다는 걸 말해주고 있었다. 족적의 간격은 자로 잰 듯 일정했고 그 폭은 석 자가량이었다.

관산호는 행운유수와 같은 몸놀림으로 그 족적을 따라 걸었다.

그리고 다시 연못가에 멈춰 섰다.

족적은 그가 선 곳을 마지막으로 사라졌다.

마지막 족적 또한 발의 앞면과 뒷면이 겹쳐 뭉개진 모양.

관산호는 연못을 응시했다.

족적이 말해주는 것은 하나였다.

‘연못 안에 무언가가 있단 말인가? 하지만 운장룡이 준 천마총도에는 연못과 연결된 건축물이 존재한다는 언급이 한 구절도 없었는데…….’

의문은 있었으나 선택의 여지는 없었다.

삼층의 광장은 천마의 연공실로 여겨졌다. 그렇게 생각할 수밖에 없을 만큼 단순했고, 더 이상 조사할 여지가 없었다.

관산호는 한 손을 연못에 집어넣었다. 깊이를 알기 어려운 검푸른 빛의 연못물은 소름이 돋을 정도로 차갑고 맑았다. 식수로 사용되었을 것이다.

그의 신형이 빨려들 듯 연못 안으로 사라졌다.

호흡을 멈추고 연못으로 잠겨 들어간 그의 안색이 잠시 후 무섭게 굳었다.

연못은 우물처럼 벽면이 수직으로 깎여 있었다. 사람의 손길이 닿았음을 어렵지 않게 짐작할 수 있는 형태였다. 그러나 그를 놀라게 한 것은 그 형태가 아니었다.

밑으로 내려갈수록 가중되는 압력이 상상을 초월할 정도로 막강했던 것이다.

금방이라도 전신이 터져 나갈 듯한 무서운 압력에 관산호의 안색이 파리하게 변해갔다. 내기의 흐름이 뒤틀리고 있었다. 당세에 적수가 드문 그의 공력으로도 물의 압력을 견뎌내는 것은 쉽지 않았다. 그 의미는 간단치 않았다.

관산호의 전신에 찬연한 황금빛이 떠올랐다.

절세의 금강진력을 운기한 것이다.

그러나 잠시 후 관산호의 얼굴은 더욱더 딱딱하게 굳었다.
물은 압력만을 가중시키고 있는 것이 아니었다. 알 수 없는 경
력이 그의 전신을 파고들면서 금강진력의 도도한 흐름을 끊고
있었다.

그는 연못으로 들어선 순간부터 피부호흡으로 호흡을 전환
했는데, 미지의 흐름은 그의 피부호흡에도 영향을 미쳤다.

그는 눈을 부릅떴다.

상황이 심상치 않았던 것이다.

금강진력에 이어 현천진기, 그리고 무토귀원진기의 거대한
기운이 꼬리를 물며 단전에서 일어났다.

'대체 이건 무언가!'

관산호는 금강진력을 비롯한 세 가닥 진기의 힘이 미지의
흐름 앞에 속절없이 허물어지는 것을 느끼며 대경했다.

숨이 가빠오며 머릿속에서 종이 치는 듯한 소리가 났다. 진
력이 신체를 방어하지 못하자 물의 압력을 견디지 못한 그의
뇌가 진동을 하는 것이다.

그의 전신이 말린 북어처럼 쪼그라들며 칠공에서 흘러나온
핏물이 물의 흐름을 따라 그의 몸을 돌며 기묘한 무늬를 만들
어냈다. 그것은 마치 그의 처지를 비웃는 듯한 느낌을 주었다.

상황이 너무나 급박했기에 그는 알지 못했다.

연못에 뛰어들었을 때부터 그의 가슴에서 신비로운 자색의
서기가 은은하게 흘러나오고 있다는 것을. 그리고 시간이 갈
수록 그 빛이 점점 강해지고 있다는 것을.

악다문 입술이 터져 나가며 입술이 걸레처럼 변했다.

관산호는 흐려지는 정신을 다잡기 위해 혼신의 노력을 기울였다. 죽는 그 순간까지 결코 포기하지 않는 것, 그것이 오늘의 그를 만든 그의 신념이 아니던가.

그는 낙상산과의 일전 이후 실전에서는 사용한 적이 없던 지존천강력을 끌어올렸다. 지존천강력은 호흡을 끊은 상태에서 내부에 생성되는 탁기를 정화하며 그 힘을 증폭시키는 절학. 지금과 같이 숨을 쉴 수 없는 상황에서 관산호가 마지막 기대를 걸어볼 것은 지존천강력밖에 남아 있지 않았다.

관산호의 단전에서 천강지기가 일어남과 함께 연못의 물이 그를 중심으로 소용돌이치기 시작했다. 그리고 지금까지와는 차원이 다른 가공스러운 압력이 그의 전신을 짓눌러 왔다.

관산호는 사력을 다해 지존천강력의 운기에 집중했다. 백척간두였다. 집중력이 잠깐이라도 흐트러지는 순간 그의 전신이 어육으로 변할 거라는 건 의심할 여지가 없었다.

"……"

얼마나 시간이 흘렀을까.

관산호는 눈을 떴다.

그의 얼굴에 어리둥절한 기색이 떠올랐다.

누워 있는 그의 전신을 감싸고 있는 것은 물이 아니라 건조하고 맑은 공기였다.

빛은 없었지만 사방은 횃불이라도 켜놓은 것처럼 환했다. 내공은 온전했고, 융중산까지 오며 쌓였던 피로와 천마총 내부로 들어온 후 심신을 갉아먹던 긴장으로 인해 느꼈던 피로가 흔적도 없이 사라졌다.

이해할 수 없는 일이었다.

곤혹스러워하며 상체를 일으키며 사방을 둘러보던 그는 자신의 뒤로 칼로 자른 듯 정지해 있는 푸르고 맑은 수직의 물벽을 볼 수 있었다.

경이로운 광경이었다.

그는 자신도 모르는 사이에 연못을 빠져나온 것이다.

서늘한 기운이 그의 전신을 스쳐 갔다.

그는 쓸쓸한 미소를 지었다.

그의 몸은 태어날 때와 같은 모습이었다. 물의 압력을 견디지 못한 적포는 가루가 되었다. 무정도의 신세 또한 다르지 않았다.

뭉개져 어린아이 주먹만 해진 고철 한 덩어리.

'아버지… 죄송합니다.'

상익청에게 사사하러 떠나는 열다섯 살의 아들을 위해 강풍양이 정성을 다해 만들어주었던 무정도가 그 명을 다한 것이다.

천천히 일어나던 관산호의 얼굴이 굳어졌다.

잠시 눈을 감았다 뜬 그는 다시 뒤를 돌아 수직의 물벽을 보았다. 그의 눈에는 숨길 수 없는 경악의 빛이 떠올라 있었다.

'중단전에 있던 공손 노인의 파멸천강지기가 완전히 용해되어 단전에 자리를 잡았다. 오성에 머물던 지존천강력이 팔

성에 이르렀어. 정신을 잃은 사이에 대체 무슨 일이 있었기에……'

그는 물벽의 압력과 지존천강력 사이에 모종의 인과관계가 있다는 것을 깨달았다. 아마도 천강력의 연공과 관련된 것이리라. 하지만 천강력에 대한 관심은 곧 사라졌다.

지금은 무공에 대해 고민할 때가 아니었기 때문이다.

강철로 빚은 듯한 나체로 걸음을 옮기는 그의 가슴에는 예전과 다름없이 탈색된 모습의 창룡지존부가 덩그러니 걸려 있었다. 평소였다면 관산호는 그에 대해 이상하게 여겼을 것이다. 무정도마저 어린아이 주먹만 한 고철로 만들어 버리는 압력 속에서 창룡지존부와 줄이 어떻게 견뎌냈는지를.

그러나 그는 지금 그런 생각을 할 만한 정신적인 여유가 없었다.

불과 십여 장을 전진하기도 전에 그는 좌정한 채 백골로 변한 두 구의 시신과 그 시신 뒤로 보이는 거대한 석문을 발견했던 것이다.

제10장

회자정리 거자필반(會者定離 去者必返) 1

鐵血無情路

무련 총본영을 떠난 후 무련의 중심은 신산 서문영이 되었다. 그의 무공은 서문원에 미치지 못했지만 서문굉천과 서문원이 사라지고 서문찬이 그 뒤를 잇기에는 너무 젊은 이상 무련의 중추인 과도기의 서문세가를 이끌 권리를 가진 사람이 그밖에 없었기 때문이다.

서문영은 무련의 남은 힘을 의창으로 집결시켰다. 그곳에는 서문세가의 장로 서문종이 있었고, 당대에 우문뢰를 긴장시킬 수 있는 유일한 무력 집단 철사자단이 있었다.

*　　*　　*

섬서성 서안.
무련 총본영의 집무실.

"굉천이 나타났다고?"
경악한 우문뢰의 음성이 집무실을 울렸다.
탁자 맞은편에 이척과 함께 서 있는 좌홍의의 미간에는 내
천 자가 깊게 패어 있었다.
좌홍의는 곤혹스러운 음성으로 대답했다.
"그렇습니다, 천주님. 그가 무련의 잔당들이 모여 있는 철사
보에 나타난 것이 풍마이의 이목으로 확인되었습니다."
이척이 옆에서 거들었다.
"아주 멀쩡한 모습이라고 합니다."
우문뢰는 망연한 얼굴로 물었다.
"진공헌이란 자는?"
대답은 풍마이의 총령 이척의 몫이다.
"그는 발견하지 못했습니다."
"…납치가 아니었단 말인가?"
우문뢰는 이해할 수 없다는 표정이었다.
그가 서문굉천과 싸울 당시 진공헌은 분명 서문굉천을 암습
했었다. 그의 암습이 아니었다면 승부가 어떻게 날지 모르는
일이었다. 그가 패했을 수도 있는 것이다.
그러나 그의 생각은 이어지지 못했다.
조심스러운 기색이 역력한 자세로 입을 연 좌홍의의 말이

그의 생각을 날려버렸기 때문이다.

"납치였는가의 여부보다도… 더 큰 문제가 있습니다, 천주님. 철사보에 나타난 서문굉천은 천마총을 다녀왔다고 합니다. 그는 천마총 내에서 얻었다는 비급의 일부를 무련의 수뇌부에게 공개한 후 무련의 잔당들을 이끌고 천마총이 있다는 태산으로 북상을 시작했습니다. 천마총 내부에는 천마가 남긴 비전이 쌓여 있고, 막대한 보화들이 잠들어 있다고 합니다. 그는 그것을 자신만이 소유하지 않고 무련의 모든 문파와 무인들에게 공개하여 무련을 강화시킬 것이며, 그 힘으로 우리를 타도하겠다고 했답니다."

우문뢰의 안색이 변했다.

"그게 무슨 말인가? 그걸 믿으라는 말인가? 천마 조사야의 무덤에서 무공 비급이 나왔다는 걸? 그게 무슨 말 같지도 않은 소린가! 그분과 같은 경지의 무공은 종이에 적힌 것을 보고 익힐 수 없다네. 백번 양보해서 유진(遺眞)이 있다 해도 그것을 익힐 수 있는 기본을 당사자가 잡아주지 않으면 휴지나 다름없어. 희대의 기재인 굉천이라 해도 그건 마찬가질세. 그는 조사야의 무공을 익힐 수 없네. 다른 자들은 더 말할 것도 없고. 더구나 그런 비밀을 굉천이 무련의 무인 전부에게 공표했다고? 그 여파는 총도에 비할 바가 아닐 거라는 건 삼척동자도 알 수 있는 일. 어떤 일이 생길지 모르는 바보나 할 짓을 굉천이 했다고! 갑자기 그가 미치기라도 했단 말인가?"

좌홍의와 이척은 고개를 숙였다.

우문뢰의 말이 무슨 뜻인지 모르지는 않았다. 그러나 그에 대해 마땅한 대답은 찾을 수가 없었다. 벌어지고 있는 일은 사실이었기 때문이다.

이척이 마른 입술을 적시며 말했다.

"천주님, 서문굉천이 태산행을 공표한 직후 소문이 천리마를 비웃을 속도로 천하에 퍼져 나가고 있습니다. 납득하기 어려운 구석이 적지 않다 하나 공표자가 다름 아닌 서문굉천입니다. 그의 말을 의심할 사람이 천하에 있겠습니까? 중원은 물론이고 새외에서까지도 태산을 향하는 자들이 있다는 정보가 들어올 정도입니다. 가히 천하무림인들이 전부 태산을 향하는 형국입니다. 만약 서문굉천이 말한 대로 조사야의 무덤이 태산에 있고, 그분의 유진과 보물이 총 내에 있다면 그것들이 다른 자의 손에 들어가는 것은 결코 용납해서는 안 됩니다."

"으음……."

우문뢰의 입술 사이로 침음성이 흘러나왔다.

그로서는 도저히 이해할 수 없는 상황이었다. 서문굉천의 건재도 그렇고, 그가 가지고 왔다는 천마유진의 일부도 그렇고, 태산천마총의 존재도 그랬다.

그러나 서문굉천이 살아 있고 움직이는 한, 그가 할 수 있는 선택은 정해져 있었다.

느릿하게 자리에서 일어나 뒷짐을 진 채 몸을 돌려 창으로 다가선 우문뢰가 말했다.

"혼자 있고 싶네."

좌홍의와 이척이 나간 후 홀로 남은 우문뢰의 전신에서 음울한 패기가 흘러나왔다. 그는 무섭게 이글거리는 눈으로 창밖을 보며 나직한 음성으로 중얼거렸다.

"…안강에서의 피로 부족했단 말인가……!"

텅 빈 집무실 안에 우문뢰의 알 수 없는 중얼거림이 거대한 메아리를 만들고 있었다.

*   *   *

백골로 변한 두 구의 시신 앞에 선 관산호는 천천히 한쪽 무릎을 꿇었다.

주변은 깨끗했다. 시신들의 것으로 보이는 옷가지나 소지품은 아무것도 없었다. 그것은 이들이 연못을 통과해 이곳에 도달했다는 것을 말해주고 있었다.

관산호는 무거운 눈빛으로 두 구의 백골을 응시했다.

'한 분은 공손 노인일 것이다. 후우……'

공손 노인이 살아 있을지도 모른다는 일말의 기대는 충족될 수 없는 운명이었다. 시신이 백골로 화한 것으로 보아 공손 노인이 죽은 것은 꽤 오래전이라고 보아야 했던 것이다.

'다른 분은 누구? 설마 천마? 그럴 리는 없지. 천마의 유골은 발견되지 않았다고 했다. 그리고 이 유골이 천마의 것이라면 조천후가 이처럼 방치했을 리도 없고… 대체 누구일까?'

그가 탄식하며 막 자리에서 일어서려 했을 때였다.

우측에 있던 백골의 머리 위 공간이 조금씩 일그러지며 형태를 이루기 시작했다.

관산호의 눈이 찢어질 듯 부릅떠졌다.

일그러진 공간을 글을 이루어가고 있었고, 그 제일 앞 글자는 이러했기 때문이다.

산호야…….

허공에 쓰여지는 글을 읽어나가는 관산호의 안색이 백지장처럼 창백해졌다가 이내 홍시처럼 붉게 변했다. 시시각각으로 변하는 그의 안색은 그가 지금 겪고 있는 심중의 격동이 얼마나 거대한 것인지를 웅변해 주는 것이었다.

천하의 관산호라 할지라도 평정을 유지할 수 없게 만드는 신비로운 글.

그것을 남긴 이는 바로 공손 노인이었다.

오랜만이구나.

네가 자력으로 이곳에 올 만큼 성장했다는 것에 나는 너무나 기쁘고 놀랍구나. 조사께서 연공과 후인을 제외한 외부인의 출입 금지를 위해 연못에 베풀어놓은 천강와선류(天罡渦旋流)를 극복할 수 있음은 네가 우리 사형제에 버금가는 고수라는 의미이니.

긴 시간 동안 네 마음속에 많은 궁금증을 남기고, 아마도 분노 또한 남겼을 것이 분명하기에 네게 미안하기 이를 데 없구나.

이야기를 시작하기 전에 옆에 있는 분에게도 인사를 하지 않으
련? 그분은 너와 떼려야 뗄 수 없는 깊은 인연이 있는 분이시다.
그는 당대 혼천무극문의 문주이며 내 오랜 적이자 벗이었고, 네
아버지의 병을 돌보시기도 했던 분, 소요천유자(逍遙天流子) 완
안서율(完顔瑞律)이다.

충격은 받은 관산호의 안색이 하얗게 변했다.
그가 의아해하던 백골이 완안 노인의 것이라니. 상상도 하
지 못한 일이었던 것이다.

지금 네가 보고 있는 글은 이곳에 올 수 있는 유일한 다른 사
람, 나의 대사형은 보실 수 없는 글이다. 이 글은 오직 너, 혼천무
극진기를 익힌 너의 천지일원기(天地一元旗)에만 반응하기 때문
이다.
짐작했겠지만 우리의 죽음 이후에도 너를 기다릴 이 글을 남길
수 있는 능력은 내 것이 아니라 소요천유자의 것이다. 봉황천 십
방무맥의 수호자인 그의 도움이 없었다면 어찌 이러한 공능이 가
능했으랴. 그러나 내가 그를 만난 것은 너무 늦어 그는 몇 마디
말과 함께 이 공능만을 베풀고 생을 달리했다.
내가 대사형에 의해 이곳에 왔을 때 그는 이미 숨이 경각에 달린
모습이었다. 대사형이 오랜 시간 동안 본 전(殿)의 활동을 제어하던
그를 천산에서 제압해 이곳에 감금했던 것이다. 하나 이는 있을 수
없는 일이다. 무인에게 죽음보다 더한 치욕을 대사형은 그에게 강

요한 것이니까. 대사형의 정신이 온전했다면 어찌 이런 일이 가능했으랴. 그럼에도 그는 치욕 속에서도 나를 만날 때까지 살아남았다. 오직 너에게 혼천무극문의 사명을 전하기 위해서!

그리고 나 또한 너를 만나기 위해 내 혼백을 그에게 맡겼다. 그와 나는 반드시 너를 만나야 했기 때문이다.

관산호는 혼란을 느꼈다.

천지일원기는 무엇이고, 혼천무극문은 또 무엇이란 말인가. 게다가 완안 노인이 봉황천 십방무맥의 수호자라는 말까지.

이제 벗과 내가 알고 있는 것들을 내게 전하겠다. 이 글은 단한 번밖에 현현(現顯)하지 않으니 한순간도 놓치면 아니 된다.

네가 이곳까지 왔으니 너는 곤을 만났을 것이고 대사형과도 어떤 식으로든 얽혀 있으리라. 그렇다면 내가 천외무적천마 조사님의 후예임도 알고 있을 것이다.

나는 조사야께서 탈각하시기 전 들였던 제자, 영호 성에 운 자 쓰시는 분의 후예다.

이대 조사께서는 조사야께서 탈각하시고 난 후 지존신마전(至尊神魔殿)이란 문파를 개창하셨고, 제자 아홉을 들이셨다. 그 아홉 명의 후예가 각기 아홉의 수하를 거느리고 대를 잇는 문파, 그것이 지존신마전이다.

지존신마전의 연원은 봉황천 십방무맥에 이른다.

봉황천 십방무맥은 열 개의 무맥을 하나로 부르는 이름으로,

인간이 무(武)라 부르는 것의 근원이 그들에게 있다고 전해지는 전설 속의 동이(東夷) 무맥이다.

조사야께서는 그 십방무맥 중 수(手)와 권장(拳掌), 그리고 사법(邪法)의 극을 추구하는 창룡신화종(蒼龍神火宗)의 종주이셨으니 우리의 연원이 십방무맥에 닿음은 의심의 여지가 없음이다.

조사야께서 요동의 수빈강변에 터전이 있는 종가를 떠나 중원에 들어서신 건 두 가지 이유가 있었다.

하나는 당신의 무공과 중원의 무공을 비교해 보고 싶으시다는 무인의 열망을 실현하기 위해서이고, 다른 하나는 조사야와 같은 십방무맥의 일원이며, 무맥 중 세가와 가장 가까웠던 신창비순곡의 후인이자 조사야의 사질뻘 되는 여인께서 중원을 보고 싶어하셨기 때문이었다. 전해오는 이야기로는 병명을 알 수 없는 치명적인 질병으로 인해 시한부 삶을 살고 계셨던 그분의 성명은 정씨에 사 자, 란 자를 쓰셨고, 보는 이의 혼을 매혹시키는 고금에 드문 절세의 미인이셨으며 그 미모에 어울리는 천재였다고 한다. 그리고 그분과 조사야는 연인 사이였다고도 하는데 정확한 것은 알 수 없다. 중원에 들어섰을 당시 조사야의 연세는 삼십대 후반이셨고, 사질 되시는 분은 묘령의 연배셨다고 하니 연인이라고 생각하기에는 어느 정도 무리가 있으니까.

'유향……'

관산호는 공손우의 글에 언급된 여인이 누구인지 직감적으로 알 수 있었다.

'천마를 사랑했던… 그리고 그가 사랑했던… 후우……'

씁쓸한 눈빛으로 그는 쉴 새 없이 공간을 일그러뜨리며 나타나는 글을 읽어 내려갔다.

조사야께서 중원으로 들어서는 얘기를 하려면 소요천유자에 대한 얘기를 하지 않을 수 없다. 그는 십방무맥의 후인들이 세상 밖으로 나오기 위해 반드시 넘어서야 하는 산과 같은 문파의 후예이니까.

그가 해준 말대로라면 너는 그가 어떤 인물인지를 전혀 모르고 있겠구나. 그 또한 봉황천 십방무맥의 일원이다.

십방무맥의 가공할 힘이 세상을 어지럽히는 것을 막으며 그 후인들이 무맥의 정통을 잃지 않도록 수호하는 최후의 보루, 그것이 바로 소요천유자의 문파, 봉황천 십방무맥중 가장 강한 무맥이자 십방무맥의 수호자인 혼천무극문이다.

관산호의 얼굴이 서서히 평정을 되찾아갔다. 이어지는 공손우의 얘기는 점입가경이었다. 그러나 해일 같은 충격이라 할지라도 연이어지면 점차 무디어진다.

고대 봉황천 십방무맥의 힘이 극에 달했을 때 천하는 그들의 거대한 날개 아래 있었다. 그 힘과 영향력은 가히 무소불위의 절대력. 그러나 천지의 균형을 무너뜨릴 만한 그 절대력은 온전히 바르게 쓰이기만 하지 않았다.

십방무맥 내에는 무한에 가까운 힘을 거침없이 사용하고자 하는 분들과 그분들을 제어하고자 하는 분들이 계셨다. 충돌은 필연적이었다. 그 과정에서 천하는 시산혈해에 잠기며 혼돈에 빠졌고, 당사자들인 십방무맥도 상호간 긴 세월 동안 회복할 수 없는 치명적인 타격을 받았다. 몇몇 무맥의 맥이 끊어질 지경에 이른 그 충돌을 겪은 후 무맥의 종사들은 다시는 이렇게 참혹한 일이 벌어져서는 안 된다는 것에 대해 합의했다.

합의의 내용은 간단했다.

무맥 사이의 쟁패는 그것을 원하는 종사들 당사자만의 대결로 마무리 짓는다는 것, 그 무맥과 무맥 전체의 전쟁은 금지한다는 것, 세상 밖으로 나가 무공과 무맥의 힘으로 천하의 흐름에 개입하는 것 또한 금지되며 그것을 원하는 자는 혼천무극문주와 비무해야 하고 그 비무에서 평수를 이루거나 그를 꺾어야만 한다는 것, 비무에서 혼천무극문주와 평수 이상을 이룬 자의 세상 밖 외유 기간은 십 년을 넘을 수 없다는 것, 무맥의 외부에 무공을 전하는 것을 금하지는 않으나 그 무공을 얻은 자들은 종가들과 마찬가지로 합의의 금제를 받는다는 것이었다. 단, 단순한 외유(外遊)와 각 종가의 적계와 방계가 아닌 자들이 십방무맥과의 절연을 통해 세상으로 나가는 것은 허락되었다. 그러나 후자의 예외에는 무맥의 정통 무공을 익히지 않았다는 전제가 충족된다는 조건이 붙었다.

합의는 봉황금약(鳳凰禁約)이라는 이름으로 선포되었다.

그리고 종사들 간에 이루어진 봉황금약의 합의에 따라 십방무맥은 천하에서 그 모습을 감추었다.

간혹 각 무맥 내에서 보기 드문 최대의 천재들이 나와 무극문 주와 평수를 이루어 세상 밖으로 나와 정체를 감춘 채 천하를 뒤흔들기도 했다. 그러나 그런 경우는 지난 천수백 년 동안 서너 번에 불과할 정도로 드물었다. 그것은 무맥의 후인들이 세상 밖에 큰 관심이 없었기 때문이고, 무엇보다도 그들이 넘어서야 하는 혼천무극문의 후인들이 너무 강해 그들을 넘어서는 능력을 얻은 분들이 거의 없었기 때문이다.

조사야는 창룡신화종의 수천 년 역사 속에서도 그 짝을 찾기 어려운 공전절후의 기인이셨다. 그분은 삼십 중반에 종가의 무공을 대성하셨고, 외유를 결심하시고 난 후 있었던 혼천무극문주와의 대결에서 평수를 이루셨다. 그에 대한 얘기는 전해오는 것이 거의 없으나 이대 조사께서 남기신 글에 의하면, 조사야께서는 혼천무극문주와의 비무에서 그를 패배시키셨던 듯하다. 하지만 이 또한 정확한 사실은 알 수 없는 일이다.

중원으로 들어오신 조사야께서는 당시 무림의 최고 고수들과 비무를 하셨지만 그 누구도 그분의 십초지적이 되지 못했다. 크게 실망하신 그분은 산동성 태산의 아름다운 계곡에 장원을 짓고 은거에 드셨다. 봉황금약대로 십 년이 되기 전 신화종으로 돌아가셔야 했지만 사질 되는 분께서 중원을 떠나고 싶어하지 않으셨기 때문이라고 전해진다. 봉황금약이 천하 정세에 영향을 끼치지 않으며 천하를 돌아다니는 것마저 금하는 것은 아니었기에 조사야와 달리 사질 되시는 분은 자유로웠고, 조사야는 사질 되시는 이의 시한부 삶을 애달파하셨기에 그 부탁을 거절치 못하고 중원에 남았던 것이다.

조사야께서는 중원을 유람하실 때 보기 드문 자질을 가졌던 아이 한 명을 무기명전인으로 거두셨고, 병을 앓고 계셨던 사질 되는 이를 위해 아홉 명의 시종도 두셨다. 무기명전인으로 거두신 분이 지존신마전을 여신 이대 조사이시고, 아홉의 시종이 후일 마교구류의 종사들이 된 자들이다.

공손우의 글에서는 오만에 가까운 강렬한 자부심이 느껴졌다. 수백 년 전 천하를 뒤흔들며 마교구류를 개창하고 전설이 된 일대 종사들이 그에게는 한낱 '자(者)'에 불과한 것이다.

이어지는 공손우의 글은 탄식으로 시작되었다.

후우, 문제는 조사야의 능력이 고금제일이라 할 만큼 천의무봉했다는 데 있었다.

조사야께서는 태산에 은거하고 얼마 되지 않아 이곳 융중산에 천마총을 지으셨다. 예감하신 것이었겠지…….

조사야께서는 이대 조사와 아홉 명의 시종을 가르치는 한편, 사질 되시는 이에게 무언가 안배를 남기셨다. 그 안배의 내용이 무엇인지는 아는 바가 없다. 단지 천고에 드문 기인이셨던 조사야께서 사질 되시는 이의 병세가 깊어짐을 견딜 수 없어했다는 기록으로 보아 병을 이길 어떤 것이 아닐까 추측될 뿐이다.

안배와 함께 사질 되시는 이는 태산의 장원에서 사라지셨고 불과 일 년도 지나지 않은 어느 날 조사야는 천마총에서 탈각하셨다. 당시 전인이셨던 이대 조사께서는 이십여 세의 어린 나이라 조사야의 탈각을 상상치 못하셨다. 그래서 돌아오지 않는 조사야를 기다리며 이대 조사와 아홉 명의 시종은 십여 년 동안 태산의 장원을 지켜야 했다.

조사야께서 너무도 긴 시간 동안 돌아오시지 않는 것을 근심하던 이대 조사께서 총 내에 발을 딛지 말라는 조사의 말씀까지 거역하며 이곳에 이른 후에야 조사야의 탈각을 알게 되셨다.

이곳에 조사야의 유체는 없었다. 대신 탈각을 예감하신 조사야께서 남긴 그분의 유진(遺眞), 그리고 십방무맥과 봉황금약에 대해 언급해 놓은 서찰이 남아 있었을 뿐이다.

갑작스럽게 찾아온 조사야의 탈각 소식은 남은 사람들을 공황에 빠뜨렸다.

조사의 유진이 남아 있긴 했지만 이대 조사는 조사야께서 총에 드시기 전 전수하신 무공조차 미처 수습하지 못하신 상태였고, 조사야와 사질 되시는 이가 사라진 이상 아홉 명의 시종들이 장원에 남아 있을 이유가 없었기 때문이다.

조사야의 무공을 전수받은 아홉 명의 시종은 조사야의 탈각 소식에 야망을 갖게 되었다. 그들의 무공은 하잘것없는 것이었으나 무림에 나간다면 그 적을 찾기 어려울 만큼은 되었으니까. 남을 것을 요구하는 이대 조사를 아홉 시종은 연수하여 쓰러뜨리고 태산의 장원을 떠났다.

이대 조사께서는 피눈물을 흘리며 상처 입은 몸을 이끌고 총에 드셨고 이곳에서 삼십 년 동안 폐관수련한 후 총을 나섰다. 그분은 아홉 시종을 징치하려 하셨던 것이다.

하지만 그분의 뜻은 이루어지지 않았다.

융중산을 채 벗어나기도 전에 조사의 앞을 막아선 사람이 있었기 때문이다.

누구겠느냐?

후우… 혼천무극문주였다. 그는 봉황금약을 어기고 십 년이 지난 후에도 종가로 돌아오지 않은 조사야를 찾고 있었고, 마침내 이대 조사를 찾아냈던 것이다.

봉황금약을 알고 있었지만 혼천무극문주가 당신을 찾으리라 생각지 못했던 조사는 분노하셨다. 그분은 아홉 시종을 징치한 후 다시 태산에 은거하겠다고 말씀하셨지만 혼천무극문주는 그것을 허락하지 않았다.

아홉 시종은 이미 마교구류를 만들어 천하를 뒤흔들고 있었다. 이대 조사께서 그들에 대한 징치를 허락하는 건 봉황금약을 위반하는 일이라는 게 당시의 혼천무극문주의 판단이었던 듯하다.

조사는 혼천무극문주에게 비무를 요구했고… 패배하셨다.

그것을 조사께서는 받아들이지 못하셨다.

당신은 안 되면서 왜 아홉 시종은 강호행도가 허락된단 말인가.

당연한 의문이셨다.

혼천무극문주는 아홉 시종이 익힌 무공이 창룡신화종의 무공이 아니라 조사야께서 종가를 떠난 후 얻었던 무공들이며, 그들은 신화종의 직계도 방계도 아니기에 봉황금약의 제약을 받지 않는다고 말했다.

이해 못할 것도 아니었지만 받아들이기는 어려운 답변이었다.

그리고 당시의 혼천무극문주와 조사께서도 몰랐던 것이 있었다. 아홉 시종 중 한 명, 후일 천사문을 개창했던 시종에게는 조사야의 하명이 계셨었다. 그리고 그 하명과 함께 조사야께서 창안하신 무공도 전해졌다. 그것을 두 사람은 몰랐던 것이다. 나 또한 소요천유자의 얘기가 없었다면 지금까지도 몰랐을 것이고…….

혼천무극문주와의 비무 이후 조사의 가슴에는 한(恨)이 뿌리를 내렸다.

그분은 끝없는 폐관을 거듭하셨다. 폐관 후 혼천무극문주와의 비무, 다시 폐관, 그리고 비무…….

후우…….

조사의 자질은 수백 년에 한 번 나올까 싶을 정도로 탁월한 것이었지만 조사야의 그것에는 미치지 못한데다 조사야의 가르침은 사오 년에 불과해 창룡진화종의 정수를 체득할 수 없었다. 그렇게 그분은 폐관과 비무를 거듭하다 한(恨)과 함께 세상을 떠나셨다. 마지막 비무에서 이대 조사는 혼천무극문주에게 반 초 차이로 패했다. 운명이 그분께 한 번의 폐관을 더 허락했다면 아마도 그분의 한은 풀릴 수도 있었다. 그러나 운명은 냉혹했다.

그분이 상처 속에 분투하신 세월이 갑자를 넘었으니 그분의 가슴에 쌓인 한이 얼마나 깊었겠느냐.

두 번째 폐관을 끝내고 혼천무극문주와 비무를 하기 전 조사께서는 천하를 돌며 아홉 명의 전인을 거두셨다. 조사야께서 남긴 유진의 무공은 너무도 방대하여 조사야와 같은 자질을 갖지 않은 이는 평생을 참오해도 일 할도 채 제대로 배울 수 없다는 걸 알고 계셨기 때문이다.

아홉의 전인과 그들을 시중드는 팔십일 명의 호위구겁.

총 구십 명으로 구성된 소수의 문파. 하지만 그 힘은 십방무맥의 어느 종가에도 뒤지지 않는 절대무쌍의 문파, 그것이 바로 조사께서 만드신 지존신마전이다.

조사께서는 창룡신화종의 이름을 후인들에게 이어주지 않았다. 행여 후인들의 앞길이 혼천무극문에 의해 막히지 않을까 염려하셨고, 조사야의 무공을 제대로 수습하지 못한 후인들에 의해 신화종의 명예를 더럽힐까 저어하신 까닭이었다.

조사께서 돌아가시고 난 후 후인들은 조사야의 무공을 당대에 구현하기 위해 혼신의 노력을 기울였다. 고금제일고수 조사야의 명예를 더럽히지 않기 위해서, 그리고 이대 조사의 한을 풀어드리기 위해서.

그러나 그들의 노력은 보상받지 못했다.

이대 조사가 근심하셨던 대로 세상에 나가려는 본 전의 후예들 앞을 언제나 혼천무극문주가 막아섰다. 그리고… 본 전의 어떤 분도 그를 넘어서지 못했다.

혼천무극문주의 눈을 피해 천하로 나갔던 분들 중에는 지난날 절대오강이라 불리던 권마 초륜과 신유 모용재, 마조 우문천린을

껶은 분도 계셨다. 그들은 강했지만 본 전의 무공을 익힌 분들의 상대는 아니었다. 아홉 시종을 선동하여 이대 조사를 암습했던 자의 후예인 우문천린은 사지를 찢기는 참혹한 죽음을 당했고, 신유를 껶은 분 같은 경우는 그자의 비전도 갖고 오셨지…….

하지만 그뿐이었다.

혼천무극문주의 눈을 피해 나가 무공으로 천하에 영향을 미쳤던 분은 모두 시신이 되어 돌아왔다. 안타깝게도 이대 조사 이후 전에 든 후인들의 자질 중 이대 조사의 그것을 넘어선 분이 없었던 것이다.

그리고 수백 년이 흐른 후에야 이대 조사의 자질에 버금간다는 평가를 받은 이가 나타났다. 그가 조씨 성에 천 자, 후 자 쓰시는 분 나의 대사형이시다.

다른 사형제들이 혈연과 상관없이 선대의 뒤를 이었던 것과는 달리 대사형은 이대 조사 되시는 분의 혈연적 직계이다. 이대 조사께서 생전에 한 번 동침하셨던 분이 하늘의 도움으로 임신을 하셨고, 그분이 낳은 아드님의 후예였던 것이지. 그 후예들은 대를 이어 본 전의 아홉 제자 중 한 명으로 뽑혔다. 혈연 때문이 아니라 그들의 자질이 탁월했기 때문에.

하지만 대사형의 자질과 노력으로도 당대의 혼천무극문주인 소요천유자 완안서율을 넘어서는 것은 불가능했다. 소요천유자의 혼천무극진기는 삼단공을 넘어 사단공에 이르러 이미 반선지경(半仙之境)이었다.

역대의 조상들이 그러했던 것처럼 대사형의 폐관과 소유천유자와의 비무는 일 갑자에 가까운 세월 동안 계속되었다. 비슷한 연배였던 완안서율에게 당하는 연패는 조사야의 후예이며 십방무맥의 후인이라는 대사형의 자부심을 끝없는 무저갱으로 떨어뜨렸고, 그것을 견디지 못한 대사형은 완안서율을 넘어서기 위해 누구도 시도하지 않았던 극단적인 방법을 택하게 되었다.

이혼대법(離魂大法).

대사형께서 선택한 것은 조사의 유진에 남아 있기는 하나, 시행 이후의 천지에 어떤 영향을 미칠지 누구도 알 수 없을 만큼 위험해서 아무도 관심을 기울이지 않았던 역천의 사법(邪法), 이혼대법이었다.

대사형은 나를 비롯한 사제, 그 누구에게도 알리지 않은 채 대법을 시행했다. 내가 대법의 시행을 알아차렸을 땐 이미 십여 년에 걸쳐 준비되었던 대법이 시행된 후였다.

이혼대법은 이혼(離魂)이라는 글자 그대로 자신의 혼을 다른 사람의 육체에 심거나 다른 사람의 혼을 자신의 육신에 불러들이는 사법이다.

대사형이 선택한 것은 자신의 혼을 다른 사람의 몸에 불어넣는 것이 아니라 다른 사람의 혼을 자신의 육신으로 불러들이는 것이었다. 그리고 그가 불러들이겠다고 선택한 혼주(魂主)는… 바로 조사야셨다.

조사야의 능력이 아니라면 혼천무극문주를 넘어설 수 없었기에 이혼대법을 결심한 대사형에게는 조사야 외에 선택의 여지가 없었던 것이다.

　그리고 대사형의 이혼대법은 성공했다. 원했던 대로 당신의 육신에 다른 이의 혼이 깃든 것이다. 하지만 또한 대법은 실패했다. 대사형의 육신에 깃든 혼주는 조사야가 아니셨기 때문이다. 그래서 내가 대사형이 이혼대법을 알아차릴 수 있었다.

　이혼대법의 시행 이후 대사형의 행동은 기이해졌다. 대부분의 시간 동안은 대사형이셨지만 어느 순간 완전히 다른 사람이 되곤 했다. 대사형을 아버지처럼 어려워했던 사제들은 그것을 알아차리지 못했지만 대사형과 형제 같았던 나는 곧 이상함을 알아차렸다.

　그리고 맨정신일 때의 대사형에게 눈물로 사정을 알려달라고 호소한 나는 이혼대법의 시행과 그로 인해 대사형도 고통 속에 있다는 것도 알게 되었다.

　대사형은 자신의 육신에 깃든 이의 정체를 알지 못했다. 맨정신일 때의 대사형과 혼주에 잠식당했을 때의 대사형은 서로의 생각과 행동을 전혀 기억하지 못했으니까. 그러나 대사형은 그 혼주가 조사야가 아니라는 것은 어렴풋이 깨닫고 계셨다.

　당신의 육신에 깃든 혼주에게서 느껴지는 것은 고금제일고수이자 위대한 창룡신화종의 종주가 지녔던 절대의 기품이 아니라 끝없는 한과 분노, 세상을 향한 가공할 살기였기 때문이었다.

　나는 그 사실을 알게 된 후 대사형과 함께 대법의 전 과정을 조사했다. 그리고 경악할 사실을 발견하게 되었다.

　대사형의 육신에 깃든 혼주, 그는 조사야가 아니라 처절한 한을 가슴에 품고 돌아가셨던 이대 조사 영호운님이시라는 사실을.

그뿐만이 아니었다.

대사형이 시행했던 이혼대법은 조사야와 이대 조사께서 돌아가신 이곳에서 행해졌고, 그 대법으로 저승에 계셔야 할 이대 조사께서 초혼(招魂)되었던 것처럼 다른 분도 초혼되었다. 본래 이혼대법의 목적이었던 '그분'의 혼까지도…….

'그분'의 혼이 아닌 이대 조사의 혼이 대사형의 육신을 차지한 것은 염원의 차이었다. '그분'은 한이 없으셨고, 이대 조사는 한이 사무쳤으니… 그것이 현신하고자 하는 염원의 차이로 이어졌고, 이혼의 대법을 어긋나게 해버린 것이다.

내가 조사를 하는 동안 대사형이 맨정신을 유지하는 시간은 현격하게 줄어들어 갔다. 안으로 갈무리되어 있으나 폭발 직전의 화산처럼 커져 가는 음습한 분노와 끔찍한 살기… 그러나 그와 비례해서 대사형의 무공은 무섭게 강해져 갔다. 그 성취는 대사형과 나는 물론이고 다른 사제들조차 경악할 정도였다. 대법 시행 이전 일천 초를 겨루어야 승부가 나던 내가 대법 시행 이후 대사형의 백 초조차 다 받아낼 수 없었으니…….

시간이 갈수록 대사형의 걱정도 깊어지셨다. 그러던 어느 날 나를 부른 자리에서 당신이 만약 온전히 이대 조사에게 육신을 내주게 되면 당신을 죽여달라고 하셨다.

너무도 간절한 부탁이셨기에 나는 승낙했다.

본 전은 약자를 보호하고 힘으로 약자를 억압하는 자들을 제압하는 것을 신념으로 세워진 문파다. 그런 본 전이 혼천무극문이라는 타의에 의해 천하와 격리된 분노와 한이 아무리 크다 해도 그 한을 아무것도 모르는 천하를 상대로 푼다는 것은 말도 안 되는 것이었다. 만약 완안 문주가 이대 조사를 막지 못하여 천하로 나가게 된 본 전이 천하를 협세하려 할 때 과연 그 앞을 막을 수 있는 자가 있을 것인가.

우리는 위대한 전통을 가진 문파의 후예들이다. 살인마가 되기 위해 천하로 나가느니 차라리 죽는 것이 나았다.

나는 이 사실을 사제들에게 알려야 하는지를 고민했다. 그러나 고민 끝에 나는 사제들이 이 사실을 모르는 게 더 안전하다는 결론을 내렸다. 대사형에 대한 사제들의 경외감은 너무 커서 만약 그들이 대사형의 육신에 다른 혼이 깃들었다는 내 말을 듣게 된다면 그들은 너도나도 대사형에게 그것을 확인하려 했을 테고, 그렇게 되면 이대 조사의 혼이 사정을 알게 될 가능성이 있었다. 나는 그런 모험을 할 수 없었다. 게다가 정이 많은 사제들이 나와 함께 대사형을 공격할 만큼 과감해질 것을 기대하기도 어려웠다.

나는 그런 일이 벌어지지 않기를 기원하며 대사형을 지켜보던 중 그날이 왔음을 알게 되었다. 그리고 승낙한 대로 연공 중이던 대사형을 암습했다.

그러나 대사형과 나는 대사형의 육신에 깃든 이대 조사의 능력을 과소평가했다. 내게 치명적이라고 할 수 있는 타격을 입었음에도 이대 조사는 일어나 나를 패퇴시켰다.

이대 조사는 소리쳐 사제들을 부르셨고, 사정을 모르는 사제들은 그를 보호하며 나를 잡으려 했다.

그리고 기나긴 도주가 시작되었다.

목숨에 대한 미련 같은 건 없었다. 그러나 나는 반드시 너를 만나야 했기에 구차한 생을 연명하며 천하를 뒤졌다. 그리고 철사보에서 너를 만났지…….

산호야.

네 오른쪽 어깨, 인두로 지진 것처럼 선명하게 열십자 형태로 박혀 있는 아홉 개의 점을 내가 간혹 주시하던 것을 기억하느냐?

그것의 명칭은 십자구반혼(十字九返魂)이라 한다. 그것은 아무에게나 나타나는 것이 아니다.

…(중략)…….

그 뒤로 이어지는 부분을 읽으며 관산호는 넋을 잃었다.

도주하며 떠돌던 공손우가 전신이 반쯤 뭉개진 채 생명이 경각에 처한 공손곤을 거두어 무공을 가르치고, 그를 통해 융중산에 안배를 베푼 것과 읽으면서도 믿을 수 없는 공손곤의 신세 내력, 그리고 그의 목에 걸린 창룡지존부는 안배된 것들의 열쇠 역할을 할 뿐만 아니라 창룡신화종의 종주를 증명하는 신표이기도 하다는 것, 관산호의 몸에서 십자구반혼을 발견한 공손우가 그의 몸에서 천지일원기를 발견하고 파멸천강지기를 중단전에 심은 것. 가슴 깊은 곳에 앙금처럼 남아 있던 그 모든 의혹들의 해답조차 중간에 쓰여 있던 몇 줄의 글귀에 비하면 아무것도 아니었다.

그의 머릿속은 백지처럼 텅 비었다. 그가 알게 된 사실은 그조차 담담하게 받아들일 수 없을 정도로 너무나 거대한 비밀이었던 것이다.

공손우의 글은 반 각 정도 더 지속되고 끝이 났다. 그러나 공간이 일그러지며 나타나는 글은 계속되었다. 공손우의 뒤를 이어 글을 남긴 사람은 완안서율이었다.

제11장

회자정리 거자필반(會者定離 去者必返) 2

鐵
血
無
情
路

군산.

군사부(軍師部) 집무실.

"사형, 단보주로부터 연일 독촉하는 사자가 오고 있어요."

모용수란은 피곤한 얼굴로 강천기에게 말했다.

"알고 있다."

"이제 결정을 내려야 할 시점이라고 생각해요. 철사자단이 철사보에 속해 있는 이상 그들의 재촉을 거부할 명분이 없어요."

"이 녀석은 대체 어디를 간 것이기에 이리도 소식이 없는지. 그 녀석이 있어야만 명확한 결론이 날 수 있는 일인데… 휴우……."

강천기는 길게 한숨을 내쉬었다.

단무혁은 서문굉천을 따라 이틀 전 태산으로 떠났다. 그는 떠나기 전 철사자단의 동행을 명했고, 강천기와 모용수란은 그 명 때문에 고민에 빠질 수밖에 없었다.

그들은 서문굉천이 말한 천마의 유진과 보물을 믿지 않았기 때문이다.

모용수란이 다시 말문을 열려고 할 때였다.

밖에서 문을 두드리는 소리가 나더니 시녀 청아가 집무실 안으로 들어와 모용수란을 방문한 사람이 있다는 것을 알려주었다.

모용수란은 청아의 전언에 황망한 얼굴이 되었다.

"누가 오셨다고?"

언제나 아름답고 고고한 분위기의 모용수란만을 보아오던 청아는 모용수란의 허둥지둥하는 모습에 당황했다.

"대부인 마님과 동생 되시는 분들이라 전하라고 하셨습니다."

"어머니와 수련이가!"

모용수란은 자리에서 벌떡 일어나 달려나갔다. 맞은편의 강천기에게 제대로 말도 못할 정도였으니 그녀가 갑작스런 모용 대부인의 방문에 얼마나 놀랐는지는 불문가지였다.

강천기도 의외의 방문객에 놀랐다. 정세가 불안정한 시절이다. 무련의 중추 문파 중 하나인 모용세가의 여주인 되는 이가 돌아다니기에는 위험하기 그지없는 시절이기도 했다.

일 다향이 흐른 후 모용수란은 목에 굵은 백팔 염주를 두른 백의무복 차림의 미부인과 눈이 확 트이는 묘령의 여인의 손을 잡고 집무실로 들어섰다.

미부인이 누구인지는 생각할 필요도 없는 일.

강천기는 자리에서 일어나 모용대부인을 향해 읍했다.

"어려운 걸음을 하셨습니다, 대부인. 강천기입니다."

창백한 안색의 모용대부인은 정중하게 마주 읍하며 강천기의 예를 받았다.

"천기자께서 자신이 가르친 최고의 제자라 극찬한 분을 이제야 뵙게 되는군요. 수란의 서신의 통해서도 많은 얘기를 들었어요."

강천기의 볼이 붉어졌다. 천기자는 그와 모용수란의 스승인 방헌의 외호였고, 그는 모용세가의 전대 가주였던 삼절서생(三絕書生) 모용운기(慕容雲氣)의 오랜 벗이기도 했다.

"스승님께서 그런 말씀을요? 언제나 저를 석두(石頭)라 놀리시던 분이 그런 말씀을 하셨습니까?"

모용대부인의 쓸쓸해 보이던 눈에 부드러운 빛이 떠올랐다. 세가를 떠나 군산에 도착할 때까지 그녀는 강천기에 대한 많은 소문을 들었다. 가히 공명의 화신이라 불릴 정도의 병법가라는 세간의 중평과 달리 그녀가 만난 강천기는 병법가라기보다는 순진한 문사라는 느낌을 주는 청년이었다.

"제 말에도 그런 반응이면 천기자께서 가끔 보내셨던 서신에 얼마나 강 군사님에 대한 칭찬이 많았는지 알면 정말 놀라겠군요."

강천기는 그를 상대로 농을 즐기던 스승의 모습을 떠올리며 혀를 찼다.

그가 자신을 아낀다는 거야 모르지 않았지만 스승은 그의 서생 기질을 가지고 놀기를 정말 즐겼었다.

강천기는 오랜만에 편한 대화를 하는 게 마음에 들었다. 그러나 그런 대화만을 나누기에는 모용대부인의 존재감이 너무 컸다. 그녀가 이곳에 있다는 사실이 알려진다면 서문굉천과 함께 태산으로 가고 있는 모용세가주 무적철권 모용대우가 어떻게 나올지 모르는 일이었으니까.

대부인에게 자리를 권한 후 마주 앉은 강천기는 단도직입적으로 물었다. 지금은 말을 돌릴 여유가 없는 급박한 시기였다.

"대부인, 지금 세가를 떠나기에는 너무 위험한 시기라는 것을 잘 아시리라고 생각합니다. 그럼에도 세가를 떠나 저희를 찾아온 이유가 있으십니까? 모용가주께서 알게 되신다면 달가워하지 않으실 텐데요."

모용대부인은 잠시 말없이 강천기를 바라보다가 좌우에 앉은 모용수란과 모용수련의 손을 꼭 잡았다. 그리고 굳은 얼굴로 말문을 열었다.

"강 군사님은 란아와 동문수학한 사형제지간이니 믿고 말씀드리겠어요. 제가 하고자 하는 얘기는 란이와 련이도 모르는 얘기라서 외부로 유출되어서는 안 된다는 말씀을 먼저 드리고자 해요. 그리고 약속도 받고 싶고요."

그 말에 모용수란과 모용수련은 눈을 크게 떴고, 강천기의 안색도 진중해졌다. 모용대부인의 전신에 흐르는 심상치 않은 분위기를 느낄 수 있었던 것이다.

"말씀하시지요. 이 자리에서 말씀하신 내용이 외부로 유출되는 일은 없으리라는 것을 약속드리겠습니다."

"고마워요."

모용대부인은 쓸쓸한 눈빛으로 자신의 딸들을 번갈아 본 후 말을 이었다.

"강 군사님은 수란이 현 가주의 친딸이 아니라는 것을 알고 있지요?"

"예, 알고 있습니다."

모용수란이 말하기를 꺼려해 관산호도 어렴풋이 짐작만 할 뿐이고 다른 이는 아무도 모르는 사실이지만 강천기만은 사실을 알고 있었다. 그녀와 그는 십여 년을 동고동락한 사이였기 때문에 가능한 일이었다.

모용수란의 친부는 모용비룡이라는 사람으로, 현 가주 모용대우의 친형이자 당시 모용세가의 다음 대 후계 내정자였다. 하지만 그에 대해 알려진 바는 하나도 없고, 모용수란조차도 이름만 알고 있을 뿐이었다. 이는 그녀가 기억도 하기 전 죽었기 때문이다.

모용비룡의 딸인 모용수란이 모용대우의 딸이 된 것은 선비족의 후예인 모용세가에 형사취수(兄死取嫂)의 전통이 남아 있어서였다. 백여 년이 넘는 동안 한 번도 시행된 적이 없어 사실상 사라졌던 그 전통을 되살린 자가 모용대우였다. 형이자 소가주였던 모용비룡이 죽자 그의 부인과 딸, 모용수란을 모용대우가 취한 것이다. 중원의 습속으로는 미개하다 욕할 일이었기에 그에 대해서는 전혀 외부로 알려지지 않았다. 당시에는 모용세가의 전대 가주였던 모용운기가 건재했던 때라 그 후예들에게 강호의 관심이 쏠리지 않았었고, 외부와 교류가 거의 없던 모용세가의 폐쇄적인 성향도 비밀 유지에 큰 역할을 했다.

모용대부인은 들릴 듯 말 듯 한숨을 내쉰 후 말을 이었다.

"하지만 란아도 모르는 사실이 있어요. 당시 현 가주가 얻은 형의 여인은 한 명이 아니라 두 명이었어요. 소가주가 얻은 두 번째 부인은 사정이 있어 세가 내에서조차 공개가 안 되어 아는 이가 없었기 때문에 란이도 모르고 있는 일이죠."

모용수란과 모용수련의 안색이 하얗게 변했다. 공개가 안 되었다는 두 번째 부인이 누군지 직감한 것이다.

"어… 머니……."

모용수련이 떨리는 음성으로 대부인을 불렀다.

모용대부인은 입술을 깨물며 강철처럼 단단한 표정으로 말을 계속했다.

"나와 비룡 소가주와의 결혼은 어르신들에 의해 결정된 정략결혼이었어요. 거부할 수 없는 사정으로 결혼은 했지만 련아가 뱃속에 있을 때 소가주가 실종되었어요. 그때 나는 친가로 돌아가려고 했지요. 그러나 친가의 허락을 받을 수 없었어요. 친가에서는 오히려 현 가주와의 결혼을 강요했고, 난 그 뜻을… 따를 수밖에 없었어요.”

“……!”

경악한 모용 자매와 강천기는 눈을 크게 뜨고 모용대부인을 바라보았다. 믿기지 않는 사연이 아닌가. 대체 모용대부인의 친가가 어디이기에 그런 짓을 강요할 수 있단 말인가. 그리고 무슨 사정이기에 모용대부인은 친가의 뜻을 따를 수밖에 없었단 말인가.

하얗게 변한 얼굴로 모용수란이 물었다.

“어머니, 그렇다면 지금 아버지는 제 친아버지가……?”

모용대부인은 위엄이 넘치는 냉철한 얼굴로 고개를 끄덕였다. 이미 사실을 밝히기로 작정을 하고 온 마당이었다. 망설이면 상처는 더욱 커질 것이다.

“모용대우는 네 친아버지가 아니다, 련아. 네 친아버지는 모용비룡이란 분이시다. 의협심이 높고 정이 많던 분이셨지. 너와 란이는 아버지가 다른 자매가 아니라 배다른 자매란다.”

충격을 받은 모용수란과 모용수란의 눈빛이 여지없이 흐트러졌다. 지금까지 모용수란은 모용비룡의 딸로, 모용수련은 모용대우의 딸로 알며 컸다. 왜 그런 사실을 감추어야 했을까. 굳이 숨길 이유가 없는 일이 아닌가.

그때 강천기가 모용대부인에게 물었다.

“대부인, 대체 무슨 사정이 있으셨기에 친가의 그런… 뜻을 따를 수밖에 없으셨던 것입니까?”

모용대부인의 눈빛이 고통으로 물들었다. 그녀의 냉엄하던 얼굴은 한순간에 무너지고 처절한 아픔이 해일처럼 몰려들어 그녀의 전신을 덮었다.

그녀는 작은 음성으로 대답했다.

"이제부터의 이야기는 저와 제 친가의 치부일 뿐만 아니라 모용세가의 치부이기도 해요. 란이와 련이도 이제는 알아야 할 나이가 되었다고 생각하기에 강 군사님의 질문에 대답하겠어요. 저는 어린 시절 제 가문에서 반대했던 분과 사랑했어요. 정식으로 혼인식을 올리지는 않았지만 그분과 살림을 차렸고 사내아이도 낳았었죠. 하지만 그분은 한족이 아닌 묘족 분이었고, 가난한 표사에 불과해 가문의 어르신들은 그분을 용납하지 않으셨어요. 그분과 함께 살던 어느 날 가문의 분들이 저희를 찾아오셨고, 그분들은 도주하는 우리 가족을 쫓아와 저항하는 남편에게 중상을 입힌 후 제가 그분들의 뜻에 따르지 않는다면 남편과 아들을 죽이겠다고 협박했죠. 저는 친가 어르신의 뜻을 따르지 않을 수 없었어요. 그분들은 입 밖으로 내뱉은 말은 반드시 지키는 분들이었으니까요……."

그녀의 말이 이어지면서 강천기와 모용수란의 안색은 더 이상 창백해질 수 없을 만큼 창백하게 변해갔다. 언젠가 들어보았던 이야기와 같은 이야기가 아닌가. 그 이야기를 하며 섬뜩하게 빛내던 사내의 눈빛이 아직도 그들의 눈에 선연했다.

모용대부인의 말이 이어졌다.

"친가로 끌려간 저는 모용비룡 소가주와 강제로 결혼식을 올리게 되었고, 소가주와 살며 란이를 가졌어요. 란이를 가졌다는 사실을 미처 소가주에게 알리기도 전에 그는 실종되었어요. 그리고 불과 두 달 뒤에 전대 가주이셨던 모용운기 어르신이 연공 도중 주화입마로 돌아가셨고요. 가주님이 돌아가시고 소가주가 실종된 자리를 모용대우가 차지했어요.”

그녀의 어투에서는 살기에 가까운 증오와 절절한 한(恨)이 느껴졌다.

모용수란과 모용수련의 안색이 창백해졌다. 그런 그녀들의 손을 꼭 잡으며 모용대부인은 말을 이었다.

“내가 모용세가의 전력이 있는 철사보로 가지 않고 군산으로 온 것은… 딸아이들과 함께 무련과 모용세가의 몰락을 보고 싶었기 때문이에요! 모용운기 가주님과 소가주가 실종된 것은 모용운기의 짓이니까요.”

충격이 집무실을 휘감았다. 아무도 입을 열지 않았다. 모용대부인의 얘기는 분명 충격적이었다. 그러나 그 강도는 그녀의 생각보다 더 크고 무거웠다. 모용 자매의 반쯤 실성한 듯한 모습이야 예상했던 것이라지만 강천기는 왜 저리도 낯빛이 창백한 것인가. 가라앉은 분위기에 모용대부인이 의혹을 느낄 즈음 강천기가 떨리는 음성으로 물었다.

“강호상에 대부인의 성은 서(西) 씨라고 알려져 있는데… 성이 서문 씨이십니까?”

“그걸 어떻게?”

모용대부인은 놀란 얼굴이 되었다. 그녀는 아직 그 부분은 얘기하지 않았다. 그리고 뒤이어진 강천기의 질문에는 안색이 확 변했다.

"혹시… 혹시… 대부인의 함자가… 화연… 이십니까?"

"강 군사님이 그걸 어떻게 알죠? 제 이름은 서문옥경이지만 아명인 화연은 저희 집안사람 외에는 아무도 모르는 것인데?"

그녀의 질문에 대한 대답은 아무도 할 수 없었다.

"아악!"

그 순간 외마디 비명과 함께 모용수란의 눈동자가 위로 돌아가며 풀썩 쓰러졌던 것이다.

강천기는 안면에 경련을 일으키며 벌떡 일어났고, 모용대부인과 모용수란은 강천기와 모용수란의 과민한 반응에 망연한 얼굴이 되어 있었다.

강천기는 무섭게 굳은 얼굴로 모용수란을 품에 안고 손발을 주무르고 있는 모용대부인에게 물었다.

"대부인, 묘족 남편이셨다는 그분의 성함이 관 씨에 현 자, 문 자를 쓰던 분이시지요?"

모용대부인의 안색이 시체처럼 변했다.

"어떻게……?"

"아아, 이런 일이… 이런 일이… 운명이란 놈은 진정으로 괴물이로다!"

강천기는 탄식했다.

"대부인께서는 아드님의 이름이 무엇인지 모르시는군요."

"아들의 이름을 짓기 전에 저는 친가로 끌려갔고, 그 후로 두 사람을 만난 적이 없었어요."

"대부인, 대부인의 아들이 누구인지 저는 압니다."

모용대부인은 숨도 쉬지 못하는 모습으로 강천기의 입을 주시했다. 평생 동안 가슴에 한(恨)으로 묻어두었던 아들에 대한 소식을 들을 수 있다는 간절한 모정이 그 눈길에 배어 있었다.

"그의 이름은… 산호입니다. 관 어르신께서 돌아가시고 난 후 제 친부이신 강 씨 성에 풍 자, 양 자 쓰시는 분의 양자로 들어와 현재는 강 씨를 쓰고 있습니다. 대부인께서도 만난 적이 있는 강산호, 그가 바로 대부인의 아들 관산호입니다!"

모용대부인은 쓰러질 듯 비틀거리다 의자에 등을 기댔다. 허공을 올려다보는 그녀의 눈은 빛을 잃고 있었다.

"……."

무거운 침묵이 집무실을 어둠처럼 휘감았다.

*　　　　*　　　　*

산호야.

비록 일 년이라는 불과한 짧은 시간 동안이었지만 너를 지켜보며 머물렀던 해안 마을에서의 날들은 내 생에서 가장 행복한 시간들이었다. 내가 네게 심인지술을 통해 강제로 심었던 혼천무극진기 때문에 너의 삶이 비틀린 것을 원망하고 있을 네게 이런 말을 한다는 것이 진정 가슴 아프다만… 그것만은 알아주었으면 좋겠구나.

너를 직접 만나 많은 이야기를 나눌 수 있는 날을 기대했는데… 내게는 너무 큰 기대였나 보다. 시간이 많이 남지 않아 회포를 풀 수도 없으니…….

네가 지금 보고 있는 글은 혼천무극진기의 사단공, 혼천무극결의 공능에 의한 것이다. 너도 일단공을 익혔기에 알고 있겠지만 혼천무극진기는 일반의 무공과는 체계가 완전히 다르다. 특히 사단공은 무공이라기보다는 선법(仙法)에 가까워 한 줌의 내공만 남아 있으면 자신의 생각을 일정한 시간 동안 공간에 새겨 넣어 후세에 남길 수 있다. 무공이 전폐되었던 내가 이것을 펼치는 것은 불가능했다. 하지만 오랜 벗 공손우가 이곳에 오면서 그것이 가능해졌다. 조천후는 공손우의 무공을 폐지하지 않았다. 공손우의 단전에 남은 진력으로는 연못을 통과해 밖으로 나가는 것이 가능하지 않았으니까.

네가 알아야 할 것들이 많이 있단다.

수천 년 동안 일인전승으로 이어져 온 혼천무극문의 무공과 사명, 그리고 내가 강호에 남긴 안배들.

네가 이곳에 있음은 천하가 혼란에 빠졌다는 것. 그것이 십방무맥의 후예들에 의한 것인 이상 혼천무극문의 대를 잇는 자는 그 혼란을 진정시키고 무맥의 후예들을 금제해야만 하는 사명이 있다.

그러나 선택은 너의 자유다.

어린 시절의 너는 누군가의 뜻대로 움직일 아이가 아니었지. 세월이 흐른 지금은 더욱 그러할 거라 생각하고 있단다.

　나는 너에게 혼천무극문의 모든 것을 전하겠지만 그렇다고 내가 네게 본 문의 사명을 각오할 자격까지 있다고는 생각하고 있지 않기 때문이다. 그저 네 선택이 본 문의 사명과 같기를 바랄 뿐.

　이 이후의 글을 읽는다면 네가 사명을 받아들이겠다는 뜻으로 나는 이해하겠다. 그리고 나는 네 선택이 그러하기를 간절히 바라고 있단다.

　관산호는 이를 악물었다.

　혼란으로 머릿속이 넝마처럼 헝클어지고 있었다. 그러나 그는 부릅뜬 눈을 깜박이지도 않으며 눈길을 글에 못 박았다. 피할 수 없는 일이었고, 피할 생각도 없는 일이었다.

　오랜 친우였던 공손우의 남길 글을 읽었을 테니 저간의 사정은 설명이 필요없으리라고 본다.

　내가 너를 만났을 때 조천후의 능력은 나로서도 버거울 만큼 비정상적으로 강해지고 있었다. 그것을 방치할 수 없어 너를 떠날 수밖에 없었고.

　너를 떠난 후 난 조천후를 막기 위해 전력을 다했다. 천하를 향한 그의 야망은 너무나 분명해서 단순히 그들을 금제하는 것만으로는 그들을 막을 수 없었기에 나는 그의 사제들 중 여러 명을 죽였다.

　그리고 숨바꼭질하듯 서로를 쫓던 중 나는 결국 천산에서 조천후와 그의 사제들의 합공에 의해 쓰러졌고, 전신의 무공이 폐지된 채 이곳에 유폐되었다.

공손우가 아니었다면 수천 년 역사를 가진 혼천무극문이 나의 대에 그 맥이 끊겼을 것이라 생각하니 모골이 송연해진다.

혼천무극문의 무공을 전하기 전에 네가 반드시 알아야만 하는 일들이 있다.

당세의 천하에 질게 드리워진 암운은 지난날 본 문의 선조 되시는 창궁고학(蒼穹古鶴) 연휘람(延輝藍) 사조께서 후세에 천마라 불리는 창룡신화종의 종주 신마지존(神魔至尊) 고검엽(高黔燁) 선배에게 패하신 것에 그 발단이 있다는 것을 명심해야 한다는 것이다. 당신께서 고 선배에게 패하지 않으셨다면 고 선배는 천하에 나오지 못했을 것이고, 그 후인들이 천하를 어지럽히지도 못했으리라.

고 선배의 후예인 조천후의 야망이 중원무림을 향하기 시작한 것은 네가 태어나기도 전부터였다. 나는 그와 지존신마전의 힘을 알고 있었기에 그것을 막아야만 했다. 하지만 조천후의 능력은 지난날의 천마에 근접하고 있어 나 혼자의 힘으로는 그를 온전히 막아낼 가능성이 희박하다는 것을 인정할 수밖에 없었다.

그래서 나는 전부터 아끼던 두 사람에게 도움을 요청했다. 내 설명을 들은 두 사람은 기꺼이 나를 돕겠다고 나섰다. 그들은 나를 돕는다는 것 때문에 자신들이 이룩했던 모든 것, 일세의 영명뿐만 아니라 심지어 목숨까지도 잃게 될 것이 분명했음에도 망설이지 않고 내 손을 잡아주었다.

가히 살신성인(殺身成仁)이 아닐 수 없었다.

나는 그들 중 한 사람에게 천하를 소요유하던 중 알게 되었던 비밀, 천마의 아홉 시종 중 천사문을 열었던 자의 사명을 알려주기도 했다. 그 일 또한 천하의 향배에 영향을 미칠 수 있는 일이었으니까.

너를 떠나고 천산에서 쓰러질 때까지 지존신마전과 싸우며 난 조천후가 예전의 그가 아니라는 것을 눈치 챘다. 놀랍게도 조천후의 혼은 사라졌고, 그 자리를 다른 자가 차지하고 있었다. 생각할 수 있는 가능성은 단 한 가지, 이혼대법뿐이었다.

안타깝게도 나는 이곳에서 공손우를 만나기 전까지는 그 혼의 정체가 영호운이라는 것을 알지 못했다. 그러나 나는 이혼의 대법이 시행되었다는 것만은 나를 돕던 두 사람에게 알려주었다. 그들도 알고 있어야만 했기 때문에.

너는 본 문의 무공을 수습한 후 그들을 만나야 한다. 그들과 손을 잡아야만이 조천후를 상대할 수 있는 가능성이 생긴다. 그들이 없다면 네 힘만으로는 조천후를 막을 수 없다.

내가 그들에게 조천후의 임시 거처인 성수의선곡과 근거지인 태산의 장원에 대해 말해주지 않은 것은 그들이 타초경사할까 우려했기 때문이다. 그들의 힘은 완성되지 않았고, 후사 또한 안배되지 않은 상태였다. 내가 그들과 함께한다고 해도 조천후가 이끄는 지존신마전과의 싸움에서 이길 가능성은 없었다. 지존신마전의 총 인원은 구십 명에 불과하나 그 영향력은 천하에 미친다. 천하의 어떤 일도 조천후의 이목을 벗어나기 어렵고, 서투른 행동은 더 빠른 파멸을 부를 뿐이다. 때문에 그들이 힘을 모으고 안배를 베풀 시간이 필요했다. 내가 조천후의 손에 쓰러진다면 조천후에게 방심이 생기리라. 그렇게만 되어준다면 그들은 필요한 시간을 얻을 수 있을 것이다.

산호야.

네가 이곳을 찾아올 정도의 능력을 얻는 시간을 나는 십오 년 정도로 보고 있다. 그 정도의 시간이면 그들도 힘을 축적하고 천하에 대한 안배를 마쳤을 것이다. 그들은 그럴 수 있는 능력을 갖고 있는 사람들이다. 그러나 너 혼자의 힘으로 조천후를 막을 수 없는 것처럼 그들도 자신들만의 힘으로는 그를 막을 수 없다. 너와 그들은 반드시 만나 협력해야 한다.

그들을 만나야 하는 이유는 또 있다.

혼천무극문의 후예가 천하를 떠도는 것은 사명을 지키기 위해서이기도 하지만 지난날 창궁고학 조사께서 고검엽 선배와의 싸움에서 패사하시며 분실되었던 조사신병(祖師神兵)을 찾기 위함이기도 했다.

선조들의 가호가 있어 나는 해안 마을에서 너를 만나기 전 주인을 찾지 못한 채 수백 년간 천하를 떠돌던 조사신병을 손에 넣을 수 있었고, 천산으로 떠나기 전 내가 아끼던 그들에게 조사신병을 맡겼다. 조천후와 있으리라 예상되는 일전은 길보다 흉이 많아 승리를 자신하지 못했기 때문에 내린 결정이었다. 절대삼신기(絶對三神器)의 하나인 조사신병은 그 자체의 위력도 위력이지만 유구한 세월 동안 이어져 온 본 문의 계승자를 증명하는 신표다. 그렇기에 결코 다시 잃을 수는 없었다.

두 사람 중 누군가가 그것을 보관하고 있을 것이다. 그것을 돌려받기 위해서라도 너는 그들을 만나야 한다.

조사신병에는 지난날 신마전의 인물에게 패한 후 신병과 인연이 닿은 권마 초륜이 남긴 절기도 있으니 그것을 수습해 자질이 있는 아이에게 전해주도록 하거라.

관산호의 숨이 멈춰 있었다. 그의 눈길이 저절로 팔목에 차여 있는 파천여의환을 향했다.

권마 초륜의 절기가 남아 있는 조사신병.

'양 아저씨……'

지금 이 순간 그의 머릿속은 실타래와 같았다.

너에 대해 그들에게 구체적인 이야기는 하지 않았지만 내가 인연을 맺은 아이가 있다는 말은 해두었으니 네가 찾아가면 바로 알아볼 것이다.

그들에게 너를 맡기지 않음은 네 운명이 고난 속에 완성되어가는 것이었기 때문이다. 그들이 너를 맡으면 너는 그들과 비슷한 정도까지 강해질 수 있을 뿐, 그들을 넘어서지는 못하게 된다.

그들의 이름은…….

뒤로 이어진 것은 봉황천 십방무맥의 역사와 혼천무극문의 역사, 그리고 혼천무극진기의 이단공부터 사단공까지의 구결과 혼천무극문의 다른 무공들이었다. 그리고 완안 노인의 마지막 당부로 글은 끝을 맺었다.

산호야.

만약 그들과 힘을 합치고서도 조천후를 막을 수 없다는 판단이 선다면 후일을 기약하도록 하여라. 네 자질이라면 삼십 년의 폐관 수련으로 조천후를 넘어설 수 있을 것이다. 천하가 도탄에 빠지게 된다 해도 절대로 네 목숨을 그와 함께 불사르지는 말거라. 그것은 천하를 위함이 아니라 오히려 천하를 버리는 일이 될 터이니…….

그러나 관산호는 그것들을 보지 못할 뻔했다.

완안서율을 도운 두 사람, 그들의 이름을 본 그의 안색은 대낮에 귀신이라도 본 사람처럼 핏기 하나 없이 창백하게 변했다.

너무나 놀라운 이름들, 꿈에서도 상상한 적이 없던 이름들이었기 때문이다.

허공을 일그러뜨리며 이어지던 글이 사라졌다. 그리고 좌정한 자세를 유지하던 백골들이 먼지로 화해 무너져 내렸다. 그곳에서 여한은 느껴지지 않았다.

그들의 염원, 후사(後事)는 이어진 것이다.

천천히 무릎을 펴며 자리에서 일어서던 관산호는 자신도 모르게 중얼거렸다.

"천하가 속고 있었단 말인가……."

그때였다.

눈을 뜨지 못하게 할 정도로 강렬한 자색의 서기가 폭발하
듯 그의 가슴, 창룡지존부에서 솟구쳤다.
그와 함께 천둥처럼 그의 뇌리에 울려 퍼지는 장엄한 음성.

탈각(脫却)으로도 끊지 못할 연(緣)이여!
질기디질긴 윤회(輪回)의 수레바퀴여!

거역할 수 없는 절대적인 힘이 담긴 음성.
관산호의 동공이 단숨에 풀렸다.
동시에 공손우와 완안서율의 백골 뒤에 있던 거대한 석문이
열리고 있었다.
우르르르르.
지진이라도 난 듯 동부를 뒤흔드는 거대한 울림이 있었고,
석문 안쪽에서 흘러나오는 창창한 자색이 서기가 있었다.
문 안에서 흘러나온 자색의 서기와 창룡지존부의 서기가 만
나자 지하 동부는 전율스러운 어떤 기운에 휘감겨 갔다.
그리고 몽유병에라도 걸린 사람처럼 동공이 풀린 관산호가
석문 안으로 들어서자 문이 닫혔다.
그러자 석문 밖은 언제 그랬냐는 듯 평온을 되찾았다.
보이는 것은 꿈틀거리며 벽을 이루고 있는 연못의 물뿐이었
다.

제12장

태산(泰山)

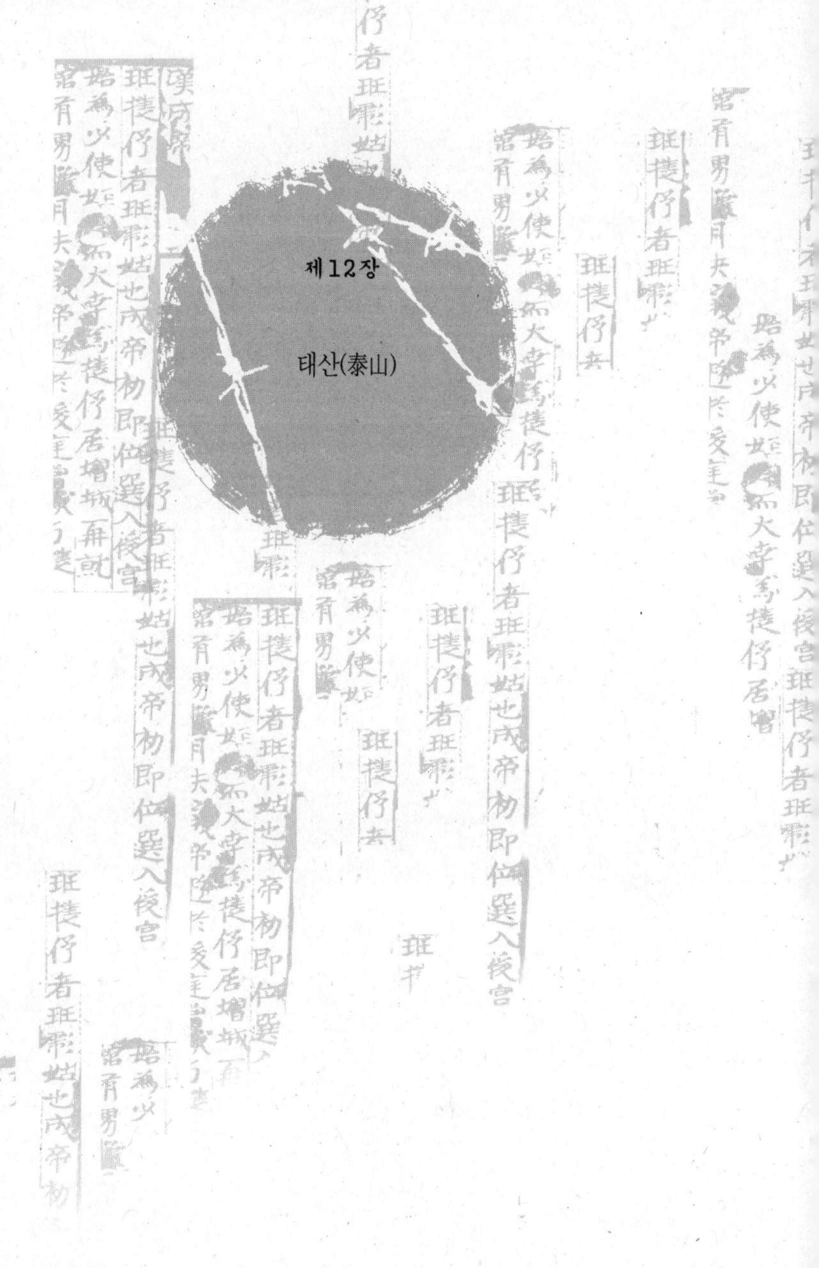

鐵
血
無
情
路

산동성 태산.

초입의 등왕평.

서편으로 해가 지고 있었다.

"하마!"

구양릉의 일갈에 철사자단 무사들은 일제히 바람처럼 말에서 뛰어내렸다.

그 자신도 말에서 내린 구양릉은 타는 듯한 노을빛에 젖어드는 태산을 바라보며 섰다. 그 주변으로 현송자와 강천기를 비롯한 철사자단의 수뇌부 인물들이 모여들었다.

"혈향이 여기까지 날아오는 것만 같구먼."

태산(泰山) 333

중얼거리며 산에서 눈을 뗀 구양릉은 강천기를 향해 고개를 돌려 물었다.

"강 군사, 단주께서 진정 이곳으로 오실 거라 아직도 확신하는가?"

강천기는 굳은 얼굴로 고개를 끄덕였다.

"그분이라면 당연한 일입니다."

망설임없는 대답, 확신에 가득 찬 음성이었다.

"흠……."

구양릉은 무거운 눈빛으로 강천기를 보다가 다시 산으로 시선을 돌렸다.

사백 명이 넘는 사람의 목숨이 그에게 달려 있었다.

적이라면 눈썹 하나 꿈쩍하지 않고 수백을 죽일 수 있는 인물이 그였다. 그는 별호에 마(魔) 자가 들어 있는 데는 이유가 있는 것이다.

그는 목숨을 귀히 여기라는 성현의 말씀에 귀를 기울인 적이 없는 삶을 살아왔다. 그러나 그런 그에게도 뒤에 선 무사들, 생사고락을 함께한 동료의 목숨 무게는 적의 목숨 무게와는 가슴에 닿아오는 정도가 차원이 달랐다.

'단주에게서 나쁜 영향을 받았다.'

구양릉은 내심 혀를 찼다.

평생 동안 독존(獨尊)을 고집했고, 그 때문에 사문인 무상마루(無上魔樓)에서도 파문이나 다름없는 대접을 받으며 내쫓겼던 그였다. 군마천의 추격으로 목숨이 경각에 달렸던 탓에 사문의 멸망을 보면서도 돕지 못했고, 그것이 마음에 앙금으로 남아 사문의 장로였던 정요와 마괴령이 이끄는 사문의 살아남은 사람들로 염세곡을 이루어 은거하긴 했으되 타고난 성정 탓에 그들에게 애착을 가진 적이 없었던 그였다.

관산호는 그런 그의 마음속에 생경하기 그지없는 동료애를 심어놓은 것이다.

산을 보면서 구양룡은 혼잣말처럼 중얼거렸다.

"서문굉천이 미쳤음이 틀림없네. 그렇지 않다면 저런 곳에 둥지를 틀 생각을 하지는 못했을 테니까. 와호곡(臥虎谷) 같은 험지는 소수로 다수를 상대하기 좋은 지형임에 틀림없긴 하지만, 적의 전력이 압도적일 때는 옥쇄할 수밖에 없네. 그 안에 천마총이 있다는 헛소리까지 해대는 마당이니 천하의 서문굉천은 자신의 최후를 미치광이 소리를 들으며 맞게 될 걸세."

구양룡의 중얼거림을 들은 사람들의 얼굴에 쓴웃음이 떠올랐다. 태산을 바라보는 철사자단 수뇌부의 눈에는 짙은 불안의 그림자가 일렁이고 있었다.

장내에 있는 사람들 중 근방의 토박이들 외에는 아는 사람이 없다가 갑자기 천하인들 모두가 알게 될 정도로 유명해진 태산의 와호곡으로 들어가며 한 서문굉천의 말, 천마총과 천마유진, 그리고 그가 남겼다는 보화에 대한 이야기를 믿는 사람은 아무도 없었다.

처음에는 듣고 솔깃한 사람이 없었던 건 아니지만 현송자와 구양룡은 천마 정도 되는 인물의 유진(遺眞)은 그 비전에 대한 기초를 천마가 직접 잡아주지 않는 한 글만으로는 결코 배울 수 없다고 말했던 것이다.

그들도 아는 것을 천마가 몰랐을 리는 없는 일.

설령 공전절후의 능력을 지녔다고 전해지는 천마가 유진만으로 자신의 모든 것을 배울 수 있는 안배를 해놓았을 수도 있지만, 만약 그렇다면 서문굉천이 그것을 무련에 공개한 것은 더 이해하기 어려운 일이었다.

서문굉천이 아무리 마음이 넓다 해도 얻는다면 고금제일을 바라볼 수 있다는 천마의 유진을 어떻게 수많은 사람에게 공개할 생각까지 할 수 있겠는가.

철사자단의 수뇌부가 모든 것을 고려하고 내려진 결론은 하나였다.

함정.

서문굉천이 우문뢰가 도저히 포기할 수 없는 것을 미끼로 그를 끌어들이고 있다는 것이 그들의 결론이었다. 그러나 이 결론에도 무리는 있었다.

와호곡의 지형은 소문이 날 대로 나서 그 지형이 소수로 다수를 막기에 최적의 것이라는 건 의심의 여지가 없었지만 그것도 정도가 있었다.

서문굉천이 이끄는 무련의 무사들은 일류 고수 이상이 대략 일천 정도로 추정되지만 지속적으로 강남북에서 합류한 마도 고수들로 인해 군마천은 그 네 배가 넘는 사천의 고수가 모여 있는 것으로 추정되었다. 어중이떠중이까지 합친다면 칠천을 가볍게 넘어가는 것이 현재의 군마천이었다.

가히 마도무림 사상 유래가 없는 대규모 전력이었고, 그 정도의 전력을 정파가 구성하려면 구파일방과 유수의 무림세가들이 전부 모여야 했다.

그러나 무련에 소속되지 않은 제문파들은 전력을 태산으로 보내긴 했지만 아직 상황을 예의 주시하며 무련과 합류하지 않고 있었다. 결국 무련은 일천으로 칠천의 군마천과 싸워야 했는데, 이 정도의 전력이 차이 나면 지형의 이점만으로는 극복하는 것이 불가능에 가까웠다.

전설의 귀곡자에 버금가는 병법가가 무련에 있다면 또 모를 일이지만 무련 최고의 병법가인 서문룡이 안강의 전투에서 사망한 후라 무련 내에는 이렇다 할 군사도 없었다. 반면에 군마천에는 안강의 전투에서 무련을 패퇴시켰던 좌홍의가 건재한 것이다.

철사자단이 군산을 떠나 태산으로 향한 것은 우문뢰가 서안을 출발하고 닷새 뒤였다. 고민 끝에 내려진 결정이었고, 그들이 늦게 출발한 것은 굳이 군마천에 앞서 태산에 도착해야 할 필요가 없었기 때문이다.

지금 와호곡에는 시산혈해가 쌓이고 있을 것이다.

구양룡과 같은 곳을 보며 강천기가 말했다.

"외단주님의 말씀처럼 서문 태상련주가 오판을 한 것이 아니라면 가능성은 하나뿐입니다. 천마총에 베풀어져 있을 기관 매복을 방패로 삼아 군마천을 상대하는 것이죠. 하지만 서문 태상련주가 실종되었던 시간은 불과 한 달 정도에 불과한데, 그동안 그분이 천마총의 비밀을 완전히 풀어냈다고 믿기는 어렵습니다. 외단주님의 말씀처럼 서문 태상련주의 정신이 이상해졌다고 생각하지는 않지만 여러 모로 이해하기 어려운 게 사실입니다.”

철사자단의 수뇌부는 관산호가 했던 얘기를 기억하고 있었다. 진공헌이 서문굉천을 암습했다는 말을. 한 달의 실종 후에 나타난 서문굉천의 행동에도 의심스러운 부분은 적지 않았다. 가장 합리적인 판단은 서문굉천이 누군가의 사주를 받고 이번 일을 벌였다는 것이었다.

그러나 그것을 인정하는 건 지난한 일이었다.

검지혼 서문굉천.

암중의 힘이 천마의 직계라 할지라도 서문굉천이 그들에게 굴복하여 사주를 받는다는 것을 인정할 수 있는 사람은 아무도 없는 것이다. 강천기가 그 가능성을 언급했을 때 현송자와 구양룡뿐만 아니라 공손곤까지도 일고의 가치도 없다며 고개를 저었다. 서문굉천은 목에 칼이 들어와도 남의 말대로 움직일 사람이 아니라는 게 그들의 공통된 의견이었다. 그래서 강천기의 생각도 거기서 멈출 수밖에 없었다. 천마의 직계 세력에 대해 그가 아는 정보는 한계가 있었고, 그것을 바탕으로 한 정세 판단 또한 한계를 가질 수밖에 없었던 것이다.

강천기의 말이 끝났을 때였다.

맑고 위엄있는 여인의 음성이 그들 장내 인물들의 귀를 파고들었다.

"외단주님, 아버님이 계시지 않다고 말을 함부로 하시는군요. 제가 외단주님을 호랑이 없는 산의 여우로 여기지 않도록 해주세요!"

얼음처럼 차갑지만 강철과도 같은 강인함을 느끼게 하는 음성이었다.

구양릉은 뜨끔한 얼굴이 되어 음성이 들려온 곳으로 시선을 돌리며 자책했다. 이곳에 서문굉천에 대한 애기를 듣고 심기가 편치 않을 사람이 있음을 깜박했던 것이다.

"허허허, 대부인. 노부의 말이 과했소. 마음에 담아두지 않으시기를 부탁드리외다."

그의 시선이 닿은 곳에는 모용대부인과 모용수란, 그리고 모용수련이 백의 무복을 입고 나란히 서 있었다. 대부인은 왼손에 석 자 다섯 치 길이의 고색창연한 검을 들고 있었는데, 그 모습에는 옆의 젊은 두 여인이 미치지 못할 고아하고도 강인한 기품이 있었다.

모용수란이 안절부절못할 때 모용수련이 미부인의 손을 꼭 잡았다.

"어머니……."

그녀의 말에 모용대부인은 나직한 한숨을 내쉬며 태산으로 눈길을 돌렸다.

검을 쥔 그녀의 손에 저절로 힘이 들어갔다.

'아버님…….'

입술을 깨문 그녀의 분위기가 너무 무거워 장내의 누구도 입을 열지 못했다.

모용대부인의 정체는 강천기에 의해 철사자단 수뇌부 인물들에게 알려졌다. 모용대부인은 단주인 관산호의 모친. 그녀의 부탁대로 비밀을 지켜줄 수 없는 사연을 가진 여인이었기에 그는 대부인의 양해를 얻어 수뇌부에 그녀의 정체를 알린 것이다. 그녀 또한 관산호가 친자라는 것을 알게 되자 강천기의 부탁을 두말없이 들어주었고.

장내의 인물들은 내색하지는 않았으나 모용대부인을 보며 그녀의 굴곡진 인생 여정에 깊은 안쓰러움과 그녀의 인생을 뒤튼 인물에 대한 강한 분노를 동시에 느끼고 있었다.

서문굉천이 자신의 여섯 딸 중에서도 가장 많이 아꼈다는 여인, 어느 날 소리없이 모습을 감춘 후 누구도 그녀에 대해 언급하지 않은 채 근 삼십 년 가까운 세월이 흐르며 잊혀진 여인, 사랑하는 남편과 아들을 잃고 타의에 의해 두 번의 결혼을 해야 했던 여인. 지난날 그녀의 마음을 얻고자 했던 청년 고수들이 얼마나 많았던가. 그렇게 고귀했던 여인의 삶이 이처럼 참담하게 부서지리라고 과연 누가 상상이나 할 수 있었을까. 그것도 정도무림의 일대 거인으로 존경받는 부친에 의해서.

강천기의 전언 이후 그녀에 대한 철사자단 수뇌부의 배려가 어떠했을지는 불문가지였다. 그녀가 군산을 찾은 이유는 서문세가의 몰락을 지켜보고, 모용세가를 완전히 떠나 평생의 한이었던 관현문 부자를 찾고자 함이었다. 매일 꿈에 나타나 그녀를 괴롭히던 서문원과 서문룡이 죽고 군마천에 의해 핍박받는 무련의 상황은 그녀의 희망을 이루어줄 가능성이 있었다. 그 가능성이 현실화된다면 그녀는 모용세가를 떠날 수 있었다. 관현문 부자의 목숨으로 그녀를 위협했던 사람들이 세상에서 사라진다는 뜻이었으니까. 하지만 이제 그녀의 희망은 관산호를 만나고자 하는 것으로 바뀌었다. 그리고 구양릉을 비롯한 수뇌부는 단을 따라 태산으로 가겠다는 그녀의 의지를 꺾을 수 없었다. 아들을 만나고자 하는 어머니의 마음을 바꿀 수 있는 사람은 없는 것이다.

입을 다문 채 태산을 응시하고 중인들 사이에서 불쑥 굵은 남자의 음성이 흘러나왔다.

"강 군사, 와호곡으로 갈 것이오?"

강천기에게 질문을 한 사내는 죽립을 턱밑까지 눌러쓴 장대한 체구의 사내였다.

강천기는 미묘한 눈빛으로 사내를 돌아보며 대답했다.

"일단 와호곡 입구까지는 가야 하지 않나 생각하고 있습니다. 단주가 올 때까지는 그곳에서 대기해야 할 것이고요."

그 부분은 이미 구양릉과 수뇌부에 의해 합의된 사항이다.

강천기는 며칠 전의 일을 생각했다.

모용대부인의 경우와 마찬가지로 죽립을 쓴 장년인의 군산 방문 또한 그를 비롯한 누구도 예상하지 못한 일이었다. 관산호와 죽립인이 평범하지 않은 관계라는 것은 그도 알고 있었지만 죽립인은 뒷골목이라면 몰라도 군산과 같은 무림의 중지에 있을 사람이 아니었기 때문이다.

하지만 그런 그의 인상은 구양릉과 현송자가 죽립인을 본 후 보여준 반응에 의해 완전히 뒤바뀌었다. 두 사람은 죽립인을 보고 경악했고, 무언가 얘기를 나누는 듯싶더니 죽립인의 군산 거주를 허락했던 것이다. 두 사람이 죽립인을 대하는 태도는 자신들과 동급의 무인을 대하는 듯 정중했다.

강천기는 구양릉과 현송자가 죽립인을 대하는 모습을 보며 자신이 강호에 대해 아직도 모르는 것이 많다는 걸 인정할 수밖에 없었다. 당대의 거물들 중 그의 뇌리에 담겨 있지 않은 사람이 없다고 생각하고 있던 그의 자부심을 죽립인은 사정없이 깨뜨려 버린 것이다.

일련의 대화가 오간 후 철사자단은 말들을 산자락에 묶어두고 구양릉의 지휘 아래 태산을 오르기 시작했다.

이제는 일류 고수라 불러도 손색이 없을 기존의 철사자단 무사들과 염세곡의 무인들은 한줄기 바람처럼 우거진 숲 속을 가로지르며 와호곡을 향했다. 염세곡의 무인들 중 태산의 지리를 가장 잘 아는 이가 일행의 앞에서 인도했기에 철사자단은 산속에서 헤매지 않고 무사히 갈 수 있었다. 그들이 태산의 심처에 위치한 와호곡에 도착했을 때는 새벽의 여명이 태산의 봉우리를 물들이며 서서히 하늘이 밝아오는 시각이었다.

와호곡은 태산의 정상 옥황봉의 맞은편 봉우리 뒤편에 위치하고 있었다. 봉우리와 봉우리 사이에 입구가 있었고, 계곡이 끝나는 지점은 깊이를 알 수 없는 절벽이었다. 철사자단을 인도한 무인은 그곳에 천마총이 있다는 걸 이해할 수 없다고 말했다. 젊은 시절 그가 들른 와호곡은 내부가 백여 장 너비의 공터였을 뿐, 아무것도 없었다는 것이다. 더해서 그는 강호상에 유전되는 천마총과 같은 거대한 건축물이 들어설 공간도 없다는 말을 덧붙였다.

와호곡과 백여 장 떨어진 둔덕에서 전진을 멈춘 철사자단의 수뇌부는 하나같이 의아한 표정이 되어 있었다. 그들의 서 있는 곳보다 십여 장 아래쪽에 위치한 와호곡의 입구는 시산혈해로 변해 있으리라는 그들의 생각과는 달리 오륙십 구의 시신들만이 엉켜 있을 뿐, 한산(?)했던 것이다.

그 시신들도 군마천이나 무련의 통일된 복장이 아니었다. 유삼, 무복, 도복, 승복… 온갖 형형색색의 의복과 무기들은 시신들의 정체가 군마천이나 무련에 속한 자들이 아니라는 것을 말해주고 있었다.

"외단주님, 무련이 전장을 천마총 내로 선택한 듯하군요."

강천기의 말에 구양릉은 고개를 끄덕였다. 그리고 시신들을 둘러보며 탄식했다.

"허어, 어리석은 자들 같으니. 총 내로 들어가지도 못하고 서로 상잔했군."

사람들은 씁쓸한 얼굴이 되었다. 정황으로 보아 군마천은 이미 곡 내에 있다는 천마총으로 진입한 것으로 추정되었는데, 오히려 뒤에 도착한 일반 무림인들이 서로 먼저 곡 내로 진입하려다 서로 상잔하며 시신으로 화한 것이다. 과한 욕망이

빚어낸 어리석은 참극이었다.

잠시 철사자단에 침묵이 흘렀다. 시신들을 보고 그 어리석음에 한숨도 나왔을뿐더러 안에서 어떤 일이 벌어지는지 알지 못하는 지금, 혼란스러운 시기일수록 더욱더 단호하게 그들을 지휘하던 관산호의 부재가 뼈저리게 와 닿았기 때문이다.

장내의 침묵을 깨뜨린 음성은 외부로부터 왔다.

"다행히 늦지 않았군요."

감정이 실리지 않았지만 묘하게 가슴을 파고드는 여운을 담은 음성.

사람들의 안색이 일제히 변했다.

그들의 앞에는 마치 오래전부터 그 자리에 있었던 듯한 모습으로 관산호가 서 있었다.

사람들의 얼굴이 대번에 환해졌다.

"단주님을 뵙습니다!"

구양룡을 비롯한 사백 수십 명이 일제히 군례를 취하며 내지르는 소리가 태산을 진동시켰다.

관산호는 가볍게 포권을 하며 그들의 예를 받았다. 사람들을 둘러보던 그의 시선이 벼락을 맞은 듯 한곳에서 딱 정지했다. 그의 시선이 닿은 곳에는 모용대부인이 눈물을 글썽이며 서 있었다.

사람들은 침을 삼켰다. 그들이 알고 있기로 관산호는 모용대부인의 정체를 모르고 있었다. 그런데 지금 그가 모용대부인을 보는 시선은 아무것도 모르는 사람의 그것이 아니었다. 언제나 흔들리지 않던 그의 눈은 풍랑을 만난 돛단배처럼 흔들리고 있었던 것이다.

말없이 모용대부인의 앞으로 걸어간 관산호는 그녀의 앞에 무릎을 꿇었다.

"어머… 님을 뵙습니다……."

모용대부인의 눈에 맺혔던 눈물이 폭포수처럼 그녀의 뺨을 적시며 흘러내렸다.

"호아야, 호아야……."

그녀는 전신을 떨며 무릎을 꿇고 관산호의 머리를 품에 안았다. 관산호는 천천히 손을 들어 모용대부인의 몸을 안았다. 지금까지 한 번도 느껴본 적이 없는 안온한 기분이 그의 전신으로 스며들었다.

무릎을 꿇은 채 관산호의 눈을 마주한 모용대부인, 서문화연이 덜덜 떨리는 손을 들어 그의 양 뺨을 쓰다듬으며 물었다.

"…어떻게 알고 있었느냐?"

"안강에서… 서문 태상련주를 뵈었습니다. 어머니에 대해 여쭤보았고, 어디 계신지 말씀을 들을 수 있었습니다."

관산호의 대답에 서문화연은 놀람과 어리둥절한 빛을 동시에 떠올렸다.

"그분이 알려주셨다고? 그분이 그리 쉽게 나에 대해 말을 했단 말이더냐?"

"쉽지는 않았습니다만… 당시 사정상 그분은 제게 말을 해주지 않을 수 없었습니다."

　서문화연은 더 이상 그에 대해 묻지 않았다. 관산호의 굳은 음성으로 보아 사정을 알게 될수록 가슴 아픈 얘기일 것이 분명했다.

　"아버지는 어떻게 돌아가셨느냐……."

　그녀의 음성은 꽉 잠겨 제대로 알아듣기도 힘들 정도였다. 관산호는 자신의 뺨을 쓰다듬는 그녀의 손을 꼭 잡아주며 대답했다.

　"당시 상처로 인해 힘드셨지만 언제나 제게는 웃는 모습을 보여주려 노력했습니다. 그리고… 돌아가시는 순간까지도 어머니를 그리워하셨습니다."

　많은 눈물을 흘리면서도 흐느끼지 않던 서문화연의 절제가 한순간에 무너졌다.

　"흐흑… 흑흑흑……."

　관산호는 그녀를 가슴에 꼭 안으며 자리에서 일어섰다. 하고 싶은 말은 태산처럼 많았고, 듣고 싶은 얘기도 너무 많았다. 하지만 지금은 모자 상봉의 회포를 풀 시간적 여유가 없었다. 장소 또한 마땅치 않았고.

　그의 품에 안겨 있던 서문화연의 몸이 축 늘어졌다. 그가 지나친 감정의 격앙으로 인해 심신이 흐트러져 가는 서문화연의 수혈을 짚은 것이다. 그의 시선이 모용수란과 모용수련을 향했다. 두 사람은 무어라 형용하기 어려운 눈빛으로 그를 주시하고 있었다.

관산호는 내심 탄식했다. 모용수련은 그와 어머니가 같은 남매였으며, 모용수란 또한 피가 섞이지 않았다고는 해도 남이라 할 수 없는 사이였다.

'인과의 뒤틀림은 인력으로 어찌할 수 없는 일……'

관산호는 서문화연을 조심스럽게 모용수란에게 맡겼다. 눈으로 이유를 묻는 모용수란을 보며 그가 말했다.

"싸움이 끝날 때까지 어머니를 보호해 주시오. 만약 내가 돌아오지 못한다면 어머니를 부탁하겠소."

강철의 냄새가 묻어나는 담담한 어조. 관산호는 평소의 그로 돌아와 있었다. 감정을 가는 대로 놓아두기에는 상황이 너무 좋지 않은 것이다.

"단주님……"

관산호는 대답없이 몸을 돌려 철사자단의 수뇌부를 둘러보았다. 모두 긴장된 눈빛이다.

그는 와호곡을 손으로 가리키며 말문을 열었다.

"천마총은 와호곡의 왼쪽 면, 옥황정으로 이어진 산봉우리의 지하에 건축되어 있습니다. 총 삼 개 층으로 이루어진 곳으로, 한 개 층의 너비는 오백 장이고, 전 지역에 치명적인 기관매복과 절진이 설치되어 있습니다. 진세의 이름은 십방철혈대진이며, 천외무적천마 본인이 창안한 대진세입니다."

일사천리로 이어지는 관산호의 설명에 사람들은 눈을 휘둥그레 떴다. 십여 일 동안 보지 못한 것뿐인데 관산호는 꼬집어 말하기는 어렸지만 무언가 변해 있었다. 무엇보다도 천마총에 대해 어찌 그리 잘 알 수 있는 것일까. 사람들의 뇌리에 의혹이 떠올랐지만 이어지는 관산호의 설명은 그들이 의혹에 매달릴 시간을 주지 않았다.

"이곳은 함정입니다!"

그의 음성은 단호했다.

사람들의 안색이 돌처럼 딱딱해졌다.

"서문 태상련주가 이러한 일을 주재하게 된 경위는 불확실하지만 천마의 직계들에 의해 꾸며졌을 것입니다. 그리고 저 안은 들어가면 살아 돌아올 가능성이 거의 없을 정도로 흉험합니다. 거기에는 군마천과 일반 군웅은 물론, 무련도 예외가 되지 않습니다."

"단주님, 서문 태상련주는 천마총도를 갖고 있지 않습니까?"

강천기가 묻자 관산호는 무거운 눈빛으로 대답했다.

"십방철혈대진세는 축의 흐름 몇 군데를 조작하는 것만으로 기관 매복의 위치를 완전히 바꿀 수 있을 뿐만 아니라 진의 본질적인 변화까지도 가능합니다. 그래서 지도라는 것이 애당초부터 존재할 수가 없는 진세입니다."

사람들의 안색이 희게 변했다.

그들은 숨도 쉬지 못하는 얼굴로 와호곡을 주시했다. 저 안으로 들어간 사람들의 수는 일만이 넘고 그들 중 절반가량은 일류 고수 이상의 능력자들이었다. 정사마의 고수들이 망라된 사람들. 저들이 전멸한다면 무림의 암흑기는 반세기 이상 지속될 것이다.

관산호의 말이 계속되었다.

"안은 아비규환일 것입니다. 진세와 기관 매복에 의한 공격이 진행되는 와중이라 몇 사람이 상대를 공격하기만 해도 대혼란이 일어날 테니까요."

"함정을 만든 자가 그런 상황을 유도할 거란 말이오?"

구양릉의 질문이다.

관산호는 고개를 끄덕였다.

"그렇습니다."

"그 천마의 후예라는 자들의 농간이오?"

"예."

얼굴빛이 변한 현송자가 끼어들었다. 서문굉천을 따라 천마총으로 간 사람들 중에는 당대의 무당 장문인 정화 진인과 장로들이 포함된 무당 제자 삼백여 명도 있었다. 그들이 모두 죽는다면 무당은 당장 봉문해야 한다. 안강에서 전투에 참여했던 사백의 무당 검수들 가운데 생존자가 일백오십여 명에 불과할 정도로 이미 막대한 타격을 받은 무당이었다. 이곳에서 다시 많은 인명 피해가 난다면 무당의 존립에 영향을 미칠 정도가 된다.

"무량수불. 단주, 막을 방법이 없소?"

"십방철혈대진세의 중추를 파괴하면 됩니다."

의외로 관산호의 대답은 간단했다. 현송자의 얼굴이 밝아졌다.

"그리합시다. 우리가 그 중추를 부수면 되지 않겠소?"

관산호는 쓴웃음을 지었다.

"말처럼 간단한 일이 아닙니다. 일단 그곳까지 가기 위해서는 적어도 공손 대협 수준의 무공이 있어야만 하고 도착한 후에도 그곳을 지킬 자들과 싸워야 하는데, 그들의 수는 몇 되지 않지만 개개인의 무공은 서문 태상련주를 넘어서는 자들입니다. 그런 자들이 최소한 넷이 있습니다. 그들만 있는 것도 아닙니다. 세 명이 연수하면 서문 태상련주를 능히 상대할 수 있는 자들 칠십육 명도 있습니다."

순간 모두 꿀 먹은 벙어리가 되었다. 검지혼 서문굉천을 능가하는 고수 네 명이라면 철사자단 수뇌부 전부가 덤벼도 승부를 점치기 어려웠다. 거기에 칠십육 인의 고수가 더해진다면 그들이 이길 가능성은 전무했다.

"내가 힘을 보태면 어떨까?"

굵은 사내의 음성. 낯설지 목소리에 고개를 돌린 관산호는 죽립을 등 뒤로 벗어 넘기는 장년인을 볼 수 있었다. 관산호의 얼굴에 반가워하는 기색이 완연해졌다.

"양 아저씨!"

"으하하하, 객사하지 않았나 싶었는데 살아 있기는 하구나."

호쾌하게 웃어대는 장년인은 양천록이었다.

관산호는 마주 싱긋 웃으며 말했다.

"손이 모자라던 참인데 잘되었습니다."

“응?”

양천록이 눈을 크게 떴지만 관산호는 고개를 아래위로 끄덕일 뿐이었다. 그 모습에 양천록은 입맛을 다셨다.

“너, 인마. 나도 저 안으로 끌고 들어갈 생각인 거냐?”

“당연한 일 아니겠습니까! 아저씨가 아니면 누가 저 안에 들어가 우문 천주를 제어하겠습니까!”

그 말에 양천록은 안색이 살짝 변했다. 그의 눈빛이 강해졌다. 그리고 그의 입술이 달싹였다.

“이 자식, 무슨 소리냐?”

“여기 계신 분들에게까지 밝힐 생각은 없습니다. 순순히 따라오십시오. 구주일패웅(九州一覇雄) 우문천록(尤文天祿) 아저씨, 제 말대로 하지 않으시면 천하에 공표하는 수가 있습니다. 아저씨가 약속을 깨고 의창을 떠났다고 말입니다.”

“어? 이 자식, 정말 아네? 누가 가르쳐 줬냐?”

혀를 찬 양천록, 아니, 세외로 떠나기 전에는 백부인 우문뢰조차 그보다 더 강하다고 자신하지 못했다는 우문뢰의 천적, 구중군마천의 극단적 숭무인(崇武人) 우문천록은 눈을 크게 뜨며 물었다.

“이것 때문에 알게 되었죠.”

관산호는 두 팔을 슬쩍 들어 팔목에 차고 있는 파천여의환을 보여주었다. 그가 말을 이었다.

“여의환의 어디에 그런 내용이 기록되어 있다는 거냐? 지난날 내가 수천 번을 살펴보았지만 거기에는 그런 내용이 없었어!"

우문천록은 이해가 되지 않는다는 표정이었다. 그러나 관산호는 소리없이 이를 드러내며 웃을 뿐이었다.

"아저씨, 긴 얘기는 싸움이 끝나고 나서 해도 늦지 않습니다."

"내가 왜 저기를 들어가야 하냐? 난 네놈을 보러 왔을 뿐이야. 네놈이 물건을 맡기며 부탁한 대로 하나 궁금해서 말이다. 죽을지도 모르는 저긴 안 들어간다, 이놈아!"

우문천록은 가슴을 슬쩍 두드리며 말을 이었다. 방금 전까지 부드럽던 그의 눈이 마주 보기 어려울 정도로 강한 빛을 뿜었다.

"백부는 마도천하를 꿈꾸던 사람이 아니었다. 그는 나보다 더한 무공광이었어. 더구나 그는 마도천하를 꿈꾼다면서 그에 대해 격렬하게 반대하는 나를 의창에 유폐하면서 나를 따르던 사람 오백여 명을 함께 유폐시켜 버렸다. 그건 이해할 수 없는 일이었어. 나와 함께 유폐된 자의 수는 오백에 불과하지만 하나같이 마공의 극을 보고자 하는 군마천의 이상을 따르는 원로 무공광들이었고, 군마천 전력의 오 할에 해당될 정도로 막강했으니까. 아무리 그들이 백부를 반대한다고 해도 끌어안아야 할 자들이었지 내쳐야 할 자들은 아니었지. 그 이후 백부의 강호행은 더 이상했지만 난 백부를 쳐야 한다는 수하들을 억누르며 백부를 믿고 기다렸다. 하지만 이제는 아니야. 지금 벌어지는 상황은 내 이해의 영역을 완전히 넘어섰다. 난 백부가 무슨 생각을 하고 있는지 알아야겠다. 그래서 이곳에 온 것이야."

그의 눈에서 강한 빛이 스러지고 다시 부드러워진 눈빛으로 관산호를 보며 그가 말했다.

"그렇다고 내가 저 안으로 들어가겠다는 건 아니야. 기다리면 어련히 끝을 볼 수 있지 않겠냐! 굳이 생사가 오락가락할 저 곳에 들어갈 이유가 없지, 흐흐흐."

"안 죽으면 됩니다. 그리고 저 안에 아저씨의 선조이신 마조 어르신을 죽인 자의 후손이 있습니다."

우문천록의 말을 들으며 눈빛이 깊어지던 관산호는 우문천록의 마지막 말을 일고의 가치도 없다는 듯 일축해 버렸다. 우문천록의 안색이 괴상하게 변하며 뭔가 묻고 싶은 듯한 표정을 지었지만 그는 그것을 무시하고, 시선을 공손곤에게 돌렸다. 순간 웃음기가 감돌던 그의 얼굴이 무표정해졌다. 그의 눈가에는 보일 듯 말 듯한 그늘이 져 있었다. 그의 입술이 달싹였다.

"어머니께 왜 정체를 밝히지 않으셨습니까?"

난데없는 관산호의 전음에 공손곤은 화들짝 놀란 얼굴이었다가 얼굴빛이 희어졌다.

"…무슨 말이시오?"

"공손 어르신을 만났습니다, 모용비룡 소가주님."

"아!"

순간적으로 공손곤의 얼굴이 참담하게 일그러졌다. 그러나 그의 얼굴은 곧 평정을 되찾았다. 관산호가 융중산으로 간다는 서신을 보내왔을 때부터 어느 정도는 각오한 일이었다.

"그녀의 운명은 나 때문에 비틀렸다고 할 수 있네. 무련에 가입해 달라는 자네 외조부의 제안을 받았을 때 내가 내걸었던 조건이 그녀와의 결혼이었네. 자네 외조부의 제안을 받기 수년 전 강호를 유람하던 중 우연히 서문세가에 들렀을 때 보고 품었던 그녀에 대한 연정이 그런 조건을 내걸게 했네. 그것이 자네 가족의 삶을 그리도 고통스럽게 비틀어놓았네. 자네 앞에서도 얼굴을 들 수 없는 상황이거늘, 내가 어찌 그녀 앞에 나설 수 있단 말인가."

공손곤, 공손우로부터 이름을 받기 전에는 모용비룡이라는 이름을 갖고 있던 사내의 음성은 처절했다. 그리고 자신도 모르는 사이에 어투가 변해 있었다. 그는 관산호에게 말을 놓은 적이 없는 사람이었다. 그런 그가 말을 놓고 있음은 관산호에게서 받은 심중의 충격이 얼마나 큰지를 웅변해 주고 있었다.

관산호도 내심 탄식했다. 모든 사람은 각자의 사연을 갖고 있다. 그리고 그 사연들이 만나고 헤어지며 천하의 일을 만든다. 천하를 덮는 인연의 그물은 사람이 상상할 수 있는 범위를 벗어나 있었다. 모용비룡이라는 사내를 미워하기에는 운명의 장난이 너무 심했다.

'완안 할아버지, 당신께서는… 사문의 형제처럼 아끼시던 두 분 어르신이 천하를 위해 얼마나 큰 희생을 자신과 타인에게 강요하실지 너무… 모르셨습니다……'

“현 가주와 병서생을 징치하시려면 정체를 밝히셔야 할 겁니다.”

모용비룡은 입술을 깨물고 있었다.

“원한은 잊었네. 그들이 권력에 눈이 멀어 나를 암습하였으나 그것은 그들을 제대로 다스리지 못한 내 탓이 더 크네. 더구나 현재의 정세는 세가의 존립 자체가 위협받는 상황이 아닌가. 일단은 이 전쟁에서 내가 살아남은 이후에 생각하고 싶네. 내가 말을 하기 전까지는 비밀을 지켜주시게.”

“알겠습니다, 모용 대협. 꼭 살아남으십시오. 란 매와 련 매를 위해서라도 살아남으셔야만 합니다.”

모용비룡은 이를 악물며 고개를 끄덕였다. 이십여 년을 떠나 있는 동안 그의 두 딸은 경국의 미녀로 컸다. 그녀들의 성장을 지켜보지 못한 것 또한 그의 한이었다. 그처럼 사랑했던 서문화연과 두 딸을 본 그는 삶에 대한 열망으로 영혼이 타 들어가는 듯한 기분마저 느끼고 있었다. 그러나 그는 살고 싶다는 열망 때문에 자신이 해야 할 일을 잊어버릴 사내가 아니었다.

관산호의 눈빛이 강렬하게 빛나기 시작했다. 그는 풀어야 할 사연을 많이 갖고 있었다. 그러기 위해서는 싸워야 했고, 반드시 이겨야만 했다. 그래야 살아남아 은원을 해결할 수 있으니까.

그의 장중한 음성이 장내를 울렸다.

“철사자단은 계곡의 입구를 지킨다. 안에서 나오는 자들은 막지 마라. 형님과 모용 낭자는 철사자단을 지휘해 안에서 나오는 자들이 밖에서 싸우지 않도록 통제해 주십시오. 한꺼번에 쏟아져 나올 수 없는 구조이고, 저곳을 벗어나는 자들은 온전치 못할 테니 저항하는 자들을 제압하는 건 어렵지 않을 겁니다.”

“알겠습니다, 단주님.”

강천기가 군례로 관산호의 명을 받았다. 관산호의 자르는 듯 단호한 음성이 계속해서 이어졌다.

“안으로 들어가는 것은 나와 외단주님, 현송자 어르신, 공손 대협과 양 아저씨, 그리고 흑백존자 두 분, 우령과 찬입니다. 더불어 저분들도 함께할 것입니다.”

관산호가 말과 함께 시선을 산자락으로 돌리는 것을 보며 사람들은 의아한 얼굴로 돌렸다. 그들은 자신들과 함께할 사람들이 있을 것이라고는 생각해 본 적이 없는 것이다. 그 순간 산 아래에서 일백여 줄기의 인영이 무서운 속도로 접근해 오고 있었다.

그들을 가장 먼저 알아본 사람은 현송자였다. 그는 눈을 비비며 믿기지 않는다는 어조로 중얼거렸다.

“요굉 땡중?”

“그래, 나다. 현송 말코야, 사십 년 만에 보고 한다는 말이 땡중이냐!”

어느새 장내에 도착한 요굉 선사는 현송자의 앞에 서서 눈을 부라리며 퉁명스런 어조로 말했다. 그 옆에서 관산호가 숭산에서 만난 적이 있는 장대한 체구의 천무 선사가 현송자에게 합장을 하며 인사했다.

"헉헉헉, 노인네들 뒤따라오다가 폐가 터져 죽는 줄 알았네."

허리를 움켜쥐고 천무 선사의 옆에서 헥헥거리는 사람은 시경이었다. 그의 한 걸음 뒤에 서 있던 뇌유각이 그의 뒤통수를 사정없이 후려갈겼다.

"명색이 개방의 장로라는 놈이 말하는 폼새하고는!"

"왜 때리우!"

뒤통수를 움켜쥔 시경이 바람처럼 뇌유각으로부터 일 장을 물러났다. 그를 흘겨본 뇌유각이 관산호에게 말했다.

"전부 들어간 듯하구나."

"예, 방주님."

관산호의 대답에 뇌유각은 긴 탄식을 토해냈다. 이리될 줄 알았지만 막을 수 없는 자신의 무력감과 이런 일을 획책한 자들에 대한 분노가 그 한숨에서 진하게 묻어났다. 호정회의 주력을 태산 주변에 은신시키고 상황을 예의 주시하던 그에게 개방의 제자를 통한 관산호의 서신이 도착한 것은 다섯 시진 전이었다. 관산호가 융중산을 떠난 직후 보낸 서신이었지만 거리가 거리인지라 도착하는 데는 시간이 많이 걸릴 수밖에 없었다. 여섯 시진 동안 뇌유각은 정말 발바닥에 불이 나도록 뛰어다녔다.

장내에 도착한 사람 중에는 은거하고 있다고 소문난 절세의 고수들이 수십 명에 달했다. 남궁세가의 전대 가주 남궁무외가 있었고, 검에 미쳐 세상 밖으로 나오지 않는다는 중원십대고수의 일인, 화산제일검사 매화검군(梅花劍君) 오기륭(吳基隆)의 모습도 보였다. 아미의 운현 사태, 청성의 암향 진인을 비롯한 십여 명의 인물은 모두 소림, 화산, 청성, 개방 등 무련에 속하지 않은 구파일방과 무림세가의 최고 고수들이었다. 그들 중 절반 정도는 관산호와 일면식도 없는 사이였다. 그러나 뇌유각과 남궁무외, 요굉 대선사가 어떻게 말을 한 것인지 그들이 관산호를 바라보는 시선은 깊은 신뢰로 가득 차 있었다.

뇌유각이 조직했다는 신비의 정도연맹, 호정회의 수뇌부가 도착한 것이다.

와호곡을 바라보는 관산호의 얼굴에는 표정이 없었다. 그 모습에 오히려 마음이 안정되는 것을 느낀 사람들은 속으로 가볍게 웃었다. 가득했던 긴장이 조금은 이완되며 사람들은 그 이완된 부분을 투지와 살기로 채웠다.

관산호가 강호의 원로들을 향해 입을 열었다.

"여러분들은 저와 함께 갑니다. 무련과 군마천, 일반 군웅들은 무시합니다. 어떤 공격에도 대응하지 마시고 오직 저와 함께 목적지까지 직진하는 것을 잊지 마십시오. 제가 바라는 것은 칠십육 명의 호위구검이 무림인들의 상잔을 위해 천마총 내에 투입되는 것입니다. 그렇게 되면 희생은 한결 줄일 수 있을 테지만 만약 그들이 한군데에 모두 모여 있다면 우리는 전

멸할 수도 있습니다. 손에 사정을 두어서는 안 됩니다. 시간을 끌어서도 안 됩니다. 전진을 방해하는 자라면 그들이 무련의 인물들이라 할지라도 살수를 아끼지 마십시오. 그들을 지휘하는 자들이 고금제일인 천외무적천마의 직계라는 것을 잊지 마십시오. 그것을 잊는 순간, 죽음이 찾아들 것입니다.”

입을 굳게 다문 채 관산호의 행동을 주시하고 있던 천무 선사가 마침내 참을 수 없다는 듯 물었다.

“단주는 천마총 내의 사정을 손바닥 보듯 알고 있는 듯한데, 어찌 된 연유인지 알 수 있겠소?”

중인들 모두 눈을 빛내며 관산호를 바라보았다. 상황이 상황이라 묻지 않았을 뿐, 그들 중 천무 선사가 제기한 의혹을 느끼지 않은 사람은 없었다.

그러나 관산호의 대답은 그들을 만족시키지 않는 것이었다.

“회주님, 그 의문에 대해서는 이 싸움이 끝난 후 풀어드릴 수 있을 것입니다. 지금 답변드리지 못하는 것을 양해해 주십시오.”

천무 선사, 소림이 전력을 집중해 키워낸 일대의 거인은 쓴 웃음을 지으며 고개를 끄덕였다. 그도 상황이 의문이나 풀고 있을 만큼 녹록치 않음은 인정하고 있었다.

“나는?”

장중하던 분위기를 확 깬 사람은 시경이었다. 그를 보는 관산호의 눈에 정감이 스쳐 지나갔다.

“사숙은 안 됩니다. 사부님한테 혼나요.”

“뭐라고?”

시경이 길길이 뛸 기색이자 뇌유각이 그의 정강이를 인정사정없이 걷어찼다.

“네놈이 우리를 따라오면 도움이 될 거라고 보냐? 방해되기 싫으면 찍소리 말고 여기 있어.”

시경은 죽일 듯이 관산호를 노려보았지만 뇌유각의 무서운 눈빛에 뒤로 물러섰다. 관산호와 뇌유각의 말과 행동이 그를 위한 것임을 왜 모르랴. 물러서는 그의 눈가에 물기가 맺혔다. 저들 중 살아 나오는 이는 몇 없을 거라는 걸 그도 아는 것이다.

와호곡을 향해 일제히 신형을 날리는 관산호와 일행의 전신에서 숨 막히는 살기가 흘러나오기 시작했다.

제13장

지존신마전(至尊神魔殿)

鐵血無情路

"으아아아아아악!"

"사제!"

챙챙챙챙챙!

"사부님!"

"죽어라!"

펑, 펑, 펑!

"흐흐으으윽!"

천마총 안은 구천에 사무치는 어지러운 비명과 쉴 새 없이 이어지는 파공성, 그리고 병기의 충돌음으로 가득 차 있었다.

천마총 내의 끝이 없을 듯 이어진 복도는 한 점의 빛도 없는 칠흑 같은 어둠에 잠식당해 있어 일행의 귀를 파고드는 소름 끼치는 소음들을 무색하게 했다. 그 어둠은 자연적인 것이 아니었다. 일행이 가진 화섭자와 야명주가 본연의 기능을 전혀 하지 못했고, 허실생동의 안력을 가진 그들로서도 불과 일 장 정도의 앞을 보는 것이 고작이라는 것이 그 사실을 증명했다.

선두의 관산호를 제외한 다른 사람들은 모두 이 인 일 조가 되어 바람처럼 관산호의 뒤를 따랐다. 관산호의 신신당부가 있었던 터라 그가 서면 그들도 섰고, 그가 공간을 건너뛰면 그들도 그렇게 했으며, 관산호가 거미처럼 천장에 붙어 기면 그들도 그렇게 했다.

그렇게 전진하는 그들의 귀에는 쉴 새 없이 우르릉거리는 소리가 들리고 있었다. 그들이 지나온 복도가 순식간에 사라지고 벽이 나타나기도 했고, 멀쩡하던 측면의 벽이 아래로 내려가며 뻥 뚫린 공간이 입을 벌리기도 했다. 그 변화는 촌각을 두고 계속 이어지고 있어 일행은 시간이 갈수록 더 긴장하고 있었다.

다행히 그들은 살아 있는 다른 사람을 만나지 않고 있었다. 그러나 일행의 얼굴은 무거웠다. 복도는 죽은 자들의 시신으로 바닥을 보기 힘들 정도였기 때문이다. 무련과 군마천, 일반 군웅들이 골고루 섞인 시신의 절반은 기관에 의해 죽은 듯한 형상이었지만 절반은 서로 상잔한 형상이 역력했다.

전진하던 일행이 멈췄다. 선두의 관산호가 정지한 때문이다. 어느새 복도는 끝이 나 있었다. 관산호는 복도의 끝 부분에 서서 그 너머를 보고 있었다. 백여 장에 달하는 넓은 광장.

그 광장에 서 있는 삼십여 명의 흑포검수. 그리고 그들 뒤로 보이는 거대한 석문과 그 위에 음각된 한 자 크기의 글자들.

지존신마전(至尊神魔殿).

관산호는 흑포검수들의 수좌 자리에 있는 중년인이 조천후와 함께 나타났던 중년인임을 알아차렸다. 그리고 하나둘씩 그의 좌우로 늘어선 호정회와 철사자단 무인들의 얼굴에 살 같은 긴장이 스쳐 지나갔다. 마침내 그들은 당세의 혼란을 획책한 배후 세력의 중지를 앞에 두게 된 것이다.

관산호의 시선은 거대한 석문의 앞에 서 있는 청수한 흑포 중년인에게 못 박혀 있었다.

'운장룡……'

그들 사이의 거리는 삼십 장 정도. 관산호와 눈이 마주친 운장룡의 눈이 지진이라도 난 것처럼 미친 듯이 떨렸다. 그 눈이 닿은 곳은 관산호의 머리 위였다.

그는 믿을 수 없다는 듯 중얼거렸다.

"천지… 일원기? 네가… 그들의 후인이었단 말인가? 하지만 안강에서 만났을 때만 해도 천지일원기는 보이지 않았는데……."

그의 심중 격동은 너무나도 커서 누구나 한눈에 알 수 있을 정도였다. 그러나 그가 왜 그처럼 격동하는지 이유를 아는 이는 한 명도 없었다. 호위구검조차도. 천지일원기를 알아볼 수 있는 이는 대천마수라심결(大天魔修羅心訣)을 익힌 직계들뿐이었기 때문이다.

사람들은 관산호와 운장룡 사이에 흐르는 미묘한 분위기를 눈치 챘다. 그러나 관산호는 침묵했다. 그와 운장룡의 관계는 그들 두 사람만의 비밀이다. 그는 운장룡을 알은체하지 않았다. 그것이 가능한 상황도 아니었고.

그때 운장룡이 다시 입을 열었다. 그는 왠지 좀 전보다 기분이 나아진 것처럼 보였다.

"힘들게 준비한 것들이 그대들을 그리 괴롭히지는 못한 것 같군."

뇌유각이 눈살을 찌푸리며 운장룡의 말을 받았다.

"그대는 누군가? 천마의 후예들 중 한 명인가?"

"후후후. 뇌 방주, 그대는 머리가 너무 나쁘구려. 예전에 내게 일장을 맞고 그렇게 고생을 했으면서 그 일장의 주인을 알아보지 못한단 말이오?"

운장룡의 말에 뇌유각의 안색이 변하며 눈에서 무시무시한 섬광을 토했다. 운장룡의 말에 그의 뇌리에 떠오른 그 일은 그의 일생에 있어 최대의 수치였다.

"그놈이었구나!"

뇌유각의 노호성이 석실을 울렸다. 그러나 운장룡은 더 이상 뇌유각을 상대하지 않으며 중인들을 향해 말했다.

"그대들에 앞서 들어간 자들이 몇 있소. 빨리 들어간다면 그들의 살아 있는 모습을 볼 수도 있을 거요. 하지만 그러기 위해선 서둘러야 할 거요."

중인들은 어리둥절한 표정을 지었다. 그들에 앞서 지존신마전이라 쓰인 석부 안으로 들어간 사람들이 누구인지 생각이 나지 않았던 것이다.

운장룡의 말이 끝남과 함께 석상처럼 서 있던 흑포검수들, 호위구검들은 관산호가 안강에서 보았던 삼 인 일 조의 진식을 형성한 채 그들의 앞을 병풍처럼 막아섰다. 당시와 다른 것은 그들의 손에 도(刀)가 아닌 검(劍)이 들려 있다는 것. 그리고 그들은 본래 검의 고수들. 안강에서 병기로 인해 받았던 제약을 받지 않는 그들의 능력이 어떠할지는 불문가지였다. 석문 안으로 들어가기 위해서는 그들을 통과해야 했다. 관산호는 강철처럼 단단한 눈으로 흑포검수들을 보며 나직하게 말했다.

"외단주, 성검 진인, 양 아저씨, 천무 선사는 나와 함께 저들을 통과합니다. 나머지 분들은 우리가 저곳을 통과할 때 방해받지 않도록 흑포검수들을 상대해 주십시오."

그 말을 마지막으로 장내는 살을 에는 살기로 가득 찼다. 그리고 관산호의 양쪽 팔뚝에서 눈부신 금빛 광채가 일어났다.

광채를 주목한 우문천록의 눈에 경탄의 빛이 떠올랐다. 관산호의 양 팔뚝에서 일어난 빛은 양팔 사이에서 합쳐지며 서서히 찬란한 황금빛 도(刀)의 형상을 이루었는데, 도신의 길이 석 자, 손잡이의 길이 한 자가 되는 황금도의 모습은 아름답고 장엄하기 그지없었다.

"혼천(混天)… 여의(如意)… 신병(神兵)까지!"

황금도를 보고 경악한 듯 더듬거리며 말하던 운장룡은 무엇이 기꺼운지 껄껄거리며 웃었다.

“으하하하하, 좋구나. 좋다! 완안 문주조차 얻지 못했던 것을 얻었구나. 그 정도면 봐줄 만은 하겠다. 오너라. 이 안으로 들어가려면 내 시체를 넘어야 할 것이다!”

“이렇게까지 하실 필요가 있겠습니까?”

관산호의 전음이었다.

“우리 사형제 중에 지금 벌어지고 있는 이런 천하혈세(天下血洗)를 바랐던 사람은 없었다. 일이 이처럼 진행되리라고 예상한 사람도 없었다. 본래의 계획대로라면 안강에서 대사형이 모습을 드러내시어 서문굉천과 우문뢰를 징치하고 무련과 군마천을 해체시킨 후 지존신마전의 개파대전을 하는 것이었다. 그랬다면 이런 피가 흐를 이유가 없었지. 무엇 때문인지 알 수 없지만 대사형은 변하셨다. 그러나 대사형이 가시는 길이 내 바람과 다르다고 해도 나는 대사형을 버릴 수 없다. 어리석다 욕해도 된다. 하지만 이게 내가 살아온 방식이야. 내게 다른 길은 없다.”

운장룡의 담담한 음성이 관산호의 귓전을 파고들었다. 그는 운장룡을 이해했다. 검을 잡은 채로 그는 숙연한 얼굴이 되어 운장룡을 향해 깊게 읍했다. 자세는 단순했으나 그 읍에는 극경의 예가 실렸다. 그것은 비록 결과가 뒤틀렸다고는 하나 자신이 믿는 바를 위해 최선을 다해 살았던 위대한 무인에게 그가 할 수 있는 마지막 예의였다.

적아를 불문하고 모두의 눈에 의혹이 떠오를 때 관산호의 전진이 시작되었다.

흑포검수들이 그의 앞을 막아서려 했지만 그것은 가능하지 않았다. 그의 신형은 한가닥 번개처럼 흑포검수들 사이를 파고들었고, 그들이 그것을 경각한 순간 이미 그들의 손이 닿지 않는 곳으로 멀어졌다. 권마 초륜의 대적천류보가 창안자인 초륜조차 도달하지 못했던 경지로 펼쳐지고 있었다. 그 뒤를 구양룡과 현송자, 우문천린과 천무 선사가 따랐다. 그리고 흑포검수들의 진형이 그들 사이를 빠져나가는 다섯 명을 공격하려 할 때 요굉 대선사와 남궁무외, 정요와 마괴령을 비롯한 관산호의 일행이 무서운 기세로 흑포검수들에게 날아들었다.

쌍방 간 아무런 기합도 말도 없었다. 심지어 칼이 몸을 파고들어도 신음 소리조차 내지 않았다. 무기가 움직이는 소리와 옷자락 스치는 소리, 간간이 시신이 되어 쓰러지는 자의 털썩하는 소리만이 일백 장의 공간에 울려 퍼질 뿐이었다. 그들은 모두 절세라 불려도 손색이 없는 일대의 고수들. 불필요한 일체의 행위가 배제된 것이다.

찰나지간 흑포검수들 사이를 통과한 관산호의 신형이 무서운 기세로 운장룡에게 쇄도해 들었다. 그의 손에 들린 채 사선으로 지면을 향해 있던 황금도가 가공할 기세로 솟아오르며 운장룡을 베어갔다.

순간 운장룡의 안색이 진중해졌다. 그는 관산호의 신분을 알게 된 순간 그를 보던 예전의 시각을 버렸다. 그래야만 했다. 봉황천 십방무맥 중 최강의 무맥이라는 혼천무극문주는 그의 대사형 조천후라 할지라도 경시할 수 없는 존재인 것이다.

운장룡의 두 손이 핏물에 담갔다 나온 것처럼 시뻘건 기류에 휩싸이며 관산호의 황금도를 맞아갔다.

따다다다다다당!

도와 손이 마주치는데 귀를 찢는 쇳소리가 광장을 뒤흔들었다. 적아를 막론하고 소리를 들은 사람들은 가슴이 울렁이는 것을 느껴야 했다. 가공할 충돌의 여세가 음파에도 실린 것이다.

운장룡의 얼굴에는 경악과 기쁨이 교차하고 있었다. 관산호는 대천마수라멸륜장, 그리고 천강인혼수와 더불어 지존신마 전 삼대절기에 속하는 천강혈옥수의 공포스런 파괴력을 막아낸 것이다. 안강에서의 관산호였다면 이 한 번의 충돌로 심각한 타격을 받았을 터였다. 그러나 지금 그와의 충돌로 인해 옆으로 흐른 황금도를 휘감아 상단에서 내려쳐 오는 관산호의 전신 어디에서도 충격을 받은 흔적은 보이지 않았다.

빗발치는 도영(刀影) 일백팔 개의 폭풍이 운장룡의 전신을 휩쓸어왔다. 상익청이 평생의 심득을 모아 창안한 혈전생사도법의 제일초 초현사일과 제삼초 생사탈혼망이 완벽한 형태로 구현되고 있었다.

운장룡은 혼신공력을 끌어올렸다. 천마의 절기를 익힌 그에게 관산호가 펼친 도법의 오묘함은 그리 대단하지 않았다. 그러나 그는 그 별로 오묘하지 못한 초식에 전신 십팔 개 혈이 그대로 노출됨을 느껴야 했고, 그 기세와 힘에 압도당해야 했다. 삼류 무공이라도 절대고수가 펼치면 절학이 된다. 하물며 불가일세의 절기 혈전생사도법이라면야……. 게다가 지금의 관산호는 인간에서의 관산호가 아닌 것이다.

무섭게 빛나는 관산호의 눈과 마주친 운장룡의 눈빛도 강렬하게 빛났다. 그의 손목까지 휘감은 핏빛의 기류가 팔꿈치까지 확장되었다. 그리고 화산이 터지기라도 한 것처럼 넓어지던 붉은 기류가 어린아이 손바닥만 한 형태로 축소되더니 관산호가 펼친 생사탈혼망 일백팔도영을 갈기갈기 찢으며 관산호의 가슴으로 낙뢰처럼 날아들었다.

십이초 천강혈옥수의 최후 절초 천강혈옥만천(天罡血玉滿天)이었다.

신형을 비스듬히 비튼 관산호의 왼쪽 가슴을 넝마처럼 찢어발기며 천강혈옥만천의 기세가 흘렀다.

“……”

운장룡은 자신의 심장을 꿰뚫은 황금도의 도신을 양손으로 잡았다. 그리고 불과 넉 자도 안 되는 공간을 사이에 두고 서 있는 관산호를 보며 입을 벌리고 웃었다. 그의 입술 사이로 핏물이 폭포수처럼 쏟아졌다.

“삼 초라… 그래, 이 정도는 되어야 대사형의 앞을 막아설 자격이 있지. 대사형은 서운해하시겠지만 될 수 있으면 너와의 재회는 늦었으면 좋겠구나. 너는 꽤 지켜보는 재미가 있는 놈이었다. 언제나 내 뒤통수를 때렸지. 오늘도 그렇구나.”

그것이 일대기인 운장룡이 세상에 남긴 마지막 말이었다.

관산호는 무너지는 운장룡의 몸을 잡아 조심스럽게 바닥에 눕혔다.

'어르신은… 천강혈옥수에 제가 당하지 않을 거라는 걸 알고 계셨지요? 당신의 사제인 낙상산의 혈옥수를 이미 겪은 저입니다. 위력의 차이가 극심하다 해도 같은 무공에 당할 제가 아니라는 걸 어르신은 알고 계셨을 겁니다…….'

운장룡은 죽고 싶었던 것이다, 그의 손에. 생각은 짧았다. 그는 일어섰다. 가슴이 저려왔지만 감상에 젖을 여유 같은 건 없는 것이다. 그의 앞에 높이 일 장 오 척, 폭 삼 장에 달하는 거대한 석문이 그를 기다리고 있었다. 그가 석문을 열기 위해 문에 손을 댄 순간, 마치 기다렸다는 듯이 석문의 중앙이 쩍 갈라지며 열리기 시작했다.

우르르르릉.

이곳까지 오는 동안 들었던 기관이 돌아가는 육중한 소리가 그의 귓전을 울렸다. 그와 구양룡을 비롯한 다섯 명이 석실 안으로 들어가자 신마전의 석문은 다시 귀를 울리는 소리와 함께 닫혔다. 그러나 다섯 명 중 누구도 뒤를 돌아보지 않았다. 신마전 안에 들어선 그들의 앞에는 상상도 하지 못한 광경이 펼쳐져 있었기 때문이다.

우문천록의 얼굴이 무섭게 일그러졌다.

"백부……."

천장까지 십여 장, 폭 이십 장가량 되는 육각 형태의 대전 맞은편 벽 중앙에 놓인 태사의에는 인피면구처럼 보이는 가죽을 어루만지고 있는 조천후가 앉아 있었다. 그리고 그 좌우에 살기가 충천한 눈으로 그들을 응시하는 진공헌과 유검옥이 있었다. 조천후의 뒤에 쳐진 반투명한 검은 휘장의 뒤로 사람의 형체가 어렴풋이 보였지만 휘장의 재질이 범상한 것이 아닌 듯 인영의 정체를 확인할 수 없었다. 그리고 조천후의 발치에 그들이 있었다. 전신이 으스러져 사람의 형체라 보기 어려운 두 남자와 그나마 온전한 모습이긴 하나 정신이 나간 듯한 절세미인 한 명. 남자 두 명은 팔다리가 잘려 나갔고, 상체는 절구에 넣고 찧은 듯 으깨진 모습이었다.

한 사람은 얼굴 가죽마저 벗겨져 괴물과도 같은 형상이었고, 온전한 다른 한 사람의 얼굴은 지나친 출혈로 푸른빛이었다. 우문천록은 그 시퍼런 얼굴의 장년인을 보며 으르렁거리고 있었다. 그가 우문뢰였기 때문이다.

조천후는 손에 든 면구인지 가죽인지 모호한 물건을 만지작거리며 말없이 관산호를 바라보고 있었다. 그의 안색은 살짝 굳어 있어서 심기가 불편함을 한눈에 알 수 있었다. 그는 자신의 앞에 넋이 나간 듯한 모습으로 앉아 있는 매상옥을 일별하는 관산호에게 말했다.

"장룡의 말을 들었다. 네가 혼천무극문과 연이 닿았다고 하던데, 사실이냐?"

매상옥에게서 시선을 뗀 관산호가 무심한 어조로 되물었다.

"사제의 죽음을 앞두고 가장 먼저 할 말은 아닌 듯싶소만?"

"버릇없는 놈, 묻는 말에 대답하거라."

조천후의 음성이 가라앉았다. 노한 것이다.

"들으신 대로요."

"융중산에 들렀던 것이냐?"

"그렇소."

"그들이 아직 생존해 있었단 말이냐?"

관산호는 대답하지 않았다. 조천후의 눈에 소름 끼치는 붉은빛이 떠올랐다.

"장룡이 너를 아끼고 있다는 것을 몰랐다니… 게다가 융중산까지… 인연이란 궁리하면 할수록 묘하기만 하구나."

마치 미친 사람처럼 혼자 중얼거리던 조천후가 천천히 태사의에서 몸을 일으켰다. 천지를 짓누르는 막대한 기세가 그와 함께 일어났다. 구양룽과 우문천록, 현송자와 천무 선사는 안색이 변하며 진기를 끌어올렸다. 단순히 일어서는 그 하나의 움직임만으로 조천후는 절세고수들을 압도하고 있었다.

가히 절대라는 이름으로 불려 어색하지 않을 기세.

그때였다.

"피에 걸신들린… 개… 잡놈… 쿨럭……."

갑작스레 들려온 욕설에 대전의 분위기가 얼어붙었다. 죽었으리라 생각했던 우문뢰가 눈을 뜨고 조천후를 바라보고 있었다.

그의 눈에 깃든 빛은 명백한 경멸.

조천후의 눈에 떠오른 붉은빛이 좀 더 진해졌다. 그는 빙긋 웃으며 말했다.

"우문뢰, 상태가 좋지 않다고 말이 너무 과한 것 같구먼. 네 옆에 누운 필생의 호적수와 같은 꼴로 만들어줄 테니 조금만 기다리려무나."

시력을 거의 잃은 눈으로 옆의 시신을 바라본 우문뢰의 눈에 기이한 빛이 스쳐 지나갔다. 그러나 그것은 곧 사라져서 아무도 본 사람이 없었다.

조천후의 말에 현송자와 천무 선사의 낯빛이 확 변했다. 그제야 그들은 얼굴 가죽이 벗겨지고 전신이 으깨진 시신의 정체를 알 수 있었던 것이다. 조천후가 만지작거리고 있는 물건이 무엇인지도.

"검지혼?"

"서문 태상련주!"

천무 선사는 호안을 부릅떴다.

"어찌 이런 짓을 할 수 있단 말이오! 아무리 적이라도 서문 태상련주와 우문 천주는 일대의 기인들이거늘, 이처럼 처참하게 신체를 훼손하다니. 이러고도 그대가 천하를 도모하는 사람이며 고금제일인 천마의 후예라 할 수 있겠소!"

중인들이 알아차릴 만큼 붉게 물든 눈으로 천무 선사를 일별한 조천후가 웃었다.

"호호호, 제 앞가림도 못할 놈이 입만 살아 나불대는구나."

관산호는 조천후의 기도가 변하는 것을 느꼈다. 방금 전까지 느껴지던 조천후의 기도가 장중했다면 지금의 그에게서는 음습하게 끈적거리는 기분 나쁜 살기만이 느껴졌다. 대하는 것만으로도 등골에 소름이 돋을 만큼 지독한 살기가.

"오사제와 칠사제는 저들을 처리하거라."

진공헌과 유검옥이 조천후에게 가볍게 목례를 한 후 지체없이 앞으로 나섰다.

관산호는 좌우에 늘어선 일행들에게 말했다.

"협공을 부끄러워하지 마십시오. 성검 진인과 천무 선사께서 진공헌을 맡아주시고, 양 아저씨와 외단주께서 유검옥을 맡아주십시오."

네 사람은 입술을 깨물며 말없이 앞으로 나섰다. 정마를 막론하고 자부심 강한 무인에게 협공이란 수치스런 일이었지만 지금은 선택의 여지가 없었다. 그들이 앞에 있는 자들을 막지 못한다면 천하는 피에 잠길 것이 분명했기에.

조천후는 입술 끝을 슬쩍 비틀며 웃었다.

한 걸음 앞으로 나선 그의 오른발 밑에 서문굉천의 머리가 놓였다.

관산호의 얼굴이 굳었다. 이미 숨이 끊어진 사람이 아닌가. 그러나 그가 입을 열어 무어라 말을 하기도 전에 조천후의 발길은 서문굉천의 머리를 부수고 있었다.

우드득.

조천후의 발밑에서 뼈가 으스러지는 소리가 났다.

관산호의 무표정한 얼굴이 확연하게 굳어졌다.

"어떤가, 느낌이?"

말이 없는 관산호를 보며 빙긋 웃은 조천후는 실핏줄이 터져 붉어진 눈으로 자신을 올려다보는 우문뢰의 머리에 발을 올려놓았다. 하지만 그는 곧 다시 발을 내려놓으며 말했다.

"서문굉천은 이미 죽어 앞으로 벌어질 일을 볼 수 없었지만 네놈은 이곳에 든 자들과 천마총에 든 네 수하들이 전부 죽어나가는 걸 볼 수 있도록 해주마. 그때도 내게 욕을 해보려무나. 허허허."

우문뢰는 이를 갈며 조천후를 노려볼 뿐이었다. 조천후는 무서운 눈으로 자신을 노려보는 관산호에게 고개를 돌리며 말했다.

"좋은 눈이군. 하지만 나는 이걸 보고도 자네가 그런 눈빛을 유지할 수 있을지 무척 궁금하네."

그의 손이 뒤를 한 번 훑는다 싶더니 그의 등 뒤에 늘어져 있던 반투명한 검은 천이 강풍에 휘말리기라도 한 것처럼 허공으로 휘말려 올라갔다. 그리고 드러난 것은 벽면에 사지를 결박당한 채 매달려 있는 여인이었다.

관산호의 눈빛이 흐트러졌다.

"유향……."

"역시 유지를 못하는군. 허허허."

조천후는 기껍다는 듯 너털웃음을 터뜨렸다.

유향이 입고 있는 흑의 무복은 갈기갈기 찢어져 긴 머리와 함께 간신히 중요한 부위만 가릴 수 있을 정도밖에 남아 있지 않았다. 입가에 말라붙은 핏자국과 파리한 안색이 그녀가 당한 고초가 만만치 않았다는 것을 알게 했다. 그녀는 말을 할

수 없는 듯 눈물이 그렁그렁 매달린 커다란 눈으로 관산호를
바라볼 뿐이었다.

　"어떻게 네가 쓰러지는지 그녀에게도 보여주겠다. 내가 네
가 되었을 때도 그녀가 나를 거부하는지 보겠다!"

　조천후의 음성이 울릴 때 관산호의 손에 들린 황금도가 진
동했다.

　조천후의 눈은 이제 희고 검은 색을 찾아볼 수 없을 만큼 시
뻘겋게 물들어 있었다. 마치 홍옥 두 개를 박아놓은 듯했다.
비현실적인만큼 공포스러움을 더하는 모습이었다.

　"마성안(魔性眼)……."

　관산호의 중얼거림을 들은 조천후가 굉량한 웃음을 터뜨렸
다.

　"으하하하하! 네가 당대의 혼천무극문을 잇고, 혼천여의신
병을 얻었다는 장룡의 말을 들었다. 어디 한번 내게 그것을 보
여보거라!"

　관산호의 손에 들린 황금도의 진동이 더 심해지더니 어느
순간 눈을 부시게 하는 찬연한 황금빛과 함께 두 개로 갈라졌
다. 그리고 드러난 것은 폭 한 자가량의 둥근 륜(輪)이었다.

　"혼천여의신륜… 절대삼신기의 하나이며, 여의신병의 최후
변환 상태. 안강에서 천지일원기의 기미조차 보이지 않던 네
가 불과 한 달도 안 되는 시간 만에 혼천무극진기의 삼단공 여
의심원결에 도달했단 말이냐?"

　조천후는 진정으로 믿기 어렵다는 표정이었다. 그가 알고

있는 혼천무극문의 무상신공 혼천무극진기는 사단계로 나누어졌으며, 일단공인 감응천인결, 이단공인 혼돈생유결, 삼단공인 여의심원결에 이어 사단공인 혼천무극결까지 도달하는 데는 절대의 천재도 일 갑자 이상의 세월을 필요로 했다. 그런데 이제 서른도 채 되지 않았고, 혼천무극문과 연이 닿은 지 한 달도 되지 않은 관산호가 혼천무극진기의 삼단공인 여의심원결에 도달했다는 것은 믿어지지 않는 일이었다. 여의심원결에 도달하지 못한 자는 혼천여의신륜을 불러내지 못한다. 그런 의미에서 신륜을 불러낸 관산호의 성취는 의심의 여지가 없었다.

혼천여의신륜은 관산호의 손바닥과 두 치 정도 이격된 상태에서 회전하고 있었다. 혼천무극진기의 일단공이 천지의 기운과 소통하는 육신의 상태를 완성시키는 것이라면 이단공은 육신의 기운과 자연지기가 끊어지지 않고 연결되는 상태로, 삼단공은 연결된 자연지기를 사용할 수 있는 경지였다. 사단공인 혼천무극결은 반선지경에 드는 구결로 절대적인 깨달음의 경지였고, 관산호는 융중산의 기연으로 혼천무극진기의 삼단공에 든 상태였다.

묵묵히 관산호를 바라보던 조천후가 빙긋 웃었다. 그리고 말했다.

"자네는 나와 싸우고 싶겠지만 난 별로 그럴 생각이 없네."

말을 하며 그는 다섯 자 정도 떨어진 매상옥을 향해 슬쩍 손짓을 했다. 허공섭물에 이끌린 그녀의 몸이 허공으로 떠올랐다. 조천후의 손이 매상옥의 정수리를 덮었다.

　관산호의 눈에 의혹이 스쳐 지나갔다. 조천후가 그의 성정을 모를 리 없는 일. 여자, 그것도 그와 한 번 몸을 섞은 것 외에는 별 상관도 없는 여자의 목숨으로 그를 위협하는 어리석은 짓을 선택할 것이라고는 생각되지 않았기에 조천후의 행동은 그에게 의혹일 수밖에 없었다.

　조천후의 손에서 은은한 흰빛이 어른거린다고 느껴진 다음 순간 매상옥의 창백하던 얼굴이 검게 변하며 그녀의 멍하긴 해도 빛이 있던 눈에서 빛이 사라졌다. 조천후는 죽은 매상옥을 바닥에 내던지고는 뭔가를 기대하는 눈으로 관산호를 바라보았다. 하지만 관산호의 얼굴은 전혀 변하지 않았다. 조천후는 의아한 얼굴이 되었다. 원앙고의 암컷이 죽었는데 수컷이 멀쩡할 수는 없는 일이었기 때문이다.

　"몸이 이상하지 않은가?"

　질문을 하면서도 그 내용이 어처구니없어 조천후는 혀를 찼다.

　관산호는 고개를 저었다. 그는 조천후가 하고 있는 일련의 행동을 전혀 이해하지 못했다. 원앙고의 수컷이 자신의 몸속에 침투되었고, 융중산에서 일련의 기연을 얻으며 그것이 소멸했다는 것을 알지 못하는 그가 조천후의 행동을 이해할 수 있을 리 만무했다. 지존천강력과 혼천무극진기가 극을 향해 성취를 높이고 있는 그의 몸에 원앙고 따위가 남아 있을 수는 없는 일이다.

　사정을 설명하는 것도 부질없는 짓. 조천후는 머릿속에 남은 의혹을 지웠다. 원앙고의 암컷이 죽으면 따라 죽을 수컷이 내뿜는 독기에 쓰러진 관산호의 몸을 손쉽게 손에 넣고자 했던 방법은 알 수 없는 이유로 어긋나 버렸다. 그러나 조금 어려운 방법이 남았을 뿐, 관산호가 그의 손에 들어오는 것은 정해진 일이었다. 그는 그렇게 믿고 있었다.

그와 관산호의 거리는 칠 장.

그들에게는 코앞이나 다름없는 거리였다.

조천후의 장심에서 검은 기류가 안개처럼 스며 나오더니 수레바퀴처럼 그의 손을 감싸고 회전하기 시작했다. 검은빛은 안개처럼 일어났지만 형태를 갖추자 흑옥과도 같은 윤기가 흘렀고, 금강석보다도 더 단단해 보였다.

먼저 움직인 사람은 관산호였다.

"결자해지(結者解之)……."

알 수 없는 말을 중얼거리며 그의 오른손이 움직이자 륜이 가공할 속도로 허공을 가로질러 조천후의 목을 베어갔다.

쑤와아아아아앙!

공간이 일그러지며 내는 파공음이 대전을 가득 메웠다.

조천후의 마성안이 금방이라도 핏물을 떨굴 듯 홍광을 토했다. 관산호의 성취는 눈으로 보고도 믿을 수 없을 정도라 안강에서처럼 기세로 제압할 수 있는 상대가 아니라는 것을 그는 인정할 수밖에 없었다. 그것이 그의 마성을 자극했다.

그는 오른손을 마주 들어 대천마수라멸륜장을 펼쳤다. 거대한 수형(手形)이 일어나 신륜을 맞아갔다. 두 사람 모두 특정한 초식의 제한을 받는 수준을 벗어난 사람들이다. 필요하면 초식이 되지만, 필요하지 않으면 아무것도 아닐 수도 있는 게 그들의 무공이다.

카카카카카캉!

신륜과 멸륜장이 허공에서 부딪치며 전율을 불러일으키는 울음을 터뜨렸다. 그리고 두 사람 사이에 압력이 무섭게 점증되면서 대전이 지진을 만난 것처럼 뒤흔들리기 시작했다.

관산호의 입가로 한줄기 핏물이 흘렀다. 그가 융중산에서 얻은 성취는 경이롭다고 할 만한 것이었지만 시간이 부족해 깊이를 더할 수는 없었다. 절대고수 간의 싸움은 내공과 초식으로만 승부가 나지 않는다. 더 중요한 것은 세월 속에서 얻은 무의 도(道)였다. 그것은 진기의 수발과 내적인 운용으로 발현되는데, 어떤 천재라도 세월의 도움 없이는 얻기 어려운 영역이었다.

관산호의 왼손이 움직였다. 빛나는 황금륜이 회전하며 사선으로 직진했다. 거의 동시에 조천후의 왼손도 움직였다. 그들 사이에는 하나의 륜과 하나의 수형이 늘어났다.

강호무림인들이 보았다면 두 사람을 향해 절을 했을 것이다. 그들은 몸을 움직이지 않으며 외물에 자신들의 진력과 혼을 담아 싸우고 있었기 때문이다. 조천후의 수형은 그의 평생 진력이 응집된 것으로 강기화된 장력이었으며, 관산호의 신륜은 정신의 힘에 의해 형태를 드러내는 것으로 정신이 강인할수록 무기도 강력해지는 절대신기(絕對神器)였다. 가히 무림사에 유래가 드문 대결이었다.

카카카카카캉!

끊임없이 울려 퍼지는 충돌음.

관산호의 입에서만 흘러나오던 피가 코에서도 흐르기 시작했다. 그의 무심해 보이는 눈빛이 무섭게 강해졌다. 그리고 그는 전신을 으스러뜨릴 듯한 압력을 견뎌내며 한 걸음씩 앞으로 전진했다.

조천후의 얼굴이 딱딱하게 굳었다. 관산호가 한 걸음 앞으로 전진할 때마다 그의 전신에는 막대한 충격이 전해지고 있었다. 그들 사이에 쌓인 압력이 관산호가 전진함에 따라 그를 향해 밀려들었던 것이다. 조천후의 신형도 앞으로 나아갔다. 기세라는 것은 한 번 밀리면 회복하기 어렵다. 더구나 절대고수들의 싸움이라면 두말할 것도 없다. 찰나의 허가 승부를 가르는 것이 그들과 같은 고수들의 싸움이 아니던가.

두 사람이 함께 앞으로 나아가자 그들의 거리가 곧 삼 장도 안 될 만큼 가까워졌다. 수형과 신륜의 충돌로 인한 여세가 그들의 머리카락을 깃발처럼 나부끼게 했다. 조천후의 얼굴이 일그러졌다. 그러나 관산호에 비하면 그는 온전하다 할 수 있었다. 관산호의 입과 코에서 흐르던 피는 어느새 눈과 귀에서도 흘렀다.

조천후의 마성안에 득의한 빛이 떠올랐다. 관산호의 정신력은 감탄할 만했지만 그의 멸륜장을 넘어설 정도는 아니었다. 수형이 신륜을 서서히 뒤로 밀어내고 있는 것이다. 하지만 그

방심이 화를 불렀다. 그는 관산호에 대해 잘 안다고 생각했지만 그것은 진실이 아니었다.

신륜이 밀려날수록 흘러내리는 피의 양이 늘어가며 그 자리에 조금씩 주저앉는 듯하던 관산호의 눈에서 폭발하는 듯한 살기가 일어났다. 그대로 바닥에 주저앉으며 바닥을 짚은 손을 튕겨 탄력을 얻은 그의 신형이 환상처럼 수형과 신륜이 충돌하는 밑을 스쳐 지난 후 조천후의 코앞에서 솟아올랐다. 압력의 한가운데를 통과한 그의 전신 피부는 거북 등처럼 갈라져 피가 뿜어져 나왔고, 양어깨는 뼈가 드러날 정도로 살이 파여 나갔다. 그러나 관산호의 표정은 여전히 변화가 없었다. 젊음의 대부분을 전장에서 보낸 세월은 그에게 고통을 가족처럼 여기게 만든 것이다.

경악한 조천후는 바람처럼 일 장을 뒤로 물러났다. 수형과 신륜이 힘을 잃고 주인들에게 돌아올 때 관산호는 조천후를 따라붙으며 그의 전신에 뇌정연환격을 쏟아 부었다. 융중산에서 그가 얻은 무공들은 경세의 절학들이었지만 제대로 익힐 시간이 없었다. 어설프게 배운 무공을 실전에서 사용한다는 것은 적에게 죽여달라는 말과 같다. 그래서 그는 현재 그가 가장 완벽하게 익히고 있는 최고의 무공 뇌정연환격을 펼친 것이다.

일로유성참이 붕산격에 실려 달리고, 환마격이 운중산화수와 함께 꽃을 피웠다. 뒤를 잇는 것은 한줄기 바람처럼 스며드는 공진침투경.

조천후의 얼굴이 보기 싫게 일그러졌다. 그의 손이 번개처럼 움직이며 가슴 앞에 칠십이 개의 손그림자를 쏟아냈다. 사문의 비전 중 하나인 섬전벽(閃電壁)이었다.

쿠쿠쿠쿠쿵!

권과 장이 부딪친 것이라고는 믿어지지 않는 폭음이 터졌다. 그리고 관산호의 주먹은 뼈가 드러날 정도로 살이 깎여 나갔다. 핏물이 튀는 주먹을 움켜쥔 관산호의 얼굴에는 여전히 표정이 없었다. 그 얼굴을 코앞에서 본 조천후는 질리는 기분이 들었다. 그것이 다시 그의 마성을 폭발시켰다.

"이놈!"

기운을 잃은 멸륜장의 흑수형(黑手形)이 재차 그 위용을 드러내며 그의 손을 벗어나 관산호를 덮쳤다.

우우우우우웅!

그러나 거리가 너무 가까웠다. 권마칠절 중 유일한 방어 무공 천망(天網)을 전신에 두른 관산호는 신륜을 교차시켜 전면을 방호하며 멸륜장의 기세 속으로 뛰어들었다.

흑수형과 신륜이 가공할 기세로 충돌하고 그 여파가 관산호와 조천후를 휩쓸었다. 그리고 조천후는 보았다, 얼굴이 가뭄든 논바닥처럼 갈라진 채 피에 전 관산호가 이를 드러내며 웃는 것을.

쾅!

벼락 치는 소리와 함께 접근한 관산호의 창처럼 곧추세운 팔꿈치에 가슴이 찍힌 조천후의 신형이 일 장 밖으로 튕겨 나갔다.

"울컥!"

피를 토해내며 비틀거리던 그는 어느새 그와 넉 자 거리밖에 떨어지지 않은 곳까지 따라붙은 관산호를 볼 수 있었다. 폭발한 마성에 분노가 더해지자 그는 끓어오르는 혈기를 이기지 못하고 광소를 터뜨렸다.

"으하하하하, 이놈! 감히 네놈 따위가 나를 핍박한단 말이냐!"

그의 주변 공간이 뒤틀리며 그를 중심으로 거대한 회오리바람을 만들어냈다. 풀어헤쳐진 채 깃발처럼 나부끼는 긴 반백의 머리카락, 홍옥처럼 붉게 물든 눈. 거대한 회오리가 용처럼 꿈틀거리며 아수라의 형상을 한 조천후의 전신을 휘감았다. 그 회오리가 강기의 소용돌이를 이룬 것은 찰나지간이었다. 대천마수라멸륜장의 최후 절초, 수라멸륜겁(修羅滅輪劫)이었다. 수라멸륜겁에 휩쓸리면 금강불괴도 가루가 된다. 마성에 잠식당한 조천후는 관산호의 육체가 이혼을 위해 필요하다는 것마저 망각한 것이다.

신륜을 교차하며 전면을 방호한 관산호였지만 강기의 여파로 뒤로 오 척을 물러나야 했다. 그의 무심한 눈빛이 강렬해질 때,

불쑥!

와선강기의 한 부분이 일그러지며 어린아이 주먹만 한 흑수(黑手)가 튀어나와 그를 향해 유성처럼 날아들었다.

'강환(罡丸)!'

장력의 경지가 극고에 달한 고수의 손에서 발현된다는 전설상의 무공, 강환은 부딪치는 모든 것을 파괴하는 상상불허의 힘을 갖고 있었다.

관산호와 조천후의 거리는 일 장여.

강환은 비스듬히 목을 비튼 관산호의 왼쪽 귀를 절반 정도 뜯어내며 스치고 지나갔다. 사선으로 기운 몸의 균형을 바로 잡기도 전에 관산호는 허리를 넙죽 숙였다. 두 번째의 강환이 그의 뒷머리를 스쳐 지나가며 거죽을 한 뼘 넘게 찢어놓았다. 선연한 핏물이 비산했다.

허리를 숙였던 관산호의 신형이 다시 꿈틀하며 허공으로 일곱 자를 뛰어올랐다. 세 개의 강환이 삼재진의 형태를 이루며 그가 있던 자리를 강타했다.

콰콰쾅!

대전이 무너질 듯 뒤흔들리며 대리석 조각이 먼지가 되어 미친 듯이 사방을 휩쓸었다.

'접근해야 한다!'

천근추로 신형을 떨어뜨리며 관산호는 이를 악물었다. 조천후가 날리는 강환에 담긴 지존천강력은 극성이었다. 그 위력은 가히 공전절후. 연속해서 절대의 절학이라는 강환을 날리면서도 조천후는 지친 기색을 보이지 않고 있었다. 이런 식으로 거리를 둔 채로 싸우면 그는 개구리처럼 이리저리 뛰다가 변변한 공격 한 번 하지 못하고 쓰러질 것이다.

아래로 떨어지는 그의 하체를 향해 날아드는 강환을 향해 관산호는 우수의 신륜을 맹렬하게 휘둘렀다.

쾅!

신륜과 강환이 충돌하며 발생한 막대한 충격파가 관산호를 덮칠 때, 그는 충돌로 인해 얻은 탄력으로 허공에서 두 번 회전하고 있었다. 회전하는 그의 등과 배를 스치며 두 개의 강환이 지나갔다. 강환이 날아드는 간격은 그야말로 일수유지간. 관산호는 그 시간의 틈 사이로 두 개의 신륜을 날렸다.

츠츠츠츠츠츳.

조천후의 얼굴이 일그러졌다. 그가 쌍수에서 재차 생성한 흑수강환을 날리려던 찰나, 혼천여의신륜이 전신을 떨게 만드는 기음과 함께 그의 와선강기를 가르며 그의 상체로 날아들었던 것이다. 흑수강환을 펼친다면 손이 비게 되는 찰나, 허가 발생하고 신륜은 그 허를 벨 것이다. 공격을 감행한다면 손해를 감수해야 하는 상황. 그러나 신륜에 의한 손해는 단순히 피륙에 그치지 않을 터. 조천후는 이를 갈며 미끄러지듯 좌측으로 일 장을 이동했다.

그가 있던 자리에 혼천여의신륜이 도착했을 때 관산호의 신형이 허깨비처럼 꺼지며 조천후의 전면에 환상처럼 나타났다. 와선강기의 막을 통과하며 천망은 무너졌고, 금강진력으로 방호되던 천외금강벽도 무너졌다. 그의 전신은 그야말로 칼로 저민 듯 무수한 상처로 뒤덮여 있어 그가 관산호라는 것조차 알아보기 힘들 지경이었다.

무정하게 빛나는 강철과도 같은 눈빛.

관산호의 뒤를 따르는 형상으로 날아든 두 개의 신륜이 열 십자로 교차하며 조천후의 머리 위로 떨어졌다. 홍옥 같은 눈동자를 빛낸 조천후는 좌수를 들어 허공의 한 점을 움켜잡았다. 그의 손길이 향한 허공의 일각이 갈라지며 거대한 흑수형이 튀어나와 신륜과 충돌했다.

파파파파파팟!

대전을 환하게 밝히는 눈부신 섬광이 연속해서 허공을 수놓았다.

그리고 조천후의 우수와 관산호의 두 주먹이 눈에 보이지 않는 속도로 부딪쳤다.

쿵!

바위끼리 충돌한 듯한 둔중한 울림.

관산호의 입에서 덩어리진 핏물이 쏟아졌다. 하지만 양팔이 부서지는 듯한 암경에 직격당하면서도 그는 물러서지 않았다. 그가 물러서는 순간 싸움은 끝날 것이었기 때문이다. 싸움은 밀고 밀리는 단계를 지나 있었다. 이번에 밀리는 사람은 패자가 될 것이다.

관산호는 충격으로 인해 뒤틀린 오른팔에서 전해지는 고통을 무시하고 다음 공격으로 들어가려 하는 조천후의 오른 손목을 움켜잡았다. 그리고 경악한 조천후가 손목을 회전시켜 빠져나가려는 힘을 이용해 몸을 조천후의 우측으로 띄우며 왼쪽 무릎으로 조천후의 오른쪽 뺨을 강타했다.

퍽!

조천후의 입에서 튀어나온 부러진 이빨과 피가 허공을 난무
했다. 그러나 조천후 또한 절대초강고수. 오랫동안 펼칠 일이
없었을 뿐, 그 또한 접근전에 있어 관산호에 뒤지지 않는 성취
를 이룬 사람이다. 그가 사사한 천마의 창룡신화종은 십방무
맥 중 권장의 최고 강자였으니까.

관산호에게 잡힌 손목을 그대로 관산호에게 맡긴 채로 조천
후는 신형을 팽이처럼 돌려 관산호의 몸을 자신의 앞으로 끌
어당기며 좌수를 들어 관산호의 오른쪽 어깨를 도끼처럼 내려
찍었다. 그의 손길을 따라 일어난 강기의 칼날이 함께 관산호
의 어깨로 떨어져 내렸다.

관산호의 무섭게 빛나던 눈이 어두워졌다. 조천후의 손이
움직이는 속도와 그에 담긴 힘은 절대적이라 할 만했다. 그의
신형이 조천후의 인력을 이기지 못하고 조천후의 사정권 내로
끌려들어 갔다. 그러나 그에게 포기라는 것은 죽음이라는 말
과 같은 말.

관산호는 오히려 끌려들어 가는 몸에 가속을 가했다. 그의
신형이 번개와 같은 속도로 조천후의 상체와 부딪치려는 순
간, 그의 신형이 비스듬히 뒤틀리며 그의 왼쪽 무릎이 조천후
의 옆구리를 찍어갔다.

퍼억.

쿵!

우드드득.

맹렬한 격타음과 뼈가 부러지는 소리.

눈에 확연하게 보일 정도로 왼쪽 옆구리가 움푹 파인 조천후의 홍옥처럼 빛나는 눈에서 눈동자는 보이지 않았다. 오직 화산처럼 타오는 분노와 용암처럼 흐르는 살기뿐.

그는 오른쪽 어깨가 부러져 제 형상을 잃은 채 비틀거리는 관산호를 보며 포효했다.

"이놈! 죽여 버리겠다!"

그들 사이의 공방은 너무나도 빨라 조천후와 관산호가 양패구상하여 떨어졌을 때 그들의 머리 위에 있던 흑수강환과 혼천여의신륜은 막 충돌을 끝낸 후 힘을 잃어가는 중이었다.

조천후의 전신을 휘감았던 와선강기가 방금 전보다 더한 힘으로 그의 전신을 휘돌았다. 마성이 극에 달한 조천후가 잠력까지 끌어올린 것이다. 그의 전면으로 동시에 형성된 십여 개의 흑수강환이 모습을 드러냈다.

악다물어 넝마처럼 변한 관산호의 입술에서 피가 흘렀다. 그의 전신에 남은 힘이라고는 한 번의 공격이 가능한 정도밖에 되지 않았다. 그 힘으로 지금 조천후가 펼치려는 공격을 막을 수 있다 해도 그다음은 답이 없었다. 그러나 그는 집중했다. 승부는 마지막에 웃는 자가 이기는 자다.

그 순간이었다.

"흐흐흐, 쿨럭, 미친놈! 너는 나와 함께 가야 한다!"

가슴을 섬뜩하게 하는 일갈과 함께 무언가가 조천후의 발밑에서 폭발했다.

콰콰쾅!

수라멸륜겁을 이룬 소용돌이의 일부가 붕괴되었고, 그 붕괴된 가로세로 두 자 정도의 공간 사이로 경악한 조천후의 상체가 드러났다. 그는 전신에 자신의 것이 아닌 피와 살점을 뒤집어쓰고 있었다. 붕괴된 공간은 일수유지간 원형을 복원하려 하고 있었다. 그리고 그 일수유의 틈을 신륜을 움켜쥔 관산호가 뛰어들었다.

"……."

대전은 숨소리조차 들릴 듯한 고요로 가득 찼다. 비틀거리며 일어나 주변을 둘러본 관산호는 진공헌과 유검옥의 시신을 볼 수 있었다. 오른팔을 잃은 구양릉과 두 다리를 잃은 현송자도.

"백부……."

조천후의 전신을 덮고 있는 살점들을 보며 피가 나도록 입술을 악무는 이는 우문천록이었다.

"대체… 왜 이렇게 돌아가셔야 했던 것입니까? 폭혈혼마공으로 육신을 폭사시켜 가면서까지… 제가 몰랐던 게 대체 무엇입니까, 백부……."

그의 눈빛은 무거웠다. 폭혈혼마공은 내공과 상관없이 평생을 고련하며 핏속에 녹아든 마기로 전신을 폭발시키는 마공이다. 마공은 마공이되 군마천 내의 누구도 배우지 않으려 하는 마공, 자살용 마공인 탓이다. 우문뢰는 조천후와 관산호의 싸움이 절정에 달했을 때, 폭혈혼마공으로 조천후의 심신을 뒤흔들었다. 그가 아니었다면 바닥에 누운 사람은 조천후가 아니라 관산호였을 것이다.

　우문천록을 일별한 관산호는 고개를 돌려 자신의 앞에 누운 조천후를 내려다보았다. 조천후는 아직 숨이 남아 있었다. 하지만 심장이 찢어지고도 살 수 있는 사람은 없으니 그의 생명은 열을 헤아리기도 전에 스러질 것이다. 그의 가슴에 박힌 혼천여의신륜을 보는 관산호의 눈에 서글픈 빛이 어렸다. 그런 그의 뇌리에 천마총의 지하 동부에서 읽었던 공손우가 남긴 글 중 일부가 이리저리 떠돌았다.

　십자구반혼은 이혼대법에 의해 초혼된 혼이 깃든 자에게만 나타나는 징표이다. 그래서 당금 천하에 단 두 사람만이 몸에 십자구반혼을 갖고 있다. 그들은 바로… 대사형, 그리고 너다! 그러나 대사형과 너는 완전히 다른 경우다. 대사형은 당신의 혼이 있는 상태에서 이혼대법이 행해졌기에 한 몸에 두 혼이 머물렀다. 하지만 너는 초혼되었던 '그분'의 혼이 수년 동안 이승과 저승의 경계를 부유하던 중 네 모친의 태기(胎氣)에 깃들었다. 내 생각으로는 초혼된 그분의 혼이 그 상태를 자각했으리라고는 생각하지 않는다. 이혼으로 불려나온 혼은 육신에 깃들 때까지 잠이 든 것과 비슷한 상태를 유지하기 때문이다. 너 또한 네가 누구인지 각성하지 못하고 있는 것이 내 생각이 옳다는 것을 증명해 준다. 그래서 네 경우는 이혼이라기보다 윤회라고 해야 옳을 것이다. 아마도 너는 죽을 때까지도 네 자신의 전생이 무엇이었는지 각성하지 못할지도 모른다. 하지만 그것도 나쁘지는 않다. 이전 생의 기억이 현생의 삶을 어지럽게 한다면 그것이 어찌 바람직할까…….

누운 조천후의 몸을 가슴에 안으며 한쪽 무릎을 지면에 댄 관산호의 기도가 변하고 있었다. 웅장하면서도 표홀한 그 가운데 하늘 아래 오직 홀로 서 있는 듯 거대한 기도. 대붕의 날개로 천하를 덮는 고독한 절대자의 기도. 그것은 조천후, 아니, 영호운이 죽어 먼지가 되어도 결코 잊을 수 없는 사람의 기도였다.

관산호의 입술이 달싹이며 깊은 탄식과도 같은 말이 흘러나왔다.

"미안하구나, 운아……."

"사… 사부님?"

조천후의 홍옥처럼 붉던 눈이 제 빛을 찾았다.

긴 세월 이전의 어느 날, 주린 배를 물로 채우면서도 당당함을 잃지 않던 어린 그를 처음 안아 들었을 때 보았던 것과 같은, 맑게 돌아온 영호운의 눈에 눈물이 맺히고 있었다.

관산호를 보며 경악과 기쁨, 그리고 알 수 없는 안도와 진한 아쉬움이 혼재되었던 그의 눈에서 빛이 사라졌다.

관산호는 탄식하며 품에 안았던 조천후의 시신을 조심스럽게 바닥에 눕혔다.

조천후의 이혼대법이 어긋나고 영호운이 마성에 잠식당한

것. 그로부터 일어난 당대의 모든 혼란의 근원에는 천마가 펼쳤던 역천의 대법이 있었다.

천사유혼대법과 불사환혼대법.

사랑했던 한 여인의 죽음을 견딜 수 없어 그가 창안했고 펼쳤던 역천의 대법은 천기의 흐름을 뒤틀어놓았다. 그러나 천지는 오롯이 제 갈 길을 가는 법. 뒤틀린 천기의 흐름은 뒤틀린 것을 바로 잡기 위해 너무나 많은 것을 세상에 요구했던 것이다.

시선을 돌린 관산호는 두 눈에 눈물이 그렁그렁한 채 자신을 주시하고 있는 여인을 볼 수 있었다. 천무 선사가 결박을 풀어주자마자 달려온 유향이었다.

"유향……."

"당신이었군요!"

얼마나 사랑했던 사람이던가.

자신을 살리지 못하는 무능을 괴로워하며 천지의 흐름조차 거역하려 했던 사람.

그녀는 알 수 있었다.

기억을 되찾지 못했을 때도, 그리고 기억을 되찾은 지금도 관산호에게 아무런 이유 없이 정신없이 빠져들었던 까닭을. 그를 거부할 생각조차 하지 못했던 진정한 이유를.

그가 지난날의 '그' 였던 것이다.

흘러내린 눈물로 그녀의 뺨이 젖어드는 것을 보며 관산호는 빙긋 웃었다. 그리고 고개를 저었다.

"네가 사란이 아니고 유향인 것처럼, 나는 그저 나일뿐이다."

"상관없어요!"

한 마리 나비처럼 허공을 가로지른 유향이 그의 품에 안겼다.

관산호는 그녀의 머리를 쓰다듬었다. 언젠가 그랬던 것처럼 소중하게.

탈각으로도 끊지 못했던 사랑… 역천의 초혼(招魂)에 기꺼이 응하게 만들었던 여인…….

그는 유향을 품에 안은 채 천천히 신형을 돌렸다.

많은 사람이 죽었다.

하지만 살아남은 사람들도 있었다.

"대사형!"

"단주님!"

지금 피칠갑을 한 모습으로 석문을 부수고 대전으로 들어서며 그를 보고 환호하는 황우령과 호연찬처럼.

유향을 품에 안은 관산호를 본 황우령이 눈을 부릅뜨며 소리쳤다.

"아니, 대사형! 언제 소저와 그런 사이가 되신 겁니까! 남해로 돌아가셨을 때 제게 베풀기로 한 약속 잊지 마십시오!"

관산호는 환하게 웃었다.

전생의 그가 누구였든 지금의 그는 관산호일 뿐이었다.

봉황금약의 수호자이며 만약에 있을지도 모르는 십방무맥의 이단자들을 징치해야 하는 사명을 가진 존재.
혼천무극문의 당대 문주가 그인 것이다.
이제는 마음 놓고 웃어도 되었다.
떨어질까 두려운 듯 그의 목을 꼭 껴안은 유향의 얼굴에도 햇살 같은 웃음이 번지고 있었다.

외전

철혈무정로(鐵血無情路)

鐵
血
無
情
路

칠흑처럼 어두운 밀실.

백발홍안의 선풍도골의 노검객은 삼십대 장년인의 모습을 하고 있는 맞은편의 벗을 보며 씁쓸하게 웃었다. 세월이 비껴가는 듯한 벗의 모습은 기쁨과 함께 아쉬움을 느끼게 했다. 저 모습을 이제는 다시 볼 수 없을 거라는 걸 알기 때문일 것이다.

짧은 탄식과 함께 그가 말문을 열었다.

"어르신의 소식이 끊겼네."

가히 극패라 불려 어색하지 않은 기도가 전신에 흐르는 장년인의 안색이 돌처럼 굳었다.

그가 물었다.

"마지막 소식이 전해졌을 때 어디에 계신다고 하셨었나?"

"천산 부근일세."

"남기신 말씀은 없었나?"

"직접 보게."

노검객은 품에서 허름해 보이는 행낭을 꺼내어 장년인에게 건네주었다. 행낭의 안에서 한 장의 종이를 꺼낸 장년인은 몇 번이나 그 내용을 반복해서 읽었다.

잠시 후 장년인이 말문을 열었다.

"마치 작별 인사를 하시는 듯하구만."

"서신을 읽었을 때 나도 그렇게 느끼고 이상하게 여겼었네. 하지만 이제는 어르신께서 왜 그런 서신을 내게 보내셨는지 알 수 있을 것 같네. 그들의 움직임을 끊임없이 방해하셨으니 언제라도 이런 일을 당하실 수 있을 거라 예상하셨던 듯하이."

장년인은 천천히 팔짱을 꼈다. 선풍도골의 노검객을 응시하는 그의 눈이 바다처럼 깊이 가라앉았다.

범인이라면 한 치 앞도 내다보기 어려운 어둠이 사방을 덮고 있었지만 두 사람에게는 하등의 방해도 주지 못했다.

장년인이 무거운 음성으로 말했다.

"자네는 어르신이 그들에게 당하신 거라고 생각하는군."

노검객은 고개를 끄덕였다.

"그들이 아니라면 천하에 누가 있어 그분을 사라지게 할 수 있겠나."

장년인의 안색이 어두워졌다.

"그들을 제약하던 어르신께서 제거된 이상 그들의 움직임이 지금까지와 달리 본격적이 되겠군……. 우리들의 힘으로 그들을 막을 수 있을까?"

'그분'은 천하를 오시하던 노검객과 장년인의 연수 합공을 오십여 초 만에 패배시켰던 절대초강고수였다. 그런 '그분'을 제거할 수 있을 만큼 그들은 강했다. 무력만으로 따진다면 그들의 힘은 고금에 유래가 없을 정도로 강한 것이다. 그 강함은 그들의 연원을 이룬 '그'로부터 왔다. 수백 년이 흐른 지금까지도 고금제일고수라 불리는 '그'로부터.

장년인의 굳은 얼굴을 보며 노검객은 부드러운 미소를 떠올렸다.

"왜? 포기하고 싶은가?"

장년인은 굵은 눈썹을 찡그리며 코웃음 쳤다.

"흥, 포기? 그런 말은 내 인생에 없네."

"허허허, 어련하겠나."

너털웃음을 터뜨리는 노검객을 바라보는 장년인의 얼굴에 안쓰러운 기색이 떠올랐다가 사라졌다.

그것을 본 노검객이 짐짓 화난 표정을 지었다.

"자네의 그 기색… 무슨 뜻인가?"

장년인은 진심으로 탄식했다.

"나는… 어차피 악명이 천하를 울리고 있으니 상관없네만, 자네는 어쩌면 일세의 영명을 모두 잃을 수도 있네. 이미 자네가 눈에 넣어도 아프지 않을 만큼 아끼던 화연마저 잃지 않았

나. 가문 자체가 사라질 수도 있어……."

"내 앞에서는 쉬쉬하지만 정파의 명숙들은 나를 패도의 화신으로 취급하고 있는 게 작금의 현실이 아닌가. 자네에게는 내가 여기서 더 잃을 명예가 있어 보이나?"

노검객의 말에는 웃음기가 섞여 있었다.

장년인의 눈빛이 강렬해졌다.

"말 돌리지 말게. 내 말이 무슨 뜻인지 알고 있잖은가!"

장년인의 말을 들은 노검객의 얼굴에 장엄한 빛이 어렸다.

"천하무림의 미래를 위한 일일세. 이혼(移魂)으로 힘을 얻은 그자는 피로써 천하에 군림하려 하네. 그를 막기 위해서라면… 나는 악마라는 소리도 기꺼이 들을 각오가 되어 있네."

"적어도… 자식들에게는 알려야 하지 않겠나? 그들은 자네의 뜻도 모른 채 죽어갈지도 몰라."

"허허허, 그러는 자네는 왜 천록에게 아무것도 말하지 않고 그를 의창의 뒷골목에 금제했는가?"

장년인은 입맛을 다셨다.

"그놈은 성정이 너무 강해. 이면의 진실을 알게 되면 목을 내놓고 놈들을 찾아 죽이려 할 걸세. 게다가 나를 탐탁지 않게 여기는 군마천의 원로 마도인들은 그놈을 마조 어르신의 현신이라고 믿으며 추앙하고 있네. 그놈이 날뛰기 시작하면 일이 꼬일 수밖에 없어."

"나도 마찬가지라네. 원이를 비롯한 아이들이 그들에 대해 알게 되면 움직임에 파탄이 드러날 수밖에 없네. 후우, 그자들은 너무나 강하지 않은가. 그들이 음지에서 움직이며 누군가를 죽이려 들면 천하에 피할 사람이 없을 걸세. 그들에 대해 알게 되면 그것은 지옥의 살생부에 이름을 적어 넣는 것과 같아. 어찌 살생부를 더 두텁게 할 수 있겠는가.”

노검객의 음성은 무거운 울림을 담고 있었다.

번뇌의 울림이었다.

장년인은 쓴웃음을 지었다.

“그들을 끌어내는 과정에서 얼마나 많은 피가 흐를까?”

“죽은 자들의 원망은 내가 받겠네.”

“흥, 아무리 그렇게 말해도 원망은 내가 더 많이 받을 게 분명하지. 지금도 난 강호의 패권을 노리는 천하제일의 악당이 아닌가. 그래서 난 지옥에 한 자리를 벌써 예약해 놓았다네.”

노검객의 어둡던 얼굴이 밝아졌다.

“예약하는 김에 한 자리 더 예약해야 할 걸세.”

“한 자리 더? 그게 무슨 말인가?”

“자네가 예약한 자리에는 내가 먼저 가게 될 걸세. 그러니까 자네도 오고 싶으면 한 자리를 더 예약해야 할 게야.”

장년인이 코웃음을 쳤다.

“무슨 소리를! 내가 먼저 가게 될 거야. 그러니 자네는 다른 자리를 알아보게.”

“허허허, 내 말이 맞을 걸세. 외부로 알려진 자네의 성향은 그자와 크게 다르지 않네. 그가 대국에서 더 오래 필요로 할 사람은 자네야. 그러니까… 아마도 내가 먼저 가게 될 거라네."

장년인의 눈빛이 강해졌다. 그는 내심 이를 물었다. 노검객의 말은 옳았다. 죽게 된다면 그보다는 노검객이 앞서 가게 될 것이다.

그는 짐짓 밝은 어조로 말했다.

"무슨 일이 있어도 내가 함께 갈 테니 그리 외롭지는 않을 걸세."

"허허허, 여튼 고집하고는. 그래, 자네와 함께라면 외롭지는 않겠지."

노갬객의 얼굴도 밝아졌다.

친구란 좋은 것이다.

노검객을 마주 보며 웃던 장년인의 얼굴이 뭔가에 생각이 미친 듯 조금 굳어지며 눈매가 일그러졌다.

"그런데… 뇌유각은 제대로 할까?"

노검객은 미소 지으며 고개를 끄덕였다.

"물론일세. 그는 대국을 주재할 능력은 모자라지만 대국을 읽는 능력과 대국을 주재할 수 있는 기반을 만들 능력은 충분한 사람일세. 그가 분골쇄신의 각오로 뛰고 있으니 호정회는 머지않은 장래에 무련 못지않은 힘을 갖추게 될 걸세. 남궁 노괴와 소림도 진력을 다해 거들고 있으니 그쪽은 염려하지 않아도 될 걸세."

"그런 걸 보면 확실히 정파의 저력이라는 건 부러워하지 않을 수 없어. 고리타분한 샌님 같은 자들이 많아 대화하기 어렵다는 게 마음에 안 들긴 하지만 말이야. 정파에 비하면 우리는… 구양릉은 무상마루를 끌어안고 있으면서도 염세곡에 틀어박혀 오불관언(吾不關焉)이고, 후일을 위해 안배할 만한 세력이라고는 천록이와 그를 따르는 원로 마도인들뿐인데… 천록은 아직 천하를 경영하기에는 경륜이 부족한 형편이니.”

투덜거리던 장년인은 다시 물었다.

“그자들이 뇌유각의 움직임을 알게 되면 어떻게 나올까? 끝까지 알아차리지 못할 가능성은 없지 않나?”

“그럴 가능성은… 없지. 아마도 그들은 호정회를 군마천이나 무련을 대하듯 하지 않을까 싶네. 그자들이 우리를 달가워하지 않았다면 우리는 현판을 내걸기도 전에 사라졌을 걸세.”

“그랬을 테지. 난 왠지 그자들이 무림의 힘이 모이는 것을 기다리는 느낌이야.”

말을 하던 장년인은 눈살을 찌푸렸다.

노검객도 고개를 끄덕여 장년인의 말에 동의를 표하며 말했다.

“어르신은 그자들의 수가 일백여 명에 불과하다고 하셨잖은가. 당신의 손에 쓰러진 자들도 몇이 있다고 하셨고. 그들이 어르신의 말씀과 다르게 수백 년의 전통을 버리고 세력을 키우고 있을지도 모르지만 절세고수는 단기간에 만들어지지 않지. 그자들이 드러나기만 하면 수가 얼마가 되든 무림은 그들을 감당할 수 있을 거라고 믿네. 문제는 그자들이 온전히 드러나기 전, 암중에 어떤 짓을 할지 모른다는 것이겠지.”

“그자들이 우리 주변에 누군가를 심어놓았을 가능성에 대해 생각해 보았나?”
“물론… 의심스러운 자도 발견을 했네.”
“누군가?”
“진공헌이란 자일세. 박학다식하고 절대오강의 일원이었던 신유(神儒)의 절학을 이은 자라 무공이 나에 비해 모자라지 않을 것일세. 신분도 확실한데다가 무련에 참여를 반대했던 모용비룡 처리하는 데 진력을 다한 터라 의심할 여지가 없는데… 그것이 더 의심스럽네. 자네는?”
“운장룡이라는 자.”
“천절마도문주?”
“그러네. 마도문이 쓰러진 경위가 의심스러워. 생각보다 너무 수월했거든. 게다가 그의 기도 또한 마도문 정도에 머물 자로는 생각되지 않고…….”
“가장 위험한 적이라면 가장 가까운 곳에 두어야 할 걸세.”
노검객은 젊었을 때 이후 누구도 본 적이 없는 장난스러운 표정을 지으며 한쪽 눈을 찡긋했다.
장년인이 풀썩 웃으며 말했다.
“우리가 말려들어 주어야겠지?”
“그래야 하네.”
“막대한 희생이 따를 거야.”
“어설픈 연극으로는 그들의 눈을 속일 수 없네.”
말을 하는 노검객의 눈에 고통의 빛이 떠올랐다.

장년인의 눈빛도 노검객과 다르지 않았다.

그가 말했다.

"그자들이 온전히 드러날 때까지 무림의 정기를 얼마나 보존할 수 있을까……."

"자네와 내가 쓰러지고 나면 호정회와 천록이 뒤를 맡아줄 걸세. 신승과 마조의 유진을 수습한 그들일세. 정마가 함께한다면 그자들을 멸할 수 있다고 믿네. 그들이 그자들을 처리한 이후의 황폐한 무림은 찬이와 립이 같은 아이들이 다시 풍요롭게 만들 걸세. 그 아이들은 아직 어리지만 탁월한 잠능을 갖고 있지 않은가."

잠시 멈칫하던 장년인이 무거운 어조로 노검객의 말을 받았다.

"어르신에게 얻은 비밀을 천사문의 호법사령이란 자에게 흘렸네."

노검객이 눈을 크게 떴다.

"그녀를 깨울 수 있을지 없을지도 불확실한데 애꿎은 여러 생명이 상할 일이잖은가……."

"나는 가능한 수단이라면 모두 찾을 것이고, 동원할 걸세. 그 과정이 밝혀져 지탄을 받아도 내가 받겠네. 피를 흘려야 할 때 흘리지 못하면 후일 더 많은 피가 흐르게 된다는 걸 자네도 알지 않는가. 게다가 난 이미 천하제일의 마왕이네. 그런 짓을 하고도 남을 자이지. 그러니 자네는 때를 놓치지 말고 그녀를 수습하도록 하게. 엉뚱한 자의 손에 그녀의 신병이 들어간다면 어떤 문제가 초래될지 알 수 없는 일이니까."

노검객은 입을 다물었다.

밀실에 침묵이 흘렀다.

분위기는 무거웠다. 그러나 어둡지는 않았다. 두 사람 사이에 흐르는 따스한 흐름이 밀실의 분위기를 포근하게 만들고 있었기 때문이다.

장년인이 노검객에게 불쑥 물었다.

"야율 어르신은 왜 당신이 비전의 일부를 전했다는 후인에 대해 언급하기를 꺼려하셨을까? 그에 대해 알려주셨다면 당신이 사라진 지금, 우리가 그를 찾아 다듬을 수 있었을 텐데."

그의 음성에는 아쉬움이 가득했다.

"글쎄……."

노검객도 장년인과 같은 심정인 듯 말을 흐렸다.

그가 담담해진 어투로 다시 말문을 연 것은 다섯을 헤아릴 시간이 지난 후였다.

"아마도 그에게는 다른 운명이 기다리고 있다고 생각하신 게 아닌가 싶네. 우리에게 맡기는 것보다도 더 나은 운명이 말일세."

"그럴까? 하지만 그의 정체를 알 수 없는 이상 그가 설령 그자들을 막아낼 수 있는 역량을 가진 인물로 성장한다고 해도 우리가 그와 손을 잡을 수는 없을 게 아닌가?"

"미래는 아무도 알 수 없다네. 진인사대천명(盡人事待天命)이 아니던가. 그저 현재에 최선을 다할 뿐……."

노검객은 빙긋 웃었다.

장년인도 함께 웃었다.

"자네 말이 옳아. 마지막 숨을 쉬는 그 순간까지 최선을 다 해야겠지. 이제 천하의 모든 사람들을 속이러 가야 할 시간이군."

농이 섞인 음성이지만 그의 말에서는 쓸쓸함이 묻어났다.

대화는 장년인의 말을 마지막으로 끝이 났다.

그들은 자리에서 일어섰다.

그리고 상대의 팔뚝을 힘차게 마주 잡았다.

노검객이 강렬한 시선으로 장년인을 보며 말했다.

"우리가 떠난 무림에 오직 무(武)의 극을 추구하는 자유로운 영혼들이 가득하기를!"

장년인이 장중한 음성으로 노검객의 말을 받았다.

"그런 무림을 위해서 기꺼이 죽어주겠네!"

노검객과 장년인은 마주 보며 활짝 웃었다.

그들은 알고 있었다.

살아생전 지금 마주 잡고 있는 손을 통해 전해오는 존경하는 친구의 체온을 느낄 기회가 다시는 없을 거라는 것을.

하지만 그들의 눈에는 미련이 남아 있지 않았다.

그들의 평생은 무(武)의 극(極)에 대한 끝없는 갈망과 그것을 이루고자 하는 최선의 노력으로 점철되었다. 목표를 이루지 못하고 스러질지도 모른다는 아쉬움은 있을지언정 지난날에 대한 미련이나 후회는 없는 것이다.

그들은 칠십 년의 생애 동안 이번을 포함해 여섯 번을 만났다. 그리고 두 번의 생사를 건 싸움이 포함된 그 짧은 만남 속에서 그들은 평생을 붙어 다닌 사람들보다 더한 벗이 되었다.

사내들의 우정에 만남의 횟수는 중요하지 않았다. 그들은 서로를 믿었고, 기꺼이 상대에게 목숨을 맡길 수 있었다.

그로 족했다.

사내들의 우정에 더 이상 무엇이 필요할 것인가. 그리고 이제는 지옥에서도 다시 만나기로 한 사이가 아닌가.

노검객과 장년인이 떠난 밀실은 오랫동안 두 사람의 체온이 남아 포근한 기운이 떠돌았다.

천하가 알아주지 않는다 해도 묵묵히 자신의 길을 가는 자.

그들이 무인(武人)이다.

그런 무인들이 가는 길.

그것이 철혈무정로(鐵血無情路)이다.

『철혈무정로』 大尾

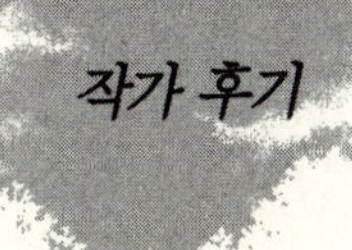

너무 늦게 8권과 9권이 나온 점에 대해서는 입이 백 개라도 드릴 말씀이 없습니다.

머리 숙여 사과드립니다. _(_ _)_

철혈무정로는 소품으로 구상을 했었고, 본래 8권으로 종결할 생각을 갖고 시작한 글입니다. 벌여놓은 것이 있어 9권이 되었습니다만…….

저는 이 글을 관산호 일대기로 쓸 생각을 갖고 있지 않았습니다. 무협의 특성상 주인공에 집중된 이야기는 필수일 수밖에 없었지만 저는 다른 강호인들, 각자의 사연을 가진 사람들, 그리고 주인공이 영웅으로 성장하는 토양을 마련해 준 강호의 거인들에 대한 이야기를 쓰고 싶었습니다. 그래서 제 전작의 주인공들과는 달리 이 글의 주인공 관산호의 카리스마는 의도적으로 약화된 면이 있습니다. 알아차리신 분도 있으리라고 생각합니다.

책으로 내기 전 마지막 부분을 본 분들이 반전소설이라고까지 얘기하는 것을 들으며 사전에 암시와 복선이 부족했던 것이 아닌가 하는 생각을 하지 않은 건 아닙니다만, 나름 필요할 만큼은 썼다고 생각합니다.

만약 후반부를 예상하지 못하신 분이 있다면 그것은 제가 너무 긴 텀을 두고 8권을 쓴 탓입니다.

다시 한 번 사과드립니다. _(_ _)_

제 글을 읽어주시는 분들에게 행운이 함께하길 기원하며 다음 글에서 뵙겠습니다.

임준후 배상(拜上).

潛行武士
잠행무사

김문형 新무협 판타지 소설

"흑랑성에 들어간 사람 중에
다시 강호에 나온 이는 없다."

서장 구륜사와의 결전을 승리로 이끌며 중원무림에
홀연히 나타난 문파 흑랑성(黑狼城).
그러나 흉흉한 소문이 사실로 드러나 무림맹으로부터
사파로 지목받고 멸문당한다.

그로부터 일 년 뒤.
강호의 은원을 정리하고 금분세수를 하려는 청위표국의 국주 송현은
마지막으로 무림맹의 의뢰를 받아들인다.
그것은 바로 금지 구역 흑랑성에 잠행하는 일.

송현은 무림에서 외면받는 무사 네 명을 선출하여
소림승 진광과 함께 흑랑성에 들어간다.
흑랑성의 비밀이 하나씩 드러나면서 밝혀지는 진실은
그들을 목숨을 건 사투로 끌어들여 가는데……

액션스릴러로 만나는 무협
잠행무사!

유행이 아닌 자유추구 -
WWW.chungeoram.com
Book Publishing CHUNGEORAM

무영무쌍

김수겸
新무협 판타지 소설

그림자도 찾기 힘들고[無影
가히 대적할 자도 없다[無雙
강호의 절대고수 무영무쌍

청설위국의 위사 진세
그를 찾아오는 수많은 사람
그를 원하는 수많은 세력

거대한 음모의 소용돌이 속에서
그는 그를 버렸던 용부를 지켰고,
그에게 검을 겨눴던 무림맹과 십만마교를 구해냈다.

모든 것을 가졌던 황제가 끝까지
갖지 못했던 단 한 사람!
위사 진세인과 동료들의
강호행이 시작된다!

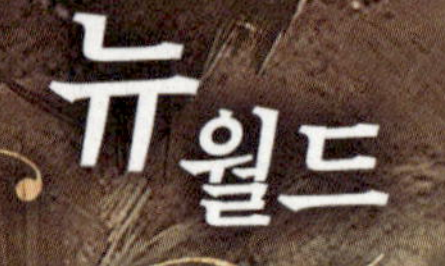

뉴월드
New World

김형신 게임 판타지 소설

**검이라는 지휘봉을 바람에 흩날리며, 피의 악보와
비명의 화음으로 죽음을 지휘하는 자… 마에스트로.**

최초의 가상현실 게임의 뒤를 잇는 뉴 월드의 출현.
마법과 기사, 신관, 몬스터의 서대륙. 주술과 검사, 무녀, 요괴의 동대륙.
현실과 또 다른 현실, 그 경계선에서 숨 쉬는 유저들.
그런 뉴 월드에 한 유저가 나타났다!

레벨 업을 위해서라면 잠도 포기한다!
아이템을 위해서라면 한자리에서 보름 내내 움직이지 않는다!
자신을 위해서라면 아부는 필수! 꼼수는 센식

그가 뉴 월드에서 얻게 된 직업은 죽음의 지휘자…
마에스트로.